U0645112

本书为作者主持完成的国家社科基金项目

"吴方言区民间宝卷研究"（批准号：11BZW075）的最终成果

# 吴方言区民间宝卷研究

陆永峰　著

广陵书社

**图书在版编目（CIP）数据**

吴方言区民间宝卷研究 / 陆永峰著. -- 扬州 : 广陵书社，2022.8
ISBN 978-7-5554-1796-5

Ⅰ. ①吴… Ⅱ. ①陆… Ⅲ. ①宝卷（文学）－文学研究－中国 Ⅳ. ①I207.76

中国版本图书馆CIP数据核字(2021)第278536号

| 书　　名 | 吴方言区民间宝卷研究 |
|---|---|
| 著　　者 | 陆永峰 |
| 责任编辑 | 孙语婧 |
| 出版发行 | 广陵书社 |

扬州市四望亭路 2-4 号　　　　　邮编　225001
（0514）85228081（总编办）　　85228088（发行部）
http://www.yzglpub.com　　　E-mail : yzglss@163.com

| 印　　刷 | 扬州皓宇图文印刷有限公司 |
|---|---|
| 开　　本 | 720毫米 × 1020毫米　1/16 |
| 印　　张 | 21.5 |
| 字　　数 | 330千字 |
| 版　　次 | 2022年8月第1版 |
| 印　　次 | 2022年8月第1次印刷 |
| 标准书号 | ISBN 978-7-5554-1796-5 |
| 定　　价 | 95.00元 |

# 目 录

# 第一章　吴方言区民间宝卷的界定及其发生

顾名思义,吴方言区民间宝卷自然是产生并流行于吴方言区,而民间宝卷是与宝卷初始阶段的佛教宝卷和民间教派宝卷相区别的。吴方言区独特的自然、文化条件也于当地民间宝卷的生长有着重要影响。

## 第一节　作为民间宝卷生存空间的吴方言区

宣卷及其文本——宝卷,明清以来曾广泛流传于南北各地。自清中叶以后,吴方言区则成为其在南方的中心,而当地的宝卷又以民间宝卷为主流。

### 一、吴方言区的界定

吴方言区属于语言学概念,吴方言也称吴语、江南话、江浙话。以"吴"名地,源于春秋时期的吴国。《史记》卷三十一《吴太伯世家》载:"太伯之奔荆蛮,自号句吴,荆蛮义之,从而归之者千余家,立为吴太伯。"[1]商朝时的泰伯奠定了吴国的基业。周武王灭商后,封时为吴君的仲雍曾孙周章为吴子,位列诸侯。公元前585年,寿梦称王立国。[2]至阖闾(前514年—前496年在位)时,国力达至极盛,系春秋五霸之一。其统治范围大致包括今

---

[1]　〔汉〕司马迁:《史记》第5册,中华书局1959年版,第1445页。
[2]　同上,第1445—1448页。

太湖流域的江苏南部、上海、浙江北部和安徽东部诸地区。后来吴地所及地域或有变化,但主体上仍以当日吴国的范围为主。

吴方言为吴地民众的主要方言。历史上主要分布在安徽、江苏两省的江淮、江南地区,以及浙江省。当代的分布仍与之接近,主要在江苏省、上海市、浙江省、安徽省。江苏省使用吴方言的地区主要在其南部地区,具体包括南京市的高淳、镇江市的丹阳、常州市的溧阳、金坛,苏州、无锡、常州市区及各自所辖县市区。南京下辖溧水的孔镇、新桥、白马等乡镇也属吴方言区。南通、泰州的少数地区也有分布。上海地区基本上都使用吴方言。浙江省境内从湖州、嘉兴往南至杭州,杭州往东至宁波、台州范围,也以吴方言为主,具体则包括湖州、嘉兴、杭州、绍兴、宁波、台州诸市及其所辖地区。安徽的芜湖、铜陵、宣城一带,以及皖南各市县,亦属于吴方言区。此外,江西省上饶市及其所辖玉山、广丰、上饶三县,福建省西北的浦城县县城及其以北的乡镇也属于吴方言区。

吴方言区涵纳了吴文化和越文化两大文化类型。历史上两者经常被目为一体,合称为"吴越文化"。《吕氏春秋·直谏》载伍子胥言曰:

> 夫吴之与越也,接土邻境,壤交通属,习俗同,言语通,我得其地能处之,得其民能使之,越于我亦然。[1]

《越绝书》卷六言,"吴越为邻,同俗并土"[2]。吴越两地,在地理空间上相互接壤,自然环境类近;文化上,同宗同族,相互融合,其生活、生产上存在很多明显的共同点,如稻作文明、水乡特色、舟桥文化等。从古至今其居民绝大多数都使用吴方言,后者在很大程度上可用来标示吴越文化的总体特征。吴方言区和吴越文化在地理空间上基本吻合。

吴方言区与宣卷在南方的核心区域基本一致,当地宣卷的语言自然也主要为吴方言。在这里正可以用"吴方言区民间宝卷"之名来概称流行在江、

---

[1] 许维遹撰,梁运华整理:《吕氏春秋集释》,中华书局 2009 年版,第 628 页。

[2] 〔汉〕袁康撰、吴平辑录,乐祖谋点校:《越绝书》,上海古籍出版社 1985 年版,第 43 页。

浙、沪三地的民间宝卷。

## 二、吴方言区民间宝卷的历史文化土壤

民间宝卷在吴方言区的发生、发展,乃至兴盛,与当地的历史、文化关联密切。正是吴方言区独特的自然和社会条件给民间宝卷提供了丰厚的文化土壤,滋养着后者的产生与发展,同时也塑造着该地区民间宝卷在宣演与文本方面的诸多特征。

(一)经济中心

唐以前的吴方言区,经济、文化上都落后于中原地区。直至安史之乱发生,中原扰动,江南则相对安宁,北方大量人口南迁。以吴方言区为主体的东南地区逐渐发展为经济中心,并随后一直保持此地位。湖州(今属浙江)和杭州、升州(治所在今江苏南京)、扬州等成为当时重要都市,国家财力大半依靠之。中唐韩愈《送陆歙州诗序》言"当今赋出于天下,江南居十九"[1]。南宋时期,中原人士又一次大规模南迁,吴方言区经济中心的地位愈为突出,民间有"苏湖熟,天下足""天上天堂,地上苏杭"等谚语。[2]

明清时期,吴方言区是国家的经济命脉。明代吴方言区大致析为浙江布政司、南直隶两区。据学者统计,洪武二十六年(1393),各布政司并直隶府州实征夏税秋粮米麦 29432350 石,钱钞 45530 锭,绢 288546 匹。其中京师直隶州府米麦 6637975 石、钱钞 5644 锭、绢 34393 匹,浙江布政司米麦 2752727 石、钱钞 20776 锭、绢 139199 匹。[3]两地米麦占全国总收的百分之三十一,钱钞则占百分之五十八,绢占百分之六十。有学者统计,清代作为吴方言区核心地区的江苏、浙江在全国赋税中的比例,如康熙二十四年(1685),全国田赋银 24449724 两,田赋米 4331131 石;其中江苏田赋银 3680192 两,浙江 2618416 两,合计占全国田赋银的四分之一;江苏田赋米

---

[1] 〔唐〕韩愈撰,马其昶校注,马茂元整理:《韩昌黎文集校注》卷四,上海古籍出版社 1986 年版,第 231 页。

[2] 〔宋〕范成大撰,陆振岳校点:《吴郡志》,江苏古籍出版社 1999 年版,第 669 页。

[3] 侯家驹:《中国经济史》下册,新星出版社 2008 年版,第 627 页。

为365571石,浙江1345760石,合计占全国比例近百分之四十。[1]

吴方言区经济的强盛带来城市在各方面的高度发展。如清乾隆时期的苏州,被赞誉"东南第一大都会,商贾辐辏,百货骈阗。上自帝京,远连交广,以及海外诸洋,梯航毕至"[2]。近代,在西方文明冲击下,吴方言区进入了新的发展时期,上海渐成为吴方言区新的经济、文化中心。该地区的其他传统发达城市,如苏州、无锡、杭州等,同样接受了近现代文明的洗礼,民族工商业发展迅速。仅1895年至1911年间,江苏民族资本家创办的工矿企业资本达5000银元以上的就有115家,以无锡、苏州、南通、上海最为集中。[3]民国时期,吴方言区俨然是全国的经济、文化中心。

历史上,吴方言区丰裕富足的地域经济与城乡的安稳发展相一致,从而为民间文艺的兴盛提供了优裕的生长土壤。

(二)文化滋养

历史上的吴方言区在成为经济中心的同时,也逐渐成为文化中心,在很多方面领全国风气之先。明张瀚《松窗梦语》卷四《百工纪》言:

> 至于民间风俗,大都江南侈于江北,而江南之侈尤莫过于三吴。自昔吴俗习奢华、乐奇异,人情皆观赴焉。吴制服而华,以为非是弗文也;吴制器而美,以为非是弗珍也。四方重吴服,而吴益工于服;四方贵吴器,而吴益工于器。[4]

其文化领域的很多要素催生着宝卷在当地的流行。

明清两代,江浙之地人文荟萃,士子如云,书籍刊刻至为鼎盛。据统计,明代杭州官署刻书有141种,书坊有25家。[5]苏州"在万历初以前多至

[1] 侯家驹:《中国经济史》下册,第629页。

[2] 〔清〕史茂:《陕西会馆碑记》,载苏州博物馆、江苏师范学院历史系、南京大学明清史研究室合编《明清苏州工商业碑刻集》,江苏人民出版社1981年版,第331页。

[3] 汪小洋、周欣主编:《江苏地域文化导论》,东南大学出版社2008年版,第25页。

[4] 〔明〕张瀚:《松窗梦语》,中华书局1985年版,第79页。

[5] 张秀民著,韩琦增订:《中国印刷史》,浙江古籍出版社2006年版,第256、257页。

一百七十七种,为全国各府之冠",市区书坊有 37 家。[1]苏州刻书精良,在清代达至极盛,成为当时印刷业中心之一。据学者统计,其书坊可考者有 57 家之多。[2]书坊以射利为上,明清两代吴方言区刻书多刻印通俗小说、戏曲,以苏州为代表的书坊此风尤盛,屡遭正统文士反对和官府禁止。如清康熙二十四年(1685)江苏巡抚汤斌颁《严禁私刻淫邪小说戏文告谕》道:

> 独江苏坊贾惟知射利,专结一种无品无学、希图苟得之徒,编纂小说传奇,宣淫诲诈,备极秽亵,污人耳目;绣像镂板,极巧穷工。[3]

道光二十四年(1844)浙江省有《阖省绅士上学宪请示禁淫书并设局收毁公呈》,云当地"奈书肆蒙玩,日久弊深,辄将淫词小说,与正经书籍,一体货卖"[4]。其时吴方言区书贾刻印小说、戏曲蔚然成风,官方虽屡次禁罚,也未能真正扭转。

时至近代,石印、铅印技术传入,上海逐渐成为吴地乃至全国的印刷中心。清光绪年间,当地以石印为主的书局达 80 家之多,铅印书局则有 21 家。[5]据《上海书业名录(1906—2010)》一书统计,以 1911 年为例,其年 5 月前开设的书局有 117 家,新开设的有 34 家。[6]至 1917 年,书业同行有 123 家。[7]这些书局多数印行小说、戏曲等面向大众的读物。如翼化堂善书局、文元书局、惜阴书局、广益书局等,更曾大量印行宝卷,其中多数又为民间宝卷。

明清以来吴方言区书籍印刷的兴盛,一方面促进了小说、戏曲在民间的

---

[1] 张秀民著,韩琦增订:《中国印刷史》,浙江古籍出版社 2006 年版,第 260、261 页。

[2] 同上,第 394 页。

[3] 〔清〕汤武著,范志亭、范哲辑校:《汤斌集》之《汤子遗书》卷九,中州古籍出版社 2003 年版,第 576 页。

[4] 〔清〕汪椟香:《劝毁淫书征信录》,清道光年间刻本。

[5] 张秀民著,韩琦增订:《中国印刷史》,第 467—468 页。

[6] 汪耀华编:《上海书业名录(1906—2010)》,上海书店出版社 2011 年版,第 7—8 页。

[7] 同上,第 12—18 页。

传播,而这两者正是民间宝卷经常汲取其故事或表演艺术的对象;同时,大量刊本宝卷的流传,也扩大了宝卷的影响,从而拓展了民间宝卷的生存空间。

此外,明清以来,吴方言区的戏曲、曲艺的繁盛对于宝卷的流行也有着巨大的推动作用。吴方言区民众对戏曲、曲艺的热衷,当地相关演出的兴盛,至为突出与惊人。如明苏州人陆文衡《啬庵随笔》卷四《风俗》言:

> 我苏民力竭矣,而俗靡如故。每至四五月间,高搭台场,迎神赛剧,必妙选梨园。聚观者通国若狂,妇女亦靓装袨服,相携而至。[1]

陆文衡为万历四十七年(1619)进士。清乾隆时人陈枚《凭山阁增辑留青新集》卷二十一《告示》载当时杭州官府禁止搭台演戏告示,有云:

> 本院每见杭城纨绔子弟,或素封之家,罔知稼穑之艰难,惟事淫奢而纵欲。偶有细事,辄用梨园。甚而游手好闲之徒,地方偶获小故,遂歃盟祈祷,科敛民财,半充囊橐。处处搭台演戏,人人废业失时。[2]

根据乾隆四十八年(1783)十一月立的《小心翼翼宿神祠碑记》统计,乾隆后期,苏州城大小戏班乃有70多个[3],苏州城此时演戏甚为兴盛。清同治六年(1867)《江苏布政司禁止元妙观内各茶坊演唱滩簧碑》有言:"乃访得元妙观内各茶坊,仍多杂唱滩簧淫曲。男女环听,哄动多人,实属有伤风化。"[4]元庙观,即玄妙观,位于苏州市中心,为著名道观,系民众常游之处。这进一步说明着吴地民众对戏曲的热衷。

---

[1] 转引自王利器辑录:《元明清三代禁毁小说戏曲史料》,上海古籍出版社1981年版,第286页。

[2] 〔清〕陈枚辑,陈德裕增辑:《凭山阁增辑留青新集》,四库禁毁书丛刊编纂委员会编《四库禁毁书丛刊·集部》第55册,北京出版社1997年版,第236页。

[3] 江苏省博物馆编:《江苏省明清以来碑刻资料选集》,生活·读书·新知三联书店1959年版,第280—294页。

[4] 同上,第275页。

市井乡村于戏曲、曲艺的热衷，为吴方言区宣卷的盛行培育了庞大的听众群体；而吴方言区戏曲、曲艺的丰富与成熟，也为宝卷的发展提供了艺术上的滋养和借鉴。特别是评弹、滩簧对宣卷产生了很大的影响，吴方言区宝卷在民国时期新的宣扬形式——丝弦宣卷的诞生，与此二者有着直接联系。

再则，宝卷历史上与宗教、信仰渊源深厚。吴方言区民间宝卷虽然与宗教日渐疏离，但其产生与发展仍然孕育于当地浓厚的宗教信仰氛围之中。明清两代，吴地佛寺兴盛，与民众生活联系密切。明谢肇淛《五杂俎》卷八中言及万历时期东南佛教兴盛，"琳宫梵宇，盛于黉舍，唪诵咒呗，嚣于弦歌"[1]。佛寺之数胜过学舍，社会各阶层也多热衷于佛事活动。明清时期吴地佛寺庙会多已演变成民俗节日，成为民间聚会、娱乐和买卖之所。清人袁景澜《观支硎山香市记》一文言观音生日之际，苏州支硎山有民众进香，山林之间：

> 复有货郎地摊，童孺戏具、筠篮木盏、泥孩竹马、地铃丝鹞、蚕帘廉柳椿诸物。男妇争买，论价聒杂，声如潮沸。路侧杂厕茶篷、酒肆、饼炉、香铺，赶趁春场，蜂屯蚁聚。老僧因果，瞽者说书，立者林列，行者摩肩，遗簪堕珥，睹不暇拾。……臻臻簇簇，联络十里，笑语盈路，众情熙熙，无不各遂其乐，亦不自知其何以乐也。[2]

寺内庙外，货物铺陈，百戏并作。男女络绎，众生喧动，已为游乐之所。袁景澜为苏州土著，历嘉庆、道光、咸丰、同治四朝。

其时吴方言区的佛教活动更有直接和戏曲、曲艺演出相关联者。清乾隆二十四年（1759），江苏巡抚陈宏谋颁布《风俗条约》言：

> 江南僧人拥有厚资，公然饮酒食肉……凡妇女烧香做会听讲，翻经

---

[1]〔明〕谢肇淛：《五杂俎》，中华书局1959年版，第227页。

[2]〔清〕袁景澜撰，甘兰经、吴琴校点：《吴郡岁华纪丽》卷二，江苏古籍出版社1998年版，第71页。

宿庙,肉灯舍身,即由僧道设此名色。或遍贴传单,或发帖邀请,煽诱骗财,并将佛经编为戏剧,丝竹弹唱,俨同优伶……女尼中有少妇幼女,带发修行,艳服男装,勾引男妇,无异娼妓。又惯入富家吹唱弹经。甚而群尼一路弹唱,赴庵烧香,名曰发赦。遂有恶少结队跟随,途中拦截,逼令弹唱为乐。[1]

"将佛经编为戏剧,丝竹弹唱,俨同优伶",其主持者即僧尼,是将佛教故事直接改编为戏曲或曲艺,来宣扬教义,悦邀布施。"妇女烧香做会听讲"、女尼"惯入富家吹唱弹经",其中或有宝卷宣演。清乾隆十一年(1746)刊《乌程县志》卷十三《风俗》记载道:

> 湖俗,每至春间,妇女不分老幼,俱艳妆入庙烧香。当事非不禁,竟不能止。皆由尼姑以轮回因果之说,蛊惑妇女,引诱出外,名为念佛、听经、受戒、斋僧、布施。其间白雀道场二处香火尤盛,画船箫鼓,士女杂沓。[2]

此处所记浙江湖州属县乌程情形与江苏南部类似,说明佛事中戏曲、曲艺表演在吴方言区并非孤立现象。

吴方言区民众于各类神仙、鬼怪的信仰历来盛兴。供奉各类俗神,包括地方神,以及鬼怪的庙宇,分布广泛,数量众多。当地民众的俗神信仰活动,特别是相关的迎神赛会,也多有演剧。清乾隆二十四年(1759)江苏巡抚陈宏谋颁布《风俗条约》有云:

> 江南媚神信鬼,锢蔽甚深。每称神诞,灯彩演剧,陈设古玩稀有之物,列桌十数张,技巧百戏,清歌十番,轮流叠进……抬阁杂剧,极力装扮。

---

[1] 〔清〕陈宏谋:《培远堂偶存稿·文檄》卷四十五,清光绪二十二年(1896)湖北藩署铅印本。
[2] 〔清〕罗愫、杭世骏等纂修:《乌程县志》,《中国方志丛书》(华中地方·第五九六号),(台北)成文出版社有限公司1983年版,第856页。

今日某神出游,明日某庙胜会。男女奔赴,数十百里之内,人人若狂。[1]

当地迎神赛会举行频繁,而"演剧"应该是引致民众热衷的重要原因。清光绪《嘉定县志》卷八《风俗》云当地"春秋二季,迎神赛会,演戏出灯,几无虚日"[2],也可见吴方言区酬神演戏已相沿成习。

吴方言区历来浓烈的巫觋之风则进一步促进了民间信仰活动中演剧的流行。清陈尚隆纂、陈树谷续纂的《陈墓镇志》卷三《风俗》也云:

> 吴俗信鬼好巫,凡人家儿女偶发寒热,非测字即占卦,送鬼斋神。更有无耻妇人,诈为私娘,人家病,请到堂中,焚香供烛,巧语花言,判断神佛,动费一二十金。[3]

此书为抄本,陈尚隆于雍正二年(1724)修成,乾隆三十五年(1770)陈树谷续修。"私娘"当为"师娘",苏州至今仍有以之称呼巫师的。吴方言区民间崇巫,常招请巫师祛病避灾,其间即有着宝卷的宣演。民国时吴秀之等修、曹允源等纂的《吴县志》卷五十二下《舆地考·风俗二》录江苏按察使裕谦道光十九年(1839)十二月示谕的《裕靖节公谦训俗条约》云:

> 苏俗治病不事医药,妄用师巫,有看香、画水、叫戏、宣卷等事,惟师公师巫之命是听。或听烧香拜忏,或听借寿关亡。幸而获痊,酬谢之资,视其家道贫富,已无定数。甚至捏称前生冤孽,以及神灵欲其舍生,则更化疏烧香,多生枝节。[4]

师巫可借宣卷来为信众祛病祈福,其遗风仍见存于今日的苏州。如其所辖常

---

[1] 〔清〕陈宏谋:《培远堂偶存稿·文檄》卷四十五,清光绪二十二年(1896)湖北藩署铅印本。

[2] 〔清〕程其珏修:《嘉定县志》,清光绪七年(1881)刊本。

[3] 〔清〕陈尚隆纂,陈树谷续纂:《陈墓镇志》,《中国地方志集成·乡镇志专辑》第6册,江苏古籍出版社1992年版,第288页。

[4] 吴秀之等修,曹允源等纂:《吴县志》,苏州文新公司民国二十二年(1933)铅印本。

熟地区的宣卷,通常也要先由师娘(按:当地称呼巫师)来安排仪程,确定宣
卷名目。

概言之,吴方言区民间宝卷的流行,与当地民间戏曲、曲艺表演的盛
行,以及浓烈的宗教、信仰氛围有着重要的联系。而吴方言区优厚的经济
条件和书籍传播的便利,也在很大程度上保证了民间宝卷宣演活动的顺利
展开和发展。

## 第二节　民间宝卷的界定及之前的宝卷发展

民间宝卷是宝卷发展的第三个阶段的主要形态。宝卷自诞生以来,经历
了早期佛教宝卷、民间教派宝卷和民间宝卷三个阶段。民间宝卷的诞生时间
最晚,它与宗教的关系相较于前两者也更为疏离。

### 一、民间宝卷的界定

所谓民间宝卷,或称世俗宝卷,是与早期的佛教宝卷及民间教派宝卷相
对而言的。它一方面在内容上逐渐摆脱了宗教的影响,相对减少了宗教信仰
的成分,更多以民间流传的传说、故事入文。这些宝卷多数与宗教已无直接
关联,其所讲故事多为民众熟知、乐闻,与民间生活密切相关。充斥在其中的
是世俗之人,而非神佛的悲欢离合与喜怒哀乐。另一方面,民间宝卷的宣演
在仪式上也开始弱化宗教的因素,其中民间教派的影子几乎不见,相对较多
地保留了佛教的要素。民间宝卷更多地迎合了世俗趋福避祸的心理,并依靠
曲折的情节和世俗的生活细节来打动、吸引听众,满足其娱乐的需要,而不是
像佛教宝卷或民间教派宝卷那样主要满足民众信仰的需要。越到后期,特别
是近代以来,民间宝卷的娱乐功能越为强化。二十世纪前半叶,吴方言区的
宣卷演化出了丝弦宣卷、书派宣卷。很多地方的宣卷以丝弦宣卷为主,在表
演上已演成曲艺的一种。至于当代吴方言区有的地方把更多的戏曲表演的
要素融入丝弦宣卷之中,使得当地宣卷有时候更接近于戏曲,其娱乐功能则
更为突出。

概言之,民间宝卷与其他两种宝卷类型区别的标志主要在于其内容上

的世俗化，更多地反映民间的生活实际和喜怒哀乐；其宣演上，也更多地满足民众娱乐休闲的需要，而相对淡化另外两者具有的浓烈宗教信仰的属性。民间宝卷虽或仍具有劝化成分，但娱乐的功能随着时间的推移越来越突出。

## 二、民间宝卷之前的宝卷发展

民间宝卷是宝卷发展到一定阶段的产物。关于宝卷的发展，车锡伦先生认为可以清代康熙年间为界，分为前后期，前期为宗教宝卷，后期为民间宝卷。[1] 前期的宗教宝卷，还可以进一步区分为佛教宝卷时期与民间教派宝卷时期，与后出的民间宝卷一起，可划分出宝卷发展的三个历史阶段。这三个阶段的划分，主要是就当时宝卷发展的主流而言。就佛教宝卷而言，第二、第三个阶段中始终都有存在；而民间教派宝卷也一直贯穿于第三个阶段中。这样的情形在民间宝卷占绝对优势地位的今天，仍旧可以看到其痕迹。

这里以明代武宗正德四年（1509）罗教教祖罗清刊行《五部六册》为分界线，来划分宝卷发展的前两个阶段。作为宝卷发展的第一个历史阶段的早期佛教宝卷，主要产生于正德（1506—1521）之前。以《目连救母出离地狱生天宝卷》《大乘金刚宝卷》为代表的佛教宝卷，作为宝卷发展第一阶段的产物，在很多方面都规定了后来宝卷的基本特征与发展方向。

《目连救母出离地狱生天宝卷》为现存最早以演说故事为主的佛教宝卷，《大乘金刚宝卷》为现存最早的以宣说经义为主的佛教宝卷之一。两者的存在首先在内容上代表了宝卷发展的两大倾向：说故事与说经义。前期佛教宝卷中，属于前一倾向的作品还有《法华卷》、《心经卷》、《圆觉经》（按：即《圆觉卷》）等；属于后一倾向的作品有《睒子卷》《香山卷》《目连卷》《王文卷》《黄氏卷》等。[2]

---

[1]　车锡伦：《中国宝卷概论》，收入车锡伦《中国宝卷研究论集》，(台北)学海出版社1997年版，第6页。

[2]　根据明罗清《巍巍不动泰山深根结果宝卷》第二十四品、明嘉靖刊《销释金刚科仪》题记。收入王见川、林万传主编《明清民间宗教经卷文献》第1册，(台北)新文丰出版公司1999年版。

后世的宝卷大致沿着《大乘金刚宝卷》与《目连救母出离地狱生天宝卷》宣示的方向发展,大致可分为两类:一类宣经说道;一类则以演说故事为主。而这两本宝卷在仪式方面的内容,一方面体现着宝卷与变文、佛教科仪之间的密切联系;另一方面,则奠定了宝卷突出的宗教属性,使之在第二个发展时期逐渐成为民间宗教家布道传教、诱引信众的工具。而早期佛教宝卷中的弥陀信仰、禅学思想、劫变观念等内容,也被民间宗教汲取,使其理论体系更为庞杂丰富,从而也更具吸引力和说服力。这些内容与其他思想相结合,被民间宗教家改造成为民间宗教教义的核心内容。

在文本形式方面,早期佛教宝卷中以阐释经义为主的宝卷还依经分品,以演说故事为主的宝卷则一般不分品。后期宝卷中常有的攒十字句式也不见于早期佛教宝卷中,而小曲的采用也较为少见。早期佛教宝卷与说唱结合的宣演形式保持一致,以散韵交错为基本形式。其韵文多以五言、七言为主,且具备格套化了的特殊结构。一般由四段韵文组成一个完整的韵文套式:先有一段韵文承上启下,一般为赞佛、叹佛,多为两句七言诗;然后为韵文的主体,八句以上,可一韵到底,也可换韵;第三部分为多言诗偈,多数为四、四、五、四、四、四、四、四、五的句式,押一韵,但比较宽泛,内容上以宣说义理为主,也可以承接前面韵文;最后则是四句诗,多为押韵的五言诗,内容上以咏佛劝俗为主。[1]

早期佛教宝卷其形式上的基本特征多被后世宝卷所沿用。虽然这种沿用,随着时间的推移,程度越来越轻,但其中的脉络是清晰可见的。大致来说,后世佛教内容的宝卷与民间教派宝卷保留早期佛教宝卷形式上的特征比较明显,而民间宝卷则比较淡薄。这是与宝卷宗教属性的强弱程度成正比的。民间教派宝卷多沿袭早期佛教宝卷讲经义的一类,也分"品"或者"分",逐一演说。后来宝卷在形式上与早期佛教宝卷较大的不同是攒十字句与小曲的大量使用,前者多受同时代戏曲曲艺的影响,后者则还是来源于早期佛教宝卷,是扩大了早期佛教宝卷中小曲的使用频率。

以明正德四年(1509)罗祖《五部六册》的刊行为标志,宝卷的发展开始

---

[1] 参陆永峰、车锡伦:《吴方言区宝卷研究》,社会科学文献出版社 2012 年版,第 27 页。

进入以民间教派宝卷为主流的时期。这一时期终结于清康熙年间,以民间宝卷《猛将宝卷》的出现为分界标志。

罗祖《五部六册》在形式上与《大乘金刚宝卷》为代表的一类早期佛教宝卷接近,仍然是仿照佛经来分品宣说,以阐释义理为主要内容。其仪式成分仍比较突出。文本上基本的形式还是散韵相间。其行文的一大特点是大量引用禅籍或其他宝卷[1],这应该是主要为了更好地宣说义理,也为了展示其权威性;同时也多引入民间传说故事、戏曲小说中的故事和人物,这既可以调节节奏和氛围,也可以拉近与听者的距离,使得宣讲的过程具备一定的生动性和趣味性。特别是后者成为宝卷的传统,对于后来民间宝卷直接改编戏曲、小说以成宝卷的做法,应该有着启示意义。

明代嘉靖、万历至清代初期,这一阶段为民间宗教发展最为迅速的时期,同时也是民间教派宝卷最为兴盛的时期。这应该是与当时社会形势的急剧变化相一致。朝政紊乱,大厦将倾,人心不安,异说争起。之后则为明清易代,天下未定。心恋故朝者大有人在,民族矛盾也仍旧处于剑拔弩张之中。这些都为民间教派的蜂起提供了良好的契机和土壤。这一阶段,无论是明朝还是清朝的官府,都是无暇也无确实的能力来打击这些蜂拥而出的异端。这一时期创教的有三一教、黄天道、东大乘教、龙天道、西大乘教、还源教、红阳教、大乘天真圆顿教等,各个教派的创立都相应伴随着宣扬其教义的宝卷的撰成与传播。其时,民间教派宝卷开始沿两个方向发展:一是如之前的宝卷,继续仿照佛经形式,按品或分来宣说义理与修持之道。这些宝卷多无文学性可言,因而也不能作为文学作品来对待。各个民间教派的主要经典大多如此。另一类,是民间宗教家利用民众信仰的神道,创作了一些以神道故事为外在形式,以其教义和修持方式的宣扬为真正内涵的宝卷。清人黄育楩《续刻破邪详辩》中称此类宝卷为"将古来正神亦捏成邪经",黄氏列举的宝卷如《护国佑民伏魔宝卷》《灵应泰山娘娘宝卷》《护国威灵西王母宝卷》《救苦忠孝药王宝卷》[2]等,神道在这些宝卷中只不过是用来阐教的工具。总体而言,民间

---

[1]　郑志明:《无生老母信仰溯源》第七章,(台北)文史哲出版社1985年版。

[2]　〔清〕黄育楩:《续刻破邪详辩》,《清史资料》第3辑,中华书局1982年版,第75页。

教派宝卷所注重的都是其宗教属性,文学性经常是被忽视的。但前所言的后一类民间教派宝卷因为俗神信仰与故事的加入,情节变得相对曲折,行文也相对生动,其故事性、文学性要相对明显一些,为后来民间宝卷的出现提供了借鉴。

民间教派宝卷仍注重其宗教属性,讲究宣讲的仪式性,具有较为严格的宣演程序。但值得关注的是,很多民间教派宝卷的韵文部分增加了当时流行的小曲,以加强其感染力和吸引力。清人黄育楩《破邪详辩》卷三有言:

> 尝观民间演戏,有昆腔班戏,多用《清江引》《驻云飞》《黄莺儿》《白莲词》等种种曲名,今邪经亦用此等曲名,按拍和版,便于歌唱,全与昆腔班戏文相似。……阅邪经之腔调,观邪经之人才,即知捏造邪经者,乃明末妖人,先会演戏,而后习邪教之人也。[1]

民间教派宝卷多用小曲入文,在当时应该是非常流行此种做法的。以至于黄育楩断言,其创作之人是“先会演戏,而后习邪教”。小曲的使用,可以拉近与听卷者的距离,增强宣卷的感染力。由此可见出民间教派宝卷汲取世俗流行文艺的变通性、灵活性。

入清以后,随着清朝廷政治形势的好转和统治力的加强,民间教派遭受各级官府的禁制与镇压越来越严重,民间教派宝卷的发展也逐渐消歇。公开宣扬的宝卷不得不减少其本身的宗教属性,而加强其世俗内容。其原来以宗教为主的身份特征逐渐演变成世俗身份,劝世性与文学性开始并重,从而催生了宝卷发展的第三个阶段——民间宝卷时期。

## 第三节 吴方言区宝卷的传入

吴方言区的宝卷最初于何时、何地发生? 又是由何种途径蔓延、传播开来? 对于这些问题,由于民间的宗教及民间文艺传承的相对隐秘性和封闭

---

[1] 〔清〕黄育楩:《破邪详辩》,《清史资料》第 3 辑,中华书局 1982 年版,第 59 页。

性,加上文士阶层对此类民间事项通常缺乏兴趣,导致了相关文献记载的匮乏,或最终难以知其究竟。

## 一、文献中相关早期吴方言区宝卷的载述

历代文献中,关于宣卷在吴方言区的发生殊乏记载。在当地的宣卷艺人中,则至今仍旧留存有相关的传说。如江苏泰州市靖江地区的宣卷艺人,当地称为佛头,多将宝卷与南宋时期的名将岳飞相关联。《宋史·岳飞传》言,建炎四年(1130)岳飞任江淮镇抚使时:

> 诏飞还守通、泰。有旨可守即守,如不可,但于沙洲保护百姓,伺便掩击。飞以泰无险可恃,退保柴墟,战于南霸桥,金大败。渡百姓于沙上。[1]

岳飞率军与进犯的金兵先在泰州一带作战,后因泰州无险可守,率部退到泰兴口岸,而后又退到了靖江。大批江淮难民与岳飞同来,定居了下来。靖江当地多言其宝卷宣演正是由这些难民传入。《中国曲艺志·江苏卷》列举了民间关于吴方言区宝卷发生的三种主要传说:

> 宣卷怎样发展流传说法不一。一说是,唐僧取经回来,途经太湖,遇到湖中癞头鼋作怪,刮起一阵狂风,把唐僧经卷吹散,飘落太湖地区。由人拾得,照经宣讲,劝人为善,便成宣卷。另一说是,一位秀才,精通儒释道三教经典,后来看破红尘,便编写宝卷,到处宣讲。还有一说是。宋朝岳飞和韩世忠带兵路过无锡,带来宣卷,劝世为善,教化百姓,便有了宣卷。[2]

无锡与靖江一江之隔,当地将宣卷与岳飞和韩世忠关联,应该是出自同一源头。这些说法都缺乏确实可靠的证据,但它们也间接反映着吴方言区宣

---

[1] 〔元〕脱脱等:《宋史》第 33 册,中华书局 1977 年版,第 11379 页。

[2] 中国曲艺志全国编辑委员会、《中国曲艺志·江苏卷》编辑委员会编:《中国曲艺志·江苏卷》,中国 ISBN 中心 1996 年版,第 618 页。

卷的某些重要特征,如它与佛教的密切关系、宣卷的教化色彩,以及由北方传入的可能性。

文献中有关吴方言区宝卷宣演现存的最早记载见于明嘉靖年间(1522—1566)徐献忠撰写的《吴兴掌故集》。该书卷十二《风土类》云:

> 近来村庄流俗,以佛经插入劝世文、俗语,什伍相聚,相为唱和,名曰"宣卷"。盖白莲之遗习也。湖人大习之,村姬更相为主,多为黠僧所诱化,虽丈夫亦不知堕其术中,大为善俗之累,贤有司禁绝之可也。[1]

徐献忠,松江(今属上海)人,嘉靖四年(1525)举人,附传于《明史》卷二百八十七《文苑传三·文徵明传》,稍详的传记则见于《大清一统志》卷五十九《松江府二·人物》。吴兴,今属浙江省湖州市。作者在此书中另有《引》云,"余自嘉靖丁亥(嘉靖六年,1527)游于吴兴,乐其土晏然,安之也,为作掌故集"。[2]则此书所及为嘉靖前期吴兴当地的情形。由此条记载可以获知不少关于早期吴方言区宝卷宣演的信息:

1.此处宝卷的宣演已经被称名为"宣卷",这与后世的通行说法是一致的。这一称名于此时的徐献忠则相对陌生,说明它可能并未广泛流传开来。

2.宣卷者与僧人相关,其间或有僧人。但既称为"黠僧",似乎此种僧人有不为正统所容、被目为歪门邪道的嫌疑。

3.此时吴兴一地宣卷活动的听众是以乡村妇女为主,后世宣卷的主要听众群体也是女性。这可能与女性生活空间的相对狭小和个体情感的丰富敏感,以及群体处境、命运相对于男性的弱小、被动,有着内在的联系。"虽丈夫亦不知堕其术中",则说明听众中也有男性,但可能并不常见,所以作者对此不免惊诧。

4.宣卷的内容为"以佛经插入劝世文、俗语",则宝卷的内容与形式上多依托佛经,而掺入道德教化内容,并多以俗语乡言出之。这说明宝卷在吴方

---

[1] 刘承干:《吴兴丛书》,民国三年(1914)刘氏嘉业堂刊本。

[2] 同上。

言区早期即是采取了方言来进行宣演的。

5. 显然,此处的宣卷是与民间教派相关联的,因此不为正统文士所容,故谓之"白莲遗习"。"大为善俗之累,贤有司禁绝之可也"之语,则表明了像徐献忠这样的正统文士认为宣卷有惑乱风俗之害,对宣卷的态度是否定和希望禁止的。

6. 此条记载的开头说"近来村庄流俗",说明此"流俗"主要流行于乡村之间,城镇则似乎未为常见;既称"流俗",则表明宣卷在当地的流传已经较为广泛,由此才会引起像徐献忠这样的正统文士的关注。同时既说"近来",则其流行的时间应该并未久远,当在近几年之内,而之前,宣卷应该有一个渐次展开的过程。宝卷在吴兴一地的发生,其最早也或在正德、嘉靖之交。

概言之,依据此条关于吴方言区宣卷现存的最早记载可以知晓,在明朝正德、嘉靖之交,吴方言区或已有宣卷存在,并且在诸多方面和后世宣卷相接近。但关于宝卷演出的具体状况,它的仪式、程序、道具、乐器等问题,囿于文献,此处是无法知晓的。

稍后,万历间戏剧家叶宪祖(1566—1641)作《双修记》传奇,佚名序称叶宪祖"精究佛理,笃信净土。暇日取《刘香女小卷》,被之声歌,名《双修记》"[1]。《刘香女小卷》即《刘香女宝卷》,流传至今,属早期佛教宝卷。该卷讲述刘香女历尽磨难,仍虔诚向佛,一心修行故事。叶宪祖是浙江余姚人,万历四十七年(1619)进士。生平见清俞卿修、周徐彩纂,康熙五十八年(1719)刊《绍兴府志》卷五十。叶氏属典型士大夫阶层。宝卷作为民间事项,其流传已有一定规模,方至于为士大夫所知晓。同属士大夫阶层,徐献忠对民间宣卷持反对态度,叶宪祖则颇感兴趣,至于利用来创作传奇。后者态度的不同可能是因为《刘香女宝卷》具有突出的佛教色彩与劝善教化内容,正与叶宪祖的"精究佛理,笃信净土"相契合。因而《刘香女宝卷》虽属街谈巷语之流,但也容易被认为有裨于世风人心,《双修记》当延续了此特色。这与徐献忠所了解到的宣卷显然是迥然相异。此条记载说明,差不多同一个时期,吴

---

[1] 〔清〕黄文旸等编:《曲海总目提要》上册,天津古籍书店 1992 年版,第 316 页。

方言区的乡村存在着与民间教派关联的宣卷活动的同时,佛教宝卷也有着一定程度的流传。

《念佛三昧径路修行西资宝卷》是现存最早的吴方言区宝卷。此卷为明朝万历二年(1574)初刊,题"古吴净业弟子金文编",今存版本是清咸丰二年(1852)毗陵(按:即今江苏省常州市)地藏庵比丘尼道贞集资重刊本。其卷末附此宝卷初刊时的跋文中说:"万历龙飞丙子年,《西资宝卷》板开镌。"[1]万历丙子年即万历二年。此宝卷宣扬佛教净土信仰。古吴即苏州。"净业弟子金文"者,应该和现在吴方言区宣卷艺人多自称"奉佛弟子某某某"相似,有标榜自己是佛教信徒,所宣宝卷属于神圣经典的意味。这正好可以和前文叶宪祖的材料相互印证,说明万历年间,佛教宝卷已经在吴方言区的吴兴、苏州等多个地方存在。

初刊于明崇祯十一年(1638)的《乌程县志》卷四《风俗》也言及了宝卷:

> 近来村庄流俗,以佛经插入劝世文、俗语,什伍群集相唱和,名曰宣卷。盖白莲教之遗习也。村姬更相为主,多为黠僧所诱,虽丈夫亦堕其术中。大为善俗之累,当道宜严禁之。[2]

乌程旧属吴兴,此记载显然是沿用了前《吴兴掌故集》之语。但从嘉靖到崇祯,超过一百年的时间跨度,正说明了吴兴一带宝卷演出的延续。

明末陆人龙编,初刊于崇祯五年(1632)前后的话本小说《型世言》第十回"烈妇忍死殉夫,贤媪割爱成女",言万历十八年(1590)苏州昆山县人陈鼎彝与妻子周氏去杭州上天竺烧香还愿,"便预先约定一只香船,离了家中,望杭州进发"。途遇亲戚,两家香船相连,"一路说说笑笑,打鼓筛锣,宣卷念佛,早已过了北新关"[3]。此处的宝卷大概率属于佛教宝卷。宣卷者似

---

[1]《念佛三昧径路修行西资宝卷》,收入王见川、车锡伦等编《明清民间宗教经卷文献(续编)》第2册,(台北)新文丰出版公司2006年版。

[2]〔明〕刘沂春修,徐守纲、潘士遴纂:《乌程县志》,《日本藏中国罕见地方志丛刊》之《〔成化〕湖州府志 〔万历〕六安州志 〔崇祯〕乌程县志》,书目文献出版社1991年版,第294页。

[3]〔明〕陆人龙编撰,陈庆浩校点:《型世言》,江苏古籍出版社1993年版,第179页。

乎并非僧尼,而是周氏和亲戚的自娱。说明宝卷的宣演在当地民间已经流行颇广,周氏这样的妇女才可能熟悉其内容和程序,甚至于可以参与了。

综上所述,宝卷的产生是佛教界在旧的对俗布道形式逐渐衰亡的情况下,适应时代变迁的需要,作出的一种自我调适。其具体的产生时间,大致当在《销释金刚科仪》撰成之后到《目连救母出离地狱生天宝卷》抄写之前,也即南宋理宗赵昀淳祐二年(1242)至北元宣光三年即明太祖洪武六年(1373)之间[1]。其究竟产生于何地已不可考。吴方言区宝卷的发生见于记载的嘉靖年间(1522—1566),以及《念佛三昧径路修行西资宝卷》初刊的万历二年(1574),虽然距此已有年岁,但它们距离罗祖《五部六册》刊行的明正德四年(1509)都可谓相去不远,正说明着吴方言区宝卷的发生有着悠久的历史。

## 二、吴方言区宝卷传入的推测

依据前文所举的相关文献来看,早期吴方言区宝卷的发生与宣演和民间教派之间应该有着密切的关联。

徐献忠游吴兴始于明嘉靖六年(1527),此时与罗祖《五部六册》刊行的正德四年(1509)相距只有短短的18年。有宁波宣卷老艺人传说,春秋战国时期,齐国田单用火牛阵破敌,杀伤过重。"田单手下有个姓罗的将军,见此情景,十分不忍,旋即隐居山中,后来倡立了'无为道'。'无为道'除了提倡静修悟道之外,还常常利用民间故事,劝人为善,讲的都是'善有善报,恶有恶报'的因果报应",宣卷即起源于此。[2]将宣卷的起源上推至春秋战国时期,显然是经不起推敲的,但它也曲折透露出了吴方言区宣卷的一些信息。所谓罗将军、无为道,应该与罗清和无为教相关。这一传说将他们与田单关联起来,是在尽量销释原来宣卷与民间教派的密切联系。它可以说明当地宣卷与民间教派间的关联,虽然这种关联现在已经难以知其究竟。无为教创立之后,多在漕运的水手中流传。吴方言区盛兴宣卷的地

[1]　参陆永峰、车锡伦:《吴方言区宝卷研究》,社会科学文献出版社2012年版,第34—40页。
[2]　潘莉:《宁波曲艺与宁波民俗文化》,海洋出版社2011年版,第170页。

区大多在京杭大运河的沿岸。或者,民间教派宝卷正是由漕运的水手从北方带入南方。但吴方言区历史上也是民间教派盛兴之地,白莲教的源头白莲宗即是南宋绍兴三年(1133)由吴郡昆山人茅子元于淀山湖(位于今上海市青浦区与苏州所辖昆山市的交界处)畔创立,[1]所以也存在着吴方言区原来自己就有民间教派宝卷的可能。

吴方言区最早宝卷的存在似乎与佛教并无关系。就徐献忠的《吴兴掌故集》中的记载而言,吴方言区的宝卷在发展初期似乎是与"白莲教",即民间教派之间的关联更为明显与密切。很显然,如徐献忠这样的文士阶层是直接将当地的宝卷宣演与民间教派的传教活动视为一般的。这种与民间教派相关的宝卷宣演,它可能是由民间教派南下传教而带来的,其中或与京杭大运河的交通运输大有干系。因为漕运,及民间通过大运河的商业运输,在明清两代一直是民间教派发展滋生的温床,大量的船员是民间教派的热衷信仰者。原来主要产生并流传于北方的民间教派借助大运河交通的便利和船员的流动性,由北至南,沿着大运河一线,向江南一带传播、辐射,从逻辑上来看,是很有可能的。[2]但相关文献资料的缺乏,使得这也只能是一种相对合理的推测。

吴方言区多地当代传承的宝卷作品仍旧可以发现民间教派的影子。常熟地区至今仍有流传的《还源地狱宝卷》,此卷即《销释明证地狱宝卷》,原是明还源教经卷,其教徒奉罗清为罗祖。常熟讲经界将此卷修改移用,删去还源教法理,只取以罗祖游地狱为线,讲述十八层地狱的苦刑,震慑阳上众生诸恶莫作。还源归家,也是"还源醒来在红尘",而不回归"真空家乡"。此卷抄本颇多,在超度亡男时使用。本卷为折本,保全了二十四品序,第一至第二十四,但上集缺第十二品。有的抄本是第零到第二十三,也有的删去了后面几品,没有二十四品。封面署:"民国念四年荷月日录邵少棠藏。"此宝卷带有明显的民间教派色彩。

[1] 马西沙、韩秉方:《中国民间宗教史》,上海人民出版社1992年版,第118—120页。
[2] 关于罗教向江南传播与漕运水手间的关系,参见马西沙、韩秉方《中国民间宗教史》第六章《罗教与青帮》,第242—339页。

靖江做会讲经,当地称宣卷为"讲经"的仪式中通常有一段讲"报三友四恩"。这在《大圣宝卷》中言说分明,其开篇云:

> 三炷香,大会场。同赴会,赐寿延。
>
> 单:斋主到佛前焚起三炷香,设立延生大会场。福禄寿三老星君同赴会,西池王母赐寿延。天留甘露佛留经,人留男女草留根。天留甘露生万物,佛留经典劝善人。人留男女防身老,草留枯根等逢春。昔年山东孔圣人留下仁义礼智信,大圣祖师留下一部经典劝善人。
>
> 白:诚心斋主(同会友)一心要到通州狼山,烧香了愿。怎耐山遥路远,跋涉艰难。有心敬神,何必远求?此地即是灵山。所以诚心斋主择定节日,打扫经房一间,设立古佛经堂,把小弟子呼唤回来对圣宣言。
>
> 平:讲间一部大圣卷,胜于到狼山了愿心。
>
> 白:斋主要说,未成到狼山面敬,在家敬他,香要多烧点,头要多叩点,功劳就大(间)点。众位,这就错了。烧多为烧草,烧了烟搞搞,大圣菩萨反而要见恼。烧香只要三友,叩头只要四个。一炷香插在香炉上手,求到父母双全;二炷香插香炉中心,求到夫妻白头到老,永结同心;三炷香插香炉下手,求到儿孙满堂。
>
> 平:三炷真香求三友,叩头四个报四恩。
>
> 白:何为三友? 释迦佛,李老君,孔圣人,三人下凡治世,为三友。释迦佛留下天平称,李老君留下斗共升,孔圣人留下丈和尺,世上农民三不争。释迦佛留下生老病死苦,李老君留下金木水火土(按:此处应漏"孔圣人留下仁义礼智信"一句),万古流传到如今。

宝卷接下来分别叙说三友神通,并分别阐明"四恩"之义,劝人信持。其"四恩"者分别为:

> 白:何为四恩?
>
> 平:斋主到佛前叩到第一个头,报报天地盖载恩。报天地自盘古生罗万象,立阴阳长五谷普度凡人。

……

平:诚心斋主到佛前叩到第二个头,报报日月照临恩。报日月,不留停,东出西归。东天出,西天入,昼夜行程。

……

平:诚心斋主到佛前叩到第三个头,报报皇王水土恩。报皇王水土恩民安国泰,文安邦武定国执掌乾坤。

……

平:诚心斋主到佛前叩到第四个头,报报父母养育恩。报父母生男女千辛万苦,冷受冻,暖受热,哺乳之春。[1]

四恩者,佛教也有此说,指父母恩、众生恩、国王恩、三宝恩。靖江宝卷中的四恩不同于佛教,它最早源自刊行于正德四年(1509)的罗祖《五部六册》中。其中的《叹世无为卷》《破邪显正钥匙卷》《正信除疑无修证自在宝卷》等,卷末都有此说,但以《叹世无为卷》最为完整,为"十报恩"。其《报恩还原品第十七》中言:

一报天地盖载恩,二报日月照临恩。
三报皇王水土恩,四报爷娘养育恩。
五报祖师传法恩,六报护法护持恩。
七报檀那多陈供,八报八方施主情。
九报九祖生净土,十类孤魂早超生。[2]

后世的民间教派宝卷结篇部分多有沿用此"十报恩"者,并取其前面的四者,

[1] 此处《大圣宝卷》为靖江宣卷先生(当地称佛头)陆爱华的演唱本。1989年扬州市民间文艺家协会和靖江县民间文学集成办公室曾编印《大圣宝卷》单行本。吴根元、姚富培主编《靖江宝卷·圣卷选本》(内部资料,2002年)收有此宝卷,为陆满祥演唱,吴根元、姚富培搜集整理,后收入尤红主编《中国靖江宝卷》,江苏文艺出版社2007年版。此本开篇未见"报三友四恩"。
[2]《叹世无为卷》,清雍正七年(1729)合校本,收入王见川、林万传主编《明清民间宗教经卷文献》第1册,(台北)新文丰出版公司1999年版,第196页。

为"四恩"。《血湖宝卷》开篇有言"开经开卷开无生,开天开地开佛门。开开罗老祖家两扇门,大乘经典涌上来"[1],《灶君宝卷》中言"我佛下凡尘,五部六册经。生老病死苦,普度众凡人"[2],都表明着靖江讲经与罗教等民间教派之间的密切联系。

宝卷进入靖江,催生出富有地方特色的靖江讲经,其时间应该不会太晚。可能在宝卷诞生后不久,靖江因为其特殊的地理位置,南来北往的行旅或移民即将这种说唱形式带到了当地。宝卷在靖江的发展过程中又深受早期民间教派宝卷的影响,因而才在现在的靖江讲经中留下了相应的痕迹,并使后者有着完整的门类和严格的宣演仪式。在清末江南宣卷摆脱宗教影响,充分商业化的大潮下,靖江又因为其相对封闭的地理环境,在讲经上保持了相对的稳定。但这仍然属于合理推断,真正的确凿证据还有待进一步的发现。

此外,靖江地区有专为老年妇女消罪的"破血湖"仪式,由两部分构成:先"请佛",后宣讲《血湖宝卷》,即《目连救母宝卷》。车锡伦在《江苏靖江做会讲经的"破血湖"仪式(调查报告)》一文中指出,"靖江的血湖会和破血湖,同道教的'血湖道场'、佛教'放焰口'和'血盆斋'不同,它是为在世的人预修的消罪仪式。从这个角度看,它同明代弘阳教的'血湖圣会'相同;其血湖信仰的表述,也同弘阳教《血湖宝忏》的解释相似"。[3]这可以说是靖江讲经与民间教派宝卷相关的又一证据。类似的情形在当代苏州市常熟地区的做会宣卷中也可以见到。当地乡村的中老年妇女也有延请讲经先生(按:当地称宣卷先生)举办"血湖佛会",其目的在祛除今生因为生育、杀生、忤逆等造成的罪业,免除死后入血湖地狱的恶果。其做会过程中,也需要宣讲《血湖宝卷》。

吴方言区最初的宣卷到底是自我生长的,还是自北方传入的,这个问

---

[1]　王国良搜集整理:《血湖宝卷》,收入尤红主编《中国靖江宝卷》上册,第407页。

[2]　朱国泰抄录,陆修收藏:《灶君宝卷》,收入尤红主编《中国靖江宝卷》上册,第708页。赵松群演唱本《东厨宝卷》中无此文字。

[3]　车锡伦:《信仰、教化、娱乐——中国宝卷研究及其他》,(台北)学生书局2002年版,第86页。

题和与宝卷的传播有着重大关联的很多民间教派一样,隐秘幽眇。在缺乏进一步的材料的情况下,这似乎是一个疑案。就以上资料来看,可以确定的是,宣卷早期在吴方言区的存在,与佛教和民间教派显然有很深的渊源。明嘉靖年间,宝卷已经在浙江的吴兴、余姚地区流传。其发生最迟在正德、嘉靖之交。自嘉靖至明末,吴方言区的宣卷是民间教派和佛教宝卷并存,两者在民间都有广泛的流传。

# 第二章 清代吴方言区民间宝卷的发展

吴方言区民间宝卷的发展据其特征基本上可以分为四个阶段：第一阶段是清代初期至中英鸦片战争发生前后，即近代以前；第二阶段则是近代；第三阶段是民国时期；第四个阶段则为当代。这几个阶段各有其发展形态和主要特征。这里先言第一个阶段。

## 第一节 民间宝卷的发生与初展

清代初期，在朝廷对民间教派的严苛打击、镇压的形势下，城门失火，殃及池鱼，宝卷也经常遭受被禁毁的命运。[1]于宝卷而言，它迫切需要摆脱其"邪经"的身份，改变其在主流意识中祸乱之源的形象。唯有如此，宝卷才能获得新生的机会与持续发展的能力。宝卷因而开始了其世俗化历程。一方面，它开始走出民间教派相对狭小的圈子，改变其原来相对隐秘的宣扬方式，逐渐与普通民众进行广泛接触；另外一方面，则是改变其原来的宗教性内容，而以世俗故事入文，突出其文学性、娱乐性，由此获得了更为宽广的生存空间。

---

[1] 曹新宇、宋军、鲍齐：《中国秘密社会》第三卷《清代教门》第十三章《清政府对秘密教门的对策及其得失》，福建人民出版社 2002 年版，第 277—282 页。

## 一、民间宝卷的成立——《猛将宝卷》

民间宝卷的成立,车锡伦先生断在清康熙年间。其主要的依据是现存最早的民间宝卷是康熙二年(1663)黄友梅抄本《猛将宝卷》[1]。《猛将宝卷》,又常名《天曹宝卷》,它的抄写、刊刻在《中国宝卷总目》中著录有26种[2]。其中有纪年的本子,从清康熙二年的抄本到民国三十六年(1947)黄佩村抄本,达16种之多。另外10种都为旧抄本,其抄写年代大致也不会晚于民国时期。清康熙二年黄友梅抄本也是现存最早的《猛将宝卷》。

猛将,即刘猛将,为宋以来民间信奉的驱蝗神。刘猛将在吴方言区,特别是太湖流域,曾获得民间普遍信仰,至今在苏州吴中区东山镇正月十三日前后仍旧有"抬猛将"的民俗信仰活动。同属苏州的常熟地区的猛将庙当代仍旧时常有庙会,当地称"做社",做社中即要宣讲《猛将宝卷》。关于他的出身历来众说纷纭,清代以来方志及《清嘉录》《铸鼎余闻》《集说诠真》等著作中多有辩说。此处仅举朱兰等修,劳乃宣、缪润绂纂,民国十五年(1926)刊刻的《阳信县志》为例,其卷一《舆地志·祠庙》述及当地刘猛将庙有云:

> 按王氏旧志云:神为南宋刘宰,字平国,金坛人。绍熙元年进士,仕至浙东仓司判官。告归隐居三十年,卒谥文清。以正直为神,驱蝗保稼,而人以猛将军称之。今考宰,宋时有传,称所到多惠政,并无捕蝗之说。称为猛将军,尤为无据。朱坤《灵泉笔记》云:宋景定(理宗年号)四年,封刘锜为扬威侯天曹猛将。有敕书云"飞蝗入境,渐食嘉禾。莱尔神灵,翦灭无余"。《怡庵杂录》略同。又,《畿辅通志》云:神名承忠,广东吴川人。元末官指挥,有猛将之号。适江淮蝗旱,督兵逐捕,蝗尽殄死。后因元亡,自沉于河,土人立祠祀之。据上诸说,神当先为刘锜,后乃以承忠易之。今庙所祀者,即承忠也。《姑苏志》又以为锜弟名锐者,是不知所据。

[1] 车锡伦:《中国宝卷概论》,收入车锡伦《中国宝卷研究论集》,第8页。

[2] 车锡伦编著:《中国宝卷总目》,北京燕山出版社2000年版,第178—180页。

上引方志也是综合众说，列举了有关刘猛将出身的主要说法。历史上主要有四种说法，也大致与之相符，是为：1. 南宋将领刘锜；2. 刘锜的弟弟刘锐；3. 刘宰，江苏金坛人；4. 元朝刘承忠，广东吴川人。明以前，前面二说最为流行。到了清雍正二年（1724），朝廷下旨将刘猛将纳入祀典，以官方的名义确定他为刘承忠，因而此说成为正统，特别是在北方地区更为流行[1]。而南方，尤其是太湖流域的民间则多尊奉刘锜，至今仍旧如此。

《猛将宝卷》一般分为上下集，或上下卷。其基本的情节内容大致为：大宋太宗年间（或为唐代、宋真宗、宋仁宗等），松江府上海县落弹墩（或为骆驼村）有富豪刘三官（或为刘三春等），娶妻包氏（或名秀英）。夫妇两人到中年，未有子嗣。两人清明时到城外扫墓，感怀此事，遂到三官殿向三官大帝发愿求子。三官大帝上奏玉帝，后者令阿难尊者（或为插香童子等）下凡，托生刘家。包氏十月怀胎，至次年正月十三诞下一子，取名佛祖（或为佛寿、佛官等）。刘佛祖七岁开蒙，九岁母亲生病去世（或称因夫妻二人忘记还愿，三官大帝降灾所致）。未及一年，经媒婆王婆介绍，刘三官娶寡妇朱氏为妻。朱氏带来前夫之子金保（或称金宝），改名刘圣。以上为上集故事。下集言，朱氏为亲子刘圣谋夺家产，百般虐待、陷害刘佛祖。刘佛祖向父亲哭诉，刘三官被朱氏瞒骗，反而将刘佛祖推入后院井中。幸得神灵救助，刘佛祖脱身逃往王婆家。刘三官将其领回，朱氏让刘佛祖、刘圣各自养鹅，却叫人偷走刘佛祖所养之鹅。刘三官打骂刘佛祖，并在朱氏唆使下，将刘佛祖带至望江桥头，推其落水。玉帝令神祇救佑，送至其外公家。刘佛祖在外公家放鹅为生，但遭舅母嫌弃，艰难度日，以泥塑母亲像，供养超度。太白金星下凡，赠金盔金甲、三册天书与宝剑，刘佛祖因此获得广大神通，能降妖伏魔、驱虫灭蝗。恰逢京都蝗灾，又有番国入侵，刘佛祖揭下悬赏的皇榜，至京都应命。刘佛祖向皇帝禀明自己出身，作法驱净蝗虫。随后又摆下阵图，率军打败番兵。皇帝封其为扬威侯，并赐封其外祖父、亲生父母。朱氏惶恐投河自沉。刘佛祖至外祖家，后者造船请酒，忘记了请他，刘佛祖施法，令船不得下水。后外公请他喝酒，

---

[1]　车锡伦：《中国宝卷研究》第四编《专题研究》第二章《江南民间信仰的刘猛将》，广西师范大学出版社 2009 年版，第 453—455 页。

刘佛祖才放船下水,遂乘船升天。玉帝封刘佛祖为天下都元帅、直殿大将军,外公、外婆被封为田公、田母,父亲被封为船头土地,包氏被封为夫人,后娘朱氏受罚成为河豚。

诸本《猛将宝卷》在人名、地名及故事发生的时间上或有不同,情节主干大致如上文所言。卷中着力较多的是刘猛将命运的曲折、神奇和他的神力。

《猛将宝卷》其主人公与民间教派宝卷中《护国佑民伏魔宝卷》一类相似,都为民间信奉的神道,但两种宝卷已大有不同。民间教派宝卷是取其名义来阐扬教义,作为民间宝卷的《猛将宝卷》则为叙述故事,表现民间的风俗信仰与喜怒哀乐,与民间教派并无关涉。其情节的曲折、故事的生动、语言的活泼、叙写的传神,都远非民间教派宝卷所能比。这应该也是《猛将宝卷》在吴方言区传本众多、广为宣扬的主因之一。《猛将宝卷》的出现,已经展示并确立了民间宝卷与民间教派宝卷间故事与义理、世俗与宗教、文学与宣教、信仰与娱乐的分野。因而,它确乎可以作为宝卷发展第三个时期民间宝卷开始的一个标志。

民间宝卷的发展接受了佛教宝卷与民间教派宝卷的影响,主要体现在两个方面:一是开讲仪式上,仍有讽经咒、举香赞、信礼常住三宝等内容,结尾仍作发愿、回向;另外宝卷中布道劝善的成分仍时时可见,佛教的果报理论也影响着民间宝卷大团圆结局的形成。但民间宝卷越到后来,特别是到了近代,其劝善书的意味越为淡薄,而文艺娱乐的功用就越为强化,已经从原来宗教的布道工具转变为娱听赏心的说唱文艺。宝卷的戏曲化与宝卷案头化——脱离表演,纯粹提供阅读,都是这一倾向的重要标志。清代民间宝卷的宣演、流传,在南方主要是在江苏与浙江两省的吴方言区,基本上以太湖地区为中心,向周围辐射。这里的宝卷宣演称为"宣卷"。北方的宝卷宣演与流传则在河北、山东、山西,以及河西地区,其表演称为"念卷"。但"宣卷""念卷"不过是通行的说法,宝卷表演各地还可以有自己的称谓,如江苏靖江、常熟地区则称之为"讲经"。民间宝卷在形式上已不再如宗教宝卷仿照佛经来分品,一般只有一册,篇幅多的分多册,有的还有回目,后者应当是受到了章回小说的影响。韵文部分仍以攒十字句或七言句式为主,但早期佛教宝卷的韵文结构基本上已经看不到。一般也无小曲存在,间或有之,也多不标其名。形式上更为通俗、自由。

与民间教派宝卷不同，佛教宝卷与民间宝卷因为其或宣佛劝善，或侧重于娱乐，与朝廷利益抵触不大，因而可以取得较为自由的发展空间。《中国大百科全书·戏曲、曲艺》"宣卷"条认为："清同治、光绪年间和民国初年，宣卷扩展到江南以上海、杭州、绍兴、宁波等城市为中心的广大地区。"[1]李世瑜《江浙诸省的宣卷》也持大致说法[2]。而前引明徐献忠《吴兴掌故集》卷十二《风土类》、明崇祯十一年（1638）的《乌程县志》卷四《风俗》、明末陆人龙所编话本小说《型世言》第十回诸书记载，已知明嘉靖（1522—1566）前期，吴兴一带已盛行宣卷。而到了崇祯年间，乌程、杭州周边也已流行。时至清代，至迟在道光年间（1821—1850），宣卷已广泛流行于吴方言地区。

## 二、清初至乾隆朝吴方言区的民间宣卷

自清康熙年间（1662—1722）民间宝卷在吴方言区出现以来，直至乾隆一朝（1736—1795），一百三十余年，文献中关于当地民间宝卷宣演的记述并不多见。民间宝卷于此期间在吴方言区正属于渐次展开阶段。

清代较早的关于吴方言区宣卷的记载在康熙年间。清郑乔等纂，康熙十年（1671）刊本《上虞县志》卷二《风俗》中有言：

> 近又有尼，削发披缁，专于富贵不闲礼仪之家，假神佛因果，绐诱妇女。拜师持斋，赴会听讲传经。种种淫邪之说，一赚其中。如素帛点墨，力湔涤不能去也。为害十倍过之。不意丐之外，又增一戾乎！[3]

与之相类似，清罗素、杭世骏等纂修，乾隆十一年（1746）刊本《乌程县志》卷

---

[1]　中国大百科全书总编辑委员会《戏曲、曲艺》编辑委员会、中国大百科全书出版社编辑部编：《中国大百科全书·戏曲、曲艺》，中国大百科全书出版社1983年版，第521页。

[2]　李世瑜：《江浙诸省的宣卷》，《文学遗产增刊》第7辑，中华书局1959年版。

[3]　〔清〕郑乔等：《上虞县志》，《中国方志丛书》（华中地方·第五四五号），（台北）成文出版社有限公司1983年版，第142页。

十三《风俗》言：

> 湖俗，每至春间，妇女不分老幼，俱艳妆入庙烧香。当事非不禁，竟不能止。皆由尼姑以轮回因果之说，蛊惑妇女，引诱出外，名为念佛、听经、受戒、斋僧、布施。其间白雀道场二处香火尤盛。画船箫鼓，士女杂沓。[1]

上虞、乌程都属浙江。两志中所记载的"假神佛因果，绐诱妇女。拜师持斋，赴会听讲传经""尼姑以轮回因果之说，蛊惑妇女，引诱出外，名为念佛、听经、受戒、斋僧、布施"，如出一辙。以轮回因果之说为内容，专门针对妇女的听讲传经，其中应当包括宣卷。而乌程县的宣卷活动，前引初刊于明崇祯十一年（1638）的《乌程县志》卷四《风俗》中已有记载，正可以作参证，说明着由明至清当地宣卷的持续发展。

清曹去晶撰成于雍正八年（1730）小说《姑妄言》第十一卷《宦萼逞淫计降悍妻，侯氏消妒心赠美婢》中记载了应天府，即今江苏南京地区民间的宣卷活动：

> 正看着，只见一个老和尚敲着一扇铙宣卷化钱，大大小小的围着许多人听。香姑也侧耳会听了一会，见他唱得铿铿锵锵，甚是入耳。便向养氏道："妈妈，这个老和尚倒唱得好听，叫他进来唱唱。"
>
> 那养氏见是个有年纪的和尚了，有何妨碍，巴不得与她解解闷，就叫看门的人叫他进来。同香姑下楼，一齐到了厅上。叫那和尚唱了一会，音韵悠扬，甚觉可听，比先远听时更是清楚。牛氏叫收拾些蔬斋与他吃，因问道："我听你倒说得好，你也记得多少了？"老和尚道："老僧零碎混记了些，要全说唱，一两个月也说唱不了。"[2]

---

[1]〔清〕罗素、杭世骏等纂修：《乌程县志》，《中国方志丛书》（华中地方·第五九六号），（台北）成文出版社有限公司1983年版，第856页。

[2]〔清〕曹去晶：《姑妄言》，《明清善本小说丛刊续编》，（台北）天一出版社1990年版，第155页。

这里,宣卷者为和尚一人,其伴奏的乐器为铙,宣卷地点在街道,宣卷为又说又唱。后来则在内宅中宣卷,主要听众为妇女。而和尚言其可宣之卷"一两个月也说唱不了",虽或夸言,但既以宣卷化钱为业,其熟习的宝卷当不在少数。而养氏之所以招和尚进宅宣卷,是为了"巴不得与她解解闷",也说明这时宣卷活动的娱乐化倾向逐渐加强。

现在存世的最早的民间宝卷作品《猛将宝卷》,即为清康熙二年(1663)黄友梅手抄。清雍正时期未见有宝卷抄本传世,乾隆、嘉庆年间的宝卷抄本存世的也不多。现在能看到的其时的抄本,据《中国宝卷总目》统计,主要有以下几种:

1.《慈云宝卷》
(1)清乾隆五十三年(1788)山西介休抄本。
(2)清嘉庆八年(1803)积德堂抄本。
2.《李素真还魂宝卷》
清乾隆五十七年(1792)抄本。
3.《销释木人开山宝卷》
清李明宗撰。清乾隆飞云阁抄本,残,存四品。
4.《玉杯宝卷》
清嘉庆五年(1800)靳汉王诚意堂抄本。
5.《孟姜女寻夫宝卷》
朱熔照抄本,清嘉庆六年(1801)□子法校订。
6.《双灯宝卷》
清嘉庆七年(1802)抄本。
7.《佛说高唱游龟山蝴蝶杯宝卷》
清嘉庆八年(1803)抄本。
8.《佛说牧羊宝卷》
清嘉庆十五年(1810)抄本。
9.《佛说刘子忠宝卷》

清嘉庆二十四年（1819）抄本。[1]

以上九种宝卷，共有抄本十种，其抄写时间都在乾隆、嘉庆年间，流传的地区则大多未明。其中《销释木人开山宝卷》属于大乘天真圆顿教经卷，不属于民间宝卷。

## 第二节　乾隆以后至清末江苏地区的民间宣卷

经历了清初至乾隆年间的酝酿、发展，至道光时期，吴方言区的民间宝卷之宣演至为频繁，屡见于记载。这里先言归属今江苏地区的民间宣卷情形。

### 一、苏州地区

历史上，江苏地区的民间宣卷活动是以苏州地区为中心的。这一地位在清朝就已经得到了确立。

生活于嘉庆（1796—1820）、道光年间（1821—1850）的程寅锡作有《吴门新乐府》，其中《听宣卷》一篇言：

> 听宣卷，听宣卷，婆儿女儿上僧院。要似妙庄王女儿，要似三公主。吁嗟乎，大千世界阿弥陀，香儿烛儿一搭拖。[2]

诗歌所言"吴门"，即苏州。宝卷的宣演地点仍旧是在僧院。就妙庄王女儿、三公主之名来看，这里宣扬的宝卷应该是《香山宝卷》。而其听众显然不再是男女杂沓，而是以妇女为主。

民国曹允源等纂《吴县志》卷五二《风俗二》收录有江苏按察使裕谦于道光十九年（1839）十二月所作《训俗示谕》，其文有言：

---

[1] 车锡伦编著：《中国宝卷总目》，北京燕山出版社 2000 年版，第 24、139、326、348、174、247、51、55 页。

[2] 〔清〕张应昌：《国朝诗铎》，据上海辞书出版社图书馆藏清同治八年（1869）秀芑堂刻本影印，《续修四库全书》第 1628 册，第 229—230 页。

苏俗治病不事医药,妄用师巫,有"看香""画水""叫喜""宣卷"等事,惟师公师巫之命是听。[1]

上文与前之程寅锡诗作,说的都是道光前后苏州地区的情形。裕谦之文则表明,苏州民间患病,常由巫师判断,或以宣卷来祛病祈福。这在苏州一地已然流行,所以才会引起官府的注意和打压。稍后,清毛祥麟作,初刊于同治九年(1870)的《墨余录》卷九《巫觋》所载更为详细。其文云:

吴俗尚鬼,病必延巫,谓之看香头,其人男女皆有之。……病家倘求禳解,则又揣其肥瘠,以索酬劳。其术如赴庙招魂,名曰叫喜。所招必在冷僻处。又预通庙祝,多方勒索。必令其家礼拜太母忏,谓即五通母,而又非僧道所能礼,惟若辈之伙党能之。问需费若干,能过僧道十倍也。其所最盛行者,曰宣卷。有《观音卷》《十王卷》《灶王卷》诸名目,俚语悉如盲词。若和卷,则并女巫挽入。又凡宣卷,必俟深更,天明方散,真是鬼蜮行径。其称女巫则曰师娘。最著名者非重聘不能致,出必肩舆,随多仆妇。[2]

生病延请巫师看香头,来确定宣卷的必要性,包括宣卷的具体卷本,宣卷过程中女巫也可以加入和佛,女巫又称"师娘"。这里,宝卷的宣演者不再是僧人了,而是专门的宣卷先生,其所宣宝卷,《观音卷》《十王卷》属佛教宝卷,《灶王卷》则属世俗神道宝卷,不再专注于佛教宝卷。宣卷之中有和卷,其宣演的时间多在深夜,并延续至天明才结束,应该具有一定的规模。而宣卷之杰出者也深受礼遇。

民国时期由丁祖荫、徐兆玮、庞树森等人编纂完成的《重修常昭合志》卷十四《风俗志》言:

---

[1] 吴秀之等修,曹允源等纂:《吴县志》卷五十二下《风俗二》,苏州文新公司民国二十二年(1933)铅印本。

[2] 〔清〕毛祥麟撰,毕万忱点校:《墨余录》,上海古籍出版社1985年版,第140页。

苏俗治病,不事医药,妄用师巫,有看香、画水、叫喜、宣卷情事;惟师公师娘之命是听,或听烧香拜忏,或听借寿关亡。幸而获瘥,酬谢之资视其家道贫富,已无定数。甚至捏称前生冤孽以及,神灵欲其舍生,则更化疏烧香,多生枝节。

"常昭"即清代苏州的常熟县、昭文县。清雍正二年(1724),析原常熟东部地区为昭文县。至民国元年(1912)撤昭文县,重新并入常熟县。此志所言属于清末常熟地区的风俗。其状况与前文所举裕谦《训俗示谕》、毛祥麟《墨余录》的记载,多有相似处。当代常熟地区的做会讲经,包括因家人生病而举行的宣卷,仍旧多由师娘(按:当地称巫觋)来看相判定。这正可以佐证前二者所言的真实性及苏州地区宣卷的某些习俗的历史悠久,同时也说明着吴方言区宣卷与当地信巫尚鬼之风的密切关系。

《申报》(上海版)多有其时苏州与杭州地区宣卷活动的报道。如清同治十三年(1874)1 月 22 日的《申报》(上海版)第二版载有未署名的《宣卷》一文,文中言及苏州地区的宣卷:

至吴人有宣卷资冥福者,则足令人齿冷焉。烛花富贵,香字平安,在座六七人,既不光头,又不祝发。斋鱼粥饭之外,其所念经咒,谛听之,盖《千字文》一部也。夫宣卷者,宣传卷牍也。檄可愈风,诗能治疟,古人有以文字立起沉疴者矣,而不谓《千字文》一部,亦可荐亡灵、赀冥福焉!果尔,学究之于馆童,无日不《千字文》是念,彼且将鸡犬皆仙矣!呵呵!

由记载可知,所及苏州地区的宣卷目的为"资冥福",即荐亡之用。"在座六七人"之说,则与当代吴方言区宣卷中通常由一人主讲、多人和佛的情形类似。而"既不光头,又不祝发。斋鱼粥饭之外"云云,说明宣卷者并非宗教徒的身份,已然是专业的宣卷艺人了。

光绪元年(1875)10 月 1 日,《申报》(上海版)的第二版载有新闻《痢疾司娶妇》,其文言:

前闻苏城内有痾疾司神娶妇一说,本馆以其事涉荒诞,故未登录。然既人言籍籍,自当访问其详。兹据苏友函称,所谓神妇者,姓王氏,本小家女。年十八便以病死,距今计已四年,非新鬼也。女之母曾在寓苏之海宁某姓家为仆妇,其父素业巫,即吴下所谓宣卷者是也。自女殁后,老夫妇二人益无聊赖,念与痾疾司之庙祝相善,因互作狡狯伎俩。谓女曾入梦,神将娶以为二夫人云云。持此说以遍告绅富家,募助嫁费。为其所愚,尽有慨然而解囊者,计共募得洋百五十元。半为塑女像及奁资,半以留为糊口计。于八月既望,居然舆从乐部,花冠霞帔,导送女像入庙,与痾疾司神交拜于神座下。礼毕,设像于座右之次。盖神本有妇像在,故今皆称王氏女为二夫人也。是日,愚夫妇多有持香而往拜者,庙祝便乘此敛钱,并盛称神之灵异,使闻者起敬而生畏。其实则皆莫须有也。噫!矫诬惑众,莫斯为甚。安得汤文正公者,火其像而毁其祠哉?

"其父素业巫,即吴下所谓宣卷者是也",寥寥数语,虽然未涉及苏州宣卷的具体情形,但也揭示了如前文常熟宣卷一般,苏州宣卷与巫师之间的关联,并再次说明着宣卷者的世俗身份,以及民间专业的宣卷艺人的存在。

清光绪八年(1882)11月10日的《申报》(上海版)第二版《苏台杂志》下言及苏州城区的一次宣卷活动:

赛儿巷某姓,念四夜间唤宣卷者四人,在家宣卷。亲戚邻里往听者,甚为热闹。及天明宣毕,各客皆散。

赛儿巷,位于苏州城西的吴趋坊内,今仍旧保留其名。上文记载的宣卷举行于私宅中,而非寺庙之中,其缘起应该是为了家人避灾趋吉,祈福发愿。因为是私人目的,一般只在自己家宅中宣卷。宣卷者四人,显然是专门的宣卷先生。这和传统木鱼宣卷的情形一致,为一人主宣,其他人和佛。此次宣卷在夜间进行,持续至次日天明,是旧时苏州地区木鱼宣卷的常态。而邻里热衷听讲,也说明着它的吸引力和娱乐性。

由以上论述可以知晓,自道光开始,苏州地区的宣卷活动已经是非常流行,以至于成为现象,引起了官府的注意。苏州当地的宣卷常和巫术活动联系在一起,被宣扬于与治病、荐亡等相关的民间做会活动之中。就文献记载来看,其主要的听众仍旧是妇女为主,在宣卷者方面则已经存在专业的民间宣卷艺人。

## 二、苏州以外

江苏在苏州之外的吴方言区也有宣卷的发生,江阴一地即有宣卷。清陈延恩等修、李兆洛等纂,道光二十年(1840)刊《江阴县志》卷九《风俗·二氏》中云其时江阴僧徒之违律:

> 更有所谓坐期场,作佛会于寺宇宽广之所,不分男女,醵分输金,杂沓罗拜。内一人自号佛头,钞撮鄙俚词句,对众朗诵,名为宣卷。杂坐至三四昼夜,或旬余不止。四乡及附郭俱有之。此又二氏之波流不已,大坏法门者也。(原注:现奉宪檄,遵旨通饬,严禁妇女入庙烧香,丁男坐会念佛。如邑城北门外,三月二十八日东岳庙会,彻宵达旦,男女混杂,为□□尤甚。今皆先期示禁,委员查拿,所当永久钦遵。)[1]

这里,宣卷的进行在"寺宇宽广之所",其宣演者当不止一人,主持者称为佛头,这和现在江苏靖江宣卷的情形是一致的。听众则男女杂集。宣卷活动昼夜进行,可以持续十多天。而其范围则遍及江阴各地。佛头宣卷,乃"钞撮鄙俚词句,对众朗诵",实则其言语一则通俗浅白,一则多用骈俪之句,而以唱诵出之。而"醵分输金",则说明宣卷为众人集资凑钱而为,这也与当代吴方言区很多地区的村庄集资做会宣卷的情形相似。从宣卷在时间持续上的漫长、空间分布上的广泛来看,此时江阴一地宣卷活动已经是非常兴盛、流行,深受大众欢迎。但显然,其冒称"佛会",却掺入俗文,已非正统;又男女混杂,通

---

[1]〔清〕陈延恩等修,李兆洛等纂:《江阴县志》,《中国方志丛书》(华中地方·第四五六号),(台北)成文出版社有限公司1983年版,第837—838页。

宵达旦，"有伤风化"，在正统文士看来属于不端坏俗之举，因而遭到了官府的禁止。

现在仍然举行着的靖江地区的宣卷，在清代也已经开始，关于它的最早记载是在光绪二年（1876）。清叶滋森等修、褚翔等纂，光绪五年（1879）刻本《靖江县志》卷二《营建志·寺观》收录《光绪二年裁撤尼庵示》，是为两江总督批发的靖江县知县叶滋森的请示。起因是靖江的僧尼有诱拐妇女等恶行，官府遂令其一概还俗、发配。文中提及靖江宣卷云：

> 更有非僧非道之流，借名讲经，自称善卷，俚歌村语，杂凑成词，引诱乡愚，男妇混杂，犹为可恶。由县随时查禁，以端风俗，以正人心。等情到司，正在核示。间奉两江总督部堂沈令勒石以垂久远。[1]

靖江的宣卷者非僧非道，但仍然借"讲经"之名，标称其与佛教的关系。其听众则男女混杂，不限于妇女。而宣卷的语言"俚歌村语，杂凑成词"，是引入了民间小曲、俚语，通俗易懂而富有趣味。老百姓的热衷听讲与官府的极力反对、禁止形成强烈的对照。靖江与江阴之间只相隔一条长江，历史上民众往来频繁，文中所言靖江宣卷的诸种情形与前举江阴一地的状况相似。

以上为文献中关于清代江苏地区宣卷的记述。由此可知，有清一代，江苏地区的宣卷以苏州为盛。苏州以外，江阴、靖江等地也有宣卷存在。有些地区虽无文献记载，但依据当代保存下来的当地的宝卷作品，也可以判断有宣卷的举行。如江苏的常州地区，有《还珠宝卷》，末题"道光九年八月日立唐瑞麟众览"[2]；《饭顾宝卷》，即《一餐饭宝卷》，首页卷名之下题"郁鸿瑜抄"，卷末题"光绪叁拾壹年桂月日立函文南窗下鸿瑜抄"[3]。流传于无锡地区的宝卷也有多种抄写于清朝的，《中国民间宝卷文献集成·江苏无锡卷》收

---

［1］〔清〕叶滋森等修，褚翔等纂：《靖江县志》，（台北）成文出版社有限公司1993年版，第54页。
［2］《还珠宝卷》，收入包立本、韦中权主编《常州宝卷》（第一辑），珠海出版社2010年版，第378页。
［3］《饭顾宝卷》，清光绪三十一年（1905）郁鸿瑜抄本，常州朱炳国收藏。

录了无锡宝卷七十八部,属于清代的就有三十三种,其中又以同治、光绪年间抄本为多,最早的则是清同治八年(1869)佚名抄本《珠塔宝卷》[1]。这些都说明着江苏一省的吴方言区在清代基本上都有着宝卷的宣扬,而其兴盛则显然是从道光一朝开始的。

## 第三节　乾隆以后至清末浙江地区的民间宣卷

按前文所及,文献中关于吴方言区最早的宣卷活动的记载是明嘉靖年间(1522—1566)徐献忠撰著的《吴兴掌故集》,说明其时浙江吴兴已有宣卷的进行。

嘉靖以后,文献中长期未见浙江地区宣卷的记录,文献中相关记载一直要到清光绪年间才有出现。但这并不能说明在此期间,浙江地区宣卷的不存在,因为光绪之前浙江刊布有很多的宝卷作品。其中属于早期佛教宝卷的,如:

　　1.《香山宝卷》
　　(1)清乾隆三十八年(1773)古杭昭庆大字经房刊本。
　　(2)清同治七年(1868)杭州翁云亭善书局据慧空经房刊本重印本。
　　(3)清同治壬申(十一年,1872)杭州宝善堂刊本。
　　2.《刘香女宝卷》
　　(1)清道光二十四年(1844)杭州慧空经房刊本。
　　(2)清同治八年(1869)钱塘华邬休庵比丘烈正校补重刊本。
　　(3)清同治十年(1871)浙江萧山田惠顺刊本。
　　(4)清同治十二年(1873)古杭昭庆寺慧空经房刊本。
　　(5)清同治八年(1869)钱塘华邬休庵比丘烈正校补重刊本。
　　(6)清同治十年(1871)浙江萧山田惠顺刊本。

---

[1]　车锡伦总主编,钱铁民分卷主编:《中国民间宝卷文献集成·江苏无锡卷》,商务印书馆2014年版。

（7）清同治十二年（1873）古杭昭庆寺慧空经房刊本。

属于民间教派宝卷的，如：

　1.《弥勒出西宝卷》

（1）清同治九年（1870）绍兴蒿惧龙会山尚德斋刊本。

　2.《皇极开玄出谷西林宝卷》

（1）民国二十二年（1933）浙江绍兴厉德升等重刊、尚德斋印本，三册。上卷末署"乾隆五十二年丁未浙江绍龙惠山尚德斋郑小康、厉芝享弟子重刻"，下卷末署"民国二十二年重刻，板存尚德斋刷印"。

属于民间宝卷的，如：

　1.《潘公免灾救难宝卷》

（1）清咸丰六年（1856）宁波耕心堂胡刊本，一册。

（2）清同治绍兴许鼎元老店刊本。末附咸丰九年（1859）李同福跋，同治二年（1863）日山会杜璟堂、冯葆基跋。

　2.《花名宝卷》

（1）清同治八年（1869）钱塘华邬休庵比丘烈正校补重刊《刘香女宝卷》附刊本。[1]

上文仅简单列举了光绪以前浙地刊印的一些宝卷作品。它们的存在间接说明着明代嘉靖以后，直至清光绪之时，浙江地区应当是有宣卷活动的。

## 一、杭州的宣卷活动

清代浙江地区的民间宣卷以杭州最为兴盛，这也是与杭州作为浙地文化、政治中心的地位保持一致的。目前能看到的关于清代杭州宣卷较早的记

---

[1]　据车锡伦编著《中国宝卷总目》统计。

载见于清佚名撰写的《杭俗怡情碎锦》（稿本）之中。该书之"官民救灾"条中记载：

> 乐善有坐庚申、夜念佛。或妇女聚数人，念七佛，歌《刘香》《香山》等本时兴喧（按："喧"当作"宣"）卷，亦有鼓板。[1]

该书成书年代不详，但据其中"今有织署运司亦是洋龙"一句，结合本条前文所提及的杭州织造于光绪十三年（1887）呈准朝廷，购置洋车式水龙一架，可推测该书可能创作于光绪十三年（1887）之后。另外，书中有不少洋人医士收治病人、政府创办官学堂教授洋务知识等反映清末社会面貌的记载，这些内容也提示了是书的大致创作年代。既称为"时兴喧卷"，则可以说明光绪之时，杭州一城宣卷颇为盛行。念七佛，显然都属于民间的佛教信仰活动，旧时宣卷长期以来多有蕴涵在此类活动之中的。而这里的宣卷不是由专业的宣讲艺人或僧道进行，而是由民间相合的几位妇女相聚在一起，自发举行。所宣宝卷《刘香女宝卷》《香山宝卷》，都属于明代就存在的佛教宝卷，其宗教色彩强烈，可以看成是民间的修习佛教之举。宣卷在夜间举行，并有鼓板，应当还是属于木鱼宣卷的范畴。下文所及小说《扫迷帚》中记载的民国初年杭州一代的宣卷活动，可以与此条相参看。

清光绪七年（1881）10 月 20 日的《申报》（上海版）第二版载有新闻《盂兰胜会》，说的也是当时杭州的情形。该报道有云：

> 杭城自八月以来，各处盛设兰盆胜会，以祀孤魂。夸多斗靡，此争彼赛。其最盛者，则清和坊大街、荐桥直街、联桥大街等处，长逾里许，壁灯塔火，照耀通衢。僧道经忏之外，杂以花鼓、楚词等戏。纸钱楮币，各以数十万计。下至小街僻巷，亦皆酿金争胜，各创新奇。或集老媪以诵经，或招村儒以宣卷。分街按段，各擅胜场。游观之人，填街塞巷。其年轻

---

[1]〔清〕不著撰人：《杭俗怡情碎锦》（稿本），《中国方志丛书》（华中地方·第五二六号），（台北）成文出版社有限公司 1983 年版，第 45 页。

妇女堕珥遗簪者,不可胜计。

则其时杭州城举行盂兰盆会时,街巷多有请人宣卷者。"自八月以来"之说,说明此类活动自八月一直延续至十月。其持续时间之长、举办频率之勤,以及民间对宣卷的热衷,都可以由此而推想知晓。此处宣卷与老媪诵经并称,民间也将它视为"佛事"的一种,有超度鬼魂、积蓄功德的功用。"村儒"者,其真实的身份可能是处于底层的读书人,也可能只是专门的宣卷艺人。但下文又有"游观之人,填街塞巷。其年轻妇女堕珥遗簪者,不可胜计"云云,说明其带有较强的娱乐性,而女性则一直是其主要的听众。

同样是《申报》(上海版),其光绪十七年(1891)8月20日的头版有《论宿山陋俗》一文,述及当时杭州地区妇女留宿山寺的习俗。文中有言:

近年以来,妇女之宿山者日益多。所谓宿山者,杭人谓之宿庙。大都因名山僧占者多,故言山,而庙在其中。其先不过老媪,结队手持念珠,或以麦草代数珠,提香篮,裹干粮,赶香市。闻某处庙宇新修,则约伴而往;闻某庙某神开光,则又约伴而往;闻某处有会、某处迎神,则又约伴而往。往则群聚一处,或席地而坐,或携小矮凳,口中喃喃诵佛号,直至天明而后还,一似道士之守庚申也者。……

至今日而此风愈盛,且一变。而老媪之外,又有少妇,甚而至于但有少妇,并无老媪。此何以故?则以近来宣卷之风大行,凡此宣卷之人,多系游手无藉,略识之,无乃以卷摊于桌,纠约四五人,焚香点烛,手敲木鱼,照卷宣诵,每句间以佛号,其卷则大都劝人为善之词。虽曰乡党,自好者不为,然犹不大背于正。其资则出自纠集,亦不过数百文而已。

今则不然,此等宣卷者多系少年无赖之人。即其所宣之卷,亦多花样百出。如以前所宣之旧卷皆以为不足以动人,于是独出心裁,别开生面,而必使听者耳目为之一新,并且妆腔做势,竟分出生旦净丑各种声音。有时手舞足蹈,惟恐其仿神情之未肖者。而其所造之新卷,则半系男女私情,极意描摹,多方附会,而后来果报则不过寥寥数语。此等卷老媪所不乐闻,少妇则趋之如鹜。

　　凡有庙宇,必有偶像,托为某某神道,而神道必有生日。某日为某神生日,则宣卷,妇女闻之,遂趋之。某日又为某神生日,则宣卷,妇女闻之,则又趋之。一庙之中,月必五六作。故妇女之宿山者,亦如之凡。有宣卷之处,无不有宿山之妇。或神诞相隔太远,则更有邀宣卷者至家。或在堂前,或在天井,设一桌使之宣诵。而招邀女伴,相与为宿山之会,名曰宿天山。正不知此等妇女是何居心,而风气之坏愈甚矣!扃门而出,及天晓归家。或被偷儿潜入,倾筐倒箧而去。或所畜鸡鹅为黄狼所啮,此皆小焉者也。宣卷者高声念诵,故作妖淫。宿山者入耳忘情,全神直注。而游荡子弟乘隙而来,百端诱惑,因此而失节败检者,正不知其凡几。风俗人心,至此愈坏,可不伤哉?彼贪风水者犹其害之小者矣!

　　此文关于当时杭州宣卷的情形可谓记录详细。其中透露出很多当地民间宣卷在诸多方面的特征来:

　　1.杭州地区旧有宿山风俗,原为民间自发前往山中寺庙的信仰行为,其主要的活动在夜间进行,不外乎礼赞、念佛等,而其主要的参加者为年老的妇女。至此文撰写之年,杭州的宿山风俗已有巨变。首先是少妇,即年轻妇女大量地加入宿山的行列中。而其主要原因则在于其时宿山过程中大兴宣卷。

　　2.此时杭州的宣卷也已经发生了变化。之前的宣卷宗教信仰色彩强烈,以劝人为善之词为主要内容,且仪式感突出。到了此时,宣卷在内容和形式两个方面都发生了新变。形式上有了类似弹词的起角色,根据人物的特征,设定其行当,并按照情节和场景来拿腔捏调,所谓"妆腔做势,竟分出生旦净丑各种声音"。此外,还有类似评弹的手风,通过一定的形体动作和面部表情来进一步展示人物形象。在内容上,之前的宣卷以劝善为主,此时的宣卷则"半系男女私情,极意描摹,多方附会,而后来果报则不过寥寥数语",这是以年轻女性喜闻乐见的爱情故事为主,而削弱了原来的宗教信仰的内容。这些变化正是宣卷能吸引"少妇"的原因所在。

　　3.其时杭州地区宣卷举行的场合,一是在寺庙之中,一般于神道诞辰之日进行。其进行次数则十分频繁,"一庙之中,月必五六作"。除此之外,也有相邀至私人家宅中宣卷的,举行于堂前或天井。

上述与宿山相关的宣卷主要举行于杭城郊外的山间寺庙之中,但光绪年间的杭州宣卷是流行于城乡的,它也屡屡见于城区之中。清光绪二十年(1894)6月8日的《申报》(上海版)第二版《武林琐述》载:

> 杭垣城厢内外,每逢三月二十八日起,至五月初八日止,长斋四十日,谓为朱天素信。受奉行者,十得七八。二十四日为朱天诞辰,各集佛番,就庙中祝嘏。是日,或清音,或傀儡戏,或南词,或安康,一城之内,约有百余处。惟下城仁和仓桥老朱天庙,届期最为热闹。其次则横大方伯之圆通寺。当夜更有念七佛者、宣卷者,不一而足。且各庙当诞日前三后四,门前必用七星大纛黑旗一面,前塑朱天偶像,面貌狰狞,左手执金色裩一支,右手握一金色大圈。开膛亦足系以太红肚兜、风帽及一口钟,均用黄缎为之。究不知是何神也!

这里,宣卷举行于杭城内外的寺庙中,而其持续的时间将近一个半月,由此也可见当地民众对宣卷的热衷程度。光绪二十六年(1900)11月6日《申报》(上海版)之第二版《三潭月印》一文有云:

> (杭州)庵观寺院每喜雇人宣卷,耸动愚人,俚曲淫词,不堪入耳。事为保甲提调王太守所闻,出示申禁,其文云:"照得省城庵观寺院,每有编就俚词,当众说唱,名为宣卷。任意插科,语多不经。此等词曲,既非梵音佛典,亦非忠孝遗文。男女环坐观听,终宵不彻,殊属有伤风化。为此出示严禁,嗣后如再有入夜宣卷者,立即访拿重究,并提该庙住持一并治罪。各宜凛遵毋违,特示。"

由上文可知,到光绪后期,杭州地区的宣卷更为流行。"俚曲淫词""任意插科,语多不经""既非梵音佛典,亦非忠孝遗文"等语,说明宣卷与宗教信仰的距离越来越远,其娱乐属性则越来越突出,所以才有"男女环坐观听,终宵不彻"。男性听众的加入,本身就是宣卷吸引力增强的重要标志。此种宣卷应该是以民间宝卷为主,劝善的成分愈加淡薄,所以才有可能被官府认为"有伤风化",需要下令禁止。

## 二、杭州进香与宣卷

杭州在历史上佛寺林立。清代以来,相邻省市的信众常常于春上秋间,坐船至杭州的佛寺进香礼佛,而宣卷便经常发生于进香的路程之中。前及明末陆人龙所编话本小说集《型世言》第十回《烈妇忍死殉夫,贤媪割爱成女》中,叙万历十八年(1590)苏州昆山县陈鼎彝与妻子周氏去杭州上天竺烧香还愿,一路于船上宣卷的情形,正说明此种风俗于明代已经形成。

清末《扫迷帚》作者署名壮者,初刊于光绪三十一年(1905)一月至五月的《绣像小说》第四十三期至五十二期,光绪三十三年(1907)上海商务印书馆出版单行本。小说第十五回《进香求福堪笑冥顽,宣卷襄灾大伤风化》中言三月时,各地至杭州进香拜佛的情形:

> 那各处船只,或大或小,或集众合雇,或一家独唤,渐渐的停泊拢来。船尾都斜拖黄旗,书"天竺进香"字样。舟中贵的、贱的、富的、贫的、老的、少的、男的、女的、俏的、蠢的、专诚祈祷的、请丹还愿的、乘便求签的、借佛游村的、赶热闹嬲女的,一窝蜂携着香篮,挈着伴侣,纷纷扰扰,都到那城隍、天竺等山进香。或乘轩,或骑马,或使着那两腿的劲,整日跑个不了。有往返不及,并可酌给钱文,在僧房度夜,俗呼宿山。沿路小本经营者,罗列各货物摊,以供香客购买,名曰赶香市。最可笑者,那集资合雇的大船,内中必有一香头,纠着那不三不四的男子五六辈,高声宣念《刘香》《香山》等忏,沿途唪诵不绝,好似那送丧的船,用着僧道一般。[1]

这是在进香的船上,由男子在一起宣念《刘香女宝卷》《香山宝卷》,一路不止。同书第十五回末言:

---

[1]〔清〕壮者:《扫迷帚》,董文成、李勤学主编《中国近代珍稀本小说》,春风文艺出版社1997年版,第232页。

　　资生道："二位,近来我胥江省垣,新添出一种无业游民,编造七言
俚语,围坐歌唱,名曰宣卷。妇女最喜听的。人家有寿诞疾病,必招之来
家,谓可禳灾造福。往往男女杂沓,夜聚晓散。此辈近来不独在人家演
唱,专一纠同僧道尼姑,假托神诞,邀请妇女来庵,借念经祈福之名,为敛
钱分肥之计。伤风败俗,莫此为甚。较之道士正场完后,必唱昆曲数出,
并不加择,但取各人所长,如《下山》《楼会》等出。并与那唱滩簧的必
唱《打斋饭》《买橄榄》等剧,使内眷女宾,环坐倾听。同一恶风,可怪得
很。"[1]

从中可以知晓清末杭州一带民间宣卷的大致情形。宣卷者为"无业游民",
但又时常与僧道尼姑混杂,故宣卷的地点或在家宅,或在庵寺。时间则"夜
聚晓散",还是在夜间。在人家宅第中的宣卷,往往是出于世俗的庆生祝寿、
禳病去灾的目的,被民间视为可"禳灾造福"。在庵寺中的宣卷,借念经祈福
之名,往往是宣卷者为敛财,主动举办召集百姓的。宣卷的最大拥护者还是
妇女。虽然听卷"男女杂沓",但"妇女最喜听的",其主要的听众还是妇女。
宣卷的韵文部分在这里以七言为主,其语言俚俗化色彩明显。并且宣卷还向
昆曲、滩簧学习,借鉴、搬用两者中为民间耳熟能详的曲子,以进一步增强其
娱乐性。

　　去杭州进香的途中举行宣卷,这一情形在当代仍有遗存。江苏的常熟地
区的民众在 20 世纪八九十年代,在讲经先生(按:当地称宣卷艺人)的组织
带领下去杭州进香。当时交通不便,一般坐机帆船前去,路途中经常由讲经
先生宣卷;有时坐汽车过去,住宿旅馆时,也在房间中宣卷。[2]

　　由以上论述可知,相关文献中关于这一时期江、浙两省吴方言区的宣卷,
涉及江苏城市的显然要多于浙江的,其中心城市则在苏州、杭州二城。这也
与这两个城市在清代的地位与影响力一致。民间宝卷宣演的一些主要特征

---

[1]　〔清〕壮者:《扫迷帚》,董文成、李勤学主编《中国近代珍稀本小说》,春风文艺出版社
1997 年版,第 235 页。
[2]　根据 2011 年 12 月 22 日上午常熟讲经先生余鼎君采访录音。

已经形成,其中突出的是宝卷的娱乐性越来越加强,世俗的成分从内容到形式对宝卷宣演的影响也越来越明显。这一时期的宣卷者已经是以民间专门的艺人为多,获利成为他们宣卷的主要目的。至于延请宣卷的民众,在前期,虽然有娱乐的考虑在里面,但总体上还是与表达信佛乐善、崇神佞鬼,以祛病避灾、祈福趁吉的目的相关联。到了清末,宣卷则具有了更多的娱乐属性,原来宗教信仰的意味则渐渐削弱。而官府及正统文士从教化和秩序的角度出发,对宣卷多持否定、反对的态度,并多有直接采取措施予以禁止者。这与下文所言同一阶段上海地区的宣卷形成了明显的冷热对比。而江浙两地的宣卷在清代或举行于寺庙,或发生于家宅,整体上仍旧与宗教信仰活动相关联,多存在于民间的做会之中,属于做会活动的一部分。

## 第四节　乾隆以后至清末上海地区的宣卷

吴方言区宣卷在整体上脱离宗教信仰的拘束,彻底的娱乐化,成为与评弹、小热昏等并列的民间曲艺形式,则要在民国初期的上海滩上才得以完成,但其端倪则在清末已得到显现。

### 一、上海地区宣卷的传入

上海在清代初属江南省管辖,顺治以后又归属江苏之松江府,其迅速的发展则是在 1843 年 11 月之后。清朝廷根据《南京条约》和《五口通商章程》的要求,将上海开辟为对外通商口岸,是为上海开埠。两年后,1845 年英租界设立,随后,美租界(1848)、法租界(1849)相继设立,而后是 1863 年 10 月英、美租界合并为公共租界,各租界不断扩展。公共租界面积,在 1863 年时为 5860 亩,1899 年时为 32110 亩,将近是之前的六倍;到 1915 年,最大时达 33503 亩。法租界面积 1861 年时为 1124 亩,1900 年为 2135 亩,1914 年最大时为 15150 亩[1]。到 1852 年,上海已取代广州成为中国对外贸易中心,同时也逐渐成为江南地区的经济、文化中心。宣卷在上海的发生和兴盛正与此事

---

[1]　马学强、宋钻友:《上海史话》,社会科学文献出版社 2011 年版,第 26—27 页。

实相契合，尤其是与上海租界的发展密切关联。

　　一般认为，上海一地的宣卷是由江苏苏州、昆山（一说常熟）传来。传入的时间则不可考。[1]而宣卷传入上海以及后来的兴盛，应该与近代以来江浙两地的民众因为躲避战乱，不断向上海租界移民的事实有着很大的关联。近代此种移民主要有三次高峰。

　　第一次高峰是 1853 年太平军攻占南京、镇江、扬州等地区，导致这一地区的官员、富绅和百姓向苏南和浙江地区大规模逃亡，一时间"江浙子遗，无不趋上海"[2]。同年 8 月至 1855 年 2 月，上海又有小刀会起义，城区的居民大量逃至租界。上海及周边县城被起义者占领，一大批本地及周边地区的衣冠右族及惧乱的平民百姓纷纷避入租界区，租界华人由原来的 500 人，骤增至 2 万人以上。[3]

　　第二次高峰则始于 1860 年。时太平军进攻苏南和浙江，先后攻占丹阳、常州、无锡、苏州等地。到了第二年，又先后攻克杭州、金华、绍兴、宁波等地。在战争的压力威逼下，江浙两地的官绅和百姓大量外逃至上海，蜂拥入未被战火波及的租界地区，"江浙两省绅商士庶丛集沪城"[4]。

　　第三次高峰则主要发生在上海本地。太平军在忠王李秀成的率领下，先后于 1860 年 6 月、1862 年 1 月和 5 月，三次进攻上海。上海城区及周边太仓、昆山等县城的官民大量向租界逃亡。后面两次移民高峰累积在一起，使得租界人口也迎来了第一次高峰，于 1862 年达 50 万人。战事平息后第二年初，总人口仍有 14 万之多。[5]据有关学者统计，上海租界（不含未并入的越界筑路区）人口，1895 年为 29.7 万，1910 年为 61.6 万。[6]租界已成为近代上海城

---

[1]　中国曲艺志全国编辑委员会、《中国曲艺志·上海卷》编辑委员会编：《中国曲艺志·上海卷》，中国 ISBN 中心 2007 年版，第 93 页。

[2]　〔清〕应宝时修，俞樾纂：《同治上海县志》卷十一，清同治十年（1871）吴门桌署刊本。

[3]　参梅朋、傅立德著，倪静兰译：《上海法租界史》，上海译文出版社 1983 年版，第 134—135 页。

[4]　〔清〕王萃元：《星周纪事》卷下，上海古籍出版社 1998 年版，第 25 页。

[5]　邹依仁：《旧上海人口变迁的研究》，上海人民出版社 1980 年版，第 90 页。

[6]　费成康：《中国租界史》，上海社会科学院出版社 1991 年版，第 90 页。

市的重心。

　　因为太平军屡次攻伐，原来苏州和杭州作为江南中心城市的地位逐渐被削弱，而上海则因缘际会，占开埠之利，在经济、文化诸方面越趋繁荣，最终领时代风气之先，成为江南一带最为显赫的中心城市。如清光绪九年（1883）上海南汇人黄式权撰《淞南梦影录》卷一云，"沪北弹丸之蕞尔之地，而富丽繁华，甲于天下"[1]。

　　江浙移民作为早期上海移民的主体，在经济、文化上具有一定的优势地位。有学者指出，"晚清最先进入上海的文人学士绝大部分来自江南"[2]。而江南士绅经济上的富裕与文化消费的需求，进一步促进了上海租界的商业和娱乐事业的兴起。[3]于宣卷而言，江浙移民大量、持续地进入以租界为主的上海地区，一方面是向社会提出了对宣卷的需求，也为宣卷提供了相对成熟、稳定的生存空间，使得宣卷在上海的流行具备了较为可靠的且人口基数较高的听众群体；另外一方面则是，战乱时期大规模的移民潮必然裹挟着大量的民间文艺人士，其中应该也有江浙两地的宣卷艺人。而一旦局势稳定后，这些江浙移民的存在也吸引着当地的宣卷艺人来到上海，去开拓新的演艺市场。故黄式权《淞南梦影录》卷二中即有"沪上优伶向俱来自苏台"[4]之语。同时，上海的繁华和租界的相对安全也是外来宣卷艺人能够生存、发展的有力保障。在以后的论述中，我们可以看到，上海地区的宣卷最主要的演艺市场其实正是在租界，它的很多变革也是发生在这一空间之中。

　　上海地区宣卷的传入年代囿于文献记载的缺乏，目前已经无法考知。清道光间（1821—1850）张春华撰作的《沪城岁时衢歌》（按：此著初刊于道光十七年，1837年）中有诗云：

---

［1］〔清〕葛元煦、黄式权、池志澂著，郑祖安、胡珠生标点：《沪游杂记·淞南梦影录·沪游梦影》，上海古籍出版社1989年版，第101页。

［2］许敏：《士·娼·优——晚清上海社会生活一瞥》，收入汪晖、余国良主编《上海·城市·社会与文化》，香港中文大学出版社1998年版，第114页。

［3］许敏：《晚清上海的戏园与娱乐生活》，《史林》1998年第3期，第36页。

［4］〔清〕葛元煦、黄式权、池志澂著，郑祖安、胡珠生标点：《沪游杂记·淞南梦影录·沪游梦影》，上海古籍出版社1989年版，第116页。

老去山僧住法龛,谈经自昔味覃覃。而今七佛传村巷,也算春游向
铎庵。(原注:铎庵,故张在简别业也。康熙元年,曹绿岩垂灿改为庵,
江右僧犀照驻锡于此。犀照,有道僧也,往来皆一时名辈,百余年来,清
风渺矣。三四月间,有所谓念七佛者,男女淆杂,佻达子弟往往借此为
乐。)[1]

七佛,指释迦佛及其出世前所出现之佛,共有七位,即毗婆尸佛、尸弃佛、毗舍
浮佛、拘留孙佛、拘那含牟尼佛、迦叶佛、释迦牟尼佛。这是说的是道光年间
上海农村的"念七佛"活动,详细情形难以知晓,但参照前文所引清佚名《杭
俗怡情碎锦》之"官民救灾"中的记载,其中很可能有宣卷的进行。如果此为
确实的话,则上海地区宣卷的出现或可上推至更早的道光年间。

如前所述,清道光以后,特别是咸丰、同治年间,由于太平天国战争的激
烈展开,大量江浙移民涌入上海,宣卷可能正是在这一时期开始成规模地进
入上海地区。宣卷自传入上海后,发展迅速,无论是在宣演形式方面,还是在
流行程度方面,都俨然有后来居上之势。上海一地的宣卷,屡见载于道光之
后的著作中。

关于上海地区宣卷的最早记载见于清同治十一年（1872）6 月 17 日的
《申报》（上海版）。该期《申报》的头版载有署名"吴郡过来人"的《沪上
浪游忏悔文》,文中言及浪游沪上青楼,至侵晨欲归,有言:

俄而蜡炬烧残,檀槽声息。传呼稀饭,已如秋燕之将归;相约明朝,
来听春鸿之宣卷。三千客散,十二蚨飞。

这是目前可见文献中出现的关于上海宣卷的最早记载,也是上海宣卷与青楼
相关联的最早记载。关于此时上海宣卷的具体情形则无从知晓,但既然举行
于青楼之中,其娱乐色彩应该是比较突出的。

---

[1]　雷梦水等编:《中华竹枝词》第 2 册,北京古籍出版社 1997 年版,第 1042 页。

## 二、上海地区宣卷的展开

清代上海地区的宣卷,就文献记载来看,于光绪年间已经兴盛,获致大量开展。前举"吴郡过来人"的《沪上浪游忏悔文》后收录于葛元煦的《沪游杂记》卷三之中,改题为《冶游自悔文》,作者题为"白堤过来人"[1]。葛元煦为晚清旅沪文人,原籍浙江杭州,避太平天国战争,旅居沪上租界至此书撰成的光绪二年(1876)已达十五年。该书卷二《青楼二十六则》中记述了上海妓家烧路头、宣卷打唱的情形。按照该书的撰成年代来看,其时间范围当在同治、光绪之交。其文言:

> 烧路头,路头者,五路财神也。妓家遇祖师诞日及年节喜庆事,或打唱,或宣卷,曰烧路头;是日促客摆酒为路头酒。[2]

烧路头为民间于路头祭祀五路财神以求发财致富的风俗,清代以来流行于江南地区。据文中描述,这里的宣卷举行于烧路头的风俗活动中。发起者是青楼中的妓女,进行的时间是在祖师诞辰,这一点和前述江浙地区的宣卷并无二致。而年节喜庆之时举行的宣卷,显然在主体上已经脱离了宗教信仰的范畴,应该是以迎合节庆的欢闹气氛和满足娱乐欣赏为主要目的了。这说明至迟在光绪初期,上海地区的宣卷脱离民间做会的趋势已经越加明显了。

光绪年间上海地区的宣卷迎来了它的第一次飞速发展。光绪九年(1883)8月26日的《申报》(上海版)头版载有佚名撰《移会费以助赈款说》一文,其中于上海宣卷情形记述得较为详细。该文中有言:

> 而大江以南,素称繁盛。人民之富庶,商贾之辐辏,风俗之奢华,又以海上为最。其中竞侈斗靡者,往往以有事为荣,苦于无题可借。

---

[1] 〔清〕葛元煦、黄式权、池志澂著,郑祖安、胡珠生标点:《沪游杂记·淞南梦影录·沪游梦影》,上海古籍出版社 1989 年版,第 44 页。

[2] 同上,第 32 页。

遂相率而托请鬼神，圣诞张灯，神坛演戏，犹其小焉者也。每岁兴会事，建醮坛，其名目繁多，不胜枚举。醮则有所谓火醮者，有所谓平安醮者；而念佛宣卷之声，等诸家弦户诵。善男子、善女人持数珠，敲木鱼，作功德，建道场。何谓宣卷？就案前所陈之书卷，跽而宣之也。不曰经而曰卷，不曰诵而曰宣，示别于释道也。所宣之卷，又有《目莲卷》《香山卷》《刘香卷》《花名宝卷》之分。其撰语造句，出入盲词小曲，妇孺皆乐听之。

这里首先指出了上海一地风俗奢华，常借鬼神之名而行娱乐之事，宣卷正在其中。而民间的宣卷活动至此已是广为流行，使得作者有"念佛宣卷之声，等诸家弦户诵"之叹。此时的宣卷依托于法事活动，被目为功德，它仍旧属于木鱼宣卷。"别于释道"之语，则说明宣卷者为专门的宣卷艺人。文中提及的四部宝卷，前三部属于早期佛教宝卷，后一部虽然属于小卷，但也是以劝善为主要内容。最后所谓的"撰语造句，出入盲词小曲"，则道出了宣卷学习、汲取民间曲艺、小曲中的有利因素的事实。这样的改变，其目的自然是为了增加宣卷的娱乐功能，使得其从文字到宣演更具生动性和趣味性。其效果也是理想的，"妇孺皆乐听之"。其听众在传统的妇女之外，还出现了童稚之辈，而宣卷能吸引后者的显然主要还在于其娱乐成分。

宣卷学习、汲取民间曲艺、小曲中有利因素的情形在光绪年间的上海已是潮流所向，属于常态了。光绪十八年（1892）6月9日的《申报》（上海版）头版刊载不著撰者的《论讲乡约之有益》一文，有言"本埠之宣卷"：

夫宣卷之人，不僧不俗，木鱼铙鼓，日夜喧呶，殊令人可笑之极。而愚夫愚妇，信之甚深，且较僧道礼忏之生意为更佳。其所言者，亦自称为故事，实则穿凿附会，不堪入耳。甚至有以靡靡之音动人之听者，淫词艳曲与梵呗声错杂其间，而听者不觉焉。有识者或问之，则曰讲故事也，说报应也，所以劝人为善。

光绪十八年（1892）上海民间的宣卷职业化、娱乐化的色彩越来越突出了。宣卷之前通常举行于夜间，现在则昼夜都可以进行了，显然这是为了进一步满足东主的要求。"穿凿附会""靡靡之音""淫词艳曲"等语，说明宣卷越来越迎合民众娱乐欣赏的欲求，更多地吸纳当时民间喜闻乐见的戏曲、曲艺，包括小曲的成分。也正是因为如此，才会有"较僧道礼忏之生意为更佳"结果的发生。同一份报纸，在光绪二十年（1894）5月7日第4版上载有上海新闻一则，名为《左道被拘》。文中有言：

> 苏帮中有所谓念宣卷者，其人蓄发茹素，不僧不道，鄙词俚语，满口喃喃。大率于梵音法曲而外，别树一帜。本县训术司陈德新昨日行经沪南二十三七铺，见某姓家雇念宣卷人甲乙等四五辈，正在高声朗诵。陈以其违犯禁例，入内拘之。

这里说的是上海一次民间宣卷被官府禁止，并拘拿宣卷者的情形。但开头"苏帮中有所谓念宣卷者"之语，揭示了作者提及的宣卷应当是源于苏州的。"四五辈"，其中是有和佛的存在。"不僧不道，鄙词俚语""别树一帜"，也说明着其娱乐属性的明显，所以被认为与佛道无关，最终招致禁止的命运。

如前文《沪上浪游忏悔文》《沪游杂记》等所揭，清末上海一地宣卷就其举行的经常性而言，更多是与妓女相关联。一般民间家宅中的宣卷通常是寄寓在相关的法会之中，需要强调其宗教、信仰的宗旨。而青楼妓院之中，宣卷已成节庆习俗之一，娱乐的功能越来越占据主导。清王韬（1828—1897）《海陬冶游附录》卷二中也言：

> （沪地）妓家遇祖师诞日，及年节喜庆时，或打唱，或宣卷，或烧路头。是日，促客摆酒，多者有十数席。[1]

---

[1]〔清〕王韬：《海陬冶游附录》，收入虫天子编《香艳丛书》第5册，人民文学出版社1994年版，第5689页。

这一条材料除了可以用来证明宣卷在上海一地的流行以外,还说明宣卷的宗教属性在此时应该越来越消退,而其娱乐成分则越来越突出,所以才可能走出寺院,在节庆时节出现在青楼妓家这样的风月场所。类似的记载还出现在徐珂编撰的《清稗类钞》之中。其《娼妓类·上海之妓》中载:

> （沪上妓家）如遇清明、立夏、端午、七夕、中秋、重九、冬至、烧路头（原注:即迎接五路财神之谓。每节二次,曰开帐路头、收帐路头。）宣卷（原注:延道士诵经。）等及生日,客例以和酒为报。[1]

这应该是上条材料的敷衍。进一步说明了“烧路头”之俗,同时也指出了宣卷者为道士。但这里的道士,恐怕也非正宗,只是其外衣罢了。这和前面所引《靖江县志》中所谓“非僧非道之流”类似。关于这一点,现在江苏各地的宣卷者的称号也可以间接证明之。如靖江地区称宣卷者为佛头,常熟地区则称之为讲经先生。

清末惜花主人成书于 1877 年的《海上冶游备览》下卷《宣卷》,也言及上海妓院之宣卷情形:

> 一卷两卷,不知何书。聚五六人群坐而讽诵之,仿佛僧道之念经者。堂中亦供有佛马多尊,陈设供品。其人不僧不道,亦五服色,口中喃喃,自朝及夕,大嚼而散,谓可降福,亦不知其意之所在。此事妓家最盛行,或因家中寿诞,或因禳解疾病,无不宣卷也。此等左道可杀![2]

按文中所说,似乎清末上海宣卷最多见于妓院之中。而除了妓院以外,民间或因庆寿,或因驱病,也多延请宣卷。其宗教意味始终存在,这是宣卷不同于一般的说唱艺术的一大特征。而宣卷者再次多至五六人,其身份又是“不僧不道”,宣演的时间则从早至晚,不再有通宵之举。可以看出,此时的宣卷尽

[1]　徐珂编:《清稗类钞》第 11 册,中华书局 1984 年版,第 5165 页。
[2]　转引自陈汝衡:《说书史话》第五章《元明说书·宝卷》,作家出版社 1958 年版,第 128 页。

管未能脱尽其宗教色彩,但世俗的娱乐味道是越来越突出了。

关于上海妓院中举办宣卷的描述,也出现在《海上花列传》之中。是书作者韩邦庆,光绪十八年(1892)二月起于《海上奇书》创刊号上连载,光绪二十年成书,多反映清末上海的风月生活。书中有两处提到上海妓女卫霞仙家中宣演宝卷:

> 李实夫固辞不获,被姚季莼拉进尚仁里,直往卫霞仙家来。只见客堂中挂一轴神模,四众道流,对坐宣卷,香烟缭绕,钟鼓悠扬,李实夫就猜着几分。(第二十一回《问失物瞒客诈求签,限归期怕妻偷摆酒》)
>
> 阿巧答应,辞了小妹姐,仍归至尚仁里卫霞仙家。那时客堂里宣卷道流正演说《洛阳桥》故事,许多闲人簇拥观听。(第二十三回《外甥女听来背后言,家主婆出尽当场丑》)[1]

此书所记虽简单,但可以从中窥出一些端倪来。就宣卷者而言,为"道流",即道士。这似乎与历史上宣卷多有女尼的情形有点出入,但毗邻上海的苏州昆山地区当代民间的宣卷者仍有称为道士一派的,其情形倒是与之相似。宣卷时,要焚香,有钟鼓伴奏,由四人对坐宣卷,仍属木鱼宣卷。"洛阳桥",即《洛阳桥宝卷》,演状元蔡襄修建洛阳桥的传说。

成书于光绪后期(按:是书前有光绪丙申(1896)王韬序)的邹弢《海上尘天影》第九章《醉如泥侍儿承错爱,甘如蜜衣匠表深情》中王妈妈说妓女叶佩缥:"现在的姘头姓江,从前在凌阿珠那里管局账的,也会宣卷。"[2]其故事地点也在上海,宣卷似乎又与妓女关联了起来。

清光绪二十九年(1903)成书的李宝嘉《官场现形记》第八回《谈官派信口开河,亏公项走投无路》中,言陶子尧在上海新找了一个妓女新嫂嫂作姘头,"有一天新嫂嫂的娘过生日,喊了一班人,在堂子里宣卷"[3]。这是妓女在

---

[1]〔清〕韩邦庆著,觉园、愚谷校点:《海上花列传》,上海古籍出版社2001年版,第145、156页。

[2]〔清〕邹弢:《海上尘天影》,百花洲文艺出版社1993年版,第158页。

[3]〔清〕李宝嘉:《官场现形记》,人民文学出版社1996年版,第98页。

家中庆寿而延请宣卷。

清宣统元年(1909)5月3日《申报》(上海版)第12版有《本埠之普通事业》一文列举了32种"事业":

> 拆梢,影戏,戳伤,扭殴,掷包,放火,逃妻,虐妓,强奸,敲诈,验尸,骗物,抢孀,拉客,诱奸,串拐,窝赃,倒欠,掩伤,奸拐,宣卷,叫货,窝奸,聚赌,放鸽,吃醋,翻戏,抢劫,口角,调戏,争风,开会。

这些"事业"当时都是上不了台面的,有些如放火、虐妓、强奸、敲诈更是属于犯罪。而宣卷被视为与之同列,一方面说明其在上海市区的流行,另一方面则说明它的社会地位的低下,宣卷艺人遭受着被轻视、鄙薄的待遇。

由上可知,上海地区的宣卷在光绪年间迎来了它的第一次高速发展。随着其在青楼妓院中的广泛举行,宣卷的生存空间进一步拓展。与这种拓展相伴随的是其娱乐功能的加强,而这种加强很大程度上是通过向众多民间文艺形式学习、汲取的结果。这也为进入民国时期上海宣卷的诸多新变,以及其最终的彻底曲艺化,做好了相应的准备。

### 附录:《续金瓶梅》中的宣卷

清代文献中记载宝卷宣演状况最为详细的,应当是《续金瓶梅》。该书作者丁耀亢(1599—1669),为山东诸城人,曾游走江南。黄霖在《金瓶梅续书三种·前言》中,根据丁耀亢的生平,以及此书卷首的《太上感应篇阴阳无字解序》称,"今见圣天子钦颁《感应篇》,自制御序,谕戒臣工。……亢不敏,病卧西湖,既不克上膺简命,而效职于民社,谨取御序颁行《感应篇》而重锓之。欲附以言,而笺者已详之矣。……不如以不解解之",推断此书撰成于顺治十八年(1661),时丁氏六十三岁,身在杭州。[1]如此则很难断定《续金瓶梅》中所记宣卷到底是以何处为本,只能称之为清初的宣卷。

《续金瓶梅》中有十次提及"宣卷",是为第三回《吴月娘舍珠造佛,薛姑

---

[1] 〔清〕丁耀亢著,陆合、星月校点:《金瓶梅续书三种》,齐鲁书社1988年版,第5页。

子接钵留僧》两次、第三十七回《三教堂青楼成净土,百花姑白骨演旁门》一次、第三十八回《大觉寺淫女参禅,莲花经尼僧宣卷》四次、第四十回《孔梅玉爱嫁金二官,黎金桂不认穷瘸婿》两次、第五十七回《鸳鸯帐新妇听经,锦屏姐送夫赠衲》一次。其中最为详细、完整的描述,则见于第三十八回。该回写汴梁城中孔千户娘子、黎指挥娘子领着两个女儿金桂姐、梅玉姐,一个痴哥,一起至大觉寺听吕师父(法名如济)的尼姑宣卷。所宣宝卷为《花灯轿莲女成佛公案》,讲述宋仁宗年间,湖广襄阳府善乐村有善人张元善、妻王氏,持斋念佛,重道斋僧,修桥补路,布施贫人。年过四十余,而无儿女。张元善以做花灯度日,人称花灯张善人。佛祖遣散花天女下凡,化成一白发婆婆,与张氏夫妻结缘,传授《妙法莲花经》。两人奉之若母。三年后,婆婆坐化。王氏不久即怀孕,临产时乃梦婆婆进房,诞下一女,因念经得来,取名莲女。莲女七岁即背记《莲花经》,好佛成性。十六岁时,入能仁寺与长老参禅。父母将其嫁与李员外儿子。莲女在迎亲的轿子中一路诵经,至李家门前已然坐化,随即升空为众人说偈。后来张善人夫妻升天。

这一故事早见于明洪楩编刻的《六十家小说》之《雨窗集》中,题为《花灯轿莲女成佛记》。《续金瓶梅》中记录了以之为题材的宝卷宣演状况:

宝卷的主讲者为吕姑子,为尼姑。出场乃"两个小小尼姑打出一对黄绫幡来,引上法座,离地有三四尺高",法座上已预先焚香供佛。另外,两边小桌坐下八个尼姑,与之配合宣卷,"在旁管着打盘和佛"。

宣卷开始,吕姑子先自问自答,"今日堂头和尚要讲甚么佛法? 听老僧粗讲西来大意",之后,便是一长段的散说人生无常、佛法可度之意。其情形一似变文中的押座文、宋话本中的入话。下则为四句偈子,"如是甚深微妙法,百千万劫难遭遇。我今见闻得受持,愿解如来真实意",这又相当于开经偈了。

说偈之后,则是吕姑子与首座一尼僧间关于佛法参禅的问答。由后者散说提问,前者四句或两句的五言、七言诗作答。如第一问:

只见首座有一尼僧上前问讯,说道:"佛法参禅,先讲过行住坐卧。请问和尚如何是行?"答曰:
行不与人同行,出关两足云生。

　　　　为看千峰吐翠,踏翻古渡月明。[1]

　　其情形类似于禅门的参禅。两者间的参问结束以后,吕姑子又请在座的听众问法参禅。无人言语,八个尼姑乃径请其宣卷。于是"齐声和起一声'南无阿弥陀佛',堂上堂下一齐接着念佛"。

　　随即又有一段梵音的演奏,"众女僧把法鼓咚咚打起,金磬一声,法器齐动,云锣饶合,笙管横笛,也有敲木鱼的,击合子的。满讲堂香烟云绕,梵音潮动,真叫人骨冷魂消、尘心一洗,那法师方才开眼而说公案"。其乐器有多种,包括法鼓、金磬、云锣、笙、横笛、木鱼、合子。在多样性上可以和后来的丝弦宣卷相匹敌,但其乐器则是以打击乐器和管乐器为主。乐毕,还有一次"众妇女僧尼又问讯,五体投地请师宣卷"[2]。法师(吕姑子)先念诸佛名号,从"南无本师释迦牟尼佛""南无本师阿弥陀佛",至"南无金刚首菩萨""南无除盖障菩萨",并以四句七言诗偈作结,接以和佛。

　　宝卷正式开宣,先诵八句七言诗偈,然后再散韵交错,说念间行来展开之。为便于论述,现摘录其开端部分:

　　　　和佛一毕,梵音止响,那法师高坐禅床而诵偈言:
　　　　六万余言七宝装,无边妙义广含藏。
　　　　白玉齿边流舍利,红莲舌上放毫光。
　　　　喉中甘露涓涓润,灌顶醍醐滴滴凉。
　　　　假饶造罪如山岳,只念菩提仟法王。
　　　　今日宣的卷是一部花灯轿莲女成佛公案。单说大宋朝仁宗皇帝年间,出在湖广襄阳府善乐村,有一善人姓张字元善,娶妻王氏,两口儿一生持斋念佛,重道斋僧。年过四十余岁,并无一男半女。家传的手艺做些花朵灯笼生理度日,挣得钱财,算足两口儿一日费用的,略有宽余,就修桥补路、布施贫人。因此人都叫他做花灯张善人。法当赞诵,大众宣扬。

---

[1]　〔清〕丁耀亢著,陆合、星月校点:《金瓶梅续书三种》上册,第360页。

[2]　同上,第361页。

首座敲起磬子来,念曰:

有宋朝襄阳府善人张士,

同安人王妈妈在家修行。

两口儿安本分持斋把素,

开着个生意铺花朵灯笼。

到春来妆牡丹桃红杏紫,

到夏来妆荷花万紫千红。

到秋来妆丹桂芙蓉秋菊,

到冬来妆梅花枝干玲珑。

荷叶灯倒垂莲披红挂绿,

鳖鱼灯戏螃蟹鳞甲峥嵘。

狮子灯披绿毛张着大口,

绣球灯泊地滚满路光生。

供佛前百种花飞金布彩,

半空里长明灯三界光明。

终日里念弥陀口讲因果,

虽然是不思议无字真经。[1]

首座在每次法师散说完之后,敲起磬子,念诵韵文。韵文部分,每四句为一片段,下分别顺次注有小字"南无""阿弥陀佛",这应该是标示着和佛,每两句结束,便有和佛的发生。

宝卷宣至莲女升天说偈为止。其结束言:

当下莲女在花灯轿里,一卷莲经诵毕,左脚盘着右脚,小小弓鞋搭在膝上,坐化而去。李家慌忙去请张善人夫妻,只见半空中笙箫仙乐,一道金光,天花乱坠,见莲女站在空中而说偈曰:

我本西方座上人,偶将两脚踏红尘。

[1]〔清〕丁耀亢著,陆合、星月校点:《金瓶梅续书三种》上册,第363—364页。

众生要问莲经义,看取灯花不坏身。

后来张善人夫妻升天,不在话下。[1]

这里结束的似乎过于简单,或许是有些内容和仪式,小说的作者省略未予以记述。宝卷宣完,"法师宣卷一毕,大众高声和佛,打起法器,送法师下座。这些妇女们听到好处,也有笑的,也有哭的"[2]。是又有大众和佛与奏乐。而宣卷在此也显然有强烈的感染力。

以上可见出清代民间宣卷的一些特点。其中有些和明代宣卷一脉相承,如:宣卷者为女尼;其中一人领衔,其他人奏乐、和佛,首座负责击磬并念诵韵文;听卷者以女性为主;所宣宝卷属于女性修佛成道类型;宣演过程中大众也可参与和佛;进行中也有问答之制。这应该是去明未远的缘故。不同则在于宣卷中有多种乐器的伴奏,具强烈音乐性。此时宣卷在民间已受到极大欢迎,这次听卷的人按小说中记载,"何止有一二千众"[3]。这次宣卷发生在尼庵之中,明清两代小说描写的宣卷一般是在内宅中举行的。按第五十七回《鸳鸯帐新妇听经,锦屏姐送夫赠衲》中言,僧人了空被逼与锦瓶小姐成婚,"了空不肯破戒,日夜与锦屏小姐讲经宣卷、持斋拜佛"[4],则比丘僧也宣卷,且一人也可以承担此任。

---

[1]　〔清〕丁耀亢著,陆合、星月校点:《金瓶梅续书三种》上册,第370页。

[2]　同上,第370页。

[3]　同上,第361页。

[4]　同上,第571页。

# 第三章 民国时期吴方言区民间宝卷的发展

受到时代的进步、科学观念的普及等客观因素的影响,民间教派在民国的发展日渐衰微,教派宝卷的宣演自然也日见零落。在民间教派宝卷衰落的同时,民国时期吴方言区的民间宝卷却长盛不衰。其时吴方言区宝卷的宣演,娱乐的功能已占据主导,因而相关宝卷作品也以世俗故事为主。吴方言地区的宣卷在民国时期应该是极为盛行,甚至可以说是达到了鼎盛。但此类活动,因为其自身的属性,在当时一向缺乏专门、系统的记载。我们现在只能通过两种途径来描述当时的宣卷活动:一是依据当地至今仍然存在的宣卷活动,来上推民国时的情形,但这只能是一种间接的推断,存在着一定的偏离实际的危险;另一种则是依据民国时人的记载,来描述其时的宣卷情况,这相对要可靠、真实些。下面对民国时期宝卷的宣演情况,主要是侧重于以民国时人的记载为依据,来展开论述。

## 第一节 江苏地区的宣卷

吴方言区的宣卷在民国时期流行于以苏州、上海为代表的乡村市井间。当时对吴方言区宣卷在整体上作出较早记述的是钱南扬(1899—1987)。他关于宣卷的论述存在于与顾颉刚(1893—1980)的书信往来之中。钱南扬为浙江平湖人,顾颉刚则为江苏苏州人,两人都来自吴方言区。他们关于宣卷的言说最初都是围绕孟姜女的故事而展开的。钱氏在 1925 年三月廿八日至四月廿日间,四次致信顾氏,探讨孟姜女的故事。顾氏后来把四封信编排为一通,题为《〈南曲谱〉及民众艺术中之孟姜女》,收入其 1928 年六月刊行的《孟姜女故事研究集》第三册中。钱南扬在信中言:

> "宝卷",江浙间唱者谓之"说因果",有唱有白,以铙钹一片击而和之。江、浙一带——杭、嘉、湖、苏、松、太——小茶肆中犹时时见之。乡镇间尤多。盖宋人"说话"之遗风也。其唱本亦甚古,如《传奇汇考》卷三《双修记》下云:"记其年则万历癸丑。"序文云:"暇日取《刘香女宝卷》(基收集宝卷四十余种,中有此一种)被之声歌,名双修记……"则刘香女传自明代明矣。又有一种"走江湖"(大半和尚装束),手敲木鱼,口唱宝卷,沿门求乞;与"说因果"有一定时间、一定地点者不同。[1]

钱氏在这里泛言了江浙一带民间宝卷的宣演情况:其名称当地称之为"说因果",为唱白间行。分布地区有杭州、嘉兴、湖州、苏州、太仓、松江等地,主要是在太湖流域。宣卷多见于这些地区的乡镇,小茶肆中也常有之。其举行有一定的时间和地点,伴奏的乐器为"铙钹"。这是有着稳定的演出场所与时间的宣卷。而另一种宝卷宣演形式,则多由和尚装束的人员来宣演,以敲击木鱼作伴奏,挨门挨户地唱念以作乞讨,其宣演是临时性的、随机的,并不拘限于某处。从中可以知晓,宣卷在民间已经达到了十分流行的程度。但无论哪一种,其伴奏的乐器都十分简单,主要是在提供唱诵的节奏。而宣卷者求取利益的目的也是非常明确的。

## 一、苏州宣卷: 从木鱼宣卷到丝弦宣卷

苏州的宣卷在民国时期进入全盛期。它在很多方面确立了吴方言区宣卷和民间宝卷的主要特征和发展方向。当时的苏州宣卷值得注意的主要有以下几个方面:

---

[1]　顾颉刚编著:《孟姜女故事研究集》,上海古籍出版社 1984 年版,第 203—204 页。

（一）丝弦宣卷的出现

按《苏州市志》载,苏州宣卷初也为木鱼宣卷。至民国初年,王兰生、朱观保等人汲取苏州滩簧艺术的形式,对宣卷作改造,加入丝弦乐器,使得宣卷与滩簧相接近,引起了滩簧艺人的不满,兴起了诉讼。最后经当局裁决,宣卷只准用一把胡琴,并须挂名"文明宣卷"[1]。因为其演奏的乐器以丝弦为主,习惯上又称为丝弦宣卷。

顾颉刚在前举钱南扬信后的按语中,提及了自己的家乡苏州地区宝卷宣演的情形,其文言:

> 我们那里（苏州）,"宣卷"与"说因果"不是一种人。宣卷是一人为主,三四人为辅;主者宣读卷文,辅者俟其念完一句时即和宣一声佛号。他们用的乐器是木鱼和小磬子。说因果是两人对唱,一人执绰板,一人执铜片（其状似与大鼓中之梨花片相近,但已记不真）,相和而歌。宣卷现在尚多;但均改为"文明宣卷",受滩簧的同化了。说因果在全苏州城中只有玄妙观一处,所说的故事只有《珍珠塔》一种（讲方卿与陈翠娥的恋爱故事的）。所以二者在我们的目光中截然不同。[2]

顾氏指出苏州一带,宣卷与说因果属于不同的事物。宣卷有多人进行,一人主宣,其他三四人宣唱佛号。乐器则为木鱼和小磬子。和钱南扬所言类似,此处所言的苏州宣卷仍为木鱼宣卷。说因果则为两人对唱,且所执乐器也不同。

木鱼宣卷后来受滩簧的影响,发展为文明宣卷。按照顾颉刚的说法,文明宣卷的始倡者是曹少堂。顾氏在后来的《苏州近代的乐歌》一文中（原载《歌谣周刊》三卷一期,1936 年 4 月）又一次提到了苏州宣卷,进一步说明了文明宣卷的情形:

---

[1]　苏州市地方志编纂委员会编:《苏州市志》第四十六卷,江苏人民出版社 1995 年版,第 732 页。

[2]　顾颉刚编著:《孟姜女故事研究集》,第 209 页。

"宣卷"，是宣扬佛法的歌曲，里边的故事总是劝人积德修寿（如金本中，本只有七岁的寿命，为了他累次积德，延至九十九岁），是起得很早的（《金瓶梅》中屡见，敦煌发现的"变文"是它的先导）。在我幼时，几个太太们嫌家里闷，常叫来唱；做寿时更是少不了的。宣卷的乐器很简单，只有一个木鱼，一个小磬。但自滩簧盛行之后，相形之下宣卷真是太朴素了，引不起年轻的奶奶小姐们的兴趣了，于是他们被迫改变旧章，有一位曹少堂始倡为"文明宣卷"，势力愈来愈大，终至完全代替了旧式的宣卷。其实，所谓文明宣卷者，并没有什么奥妙，乃是宣卷与滩簧的合班，把这两种乐词更番唱着。妇女们既喜滩簧的洋洋盈耳，又喜宣卷的好说吉利话，故到现在仍极盛行。每演奏一晚，约花费六元。[1]

顾氏指出，苏州地区的宣卷在其幼小时属于木鱼宣卷。等到后来滩簧兴起，宣卷受到其他说唱艺术的压迫，为了继续生存下去，遂将滩簧的曲调与内容纳入其演出中，形成轮番演唱滩簧与原来宝卷唱词的新形式，是为文明宣卷。宣卷可以做妇女解闷时的消遣，也是祝寿庆诞时的工具，其娱乐性和世俗味已经超越了最初的宗教属性。

关于丝弦宣卷成立的时间与创制者，《苏州市志》主张是在民国初年，即1912年左右，由王兰生、朱观保等人创立[2]。更早编成的《中国曲艺志·江苏卷·苏州分卷》一书则明确为"民国初年王兰生改革'宣卷'，朱观保又加入丝弦伴奏"[3]。而顾颉刚则认为，丝弦宣卷始倡于曹少堂。顾颉刚出生于1893年，其幼时应是民国建立之前的1900年前后，其时苏州的宣卷仍属于木鱼宣卷。后来则有曹少堂出现，改革旧式宣卷，发展出了文明宣卷，即丝弦宣卷。

王兰生、朱观保不可考，曹少堂则可略知一二。在《申报》（上海版）中屡次出现曹少堂的名字，且都与宣卷或文明宣卷联系在一起。1915年12月5

---

[1]　顾颉刚：《苏州近代乐歌》，收入钱小柏编《顾颉刚民俗学论集》，上海文艺出版社1998年版，第348—349页。

[2]　苏州市地方志编纂委员会编：《苏州市志》第四十六卷，第732页。

[3]《中国曲艺志》苏州市编委会编印：《中国曲艺志·江苏卷·苏州分卷》（油印本）上册，1987年，第63页。

日的《申报》(上海版)在第 11 版刊载游乐场新世界的广告节目单,其中有"第三次八点至十一点半,王绶卿说书,曹少堂宣卷,谢少泉说书,周珊山时事滩簧"之语。这是曹少堂第一次见诸报端,且与宣卷联系了起来。曹少堂在新世界的宣卷一直持续到了 1917 年 7 月 18 日左右,到了这年的 7 月 21 日改在大世界宣卷。他正式标榜文明宣卷,则是在 1916 年 11 月 25 日,同样是新世界的广告节目单。[1] 在《申报》(上海版)的记载中,曹少堂并非与文明宣卷联系起来的第一人。还是 1915 年 12 月 5 日的《申报》(上海版)第 11 版刊载的游乐场新世界的广告节目单,有言"第一次三点至五点半,郑少赓滩簧,谢品泉说书,史鉴渊文明宣卷"。这是民国时期报刊中第一次出现"文明宣卷"的名目。当然,这里也无法据此判断史鉴渊是否为文明宣卷的创始者。曹少堂在上海的宣卷于 1916 年 11 月 25 日之后,一直标榜文明宣卷,其宣卷在《申报》(上海版)上的最后一次广告是 1939 年 8 月 31 日。其间,他曾担任过上海宣卷业的总代表。1925 年 5 月 29 日《申报》(上海版)第 7 版《游艺联欢会消息》言,上海游艺联欢会成立,将筹备成立大会,并召集所有会员,举行大规模游艺表演。"本埠宣卷业总代表曹少堂、北方游艺团体代表王君及李荣魁等,亦向该会接洽欲入该会云。"能作为上海宣卷业的总代表,说明着曹少堂在业界和文明宣卷上的影响力,其声望应该是在此时也达到了高峰。顾颉刚对曹少堂首倡文明宣卷的认定或者也有此因素的作用。

苏州本地的文献最早提及文明宣卷的是 1921 年 7 月 27 日的《吴语》。该报刊载有署名"老苏州"的《文明宣卷》,属于宝卷作品,是以戏谑的口吻,以七言韵文唱宣香烟的各种牌子与世人抽烟的风气。这显然也不能作为依据来推断苏州文明宣卷产生的远近。因为苏州民国时期的地方性报纸,如《吴语》《明报》等,其创刊都在 1920 年之后,最早的《吴语》正式创办于 1921 年。

(二)行会组织的发展

旧时行业发展成熟的重要标志之一就是行业组织的成立,宣卷业也是如此。吴方言区宣卷业的第一个行会组织正式成立于苏州。按《苏州市志》载,苏州宣卷盛行于清末民初,并有自己的行会组织宣扬公所,后改名为宣扬社,

---

[1] 参《申报》(上海版)1917 年 7 月 18 日、1917 年 7 月 21 日、1916 年 11 月 25 日。

其地址在苏州盘门半朱巷,今名潘环巷内。至民国二十一年(1932),并入吴县娱乐工会[1]。宣扬公所成立的确切年代,已经不可考知。首届会长及董事为缪君甫、袁小亭、马炳卿、沈月英、张祥生五人。公所以保障同业权益为宗旨,为入社者谋取福利,调解纠纷,救济贫困艺人。经费由入社者按演出收入十分之一交纳。公所对宣卷艺人收徒、演出形式也做出规定。公所规定行业祖师为斗姆菩萨,每年农历六月二十日其生日,在宣扬公所祭祀[2]。宣扬社的成立,为宣卷业的良性发展提供了有力的保障。文明宣卷在初始阶段与滩簧争执的最终解决,可能也有宣扬社在其中代表业者出面分辨与争取。

　　进入到民国时期,随着宣卷在当地的发展,宣扬公所也有了更多的机会发挥其行业组织的功能和作用。宣扬公所至少在两个方面进行了相关的工作,一是为业内成员谋福利。1924 年,宣扬公所先后两次出面商议宣卷报酬涨价事宜,第一次是在当年 2 月。1924 年 2 月 18 日的《申报》(上海版)第12 版载苏州新闻云:

　　　　宣卷业会议加资。苏州宣扬业共有四百数十人,现因生活程度日高,原有衬钿极微,不敷食用,特于前日召集同业在公所开会,集议结果。定期本月二十日(即旧历正月十六日)起,每名增加衬钿七十文、饭金三十文。即日由该业公所通告该业,茶会濂溪坊兴园、养育巷胥苑、都亭桥凤亭台、珠明寺前迎香阁等一体照加矣。

宣扬业,即宣卷业。这是宣扬公所有感于物价日贵而发声为宣卷业者增加报酬。这里也可以看出,苏州宣卷此时的发展迅速,从业人数已经有四百多人。这四百多人应该主要是就苏州城区与市郊而言的。第二次宣扬公所主张增加报酬的情形也见载于同年 7 月 7 日的《申报》(上海版)第 12 版关于苏州的新闻报道之中。其文言:

---

[1]　苏州市地方志编纂委员会编:《苏州市志》第四十六卷,江苏人民出版社 1995 年版,第732 页。

[2]　桑毓喜:《苏州宣卷考略》,《艺术百家》1992 年 3 期,第 125 页。

> 宣卷业讨论加价。本城宣卷业,迩以市价日渐增长,铜元兑价又涨至每元换一千九百数十枚,且所入均属钱码,收支之数,当然不能适合。为维持生计起见,不得不提议改良方法。改用洋码,或于原定钱码上再加二百文。嗣以提议者意旨纷歧,又非出于全体,拟先召集城厢内外同业,于茶会上先开一非正式之会议。俟参核各人意旨,再行定期召集,取决进行方法。

第二次的情形,主要是听取提议之后,假话计划召集业者进行商议,在此基础上再确定宣卷业涨价的具体方案。宣扬公所在此起到了很好的组织、调度作用。类似的活动应该还有不少,它对于提高宣卷者的待遇、增加从业者的凝聚力,从而促进当地宣卷业在整体上有序的良性发展,是有着直接的推动作用的。

宣扬公所做的第二项工作则是代表、组织宣卷业者参与苏州当地的有关社会公益活动。如 1926 年 7 月 21 日《申报》(上海版)第 11 版,载有题为《苏州大苏平教宣传会开会》的新闻,其文有言:

> 苏绅张仲仁对于平民教育颇为注重,有大苏平教会之组织。日前在遂园集说书、滩簧、宣卷等各业,讨论宣传办法,以资普及平教。由仲老主席,各业亦有人演说发表意见,均愿多唱关于平教事业之开篇、苏滩、宣卷等。

大苏平教会是提倡平民教育的公益组织。苏州的很多业界代表也参加其宣传大会,共襄盛举。依照惯例,这应该是由各业协会代表参与的,宣卷也是这样。宣卷业和评弹、苏滩等一起响应,在宣演中增加关于平教事业的内容。

1929 年 9 月 24 日的《申报》(上海版)第 8 版报道苏州新闻:

> 丝织救济会筹备游行。国货丝绸机织救济会昨开游行筹备会,议

决:(一)函知总工会总商会及妇女协会转函各团体,届时参加提灯游行。(二)函知市公安局,请派军乐骑巡各队,届时参加游行。(三)函陈县党部转令各级党部,请届期参加。(四)规定电灯牌楼匾额字句为"实业救国""救济国货""挽回利权""国货救国""提倡国货"。(五)函知电汽厂,备电牌楼装灯。(六)拟请宣扬社、光裕、南词各社,届期参加游行音乐。由王委员分别接洽。

这是国货丝绸机织救济会为了抵制洋货泛滥,而进行的游行自救活动。组织者安排宣扬社、光裕社(作者按:系苏州评弹业的行会组织)、南词社各自率领成员参与活动。所谓游行音乐,应该指的是要其负责游行过程中的音乐演奏,可能还有相关的宣传曲词的唱念。类似的活动参与,一方面说明宣卷业在当地已成气候,具有较好的影响力;另一方面则有助于增加宣卷在民众间的美誉度,提升宣卷艺人的社会地位。无论是哪方面的工作,宣扬公所在其中都起到了组织者、引导者和代表人的作用,较好地完成了其角色功能。

（三）演艺空间的拓展

民国之前的宣卷以木鱼宣卷为主流,其主要的宣演场所则在各类寺庙和私人家宅之中。在这些地方的宣卷主要还是与做会法事联系在一起,满足听众宗教、信仰的需求是首要的目的,其娱乐的功能则在其次。等到了丝弦宣卷出现并流行之后,木鱼宣卷的演出空间不断被压缩和挤占,宣卷的娱乐功能越来越突出,逐渐占据主导。其突出的标志是演艺空间的拓展。在神圣空间、私人空间之外,宣卷开始越来越多地进入了公共空间之中。尤其是进入了专门的演艺场所,这是宣卷演艺化,或称曲艺化,完成的主要标志之一。民国时期的苏州宣卷在这一方面也有明显的表现。

其时的苏州宣卷在宣演场地上于公共空间而言,主要有两种状况。一是并非专门演艺的公共场所,这以当地流行的茶楼为代表。前引1924年2月18日的《申报》(上海版)第12版载苏州新闻中,提到的濂溪坊兴园、养育巷胥苑、都亭桥凤亭台、珠明寺前迎香阁等,都是当时苏州城内著名的茶楼。这样的场所中宣卷自然是以娱乐为主,有着相对稳定的场地和听众,但受限于其主要的功能并非娱乐,以及由此带来的环境与听众的不完全契合,宣卷在此类场合中并不能获得理想的表演空间,听众在获得沉浸式欣赏的过程中也常常会受到环境带来的各种干扰。于此时的苏州宣卷而言,理想的公共空间还是那些专门的演艺场所,此即为第二种。1920 年 3 月 8 日的《申报》(上海版)第 14 版载作者为"学周"的《苏台杂志》一文中云:

> (苏州)北街之拙政园与慕家花园之遂园,均于新年中开幕。内中设有双簧、说书、魔术、戏法、宣卷等种种游戏,以号召游客。门票售至二角,红男绿女仍趋之若鹜,场中无插足之余地。营业之佳,如上海之新世界、大世界亦不及也。惟苏人之对于各种游戏均暂时的,新年一过,便顿冷落矣。

据此文可知,1920 年新年中苏州拙政园与慕家花园之遂园都开设了专门的游乐场。虽然这是在上海之后,但宣卷进入其中,与双簧、说书、魔术、戏法等并列,享受听众买门票才能观听的待遇。这说明宣卷在这里已经获得了和双簧、说书一样的归类,属于曲艺的一种了。

苏州宣卷演艺空间的拓展还表现在地域上。民国时期有不少苏州的宣卷艺人进入上海,在上海标举"苏州宣卷"之名,与源于浙江宁波的"四明宣卷"可谓并驾齐驱,著名的有曹少堂、华培生[1]、尤鹤皋[2]、钱镛卿等。其中钱镛卿还曾经受邀在上海的无线电台中定期宣卷。1931 年 8 月 17 日的《申报》(上海版)第 19 版载上海的"商场休息",有言:

> 霞飞路四八二号天灵公司广播无线电台宣称,本公因对于娱乐节目素所注重,兹由各界听众纷纷要求,添增宣卷一种。但本公司觉事关劝人为善故,为顺从听众兴趣起见,于昨日起每晚十时半至十一时三刻,特请苏州宣卷名家钱镛卿宣卷全部《兰香阁》。但每逢星期二,因有朱国梁苏滩相轧,则宣卷移于十一时三刻至一时云云。

---

[1]《申报》(上海版)1916 年 12 月 7 日,第 11 版。
[2]《申报》(上海版)1940 年 10 月 3 日,第 10 版。

《兰香阁》属于民间宝卷。上海的电台宣卷自1925年12月13日开洛电台首次开播以后，至20世纪30年代已蔚然成风。钱镛卿作为苏州宣卷艺人，能受邀进入当地电台宣卷，说明着其宣卷的影响力。而电台宣卷为了迎合听众的要求，必然缩减原来的仪式性的环节和内容，娱乐性成为主要的追求。因此也必然是以民间宝卷为主要宣演作品。有学者调查后指出，苏州又一位宣卷艺人马炜卿（1881—1936），20世纪20年代初曾受邀至北京新世界游艺场献艺，后又至上海、无锡、苏州等地的电台宣演[1]。宣卷能走出苏州，进而行之于新兴的电台中，与现代传媒结合，都说明着苏州宣卷的流行以及它在艺术上达到了前所未有的高度。

（四）丝弦宣卷与木鱼宣卷的并存

丝弦宣卷在苏州诞生后，逐渐传入苏州周围属县的城区与乡村，广为流行，并在多数地方成为主流。其中如吴江之同里、吴县之甪直、昆山之锦溪（时名陈墓）、周庄等，至今仍有宣卷活动。有学者指出，其中出现得最早的是吴江县窑上杨秀德的丝弦宣卷班子[2]。抗日战争时期，丝弦宣卷在苏州地区达到极盛，原因是"'堂名'唱戏锣鼓会引来日本侵略军的干扰，故'青苗会''堂会'都改用丝弦宣卷"[3]。但民国时期的苏州地区宣卷的进行，虽然在多数地方丝弦宣卷已成为主流，但在整体上是丝弦宣卷与木鱼宣卷并行共存的，有的地方甚至是木鱼宣卷为主流，丝弦宣卷几乎不存在。后者的代表是常熟一地的宣卷。常熟的宣卷时至今日都没有丝弦宣卷的存在。

常熟在民国时期宣卷也是广为流行，屡见记载。出生于常熟的浦薛凤（1900—1997）曾经回忆其幼童时所见当地宣卷的情形：

每隔二三年，母亲常于八月中秋晚上请四五位女客，来家"宣卷"。记得经卷乃用诗句似的有韵浅文，叙述蔡状元许愿造桥故事。用两张八

---

[1]　桑毓喜：《苏州宣卷》，潘力行、邹志一主编《吴地文化一万年》，中华书局1994年版，第186页。

[2]　桑毓喜：《苏州宣卷的仪式歌曲及其他》，徐采石主编《吴文化论坛·1999年卷》，中央民族大学出版社1999年版，第237页。

[3]　苏州市地方志编纂委员会编：《苏州市志》第四十六卷，第732页。

仙桌,连置一起,陈列瓜果点心盘碟,燃点大号清香明烛。主持宣卷者每诵几句,旁坐者随加附和,间敲小铃呼应,夜深始散。[1]

浦薛凤 1914 年考入当时的北平清华学校[2],其童年时期正在民国初建前后。文中所及宝卷为《洛阳桥宝卷》,属于吴方言区流行的民间宝卷作品。所谓女客,应该是女性讲经先生,和佛、间敲小铃呼应等,都是典型的木鱼宣卷的做派。

同样是常熟人的陈国符在《宝卷琐录·常熟之讲经》中回忆了他在 20 世纪 30 年代亲身听闻的宣卷:

> 常熟宣卷称之为讲经。先母五十寿辰,在 1936 年或 1937 年,讲经一日或三日(仅在白日,大概不在夜间),讲经者(无特殊之称号)是家庭妇女,能宣卷。宣卷系用简单之调,并无变化。由伊请六位或八位和佛者,皆为妇女,皆不识字,将二只方桌并成长方桌,中间向内坐讲经者,两旁坐和佛者。讲经者宣一段,和佛者"接佛",即接"南无佛,阿弥陀佛"。[3]

这里记载的常熟宣卷是在民间庆寿的时候举行的。其演出的形式为一人主讲,有简单的曲调。两旁则有多人和佛。这和宣卷的一般情形是相似的,并无特殊之处。不同的是,这里的宣卷者既非僧道,亦非专门的宣卷艺人,而是民间的家庭妇女,挟宣卷之能,在需要的时候为人家宣演。前文浦薛凤回忆中的"女客"或也是这一情形。这和现在苏州昆山一带民间宣卷者情形是一致的。这些人平时是农民,只在特定的场合作为宣卷者出现,宣卷可以说是他们的"副业"。陈国符还言及了宣卷者所获报酬等问题:

---

[1] 浦薛凤:《万里家山一梦中》,《浦薛凤回忆录》上册,黄山书社 2009 年版,第 14 页。

[2] 浦丽琳、蒲大祥:《浦薛凤回忆录代序》,《浦薛凤回忆录》上册,第 1 页。

[3] 陈国符:《陈国符道藏研究论文集》,上海古籍出版社 2004 年版,第 381 页。

先母与讲经者谈明付多少钱,和佛者得多少钱,由讲经者分配。在不同之情况选不同之宝卷(我回忆当时宣《香山宝卷》)。富家除讲经费用外,另加偿钱,或赠少量之实物。讲经者之社会地位不及僧道,因僧道之技能较讲经者为高。[1]

这里言及了宣卷的选择性问题,在不同的场合宣讲不同的宝卷。这正是宣卷世俗化、娱乐化的突出标志。现在苏州一带的宣卷还保存着这一形式,如在丧席上多宣讲《十王宝卷》。

隶属苏州的昆山、吴江、吴县、张家港等地,虽缺乏相关的文献记载,但这些地方现在还有宣卷存在,并且宣卷者大多可以往上追溯其师承关系至民国之时。因而也基本上可以推断民国时期当地有着宝卷的宣演活动。

吴江其时也有宣卷。沈云《盛湖竹枝词》(民国七年铅印本)中云:

俚词入耳便分明,音节中含佛号声。

环听豆棚瓜架下,王祥唱罢又方卿。(原注:织佣蚕时休业,二人为偶,手持小木鱼,一宣佛号,一唱《王祥卧冰》《珍珠塔》等,名念佛书。妇女多乐听之。)[2]

盛湖位于今吴江区盛泽镇西头。诗中所言为木鱼宣卷,行于农闲时节,当地又称"念佛书"。宣演者为两人,一负责敲打木鱼与宣佛,一负责宣唱。诗中所列篇目为戏曲、评弹中常有,其主要的听众则是妇女。吴江的宣卷又以同里镇最为著名。同里宣卷据说已经有两百多年的历史,其宣卷至今仍延续着。

昆山的锦溪、周庄、千灯、大市、正仪等乡镇,民国时期都有宝卷宣演,其中又以锦溪和周庄为著。锦溪的宣卷,按其宣演情形来看,属于丝弦宣卷,但又受到了书派宣卷的影响,宣卷中有表演的成分。据调查,锦溪地区现今保存完整的宝卷有三十多种,传统的如《香山金卷》《百花台宝卷》《城隍宝

---

[1] 陈国符:《陈国符道藏研究论文集》,第381页。
[2] 雷梦水等编:《中华竹枝词》第3册,北京古籍出版社1997年版,第2070页。

卷》，其中很多是根据戏曲、曲艺，特别是弹词作品改编的，如《珍珠塔宝卷》《玉蜻蜓宝卷》《秦香莲宝卷》《双珠凤宝卷》《双金锭宝卷》。宣卷艺人多为农民，农忙时操持农活，农闲时才演出挣钱。一般撑一搭篷的船作为交通和住宿之用，往来于村野和邻近的乡镇间。如张家库村的王秉中、周德刚和王育中，他们在民国时，常年在锦溪以及邻乡演出，颇受欢迎。

紧邻锦溪的周庄镇在民国时期也曾经流行宣卷，其时木鱼宣卷与丝弦宣卷并存于该地。蟠龙村张慕堂、龙停村徐士英、祁浜村郭兆良等宣卷高手，农闲、节庆之时，常被四乡邀请宣演。按当地人的说法，昆山其他地方的宣卷大多是由周庄蔓延开来的。

昆山的千灯镇，据《千灯镇志》记载，民国时期千灯地区也有宣卷存在。一般由四到六人组成，"唱十二个月的花名、《孟姜女过关》等小调"，当即《花名宝卷》《孟姜女宝卷》。而当地的宣卷流行的范围应该比较狭窄，因为"仅是少数富裕人家筵席时雇请演唱"。宣卷者也由当地业余的民间文艺组织担任[1]。

## 二、江苏其他地区的宣卷

苏州以外的江苏吴方言区城市也有很多在民国时期流行宣卷的。如无锡地区的宣卷，类似于苏州的常熟，也是以木鱼宣卷为主。刊行于上海的《滑稽时报》在1915年7月出版的第4期中刊载了来自无锡的作者墨颠撰著的《惠泉山伪尼小传》一文，列述了当时寓居在无锡惠山的几位女尼的行迹。其中有言：

> 玉泉庵二房竹荪，年二九，面团团如和合。既削发矣，因时妆盛行刘海式，复蓄之。性慧，能诵诸经忏，喉音清脆。里中有宣卷者，辄延之。以故稍有积蓄，袒服异常精美。商学界之青年莫不趋之若鹜云。[2]

[1] 昆山市千灯镇镇志编纂办公室编：《千灯镇志》，上海人民出版社1991年版，第219页。
[2] 《滑稽时报》第4期，1915年7月，第103—104页。

这是 1915 年间的情形。无锡的里巷延请女尼竹荪宣卷,是因为其"性慧,能诵诸经忏,喉音清脆",实际上就是其宣卷的技艺比较高明。此时的宣卷应该还存在于佛会之中,所以像竹荪这样的佛教徒身份,也是民众较为倾向延请宣卷的对象。而竹荪居然因此而"稍有积蓄",说明其宣卷是有一定报酬的。

民国初期,无锡当地的宣卷多由女尼主持,已然成为风俗。创刊于上海的《小说新报》在 1918 年 7 月出版的第 4 卷第 7 期中,刊发有作者为"戆公"的《懵懂书屋随笔》,其中的《秀贞》一则说的也是家乡无锡女尼宣卷的情形。其文有言:

> 吾邑女僧在清乾嘉间,已腾名于世,名惠山尼姑,嗣为官禁。红羊劫后,物力维艰,风尚俭朴,此辈亦稍稍敛迹。光绪末叶,此风复活,乃挟维新潮流而俱来。盖从前迷信时代谓调笑女僧,乃有罪过。维新而后,此关打破。石狮子庵之鸭,某庵之豚蹄,名藉藉矣。秀贞本小家女,幼时多病。其师某尝出入秀贞家,谓:"个妮子非寿者相,倘能舍身沙门,老尼代为忏悔,或可尽其天年。否则,恐阎魔王不久便来征召也。"贞父母本嫌其多病为累,慨然交老尼挈去。年十五,亭亭玉立,秀骨天成。见者辄誉其从月窟逃来,其姿首可以想见。邑俗,人或微恙,谓命宫有磨蝎,必召女僧诵佛号禳解。遇生辰亦必诵佛以消灾。老妪六七,尼僧三二,钟磬铙鼓之属,厥声嘈嘈然。佛事毕,则女僧宣卷。卷七字句,间有科白,俚俗殊甚,才子佳人,佛道神仙,拉杂牵入。卷出于妙龄优婆夷之口,尤为斋主所欢迎。故凡遇诵佛,无秀贞宣卷,则斋主不欢。[1]

按文中所言,无锡惠山女尼与世俗交涉由来已久,清末以来则更甚。无锡当地风俗,遇到生病、生日常延请女尼举行佛会。佛会前半则敬佛诵经,后半则宣卷。其宣卷的成员由六七个老年妇女和两三个女尼组成。女尼负责宣卷,老妇应该主要担当和佛。宣卷时韵白间行,其内容则"俚俗殊甚,才子佳人,佛道神仙,拉杂牵入",迎合了世俗的欣赏要求,具有明显的娱乐消闲功能。

---

[1]《小说新报》第 4 卷第 7 期,1918 年 7 月,第 147—148 页。

加上妙龄女僧宣卷的技艺高明,使得此般宣卷在当地深受欢迎,秀贞甚至达到了"故凡遇诵佛,无秀贞宣卷,则斋主不欢"的地步。

无锡的宣卷艺人在 20 世纪 20 年代后,也有去上海从事宣卷职业的。1928 年 10 月 17 日的《申报》(上海版)第 15 版刊载有新闻《伦常之变》,文中言:

> 蒋福辰,年三十六岁,无锡人,业苏滩、宣卷,现在南市第一保卫团第七支队为团员,住居小南门中华路救火会对过五百八十号门牌。蒋行二,兄弟共三人。长兄名鉴安,分住于南市水仙宫对门。弟名永安,年二十九岁,住闸北宝山路。两人均业宣卷。

这是来自无锡的弟兄三人,在上海都以宣卷为业。其中,蒋福辰最为出名。1939 年 10 月 20 日的《申报》(上海版)第 12 版上仍旧刊登有他的广告。同一报纸 1948 年 2 月 15 日第 4 版刊载上海戏剧界通告《庆祝五届戏剧节,今日盛大纪念会》,有言将于此日的天蟾舞台举行观摹公演,其节目单的第一项即"卷剧《大丝绦》,由尤鹤皋、蒋田奎、朱尧坤、蒋福辰等演出"。所谓卷剧,应该类似于杭州曾经出现过的化装宣卷,属于戏剧化了的宣卷。《大丝绦》当源于《丝绦宝卷》。参演的四人中,除蒋田奎为苏滩名家兼演滑稽戏以外,尤鹤皋、朱尧坤都是民国时期上海宣卷业的名家。蒋福辰与之联袂演出,说明他们的业界地位相似。此时的蒋福辰作为演艺人,应该还是以宣卷为主业。卷剧只是昙花一现,并未长久进入上海当地的演出市场。

长江以北的吴方言孤岛靖江地区在民国时期的讲经(按:当地称宣卷)活动,虽然缺乏文献记载,但通过当代调查,仍旧可以知晓当时的兴盛状况。据靖江当地从事宝卷挖掘、整理工作数十年的吴根元介绍,在讲经发展的全盛时期(约在民国初年),靖江有佛头一百多人。也有学者调查认为,其总数在七八十人[1]。这里,我们根据孔庆茂、吴根元、姚富培《靖江讲经宝卷的传承》一文中的靖江讲经谱系表作一个大致的统计,靖江讲经有名有

---

[1]    车锡伦:《江苏靖江的做会讲经》,收入车锡伦《中国宝卷研究论集》,第 137 页。

姓的,至《中国靖江宝卷》一书编纂之时,共有 152 人。其中在 1900 年之前开始讲经的为 11 人,1900 年至 1949 年之间开始学艺的则有 65 人之多。其中 1912 年至 1919 年间学艺的有 12 人。另外,陈松堂(1892—?)、陈友堂(1895—?)两人的学艺时间不得而知,但应当也在 1910 年前后。加上 1900 年至 1912 年之间学艺的 7 人,则 1919 年之前靖江地区讲经的人数在 32 人之上,1949 年以前靖江地区开始讲经的有 78 人。现在已知最早的佛头为生于 1845 年的何祥大,他于 1858 年开始学艺,师承则不得而知[1]。20 世纪 50 年代以前,做会讲经是靖江农村地区收入较高的职业,因而吸引了不少学艺者。

# 第二节　浙江地区的宣卷

浙江的杭州、嘉善、绍兴、海盐、宁波等地,在民国时期都曾经盛行过宣卷,如宁波更有当地的宣卷艺人进入上海地区作表演,并产生较大影响。前举钱南扬致顾颉刚的书信中提及当时的宣卷情形,虽然信中说的是"江浙间",但钱南扬为浙江平湖人,其闻见的江浙地区的宣卷,应该是浙江平湖一带的。

## 一、绍兴

绍兴在浙江地区属于文化传统悠久的城市,宣卷也在当地流传已久。薛英在 1928 年 6 月 28 日作成《绍兴的鹦哥戏宣卷等》一文,这是封致赵景深的信。文中也谈到了当时绍兴的宣卷,认为宣卷对后来的戏曲、小说影响很大,但因为它是"宗教式的艺术",没有直接流入民间的机会。作者根据绍兴民间宣卷艺人的说法,指出当时绍兴宣卷的兴盛多受弹词、小说的影响,因而其所宣作品从民国前的十多种增加到了八十多种。而民间艺人的宣卷与佛家的宣卷应该多有不同,前者宣卷的曲调多从绍兴戏"高腔班"中学来,有

---

[1]　孔庆茂、吴根元、姚富培:《靖江讲经宝卷的传承》,收入尤红主编《中国靖江宝卷》下册,第 1657 页。

七十二调[1]。

周作人(1885—1967)撰成于一九三六年六月廿五日的《刘香女》一文中,也言及了其家乡浙江绍兴之新闻,有十八岁少女陈莲香者,闲时爱看《刘香女宝卷》,以至"百看不倦,其思想因亦为转移"。后因不愿结婚,而赴井自杀。这是一个女性从思想到行为深受宝卷影响的例子。周氏言:

> 这种社会新闻恐怕是很普通的,为什么我看了吃惊的呢?我说小小的,乃是客气的说法,实在却并不小。因为我记起四十年前的旧事来,在故乡邻家里就见过这样的少女,拒绝结婚,茹素诵经,抑郁早卒,而其所信受爱读的也即是《刘香宝卷》,小时候听宣卷,多在这屠家门外,她的老母是发起的会首。此外也见过些灰色的女人,其悲剧的显晦大小虽不一样,但是一样的暗淡阴沉,都抱着一种小乘的佛教人生观,以宝卷为经史,以尼庵为归宿。[2]

这里说的是,清末民初绍兴民间女子自发组织会社以宣演宝卷的事实。更重要的是,它反映了宝卷对妇女的心灵产生着重要影响的问题。所谓"以宝卷为经史",宝卷在这些女性那里有着人生指南的意义。

## 二、嘉兴

嘉兴的大部分属县在民国时期都有宣卷存在。嘉兴的宣卷可能还是从苏州传入的。现在嘉兴下辖嘉善市的大舜镇与陶庄镇还有宣卷,这两处都与江苏省苏州市吴江区(按:原为吴江市,2012年9月改为区)芦墟镇(按:2006年10月,芦墟与黎里两镇合并为汾湖镇)、上海市青浦区金泽镇相接壤,后两处也盛行宣卷。嘉善的宣卷应该是受它们的影响。车锡伦、金天麟《浙江嘉善的宣卷和赞神歌》一文指出,大舜镇宣卷的流行可以追溯至百年以前。据当地庄王村著名宣卷艺人蒋福根回忆,大舜镇的宣卷最早是从苏州、吴江

[1] 薛英:《绍兴的鹦哥戏宣卷等》,《文学周报》第7卷(第326—350期),第118—119页。
[2] 周作人:《刘香女》,收入周作人《瓜豆集》,河北教育出版社2002年版,第30—31页。

传来的[1]。陶庄镇的宣卷应该和大舜镇是同源的。嘉善地区的宣卷初为木鱼宣卷,至20世纪30年代则流行丝弦宣卷。民国时期嘉善、苏州吴江一带的宣卷艺人各自组织了宣卷班[2]。宣卷班具有很大的流动性,而它能够走出当地,也说明宣卷在民间深受欢迎。

嘉兴的平湖地区也有宣卷。胡兰成(1907—1982)在《今生今世》一书之《胡村月令·暑夜》中也言及了其年少时在家乡平湖的家中听宣卷的经过:

> 随后是我父亲与小舅舅月下去大桥头走走回来了。小舅舅下午来做人客就要回去的,我父亲说天色晏了留住他,现在阿钰嫂嫂却说:"小舅公来宣宝卷好不好? 我去点灯。"一声听说宣宝卷,台门里众妇女当即都走拢来,就从堂前移出一张八仙桌放在檐头,由小舅父在烛火下摊开经卷唱,大家围坐了听,每唱两句宣一声佛号:"南无佛,阿弥陀佛!"故事是一位小姐因父母悔婚,要将她另行许配别人,她离家出走,后来未婚夫中状元,迎娶她花烛做亲,众妇女咨嗟批评,一句句听进去了心里。
>
> 那宝卷我十五六岁时到傅家山下小舅舅家做人客,夏天夜里又听宣过一次,现在文句记不真了,我只能来摹拟,其中有一段是海棠丫鬟解劝小姐:
>
> 唱:禀告小姐在上听　海棠有话说分明
> 　　爹娘亦为儿女好　只是悔婚不该应
> 　　但你因此来轻生　理比爹娘错三分
> 　　你也念那读书子　他是呀:男儿膝下有黄金
> 　　此番发怒去赶考　不为小姐为何人
> 　　女有烈性去就死　何如烈性来求成
> 　　况且姻缘前生定　那有失手堕埃尘

[1]　车锡伦、金天麟:《浙江嘉善的宣卷和赞神歌》,《曲苑》第3辑,江苏古籍出版社1986年版,第163页。

[2]　同上,第165—166页。

白：依海棠寻思呵

唱：小姐好比一匹绫　　裁剪比布费精神

白：小姐小姐，不如主仆双双出走也

唱：侯门绣户小姐惯　　街坊之事海棠能

如此，小姐就逃出在外，与海棠刺绣纺绩为生。

及那书生中了状元来迎娶，小姐反而害怕起来，说我不去也罢，海棠催她妆扮上轿，说道，当初吃苦受惊，其实也喜，如今天从人愿，喜气重重，其实也惊，当初亦已是夫妻的情分，如今亦小姐仍是小姐，官人仍是官人也。

是这样清坚决绝而情理平正的人世，所以大乱起来亦出得五龙会里的英雄。记得那天晚上宣卷完毕，众人起身要散，但见明月皓皓，天边有一道白气，建章太公说长毛造反时也这样，民国世界要动刀兵了。[1]

这次宣卷在夜里的家宅中进行，宣讲者为一人。似乎省略了焚香、举赞等环节，而其听众仍然以妇女为主。宣卷为照本宣科，唱白交替，进行中有宣佛。这里的宣卷主要是家庭内部的兴趣所在，娱乐消遣的目的更为突出了。

嘉兴的海盐地区，按照今人所编的《海盐县志》的说法，民国时期海盐的佛寺道观中有宣卷存在。因为其每唱几句，在拖腔中呼佛号"南无阿弥陀佛"或"南无观世音菩萨"，当地又称之为"唱南无文"。其演唱一人或多人，伴以木鱼引磬，当属木鱼宣卷。宣卷常行之于寺庙香期、祈福还愿、小孩满月、老人做寿等场合，或游乡串村宣卷以乞讨。其常宣者如《十二月花名宝卷》《二十四孝宝卷》《妙英宝卷》《香山宝卷》等[2]。

## 三、杭州

杭州的宣卷在清代曾经十分兴盛，到了民国时期，则较少为当时文献提及。1919 年 9 月 26 日的《申报》(上海版)第 7 版报道外埠新闻，有题为《杭

---

[1]　胡兰成：《今生今世》，中国社会科学出版社 2003 年版，第 30—31 页。

[2]　参海盐县志编纂委员会编：《海盐县志》，浙江人民出版社 1992 年版，第 771 页。

州浙人重庆地藏诞》一文,有言:

> 阴历闰七月三十日,杭人以为地藏诞重庆之期。是日,凤山门外万
> 松林附近之地藏殿,香火之盛,为往年所未有。并悉是晚多有在庙宿山
> 者,城内之菜市桥、万安桥一带居民亦莫不奉行惟谨。他如余杭石门桥
> 地藏殿,僧道大设道场,佐以楚曲、滩簧、宣卷,容留妇女宿山进香者,何
> 止万人! 屋少人多,大半露宿郊野。

此文中所述神诞日宣卷,以及妇女宿山习俗,与前文所及清朝时杭州妇女宿
山和喜闻宣卷的情形如出一辙。显然,这一风俗在杭州地区一直延续着。而
杭州下辖的富阳地区当时此风也是炽盛。1929 年 7 月出版的第 64 期《民俗》
杂志刊载有叶镜铭的《富阳人对于偶像之崇拜》一文。此文撰成于当年的 5
月 16 日,其中多次言及富阳当地妇女宿山并听宣卷之事,摘录如下:

> 三月初三日,舒姑坪(原注:距城约八九里)生帝菩萨诞日。初二
> 夜有妇女宿山,念佛,听宣卷。
> 六月十九,凤凰山(原注:距城约二十里)观音大士诞日,十八夜有
> 妇女宿山念佛听宣卷,十九日有人送饭或盐去。
> 六月廿四,城内鹳山上雷公殿雷公诞日,廿三夜会妇女宿山,念佛
> (原注:在这里,宣卷已被当局禁止,盖因宣卷者系男人,男女杂处,风化
> 攸阙故也),廿四日往烧香者。[1]

由上可知,富阳城外神诞日宿山和宣卷流行。城内宿山无宣卷一事,大
概是因为与官府相近,容易被关注,所以终被禁止。

杭州宣卷在当时较引人瞩目的变化是,以之为基础演化出了新的剧
种——杭剧。它发生于 20 世纪 20 年代。1923 年,杭州宣卷爱好者、织绸工
人裴逢春等组织的宣卷班社——民乐社,受当时在杭州演出的维扬文戏(按:

---

[1]　叶镜铭:《富阳人对于偶像之崇拜》,《民俗》第 64 期,1929 年 7 月,第 39、40 页。

扬剧旧称）的启发，决定仿效其情形改良宣卷。在曲调上，除宣卷调以外，采用维扬文戏"梳妆台"等唱腔；乐器上，采用胡琴、三弦及小锣鼓板伴奏。同时还结合身段、化装等，进行演出。首次排演了《卖油郎独占花魁》，于1924年1月公演后，深受群众欢迎，当时称为"化装宣卷"。不久后，同乐社成立，其成员由杭州上城区手工业工人中的宣卷爱好者组成。杭剧由此初步成型，一度流行于杭州、嘉兴、湖州一带水乡和苏南等地，于20世纪30年代达到鼎盛[1]，并发展成说唱形式的"杭曲"。杭剧无论是在演出形式还是故事内容上，都要比原来杭州流行的木鱼宣卷更具娱乐性和观赏性。作为脱胎于宣卷的新剧种，它的产生和流行必然会夺走原来宣卷的听众，挤占后者的演出空间，最终在很大程度上促成了民国时期杭州地区宣卷的衰落。

## 第三节　上海地区的宣卷

上海地区的宣卷在清末已经颇为流行。近代以来，苏州、宁波等地的宣卷艺人大量进入上海，宣卷逐渐盛行于上海都市之中。而上海近代以来作为新兴江南文化中心的空间属性和此时当地戏曲、曲艺活动的极度活跃，促成了宣卷活动进一步的娱乐化和曲艺化。20世纪的头三十年间，是当地宣卷的极盛时期，这种极盛在宝卷宣演的诸多方面都得到了体现。

### 一、宣卷展开的空间

上海地区的宣卷在民国时期分流为信仰一路与娱乐一路。前者主要行于私家宅院之中，一般是逢生辰或者家人生病等情形召请宣卷艺人，目的是祈福禳灾。这与传统宣卷的情形类似。如1916年12月7日《申报》（上海版）第11版新闻《气闭身死》中言"苏州人华培生向为念宣卷业，昨日午后在南市吉祥弄某姓家念宣卷"。同报1915年6月15日第14版载作者为"觉迷"的《奢侈税征收法》一文，文中也有言，"凡人家喜庆、小儿剃头、满岁，做堂戏、唱滩簧、念宣卷等事，须预缴奢侈税"，可佐证当时上海民间家宅中为了上述

---

[1]　参胡效琦主编：《杭州市戏曲志》，浙江文艺出版社1991年版，第186—188页。

目的举行宣卷之勤。这类宣卷虽也有娱乐性,但仍旧要标榜其法事的名义。

　　以娱乐为目的的宣卷,在上海地区主要流行于公共空间之中。而到了此时,上海宣卷的演艺空间进一步得到了拓展。原来的青楼妓宅依旧是宣卷举行的重要场所,王钝根的《百弊丛书》卷四十八《嫖界八弊·做花头之弊》云:

> 做花头之举,妓家既恃为收入之大宗,故一方面多以为荣,如遇本家生日、打醮、宣卷、烧路头、朔望,例须有客,否则即为同行耻笑。宣卷花头,客须多出点戏钱两元,此钱归相帮所得。[1]

由此可知,青楼中的宣卷不仅是出于信仰或消遣的目的,还有着借机生财的原因。民国时期上海的妓女多在妓院中举办宣卷,以此邀请嫖客上门,索求钱资。此举在当时的青楼中已经相沿成习。

　　上海地区的宣卷此时在演出空间上最重要的变化是它开始进入专门的演艺场所,做长期而专业的表演。上海现代意义上的游艺场始于 1912 年的新新舞台之楼外楼。此后 1915 年到 1918 年间,此类游艺场蜂拥而建,著名的如天外天、绣云天、花花世界、大世界、天韵楼。这些游艺场大多位于公共租界靠近外滩的繁华之地,成为区域娱乐事业的重要地标。宣卷在上海游艺场中的首次出现是在 1915 年 11 月。当时,8 月落成开业的新世界游乐场趁着租界进行跑马赛的时机,决定举行各种戏曲曲艺的会演以吸引游客。它在 1915 年 11 月 8 日《申报》(上海版)第 9 版刊登广告《新世界请看大跑马》,其中有言:

> 今届阴历十月初二、初三、初四、初七四天,乃秋季赛马之期,特添各种稀奇动物,并提早开演影戏及滩簧、说书、戏法、宣卷,籍解诸君坐候之无聊。

这是宣卷进入游艺场的最早记载,它拉开了宣卷在上海作为曲艺频繁出现在

---

[1]　王钝根编著:《百弊丛书》,上海中华图书集成公司 1918 年版。

专门演艺场所、成规模地进入普通民众的视野并为之熟悉的序幕。

新世界游乐场首次举行宣卷应该只是临时举措,但之后不久,新世界游乐场的宣卷即成为定制。从 1915 年 12 月 6 日开始,宣卷在该地的进行便有了固定的演员、演出场所和时间段。《申报》当日第 9 版的有关广告中言:

> 三层楼书场:第一次三点至五点半,郑少赓滩簧,谢品泉说书,史鉴渊文明宣卷。第二次六点至七点半,李品一说唱戏迷传,文素卿、徐凤宝改良大鼓书,皮恩荣、韩亨斌双簧,王德岩戏法。第三次八点至十一点半,王绶卿说书,曹少堂宣卷。

按照《申报》从 1915 年 12 月 6 日至 1916 年 1 月 29 日刊载的新世界游乐场的广告来看,在这段时间内,史鉴渊、曹少堂两人几乎每天都定时定点在新世界游乐场宣卷。

新世界游乐场以外,上海的游乐场多有宣卷艺人进驻做定期宣卷的。如天外天屋顶花园在 1916 年 2 月 20 日晚上的八点档开始进行文明宣卷[1];同年 3 月 9 日起,晚上八点一刻至九点一刻有史鉴渊的文明宣卷[2]。绣云天,自4 月 23 日起,下午三点半至四点半有胡润魁做文明宣卷[3];11 月 3 日起,下午五点至六点、夜间十点至十一点半两档都为袁澄泉的文明宣卷[4]。劝业场邑庙豫园,1917 年 2 月 15 日起,下午一时至三时、夜间七时至九时两档都是华子卿的改良宣卷(按:即文明宣卷)[5]。史鉴渊、曹少堂、尤鹤皋、胡润魁等人都是长期在各大游艺场做宣卷的艺人代表。曹少堂在新世界的宣卷从 1915年 12 月 6 日开始,一直持续到了 1917 年 7 月 18 日左右。宣卷在上海游艺场的举办是如此的频繁和突出,以至于旅沪的苏州籍作家包天笑在 1922 年 7月的《星期》上发表了《游戏场的课程表》一文,说到了上海游艺场集中突出

---

[1]《申报》(上海版)1916 年 2 月 20 日,第 1 版。

[2]《申报》(上海版)1916 年 3 月 9 日,第 9 版。

[3]《申报》(上海版)1916 年 4 月 23 日,第 9 版。

[4]《申报》(上海版)1916 年 11 月 3 日,第 15 版。

[5]《申报》(上海版)1917 年 2 月 15 日,第 15 版。

的现象,其第五种即是宣卷[1]。

　　游艺场中的宣卷作为曲艺而存在,满足听众娱乐需求成为其主要功能和本质属性。比之于青楼,它在此无疑拥有更为开阔的演出空间和更为众多的听众群。宣卷在游艺场中可以获得较为稳定的生存机会和发展空间,宣卷演出的几大要素:固定的舞台、规律的演出时间、稳定的听众、特定的表演形式,以及由前几者带来的可靠乃至可观的演出收入,在游艺场中基本上都可以得到实现。而这些在青楼这样的公共空间中多数是很难保证的。由游艺场带来的相对优越的条件,可以在很大程度上保障宣卷的良好生态,同时也使得宣卷作为已经曲艺化了的说唱形式的关键特征获致固化和明确。而游艺场本身作为专业的表演场所,特别是在同一空间中不同艺术间的相互竞争和比对,于宣卷的进化、提升也有着持续、巨大的刺激作用和推动力,它提供了宣卷学习、借鉴其他艺术形式的机会与便利。宣卷演化出滑稽宣卷、书派宣卷以及女子宣卷与此应该大有关联。滑稽宣卷应该是在上海滑稽戏的影响下而产生的,而书派宣卷显然受到了评弹的影响,女子宣卷和女子苏滩、女评弹也颇有渊源。

　　除了游艺场之外,上海宣卷大展其能的另外一个重要的公共空间则是无线电台。上海的无线电台第一次播放宣卷是1925年的开洛电台。其时宣卷在游艺场的演出已经十分兴盛,开洛电台应该是注意到了民众对宣卷的热衷,所以才将之行于电波之中。为此,开洛电台专门在1925年12月13日的《申报》(上海版)第20版上刊登了广告《开洛无线电今日播送宣卷》。但整个20世纪20年代,电台播放宣卷只有开洛一家,并未获得普遍开展。究其原因,大概是因为在20世纪30年代之前,上海的无线电广播事业处于起步阶段。自1923年1月外商创办的奥斯邦电台在上海开始播音以来,20世纪20年代上海的无线电台总数未至十家,其中保持两年以上长期正常播音的仅有开洛(1924)、新新(1927)、李树德堂(1929)、亚美(1929)数家。当时收音机都为进口,每台500至800大洋的价格也让绝大多数的上海民众望而止步。进入20世纪30年代,无线电广播事业迅猛发展,民营无线电广播电台的发

---

[1]《星期》第18期,1922年7月,第5页。

展尤为迅速。1934年2月,上海共有各类广播电台41家[1]。到了1939年底,上海地区登记备案的电台共达49家[2]。有学者统计,上海民众持有收音机的数量在1935年时达到了十余万台之多[3]。宣卷在上海电台的开展随着外在物质条件的优裕,于20世纪30年代达到极盛。

20世纪30年代的上海电台有一大半都播放过宣卷,其中除了偶尔采用唱片外,绝大部分都是由宣卷艺人来直播宣演的。其最为鼎盛时期在1934年至1939年之间。当时的《申报》(上海版)和《中国无线电》杂志经常性地刊登各个电台的节目单,其中常有宣卷的名目。如1935年2月20日《申报》(上海版)第18版《无线电播音节目》即预告有敦本电台上午“九时至十时钱荣卿宣卷”、下午“四时一刻至五时尹世鹤四明宣卷”两档宣卷;安定电台则有下午“三时至四时朱尧坤宣卷”。上海电台的宣卷直播活动一直延续到了1949年。《申报》(上海版)上最后一次有关电台宣卷的记载是在1949年4月4日第6版题为《上海贫儿工读院筹募建筑房屋基金播童劝募大会》的广告中,载有上海宣卷艺人以宣卷研究会的名义于铁风电台上午九点至十二点档全体串演,是为义演。

上海电台宣卷节目的丰富,在1938年前后到达巅峰。1938年12月30日的《申报》(上海版)第15版刊登的步之《孤岛的播音潮》一文中指出,当时“孤岛上的电台,计有三十家”,每天的节目中就有“宣卷二十七档”。根据1938年10月17日《申报》(上海版)第10版的《无线电分类时刻表》,可整理获得当时各电台宣卷节目的时间、宣卷者及名目、电台名称如下:

上午

8:40—9:20　鲍孝文四明宣卷,大美

9:20—10:40　张仁心四明讲卷,华泰

---

[ 1 ]《全国各电台表·本埠》,载《中国无线电》第2卷第3期,1934年2月5日。

[ 2 ] 根据《上海广播大事记(1923—1950)》统计,载上海市档案馆等合编《旧中国的上海广播事业》,中国广播电视出版社1985年版,第807—817页。

[ 3 ] 汪英:《声音传播的社会生活——1927年至1937年的上海广播演变轨迹》,《社会科学家》2006年第1期,第193页。

9:30—10:15　钱荣卿宣卷,明远

11:00—11:40　张仁心讲卷《描金凤》,东陆

11:45—12:30　赵孝本四明宣卷,利利

下午

12:00—12:40　尤鹤皋宣卷《李三娘》,金鹰

12:30—13:15　赵孝本四明宣卷,利利

12:40—13:20　刘心田宣卷《天雨花》,大中

13:20—14:00　鲍孝文宣卷《百花台》,金鹰

14:20—15:00　张仁心四明讲卷,东陆

14:45—15:30　尹世鹤讲卷,利利

15:00—15:40　胡润魁文明宣卷,永生

15:30—16:15　鲁叶舟讲卷,利利

16:00—16:40　赵孝本四明宣卷,大中

17:20—18:00　张仁心四明宣卷,杨氏

晚上

18:00—18:40　小显民四明宣卷,富星

19:30—20:10　小显民四明宣卷,中西

20:00—20:40　钱化佛四明宣卷,杨氏

20:40—22:40　赵孝本四明宣卷,东陆

当时一日之内有 19 档宣卷,涉及电台 11 家。不少宣卷艺人需要一日之内往返多个电台,如赵孝本分别在利利、大中、东陆作宣卷。由此可知电台宣卷的流行与受欢迎程度。

宣卷类节目在电台中的频繁播出,于 20 世纪 30 年代引起了上海电报局的注意,对之采取了一定的限制措施。1936 年 8 月 1 日的《申报》(上海版)第 23 版刊有《上海电报局整顿广播电台之经过》的报道,指出当局认为"沪地电台众多,空中秩序凌乱,各台当发生互换,而播送节目,更多迎合一部分听众之所好,竟以低级趣味之词曲为号召",所以严加审查:

闻审查时对于申曲,苏滩,滑稽,趣谈,四明文书,四明南调,小曲,维扬清曲,维扬文戏,及各派宣卷等十类,本应禁播,惟取渐进主义起见,自七月一日起,各台暂行规定播送上项十类之节目,每日不得逾三小时,在每日十九时至二十二时之间(原注:即下午七点至十点。)不准播放,各台应多播有益社会人心之节目为主旨。

以上官方对宣卷等的限制,对照前文提及的 1938 年 10 月 17 日《申报》(上海版)第 10 版的《无线电分类时刻表》,可以发现并未被严格遵守。这在很大程度上正好反映了电台宣卷在当时上海受欢迎的程度。

在电台宣卷,使得宣卷艺人于私宅、游艺场演出之外,又增加了一条获得收入的途径。在电台宣卷更为便捷,不受时间、地点、天气等外在条件的干扰,可以在相对宽松的环境下做表演。宣卷的展开由此有了更高的自由度,可以容许有更多的宣卷艺人在更多的时间段进行演出,推动着宣卷在上海地区的广泛开展。而且按照前文所言 1935 年上海有十余万台收音机的情形来看,在电台宣卷流传的范围更为广泛,拥有的听众在数量上也更为庞大,这对于提高宣卷艺人的知名度有很大的帮助。上海宣卷业很多名角的出现与存在,都是借助游艺场和电台这两大公共舞台来实现的。宣卷艺人在电台的演出带给自身的一个变化是,在不见其人、只闻其声的前提下,宣卷艺人主要依靠自己的声音来打动、吸引听众。电台的掌控、调整和艺人本身对说唱功夫的磨炼、提升,是宣卷艺人能在电台长期生存下去的关键。而宣卷艺人与听众之间面对面的交流基本丧失,这可能使得对艺人提高自身技艺的刺激有所削弱。幸运的是,民国时期在电台宣卷的艺人,于电台之外多数同时有着在游艺场或私宅演出的经历,这反而和其在电台的演出可以相互影响、促进,进一步提升其演艺水准。而电台的特殊空间和其代表现代文明的技术属性也决定了宣卷必须以满足娱乐需求为主要宗旨,类似木鱼宣卷的那些仪式感强烈、宗教信仰突出的内容和环节,不必要也不可能在电台中获得良好的生存。丝弦宣卷能成为其时上海宣卷的主流,电台这一特殊表演空间的存在是其有力的保障。

### 二、宝卷表演形式的进化

上海地区的宝卷在民国时期的宣演形式更趋多样化。在表演的形式与流派上,演化出了文明宣卷、四明宣卷以及书派宣卷、滑稽宣卷。

文明宣卷,即丝弦宣卷,以史鉴渊、曹少堂等人为代表,始终是当时上海地区宣卷的主流。上海在游艺场、电台的宣卷多数为文明宣卷,其从业者也最多。其源头在苏州,主要也是采用苏州方言宣演。

四明宣卷,即宁波宣卷。四明,为宁波别称,因其境内有四明山而得名。四明宣卷是吴方言区宣卷的又一代表。前文引用叶宪祖《双修记》的材料,说明当地在明万历年间已有宝卷宣扬。当地老艺人传说,春秋战国时期,齐国田单用了火牛阵,杀伤敌国兵卒甚多。田单部下有个姓罗的将军,心中不忍,于是隐居山中,后来创立了"无为道"。无为道除了静修悟道外,还利用民间故事劝人为善。宣卷即起源于此。[1]根据此传说来看,所谓姓罗的将军即明代罗教的创始人罗清,罗教也称无为教。由此可知,四明宣卷的产生应该与民间教派有着一定的联系。当地民间也称宣卷为"讲经""讲善书"。

四明宣卷早期以木鱼宣卷为主。宁波籍人士在上海的移民群中,无论是在数量上还是社会地位上,都举足轻重、引人瞩目。四明宣卷在 20 世纪的上海大行其事,其流行应该与当地的宁波老乡对乡音乡情的关切与热心关联甚大。在《申报》(上海版)中,首次关于四明宣卷在上海的记载见于 1934 年 10 月 4 日第 21 版中。其刊登的友联电台节目单中有上午"十一时半至十二时,尹世鹤(四明宣卷)"。如前文所言,电台特殊性要求宣卷必然是以文明宣卷为主。在 1934 年电台宣卷已经盛兴的前提下,此处提及的四明宣卷实际上也属于文明宣卷的范畴,只不过它主要是采用宁波方言表演。称"四明宣卷",一则可以更好地吸引上海的宁波籍甚至浙江籍人士;同时也可以标榜其独立性,保证其不会被苏州宣卷湮没,"四明"相当于其以独立身份通行于上海宣卷界的保障和"商标"。

四明宣卷进入上海以后,在 20 世纪 30 年代完成了向丝弦宣卷的演变,目前所见的相关人物最早的是尹世鹤,而非有学者认为的是 40 年代由曹

---

[1]　潘莉:《宁波曲艺与宁波民俗文化》,海洋出版社 2011 年版,第 170 页。

显民受电台邀请至上海后首创[1]。曹显民实际上是自 1936 年 3 月 23 日开始在敦本电台宣卷的[2]。就目前能见到的文献记载来看,上海地区的四明宣卷在民国时期主要举行于电台之中,出现了尹世鹤、曹显民、心里红(按:亦名忻里红、忻礼洪)等长期在电台宣卷的名家。其中如尹世鹤者,其在电台宣演四明宣卷的时间跨度从在友联电台的 1934 年 10 月 4 日,一直延续到了在民声电台的 1946 年 7 月[3]。前举 1938 年 10 月 17 日的《申报》(上海版)第 10 版《无线电分类时刻表》,当时一日之内有 19 档宣卷,13 档都是四明宣卷。其所占比例可谓惊人。1941 年 1 月 1 日《申报》(上海版)第 14 版载《中国救济妇孺总会卅周纪念》的通告,言其"国历元旦起假座十大电台举行播音宣传运动三天",其中于天蟾电台作"全市四明宣卷大会串",从上午八时起至夜间十二时,分 14 档,涉及宣卷艺人依序为周顺裕、陈文达、冯庆芳、筱显民、鲍孝文、应克俭、施炳初、潘芷卿、翁德兴、尹世鹤、赵孝本、应克俭、张仁心、筱显民和鲍孝文(按:两人同档)。由此也可管窥四明宣卷在上海宣卷界势力的强大。

上海地区的宣卷还有所谓书派宣卷的名目。所谓书派宣卷,是指吸收评弹的表演艺术,特别是其中的起角色,将宝卷中的人物也区分为生、旦、净、末、丑,进行拿腔捏调式的说白与唱诵,并改革唱腔以相配合。因为苏州评弹习惯上也被称为说书,评话为大书,弹词为小书,宣卷学习之,故被称为书派宣卷。书派宣卷的创始者,有认为是苏州同里宣卷的代表人物之一许维钧(1909—1991)。这一说法较早见于《中国曲艺音乐集成·江苏卷·苏州分卷》之《苏州宣卷艺人传》的"许维均"(按:"均"当作"钧")条目之中。文中认为许氏的此种改革始于 20 世纪 30 年代初[4]。而与此同时,上海地区的宣卷界已经出现了书派宣卷。1932 年 1 月 9 日的《申报》(上海版)第 22 版属广告版,其中即有"朱尧坤:书派宣卷,英租界五马路浙江路口精勤坊六十三

---

[1] 潘莉:《宁波曲艺与宁波民俗文化》,海洋出版社 2011 年版,第 173 页。

[2] 《申报》(上海版)1936 年 3 月 23 日,第 19 版。

[3] 《申报》(上海版)1946 年 7 月 27 日,第 11 版。

[4] 《中国曲艺音乐集成》苏州市编委会编印:《中国曲艺音乐集成·江苏卷·苏州分卷》下册,1987 年,第 87 页。

号"。朱尧坤由此成为有民国时期文献可证的书派宣卷的第一位从业者。朱尧坤的宣卷活动就《申报》（上海版）而言，持续到了1939年12月16日[1]。除了到民间私宅中宣卷外，朱尧坤还曾在恒森[2]、富星[3]、永生[4]、惠灵[5]等电台，以及大新游乐场[6]举行过书派宣卷。其间他在《申报》上发布的广告一直在标榜书派宣卷，他也是当时在媒体上公开宣称自己为书派宣卷的唯一业者。其时上海地区的书派宣卷照此情形来看，很可能并未有多少宣卷艺人表演之。它在苏州同里的许维钧处却得到了光大，并有所传承[7]。

上海宣卷于此时还有一种滑稽宣卷，其首倡者为陆啸梧。文献中首次提及滑稽宣卷的，是1921年7月20日《申报》（上海版）第2版和平社笑舞台新剧部的广告。此广告中说道：

> 十六夜戏重新改编的阎瑞生。今夜一定言动都守正秋先生的范围的，更当请爱看阎瑞生戏的注意注意。
>
> 外插花为照顾营业起见，不得不有。花和尚做佛事，从未有过。啸梧唱滑稽宣卷之外，又扮花和尚中的大法师。老看客呀，快来定座罢，免得落后哩！

当时和平社笑舞台演出新剧，即话剧《阎瑞生》，过程中安排外插花，调节、活跃气氛，名为《花和尚做佛事》，其中即有啸梧的滑稽宣卷。啸梧即陆啸梧，根据《申报》（上海版）来看，其活动一直延续到了1934年7月[8]。而陆啸梧在民国时期的主要身份其实是滑稽演员。他在1815年8月受民兴社之邀进

---

［1］《申报》（上海版）1939年12月16日，第14版。

［2］《申报》（上海版）1933年3月1日，第21版。

［3］《申报》（上海版）1934年4月7日，第12版。

［4］《申报》（上海版）1934年10月3日，第19版。

［5］《申报》（上海版）1934年10月28日，第23版。

［6］《申报》（上海版）1936年12月7日，第20版。

［7］张舫澜：《同里宣卷漫记》，《吴江文史资料》（内部资料）第25辑，2010年，第98—99页。

［8］《申报》（上海版）1934年7月7日，第26版。

行演出,广告中的宣传即称之为"著名滑稽派"[1]。即使是在演出滑稽宣卷的时期,他也经常从事滑稽戏表演。当他不再做滑稽宣卷之后,更是专门以滑稽戏为业,其演艺活动持续至 1937 年 5 月[2]。除了陆啸梧之外,上海宣卷业标榜滑稽宣卷的并不多,主要有朱小娥[3]、刘春山、盛呆呆[4]、白玉泉[5]诸人。除朱小娥主业为苏滩外,其余三人都以滑稽戏闻名。

滑稽宣卷在当时的上海宣卷界并未成气候。1922 年 12 月出版的《红杂志》第 16 期刊载有吴牛的《游红世界记》一文,说到作者当年仲夏去上海福州路上新开的游乐场红世界,其中有陆啸梧的宣卷,乃言"啸梧之文明宣卷,尽是小丑口吻,可称滑稽极矣"[6]。此中的宣卷即滑稽宣卷,其主要特征即在"滑稽"两字,从腔调到文辞都具滑稽、诙谐意味,为"小丑口吻"。上海著名唱片公司百代公司在 1929 年 9 月新出的唱片中即有刘春山、盛呆呆合唱《滑稽宣卷》[7]。时人张超在《志哭笑新唱片》一文中评价道:

> 如刘春山、盛呆呆合唱之《滑稽宣卷》《学时髦》两片,几无一句不使人发噱,且含有讽世之意。如"观世音去开咸肉庄"等语,在可借此打破迷信。盖愚夫愚妇,每多信神,设聆此片,鲜有不曰罪过者。然积久则司空见惯,不攻自破矣[8]。

显然,滑稽、发噱是滑稽宣卷最明显的艺术特征,这也是它区别于其他宣卷类型的主要标志。下面列举《滑稽宣卷》中的几段唱词:

---

[1]《申报》(上海版)1915 年 8 月 19 日,第 12 版。

[2]《申报》(上海版)1937 年 5 月 17 日,第 22 版。

[3]《申报》(上海版)1926 年 12 月 11 日,第 1 版。

[4]《申报》(上海版)1929 年 10 月 31 日,第 26 版。

[5]《申报》(上海版)1930 年 5 月 11 日,第 26 版。

[6]《红杂志》第 16 期,1922 年 12 月,第 4 页。

[7]《申报》(上海版)1929 年 10 月 31 日,第 26 版。

[8]《申报》(上海版)1929 年 9 月 28 日,第 22 版。

正月里来是新春,唐伯虎搭子格程咬金。两家头到上海膀子吊,程咬金看中黄莲英。

二月杏花朵朵开,白娘娘四马路浪开子一爿花烟间。李三娘相帮拉皮条,昨夜两点钟拉着个洋盘叫袁世凯。

……

十一月里水仙花开得旺,观音娘娘八仙桥开子一爿咸肉庄。老寿星进去住一夜,鼻头眼睛侪烂光(真冤枉)。

十二月花名唱完哉,三国里曹操蹩脚到上海来。啊呀身边摸摸呒没铜钿用,曹操迪桩事体真坍台,竟然到陆家宅桥旁边摆测字摊。

考察此《滑稽宣卷》,它是仿照了《花名宝卷》的形式,用宣卷的曲调来演唱。其滑稽的效果主要是人物、事件之间的乱搭配,形成荒谬、可笑的场景,最终营造出强烈的戏谑、诙谐的意味。滑稽宣卷在上海地区的式微,主要原因可能是在于以下两个方面:一是它与上海地区流行的滑稽戏界限模糊。两者都以滑稽为标志,而滑稽戏博采众长,模仿、吸取其他艺术形式是其一贯的特点。当滑稽戏充分发展起来后,滑稽宣卷继续生存的空间必然越来越狭窄。二是宝卷本来就已经有滑稽意味明显的作品存在,如前举的《螳螂做亲宝卷》,常熟地区流行的《小猪卷》在叙述众人看热闹时的场景也是充满了诙谐,因而滑稽宣卷的定位,无论是在宣卷业还是滑稽戏界,都具有一定的不确定性,其进一步发展也缺乏有效的推力。

### 三、宣卷艺人的变化

上海地区民国时期宣卷的兴盛也体现在宣卷艺人本身。一是大量的宣卷艺人借助游艺场、电台的影响,逐渐为听众熟知并乐闻,成为听众心目中的沪上宣卷业的代表,被称为"著名宣卷""闻名宣卷",即名角化。有关的名角以其宣卷的类型来分,列举如下:

文明宣卷:史鉴渊、胡润魁、袁澄泉、曹少堂、谢少堂、华子卿、万仲甫、蒋鉴安、蒋福辰、尤鹤皋。

四明宣卷：尹世鹤、赵孝本、心里红（亦名忻里红、忻礼洪）、曹显民、张仁心、筱显民、周顺裕、陈文达、冯庆芳、应克俭、施炳初、潘芷卿、翁德兴。

书派宣卷：朱尧坤。

滑稽宣卷：陆啸梧、刘春山、盛呆呆、朱小娥。[1]

二是在传统上只有男性艺人的宣卷业出现了女性艺人，其从事的宣卷被称为女子宣卷。女子宣卷在文献中的首次记载见于 1923 年 2 月 9 日《申报》（上海版）第 11 版刊登的《大世界癸亥年六十二种游艺表》中，其中有"顾咏梅女子宣卷"的名目[2]，说明至迟在 1923 年女子宣卷已经存在，并且开始在游艺场中定期表演。顾咏梅在大世界的宣卷有明确记载的一直持续至 1924 年6 月[3]。而大世界中的女子宣卷到了 1927 年 4 月间还有举行。《申报》（上海版）1927 年 4 月 19 日第 16 版刊登《大世界新定时刻一览表》有"楼上北场，女子宣卷、化装苏滩，半点至十一点半"，但此时女子宣卷的艺人已经无法知晓其是否为顾咏梅。此后的《申报》（上海版）便缺乏关于女子宣卷的记载了。

无论是宣卷艺人的名角化，还是女子宣卷的出现，都说明着上海地区的宣卷在表演艺术和受欢迎度上已经到达了前所未有的高度。此时上海宣卷的主流已经完全成为曲艺的一种，与之相一致的是民间宝卷也已成为其主要的宣演对象。

## 四、影响力的加强

随着宣卷的兴盛与流行，其在上海当地的社会影响力也获得了逐渐加强。首先是商界开始将宣卷纳入有关的商业活动之中，或在电台点播、放送宣卷节目，来酬谢、吸引听众，推销商品。如《申报》（上海版）1933 年 6 月 18日第 15 版广告版有"益利汽水厂、祥生汽车公司为增进各界兴趣起见，于本

---

[1] 以上名单主要根据《申报》（上海版）和民国时期旧报刊。

[2] 《申报》（上海版）1923 年 2 月 9 日，第 11 版。

[3] 《申报》（上海版）1924 年 6 月 1 日，第 9 版。

月二十号起,假座明远电台每晚八时至九时播送特别节目,有文明宣卷、苏摊、本摊、苏州文戏、滑稽歌曲,逐日调换时新节目,以娱听众"。《申报》(上海版)1935年10月26日第12版有德华苏绣公司的广告,定于"每日下午一时至二时,在富星电台播送朱尧坤书派宣卷";在1941年6月12日第3版的广告中,太乙堂国药号在大来电台点播夜间十点至十二点"张仁心四明宣卷大会串"。甚至有以宝卷的形式作广告词的,《申报》(上海版)1920年10月25日第14版即刊载有守拙的《大婴孩香烟宣卷(仿大结缘)》,是为大昌公司新出的大婴孩牌香烟做广告;《咪咪集》1938年第3卷第10期也有题为《丁香牌香烟宣卷》的广告。

当时上海地区的戏剧活动也时有标榜与宣卷的关系的。有的是直接改编民间宝卷作品而来,如《申报》(上海版)1915年7月21日第12版民鸣社的演出广告中言:

> 《黄糠宝卷》是宣卷中第一杰作,描写人情世故,处处入情入理,大可劝人为善,大可激刺人心,较之《刘香女》有过之无不及。本社删芜存菁,编为新剧。

这是直接根据《黄糠宝卷》来改编创作的新剧,即话剧。这说明类似《黄糠宝卷》这样的民间宝卷作品在当地民众间流行至深至广。广告者甚至直接标举其剧名为"黄糠宝卷"。之前的新民新剧社也曾改编《黄糠宝卷》为话剧,并进行演出[1]。这种改编是建立在相关宝卷作品为大家耳熟能详,已经具有了一定的听众基础上,是其演出票房的先天性保障。

除此之外,有些新剧社还在话剧演出中专门设置宣卷的情节。如民鸣社根据《刘香女宝卷》改编演出的话剧《刘香女》,便特意宣称此剧"定于初八夜开演,其中尤可笑而尤可观者,则为孤雁半、梅咏馥等宣卷一堂,生面别开"[2]。民兴社演出的话剧《月里婵娟》在做广告时,也专门指出"剧中有十二

---

[1]《申报》(上海版)1914年5月28日,第9版。
[2]《申报》(上海版)1915年4月21日,第12版。

大特色"，其中之一即为"全堂文明宣卷"[1]。这种处理方式显然也是考虑了宣卷对听众的巨大吸引力，它在剧中的存在可以拉近与听众的距离，有着引起共鸣、活跃气氛的作用。当然，以上两点产生的前提主要还是当时宣卷的流行和民众对宣卷的热衷。

沪上的社会公益活动此时也更多地出现宣卷的身影。主要有两种形式：一是宣卷界、宣卷艺人直接参加到社会公益活动之中，以自己的宣卷来劝众与宣传。如《申报》（上海版）1939 年 2 月 24 日第 18 版刊登署名为"呆子"的《游艺界广播总动员》，说到当月 21 日至 23 日间，上海游艺界应难民救济协会之请，于电台做表演以募捐。这次的广播，如京剧、滑稽、申曲、弹词、评话、四明文戏、四明宣卷、苏滩、故事、歌唱、文戏、小曲、杭滩等，莫不应有尽有，而各方面的游艺名家，都亲自登台播唱，热诚是可见一斑的了。

《申报》（上海版）1949 年 3 月 8 日第 5 版刊登《己丑度亡利生息灾法会启事》，演艺界多于沪车电台做表演祈祷，其中即有"下午三时至五时，施炳初先生四明宣卷"。《申报》（上海版）1949 年 4 月 4 日第 6 版刊《上海贫儿工读院筹募建筑房屋基金播童劝募大会》的广告中提到，上海的宣卷艺人以宣卷研究会的名义，于铁风电台上午九点至十二点档全体串演，是为义演。

还有非专业的民众采取宣卷的方式来参与公益活动，宣传活动主张。如《申报》（上海版）1919 年 12 月 10 日第 11 版载《少年宣讲团游行宣讲记》：

> 少年宣讲团总部于本月七日举行第四十八周游行宣讲。兹得该团干事部报告如下：（一）第一队陈子和、曹友亭、陈贤赓、陈兆昌等，往南车站宣讲《亡国惨史》《提创国货》《救国须先救人救己》等题，听者二百余人；（二）第二队甘梅岭、张苹周、徐世平等，在城内福佑路宣讲，讲题同上，并附行通俗音乐、时事滩簧、劝导宣卷。听者亦二百余人。

是少年劝导民众爱国救亡，其中宣卷也是其宣传手段的一种。《申报》（上海版）1919 年 12 月 10 日第十二版载《中学生会举行化装宣传》也提到了有"智仁勇女校之抗日救国宣卷"。

---

[1]《申报》（上海版）1916 年 9 月 12 日，第 16 版。

以上这些都说明宣卷在上海地区的流行以及其影响的扩大。在此背景下,20世纪40年代上海宣卷艺人与苏滩艺人共同成立了"苏宣研究会",隶属于上海市游艺协会,负责人为朱筱峰[1]。后来,宣卷业又分离出来,成立了宣卷研究会[2]。胡祖德(字云翘)1933年编印的《沪谚外编》一书就选录了其时宣演的宝卷《花名宝卷》《怀胎宝卷》。

### 五、上海所辖县区的宣卷

上海所辖县区在民国时期也有宣卷。其中如上海县(现为闵行区)陈行镇东风村以张儒锦为首的一班民间艺人,在当时有较大的影响。1939年,18岁的张儒锦在川沙县北蔡乡向一位老艺人学习宣卷后,便在家乡演唱。其形式初为木鱼宣卷,多宣演以传统戏曲故事为题材的宝卷。每逢庙会和农家办婚礼、寿诞、小儿满月等,常获邀唱。中秋节前后,当地宣卷最盛。后来,张儒锦和沈金兴、张学余等组班,游走四乡宣卷,在宣卷中,逐步吸收了群众喜爱的地方小曲和戏曲曲调,并增加了二胡、碰铃、尺板等乐器,是为丝弦宣卷[3]。张儒锦等人的宣卷表明,在抗战全面爆发以后,上海城区的宣卷走向衰落,但在乡镇村野间宣卷则一直持续着。

嘉定地区在当时也曾流行宣卷。《嘉定县志》第五编《文化》卷二十六《文化艺术》第三节《戏剧曲艺》载:

> "念宣卷"亦在本县广为流传,艺人手敲小锣,边敲边念,间有说白,其内容大多为因果报应,劝人为善之类。他们走街串巷,或在茶楼酒肆,或在街头空地演出。官府常以不良宣传为由加以取缔禁止。至解放时,全县尚有以念宣卷谋生的艺人10余名。[4]

[1] 中国曲艺志全国编辑委员会、《中国曲艺志·上海卷》编辑委员会编:《中国曲艺志·上海卷》,中国ISBN中心2007年版,第93页。
[2] 《上海贫儿工读院筹募建筑房屋基金播童劝募大会》,《申报》(上海版)1949年4月4日,第6版。
[3] 张乃清:《陈行史话》,春申潮报编辑部2000年,第70页。
[4] 上海市嘉定县县志编纂委员会编:《嘉定县志》,上海人民出版社1992年版,第850页。

嘉定、青浦都与昆山接壤,商榻更曾隶属昆山,其宣卷或由之传入。

综上所述,民国时期吴方言地区的宣卷初始以苏州为中心,向四方扩散开来。后来上海市区以租界为中心成为吴方言区宣卷最为兴盛的地区,并确立了宣卷中以娱乐为主的一支。其时吴方言区宣卷虽然分为木鱼宣卷和丝弦宣卷两种,但最为流行的当属丝弦宣卷。后者一般组成专门的宣卷班,由四五个人组成,并多向戏曲和其他曲艺形式学习,融入地方小曲、滩簧、沪剧等的曲调,在题材上也多有改造戏曲、曲艺中的传统故事者。抗战以前宣卷的中心是在城镇,抗战开始以后,则主要是在乡村。

综观民国时期吴方言区的宣卷活动,整体上呈现出以下特征:首先是演出形式的改良。丝弦宣卷和书派宣卷先后出现,最终形成了丝弦宣卷和木鱼宣卷的二分天下。大致来说,在常熟地区、无锡地区、靖江地区主要是以木鱼宣卷为主,其他地区则以丝弦宣卷为主。其次是宣卷舞台的多样化。除了庙会、家堂外,宣卷开始进入更多的演出场所,有青楼、茶馆、游艺场、无线电台等,宣卷的娱乐功能及相应的表演特征在此时得到了强化和定型。

# 第四章　当代吴方言区民间宝卷的分布与发展

进入当代,吴方言区的宣卷在分布区域、表演形式、传播方式等方面多有变化。吴方言区的宣卷在 20 世纪 50 年代以后,急剧衰落。一直到 80 年代初,一些老宣卷艺人始重拾旧业。后宣卷逐渐在各地又有所兴盛,特别是缘于旅游经济和非物质文化遗产热,很多地方的宣卷获得了更多新生的机会,但整体上已经无法延续民国时期的鼎盛情形。

## 第一节　分布概况

当代吴方言区宣卷已不复旧时般流行,但仍广泛分布在各个市县的村镇,并时有举行。

### 一、江苏省

当代吴方言区宣卷,江苏无疑是流行地域最广的地区。就其宣卷的举行频率与类型的丰富性而言,它可以说是吴方言区宣卷的核心区域。

（一）苏州市

苏州于清末民初起至今,一直是吴方言区宣卷的中心区域之一。进入当代,苏州城区的宣卷已基本消失,但其下属县市则多有宣卷存在,形态上为木鱼宣卷和丝弦宣卷并存。

1. 吴中区

2000年12月撤销吴县市,改设吴中区和相城区。宝卷宣演主要在吴中区甪直镇,属丝弦宣卷。

2. 吴江区

2012年撤市设区,宣卷主要见于同里镇。同里在民国时是丝弦宣卷的重镇。据2009年吴江市文广局组织的非物质文化遗产普查小组人员统计,吴江市时有28支宣卷队伍,共142人。当年演出,最多的有335场,较好的在300场左右,一般都在200场以上[1]。当地政府组织宣卷人员常年在同里镇的相关景点向游客展示。

3. 苏州工业园区

宣卷分布在胜浦镇、斜塘镇。两镇原属吴县,分别于1994年、1995年划归苏州工业园区。在宣卷形态上,木鱼宣卷和丝弦宣卷并存,以丝弦宣卷为主。

4. 常熟市

在尚湖、古里、沙家浜、支塘、虞山、辛庄等镇有宣卷存在,尤以前两者为代表,主要为木鱼宣卷。进入21世纪愈加兴盛,官方资料称目前"普查出宝卷艺人近千人"[2]。常熟与靖江两地的宣卷是当代吴方言区木鱼宣卷的典型。

5. 昆山市

昆山与吴中区接壤,受同里宣卷影响较深。以丝弦宣卷为主,主要分布在锦溪、周庄、张浦、正仪、玉山等乡镇。其中又以锦溪镇的宣卷最为兴盛和著名,世称锦溪宣卷。

6. 张家港市

1962年区域调整,将常熟的部分地区、长江中涌出的沙洲(今张家港市东部)、江阴的部分地区合并建立沙洲县,1986年改名为张家港市。宣卷主要流行于该市南部的港口、凤凰、西张、妙桥、塘桥、鹿苑、沙上等乡镇。这些地方原来属于常熟市,其宣卷历史上属常熟宣卷的范围,也以木鱼宣卷为主。

---

[1] 张舫澜:《同里宣卷漫记》,《吴江文史资料》(内部资料)第25辑,2010年,第96—97页。
[2] 《常熟市非物质文化遗产代表作申报书(常熟宝卷)》,2010年。

### 7. 太仓市

其宣卷可能流传自毗邻的昆山,当代主要存在于南郊、双凤、新湖、新毛等镇。以木鱼宣卷为主,也有丝弦宣卷。当地宣卷主要用于荐亡,正好与靖江讲经只做延生、不做往生的惯例相反。

### (二)泰州市

这是吴方言区宝卷流传最北的地区。主要分布在靖江县以横港为界的北部地区,当地称为老岸。靖江地处长江之北,其文化主体上则为吴文化,老岸话也属于吴方言。当地称宣卷为讲经,形态上系木鱼宣卷。

### (三)无锡市

属于木鱼宣卷。当代无锡市区少有宝卷演出,在其崇安区、滨湖区、北门黄巷乡,以及所辖江阴市的山观镇等地,目前相对而言还有较多的宝卷宣演。

### (四)常州市

属于木鱼宣卷。历史上常州很多地方都有宝卷演出,但当代则日趋衰减,主要在天宁区、春江镇、湖塘镇、郑陆镇等地有宣卷。较为有名的宣卷者有余忠良、王亚良等人。[1]

## 二、上海市

上海地区的宣卷,特别是在市区,民国时期可谓繁盛。到了当代,其市区已不见宣卷存在,在其所辖区县还可见宣卷活动。

### (一)青浦区

宣卷主要见于金泽镇、商榻镇,以后者最为著名。商榻宣卷的第一代传人姜友明,据称1949年时在昆山周庄观看宣卷,被吸引后跟班学艺。至20世纪50年代,他开始和新罗村宣卷艺人孙建达搭档演出。[2]商榻宣卷以丝弦宣卷为主。

---

[1] 杨秀妹:《"常州宣卷"论略》,《常州工学院学报(社科版)》2011年4期,第10页。

[2] 叶建生:《商榻宣卷:民间文艺的奇葩》,《青浦报》2008年5月30日。

（二）闵行区

宣卷主要分布在陈行镇。2000年10月，该镇与杜行镇、鲁汇镇三镇合并成立了浦江镇。陈行宣卷始于民国时期，初始也以木鱼宣卷为主，后则以丝弦宣卷为主。陈行宣卷也是只做延生，不做往生，主要是在庙会和农家办婚、寿、婴儿满月等喜庆场合演出。

（三）浦东新区

当代浦东宣卷分布在周浦镇，主要为丝弦宣卷。当地人认为，其雏形见于清乾嘉年间的素油道场之中。当地吃素人亡后，举办素油道场，其中有一节仪式为"念宣卷"。清末，苏州宣卷传入周浦镇，并辐射周边的下沙、瓦屑、三林、北蔡等地，形成浦东宣卷。[1]

## 三、浙江省

浙江省境内的宣卷在明代嘉靖末即已有之。至清代，民间教派宝卷逐渐衰微，民间宝卷开始兴起。湖州、嘉善等地，受苏州地区常熟、吴江的影响，开始有了民间宝卷，并最终从木鱼宣卷发展成了丝弦宣卷。

（一）杭州

杭州市区当代则很少见到宣卷，这除了时代变迁的因素外，可能和民国时期杭剧的产生并流行有着较大关系。杭剧于宣卷的基础上推陈出新，很多方面要优于宣卷，在当地及周边地区流行一时，这必然形成宣卷生存空间的侵占。目前杭州的宣卷主要存在于所辖余杭区的临平街道、东湖街道和运河镇，以丝弦宣卷为主。

（二）嘉善市

宣卷主要流传于所辖嘉善县的陶庄、西塘两镇，以丝弦宣卷为主。现在当地主要有陶庄镇的袁云甫宣卷班、沈王荣宣卷班，西塘镇的张志和宣卷班。袁云甫经常在西塘旅游景区做演出。

（三）绍兴

绍兴宣卷目前主要见于下属绍兴县的安昌镇和萧山区的衙前镇等地。

---

[1]《上海市非物质文化遗产名录申报书（浦东宣卷）》，2006年。

据称,在绍兴、萧山的农村,"至今仍有大约20多个宣卷班子"[1]。其中最兴盛的是绍兴县的安昌镇。绍兴宣卷以丝弦宣卷为主。

吴方言区的宣卷活动在当代经历了一个阶段的沉寂,进入20世纪80年代以后,传统的宣卷之区大多重新开展了宣卷活动,在个别地方还表现得较为盛行,并产生了很多与时代相契合的新的变化。这种新兴的局面和新的变化,除了听众的需要以外,往往都与当地政府的提倡、保护相关联。当代吴方言区的宣卷活动大多受到了地方政府的重视,地方政府多把宣卷作为地方文化来挖掘、保护,并强调其地方特色,要求融入旅游经济中。这对于宣卷的发展是一个重要的契机。宣卷在地方政府的引导和扶持下,获得了发展的新的契机和能力,可以在较为宽松的环境中生存下去;但同时,传承队伍缩小和讲经文本的损毁缺失,使得宣卷的未来不容乐观。如何保持宣卷的传统特色,吸引更多的听众,避免被当代的文艺形式同化或湮没,也是一个迫切需要解决的问题。

## 第二节　当代吴方言区民间宝卷的发展

当代的吴方言区宝卷以民间宝卷为主流,随着时代、社会的发展,新时期的吴方言区宝卷在文本和宣演上都产生了新的变化。这里以苏州的常熟宣卷、锦溪宣卷及泰州的靖江讲经为例,来予以讨论。

### 一、常熟讲经的新变

常熟位于苏州地区的东北部,北邻张家港,东则与太仓接壤,南近昆山、苏州市区,西界无锡、江阴。作为明清以来苏州地区重要的文化中心之一,宣卷在常熟有着悠久的历史和广泛的分布。笔者自2011年以来,多次前往当地做田野调查。现择其要点,缕述于下。

（一）当代常熟宣卷概况

常熟宣卷为苏州宣卷的一支,属于吴方言区宣卷的范畴。吴方言区的宣

---

[1]　王伟:《绍兴宣卷》,《浙江档案》2010年第7期,第47页。

卷当代仍旧保持相对繁盛的规模。当代苏州地区的宣卷主要存在于吴县的胜浦,吴中区的同里、甪直,昆山的锦溪、正仪,张家港的凤凰、港口等地区,还有就是常熟一市。前面四区市的宣卷主要是丝弦宣卷,娱乐性突出,且大多集中于某几个乡镇,其演出除了在旅游场所、电台电视、文艺会演之外,民间的常态化宣卷并不多见。就在当地分布的广泛、宣讲的频繁,以及仪式的传统性和完整度而言,常熟宣卷是有它的独擅之处的。

常熟地区的宣卷和靖江宣卷一样,属于木鱼宣卷。木鱼宣卷在历史上与民间的宗教信仰活动相关联,常熟当代的宣卷也是这样。当地也称宣卷为"讲经",宣卷者为"讲经先生"。常熟宣卷以宣卷为主体,有着一整套复杂、细密的仪式,并指向对具体的神佛的信仰和祈福。它基本上可分为香山完愿、还受生经、佛会、地狱等四种形式,卷本可分为神卷、闲卷(也称白相卷、小卷)、科仪卷三种。

和吴方言区其他地区的宣卷一样,常熟讲经在新中国成立之后,也经历了一个漫长的沉寂期。其复兴是在 20 世纪 80 年代,进入到 90 年代之后,则取得了迅速的发展,至今已成较为繁盛的局面。常熟市文化广电新闻出版局于 2013 年 3 月成立了常熟宝卷保护工作领导小组,先期开展了对当地宝卷的调查和整理工作。笔者也先后三次参与其中。综合保护小组提供的有关材料和田野调查所得,可以发现,宣卷在常熟各地分布广泛。至 2013 年 7 月为止,常熟当地在世且有名可稽的讲经先生在 167 人左右。常熟所辖十镇,每一镇都有讲经先生多人,虞山、尚湖、碧溪、董浜诸镇都在十人以上,古里最多,达到 50 人。在世讲经先生中年龄最大的是碧溪娄桥村的张恒兴老人,当时已是 95 岁(虚岁)。[1]这只能说是初步的统计,确切的人数应该超过此数字。常熟宣卷的卷本也较为丰富、庞杂。笔者目前了解的常熟宝卷以当地讲经先生的手抄本为主,个别为刻本和石印本,后者当多从外地流入。其总数目在 448 部左右,去除其中一本多抄的,其数量当在 300 部以上。[2]

---

[ 1 ] 根据笔者历次田野调查记录、《常熟市非物质文化遗产代表作(常熟宝卷)申报书》(2010)、叶黎侬《宝卷调查日志》(未刊稿)。

[ 2 ] 根据笔者历次田野调查记录、余鼎君《常熟宝卷目录》(未刊稿)。

（二）表演场所和范围的变化

常熟讲经发展到当代，在很多方面有了新的变化。这些变化有的是吴方言区其他地方没有的，有的是他地也有，而在常熟则表现得更为突出。

当代常熟讲经的新变化首先体现在讲经场合的扩展上。据尚湖镇的讲经先生余鼎君说，1949 年以前，常熟当地的宣卷主要见于主家有人生病或"五七"荐亡之时[1]，当代宣讲的范围则几乎基于日常生活的各个领域。虞山镇谢桥的讲经先生张岳华言其受请讲经，主要是主家有亡者"五七"之时，或生日、生病之时。"老板发财谢菩萨"，也常去讲经。[2]在今天的常熟举凡红白喜事，如庆寿悼亡、造屋起桥、患病逢灾、乔迁远行、开店求财，都有请人宣卷者。

其次是讲经地域的扩大。这一点只就当代而言。历史上的宣卷艺人流动性很大，如苏州、宁波的艺人至上海宣卷的，几乎成为风气。当代吴方言区的宣卷大部分地区限于宣卷人所在的县乡，很少有出县的。常熟地区的讲经先生则多有应邻近县市的召请而外出宣卷者。如辛庄镇张桥村的女讲经先生翁多梅也去苏州相城区陆墓镇和无锡宣卷。[3]尚湖镇冶塘村的女讲经先生邓雪华去过无锡讲经，她的父亲（已过世）去过上海、无锡讲经。[4]尚湖镇大河村的范家保经常去江阴讲经，还曾经受邀在江阴顾山的香山寺开光之日讲经。[5]辛庄镇杨园村的女讲经先生徐招玲讲经的范围除常熟之外远至吴县、上海，也去过无锡。[6]尚湖、辛庄都接邻无锡，当地讲经先生去无锡宣卷，也是得地利之便。沙家浜镇阳澄新村的桑雪元常去张家港讲经。[7]陈桥新村的霍建龙要到太仓、昆山、吴县讲经。[8]梅李镇天字村的黄

---

[1]　根据 2011 年 12 月 22 日上午常熟讲经先生余鼎君采访录音。

[2]　根据 2013 年 5 月 11 日下午常熟讲经先生张岳华采访录音。

[3]　根据叶黎侬《宝卷调查日志》（未刊稿）2013 年 5 月 24 日记录。

[4]　根据 2013 年 7 月 11 日上午常熟讲经先生邓雪华采访录音。

[5]　根据 2013 年 7 月 11 日上午常熟讲经先生范家保采访录音。

[6]　根据 2013 年 7 月 10 日下午常熟讲经先生徐招玲采访录音。

[7]　根据 2013 年 7 月 10 日下午常熟讲经先生桑雪元采访录音。

[8]　根据叶黎侬《宝卷调查日志》（未刊稿）2013 年 7 月 1 日记录。

建清也到太仓、嘉定（属上海）讲经。[1]虞山镇莫城的陈传大之前也经常去苏州的相城、木渎和无锡的嘉菱荡讲经。[2]虞山镇兴福管理区的项坤元自言，其讲经地域除本市以外，还到过苏州市区、吴江区，最远的曾经到过南京。[3]

当代常熟讲经还进一步发展了进香宣卷的模式。常熟的讲经先生经常带香客去外省进香，常去的地方是浙江的杭州、普陀山，以及安徽的九华山。沙家浜镇阳澄新村的讲经先生桑雪元讲述，九华山通常是五、九月天气凉爽时候去，杭州则过了大年初一去，春季里去四五次。杭州一般上天竺寺。以前（指二十世纪八九十年代）是坐船去，路上时间较长，讲经先生都会讲宝卷。现在坐车甚至飞机过去，路上就不太方便讲经了。等到了宾馆或者庙里的时候，仍然会宣讲宝卷。此类讲经受客观条件限制，原来仪式性的内容会被省略，主要以讲佛偈和宝卷为主。[4]笔者同一天采访的辛庄镇杨园的女讲经先生徐招玲即因为年初带香客去杭州上天竺寺烧香，路上发生车祸受伤，休养了近半年。[5]进香途中宣卷实际上在宣卷的早期历史中已经存在。初刊于崇祯五年（1632）前后的话本小说《型世言》第十回"烈妇忍死殉夫，贤媪割爱成女"中，叙万历十八年（1590）苏州昆山县陈鼎彝与妻子周氏去杭州上天竺烧香还愿，"夫妇计议已定，便预先约定一只香船，离了家中，望杭州进发"。中途遇到亲戚，两家香船连在一起，"一路说说笑笑，打鼓筛锣，宣卷念佛，早已过了北新关"[6]。常熟讲经于此也可以看成是"回归"。但这种回归，在当代则进一步扩大了宣卷的表演场所和范围，也使得其与民间的信仰活动联系得更为紧密了。

（三）讲经先生团体的变化

进入当代，常熟讲经与其他地域相比，其宣讲者，即讲经先生团体本身也

---

[1] 根据叶黎侬《宝卷调查日志》（未刊稿）2013 年 7 月 5 日记录。

[2] 根据叶黎侬《宝卷调查日志》（未刊稿）2013 年 6 月 24 日记录。

[3] 根据 2013 年 7 月 9 日下午常熟讲经先生项坤元采访录音。

[4] 根据 2013 年 7 月 10 日下午常熟讲经先生桑雪元采访录音。

[5] 根据 2013 年 7 月 10 日下午常熟讲经先生徐招玲采访录音。

[6] 〔明〕陆人龙编撰，陈庆浩校点：《型世言》，江苏古籍出版社 1993 年版，第 179 页。

发生了一些值得关注的变化。

首先是在讲经谱系上,亲族化传承越来越多。当代吴方言区其他地方的宣卷多为非血缘或亲缘间的师徒传承,常熟地区则多为家庭内部或姻亲间的传承。下表按照镇区简单列举部分讲经先生的传承谱系。为论述需要,这里主要列举其在亲族内部的传承。

| 地区＼传承 | 第一代 | 第二代 | 第三代 | 第四代 |
|---|---|---|---|---|
| 虞山 | 张金奎(祖父,已故) | 张良生(父亲) | 张岳华 | |
| | 姚全囡(父亲,已故) | 姚根宝 | | |
| | 毛雪根(父亲) | 毛台林 | | |
| 尚湖 | 余竣渔(父亲,已故) | 余宝钧(兄) | 余鼎君 | |
| | 范毓岩(祖父,已故) | 范和尚(父亲,已故) | 范家保 | |
| 碧溪 | 张善章(伯父,已故) | 张恒兴(父亲)张凤章(姐) | 张浩达 | |
| | 徐康 | 林小元(女婿) | | |
| | 徐裕康(父亲,已故) | 徐永涛 | | |
| 支塘 | 金炳元(祖父,已故) | 金惠荣(父亲) | 金宇(孙子) | |
| | 张大印(祖父,已故) | 张金元(父亲)张奎元(叔父) | 张震威 | |
| 董浜 | 沙仁兴(父亲,已故) | 沙正清 | 女婿 | |
| | 徐褒康 | 弟弟　儿子 | | |
| | 盛仕良(父亲,已故) | 盛洪涛 | | |
| 辛庄 | 张煜明(高祖父,已故) | 张土根(祖父) | 张弟姚菊英(张弟妻) | |
| | 徐廷华(祖父,已故) | 徐俊发(父亲,已故) | 徐招玲 | 徐叶峰(儿子) |
| | 翁纪全(公公) | 翁多梅 | | |
| | 单雪元(父亲,已故) | 单宝兴 | | |

上表涉及讲经先生48人,在世33人中大部分仍旧在从事讲经。另有海虞镇七峰村的缪鸿翔说其讲经自曾祖起,也是五代相传。[1]亲族内部的传承师傅

---

[1]　根据2013年7月9日下午常熟讲经先生缪鸿翔采访录音。

保留的程度更低一些,在一定程度上也保证着讲经传统的顺利传承。它一方面说明着常熟讲经的历史悠久,另一方面也应该是后者能够在当代留存木鱼宣卷较多特征和浓厚的信仰属性的重要原因。

其次,常熟讲经中的女性讲经者逐渐增多。靖江讲经、锦溪宣卷中也可见女性宣讲者,但就其人数而言,常熟讲经可能是最突出的。下面也对此做列表说明。

| 地 区 | 姓 名 |
|---|---|
| 虞山 | 蒋秀金、瞿凤英 |
| 尚湖 | 邓雪华、曹雪英、孙钰 |
| 碧溪 | 张凤章 |
| 支塘 | 严美英、平六妹 |
| 董浜 | 王杏南、陆荣和、陆月琴 |
| 辛庄 | 徐招玲、徐菊珍、姚菊英(张弟妻)、翁多梅 |
| 沙家浜 | 陈凤宝 |
| 梅李 | 刘美娥 |
| 古里 | 丁素英、朱彩英 |

就上表而言,女性讲经者达 19 人,占前文统计的讲经先生 167 人的十分之一强。其中很多女性讲经人,如徐招玲(徒弟徐叶锋)、王杏南(徒弟吴育江、徐正良)、邓雪华(徒弟曹雪英、孙钰)、严美英(徒弟陈金元)、翁多梅、徐菊珍在当地颇有影响,徐招玲、王杏南、邓雪华等人都带出了不少的徒弟。女性讲经先生在宣演上特有的委婉细腻也为讲经的推广起到了一定的促进作用。

(四)讲经内容、仪式的变革

当代的常熟讲经,在讲经具体内容、仪式方面也多有变革。

首先,单次讲经中宝卷篇目的增多。当代常熟的单次讲经一般时长在一天一夜之间,原来宣讲的宝卷在七八种左右,现在则大多在十五六种左右,甚至有过二十种的。如笔者曾经调查的余鼎君的一次讲经,属香山还愿,所讲宝卷即有《玉皇宝卷》《太阳宝卷》《祖师宝卷》《香山宝卷》《三官宝卷》《路神宝卷》《财神宝卷》《上寿宝卷》《家堂宝卷》《灶皇宝卷》《门神宝卷》《结缘佛偈》《状元宝卷》《大成宝卷》《药王宝卷》《碧霞元君宝卷》《太姆宝卷》《千圣小王宝卷》《城隍宝卷》《贤良宝卷》等二十种宝卷。[1]更多的关于神灵的宝卷被纳入一次讲经的过程之中,其实是最大程度地满足了主家希望得到尽可能多的各路神灵的保佑、求福驱灾的愿望。这是常熟讲经主动迎合民间市场的自我改造。

常熟当地人地域观念强烈,期望受到本地神灵的护佑,所以当代常熟讲经新创了很多关于本地神灵的宝卷。讲经先生也创作了不少宣讲当地神灵故事的新宝卷,当地在有讲经活动时,一般都要宣讲有关当地神灵的宝卷。如《贤良宝卷》,讲述尚湖水神刘大根的出身与神通的故事,尚湖边上的村镇举行讲经时多数会宣讲此卷。尚湖镇建华村的地方神为千圣小王,有讲经活动的时候,一般都要讲《千圣小王宝卷》。建华村东边的赵家上村供奉安乐王总管,当地讲经一般要宣《总管宝卷》。这些地方神灵宝卷的宣讲,可以强化本地人的乡土意识,同时也加强了讲经活动和地方民众在心理上的关联。

为了适应现代生活的需要,常熟讲经新创了很多用于不同场合的宝卷,如《路神宝卷》,主要用于新买了家用轿车之时,祈求出入平安;《状元宝卷》,用于小孩子初入学,或家中有子女要参加高考之时;《鲁班宝卷》,用于新房落成谢鸿之时,期冀入住顺利,家宅平安。尚湖的讲经先生余鼎君自创了《孔夫子宝卷》,因为小孩入学之前应该拜孔夫子,而且原来三教中儒教一直没有宝卷。[2]这种创新加强了讲经的适应性,使得常熟讲经能够更多地满足民间多样的宗教、信仰需要,与民间生活的各个方面都产生了密切的联系。讲经先生彼此间交流卷本比之前要热络很多,有的还从网上下载打印相关作品。

在讲经的具体过程中,常熟讲经新创了“献荷花”这一环节,为当代常熟讲经所特有。“献荷花”在 2010 年前后开始出现于讲经中,一般举行于送佛之前。届时,和佛的人分成两列在其左右,手持纸扎的荷花,扭秧歌步。讲经先生在中间随兴走舞步,宣唱歌偈。其歌偈分上下阕,各十二段。上阕

---

[1] 根据 2011 年 12 月 22 日上午常熟讲经先生余鼎君采访录音。
[2] 同上。

唱妙善公主成道故事,下阕则专为祈福吉祥之词,祝福主家发财进宝、平安如意、好事不断等。其曲调悠扬动听,场面活泼欢闹,气氛热烈异常,为一次讲经中最轻松也最具娱乐性的阶段,也常常是最能吸引人围观倾听的时候。这在一定程度上为常熟讲经增加了娱乐性,使之具有了更多的吸引力。

常熟讲经应该是靖江讲经以外,保存木鱼宣卷传统特征最多的一种,但它并没有故步自封,而是在当代呈现出很多新变化,增强了生命力,拓展了发展空间。这些新变化基本上都是在讲经先生内部进行的自主调整和创新,它们有些方面可以被看成是向宣卷传统的坚持和回归,有些则更多的是顺应时代发展和市场需要。这一变化过程中,各级文化管理部门所做的主要是为常熟讲经的发展提供了一个较为宽松和自由的外部环境。类似的情形发生在清末民国时期的吴方言区宣卷身上。当时的宣卷适应新时代的需要,在与滩簧、评弹等流行曲艺形式的竞争中,汲取他家之长,发展出了丝弦宣卷、书派宣卷等新形式,由此在本地区高度竞争的演艺市场占有了重要的一席之地,并丰富了其表演艺术,拓展了生存空间。这是我们现在能在很多县市见到宣卷的重要前提。常熟宣卷在当代的诸多变化,对于如何保护宣卷和促进其发展,显然也有着很多令人思考和可借鉴的地方。

## 二、靖江讲经的新变

因为时代的变迁,靖江的宣卷,当地称为讲经,在诸多方面也发生了很多的变化。这种变化是适时而为的,也保证了宣卷在当地的继续生存和发展。

这里,我们根据孔庆茂、吴根元、姚富培《靖江讲经宝卷的传承》一文中的靖江讲经谱系表做一个大致的统计。靖江讲经有名有姓的,至《中国靖江宝卷》一书编纂之时,共有 152 人,其中 1949 年以前靖江地区开始讲经的有 78 人。

1949 年至 1976 年"文化大革命"结束之前的有 20 人,1977 年至 1979 年间的只有 2 人,1980 年至 1989 年的则有 21 人,1990 年至 1999 年的有 23 人,2000 年至《中国靖江宝卷》编纂之时有 8 人[1],则 1949 年以来开始

---

[1]　以上统计据孔庆茂、吴根元、姚富培《靖江讲经宝卷的传承》,尤红主编《中国靖江宝卷》附录。

讲经的佛头有 74 人。但以上讲经谱系,限于历史与现实的因素,仅是现在确知其姓名者的记录,那些未被记录的讲经者的数目当也不在少数,实际上靖江历代的讲经者应该是远多于此数目的。目前,靖江地区的佛头,据1997 年的统计,登记在案的有 108 人[1]。当然,实际从事讲经的人数要超出这个数目。讲经者中年纪大的已有八九十岁,而年轻的才二十多岁。

现在已知最早的佛头为生于 1845 年的何祥大,他于 1858 年开始学艺,师承则不得而知[2]。其传承已经历了五代。[3]现在已知的靖江讲经的传承有十四个支系,为陈良生系、宋扣松系、季汉生系、何祥大系、缪维新系、卢筛林系、吴秀堂系、刘清毅系、陈松堂与陈友堂系、吴林生系、顾汉郎系、丁祖德系、施裕春系、丁汉庆系。其中缪维新一支已有五代,共 19 人,为传人最多者。

靖江讲经在传承问题上也存在着很大的难题。其十四个支系最近一代的传人,人数最多的属顾汉郎一支,其第四代有 7 人;而其他支系有五支都只传有 1 人,六支各传 2 人,两支各传 3 人;靖江讲经各家最近一代的传人,合起来只有 20 人。这对于靖江讲经的发展应该说是一个比较严峻的现实。

与之前相比,当前的靖江讲经主要有以下几点新的发展:

(一)政府主导下的保护与发展

靖江当地政府历来重视讲经,在政府的主导和扶持下,当地有关部门和文艺工作者在讲经的改良上做了不少系统而有效的探索性工作。其开始最早可追溯至二十世纪五十年代。如 1956 年苏北地区曲艺会演,靖江县的文艺工作者新编了讲经曲目《藏五姐》,又名《王海郎杀媳》,参加演出。在演出中,去掉了和佛。因为使用靖江方言宣演,靖江以外的听众多听不懂,在当时并未引起多大反响,该曲目也没有保留下来。

1958 年以后,靖江当地县委提出在讲经的基础上,发展"靖江说唱"或

[1] 车锡伦:《江苏靖江做会讲经的"破血湖"仪式(调查报告)》,《信仰、教化、娱乐——中国宝卷研究及其他》,(台北)学生书局 2002 年版,第 171 页。
[2] 尤红主编:《中国靖江宝卷》下册,第 1657 页。
[3] 同上,第 1659 页。

"靖江评书",曾指定文化工作者吴根元、夏雨农、王国良等人,将《大圣宝卷》中"张员外逼租"一节整理成文,由佛头钱如山讲经,将和佛改成了帮唱"莲花落",唱词用"莲花落于落莲花""春梅花,夏荷花,秋海棠,冬雪花,十二月四季香花开"。先是召集各公社书记、社长在县委礼堂试听,随后区里开三级干部会议时,县委安排与会者看戏、看电影,在礼堂边同时让佛头讲经。结果,大部分人都去听讲经了。后来这段讲经录音,在县广播站作了广播,结果路上、桥上都站满了人,以至有的地方交通堵塞[1]。

进入二十世纪八十年代以后,随着社会的开放,学者的研究呼吁,靖江讲经作为地方文化遗产得到了应有的重视。一方面是民间有了讲经的自由和空间,在农村讲经重新又引起了大家的兴趣和关注;另一方面,政府部门也采取了一定的措施来扶植讲经的复兴和发展。如将宣卷纳入非物质文化遗产保护的序列中,对代表性的讲经人提供资金扶助;设立讲经堂,定期向民众义务宣卷。因而,讲经在当今的靖江地区又重新焕发了生命力,并有了新的发展。

进入二十一世纪,当地政府主持开展了靖江宝卷文本整理出版的系列工作。2001年,在靖江市文化局的支持下,吴根元、姚富培编辑《靖江宝卷·圣卷选本》一书,作为内部资料刊行,公布了圣卷中的《三茅宝卷》《大圣宝卷》《香山观世音宝卷》《花灯缘》等四个卷子,达40余万字。2003年,两人又编刊了《靖江宝卷·草卷选本》,收录了《张四姐大闹东京》《血汗衫记》《九殿卖药》《十八穿金扇》《江阴要塞起义记》等五部草卷,共37万余字。至2007年7月,又在前面两书的基础上增扩而成《中国靖江宝卷》(江苏文艺出版社2007年版)一书。该书共收录靖江宝卷作品54种,含圣卷25种、草卷18种、科仪卷11种,字数达270万之多。这是迄今公开刊行、收录靖江宝卷最广最全的著作。对讲经作品的整理出版,有利于对靖江讲经的进一步研究和保护、开发。

(二)讲经队伍的变化

近几年在讲经者中出现了女佛头。目前靖江有近十名女佛头,年龄大多

---

[1] 参段宝林、吴根元、缪柄林:《活着的宝卷》,《汉声》1991年8期。

在四五十岁。女佛头的出现,可以增强整个讲经活动的生动性和娱乐性,同时也便于和女性听众作交流,对于讲经的进一步流行有一定的促进作用。

（三）宝卷作品的新变

新编了大量的讲经作品,包括现代的革命故事被编为讲经作品。据2006年7月28日《靖江日报》载《渡江战斗故事编入靖江讲经》一文报道,当地79岁的老人王国良在二十世纪八十年代退休以后,改编创作经书13部、40多万字,有《关公宝卷》《岳飞卷》《龙王宝卷》《连环案》和《江阴要塞起义记》等。其中《江阴要塞起义记》属于草卷,讲述的是1949年靖江人送解放军十兵团里的一位地下工作者到江阴和部队联系的故事。此卷历经一个月编成,在讲经时受到群众的广泛欢迎。王国良后来还编有《火龙王升天记》宝卷,讲述1949年8、9月,浙江宁波海圩村富农肖文奎在村中放火破坏,被当地公安局侦破的故事。这些宝卷的编创,使得宣卷更加贴近现实生活。

（四）讲经与现代传媒技术的结合

当代靖江讲经开始借助现代传媒来进行更为广泛的传播。从二十一世纪初开始,在相关政府部门的组织下,靖江当地的广播台、电视台就开始录制讲经节目,并予以定期播出。先是靖江当地的文化部门借助现代媒体,对讲经做了记录,并定时地在广播和电视中播放。2004年,靖江市文联、文化局即制作了介绍靖江讲经宝卷的VCD音像资料《俗文学的活化石》。2005年7月,靖江电视台开始定时播出靖江讲经,受到了听众的欢迎。同年10月,靖江市广播电视局又组织、遴选佛头进行讲经,在广电演播厅开展了持续一年的影音录制工作。经过四轮的集中录制,总共记录、整理并编辑了多达28卷、长达200小时的靖江讲经。次年2月,靖江电视台专设了"靖江讲经"栏目,播放有关录像。至2006年12月,《靖江讲经》DVD发行,共收《三茅宝卷》《梓潼卷》《和合记》《牙痕记》四种宝卷的影音录像,达20片之多。这些对讲经的流传和扩大影响都有积极的意义,也为以后的研究工作保存了原始的资料。广播、电视可以扩大讲经的流传范围,增加其影响;同时也有利于对讲经的抢救、挖掘。

### 三、锦溪宣卷的新变

锦溪位于苏州所辖昆山市的西南部,南与上海市青浦区金泽镇相接壤,北与苏州市吴中区甪直镇和昆山市张浦镇相毗邻。其相邻的周边乡镇多有宣卷的存在,锦溪在吴方言区的丝弦宣卷中具有典型性。

(一)当代锦溪宣卷概况

锦溪宣卷与同里宣卷一样,是当代苏州地区丝弦宣卷的代表,常常在庙会、婚礼、祝寿、小孩满月等活动中上演,演出的具体场所有私宅、剧院、风景区、庙宇等。

锦溪宣卷发端于何时已无法知晓。民国时期,以王秉中(1923—2004)为代表,锦溪宣卷在当地及周边区域已经拥有很高的知名度。现今,锦溪宣卷的卷本数量大约是100余种,大部分为锦溪宣卷非遗传承人王丽娟收藏。王丽娟师从王秉中,系其侄女,其宝卷多数为王秉中传授。

目前锦溪宣卷有8个宣卷表演队伍,即锦溪镇文体站表演队伍、锦溪镇张家库村王丽娟宣卷表演队伍、锦溪镇张家库村张连根宣卷表演队伍、锦溪镇张家库村赵明泉宣卷表演队伍、锦溪镇顾家浜村金海兵表演队伍、锦溪镇陆泾村表演队伍、锦溪镇葛木村表演队伍。主要的艺人大约有10人,其中王丽娟、堵建荣、张连根、张凤仙、王慧娟等人在当地具有较大的影响。

(二)宝卷创作的新变

在当代吴方言区民间宝卷发展中,锦溪宣卷界的宝卷创作具有突出的时代性。锦溪宣卷是将当代题材融入宝卷创作中的代表。早在1984年的时候,当时昆山文化馆的程锦钰就创作了《天堂哪有人间好》。这一新宝卷作品通过描绘嫦娥、牛郎、织女等神仙下凡落户至百花村的情景,来赞美当代江南农村的美好生活景象。《天堂哪有人间好》在当年12月的苏州农村群众文艺会演和次年4月的赴京汇报演出中,都获得了好评和欢迎。受其激励,锦溪宣卷在后来的时期内,类似的作品多有出现。如昆山文化馆杨瑞庆创作的《三个女人一出戏》说的是计划生育政策下,农村娘家和夫家争夺初生儿姓氏的现象,在当代农村具有一定的普遍性。李惠元、堵建荣合作的《拒烟》则演述了村主任金大成在父亲生病住院、家中缺钱的情况下,拒绝乡民在香烟中夹杂现金贿赂的故事,契合了当代廉政的主题。其他类似的作品还有《百花村传奇》《老两口搬家》《稀奇歌》《退虾》《一粒米》等。

在宝卷创作上吸纳更多的当代故事,丰富了宝卷的题材范围,使得宝卷更贴合当代社会生活。相关作品的宣卷活动也因此拉近了与听众的心理距离,容易引起共鸣。这可以说是宝卷在当代的有益尝试。

（三）表演成分的增加

自二十世纪八十年代《天堂哪有人间好》的创作、表演开始,锦溪宣卷对戏曲表演艺术的吸收便越来越突出。《天堂哪有人间好》的表演改原来一人主唱的形式为两人主唱,表演过程中,主唱前排坐唱,伴唱八人后排帮唱,载歌载舞。实际上这已经属于表演唱的形式了。再如《拒烟》,也是设置男女两位主唱,演出中,演员不仅要起角色,而且还有相互的动作、表情。像锦溪宣卷中的这类当代题材的作品,主要是参加政府部门的相关文化活动,如文艺会演之类,因而剧场舞台成为其主要的表演空间,其表演成分的增加无疑是为了适应舞台演出的需要。

存在于做会中的锦溪宣卷在表演上,也表现出了从说法现身到现身说法的倾向。在起角色之外,也吸收传统戏曲的"科"的表演形式,通过与人物、情节相契合的表情、动作来进行表演、塑造。如笔者调查锦溪宣卷的非遗传承人王丽娟 2015 年 2 月 21 日白天的一次做会宣卷。这次宣卷的地点在昆山市张浦镇北库村的村庙前,属于村民集资邀请举行的庙会,只宣演一部《白马驮尸宝卷》。王丽娟在宣卷中多有动作、表情,如宣唱到女主人公青莲女入洞房时,王丽娟将经帕盖于头上,并模拟少女小步娇羞状。此外,还模拟马蹄声和马嘶叫声,其逼真处和优秀的口技表演者不相上下。

锦溪宣卷将说唱与动作表演相结合,其形式已有类似于采用情景小剧的倾向,它一方面丰富了宝卷的表演形式,使得表演过程更为生动形象、趣味横生,于听众则更具有吸引力;另一方面则可能会淡化宣卷原有的自身特征,模糊宣卷与戏曲的界限。就宝卷在当代的生存与发展而言,这其实是一把双刃剑。

（四）曲调的变化

锦溪宣卷最基本的曲调是《宣卷调》和《万福寿》。在基本曲调的基础之上，锦溪宣卷也多吸收其他艺术的曲调，以求出新和保持鲜活。如吸收昆曲、锡剧等剧种的经典曲调，以展示江南水乡文化的细腻软糯、清新优雅；吸收民歌、地方小调，使得演唱部分节奏、旋律更为明朗欢快、活泼灵动。既保持了传统风味，同时也符合现代年轻人的审美。也有对传统曲调的改变，如《天堂哪有人间好》《百花村传奇》的曲谱就与传统的《万福寿》存在不同，减少了长拖腔的次数，从原来的两次变为一次，突出对比主唱与帮腔等。这些变化，都是锦溪宣卷随着时代的发展，顺应了听众的娱乐审美需求。

（五）与其他艺术形式的结合

当代锦溪宣卷在做会的过程中，还会在宣卷的间隙插入当地民间喜欢的民歌、戏曲名段，来活跃气氛，调整节奏。如前面所说的 2015 年 2 月 21 日白天王丽娟的此次宣卷，在宣卷的间隙先后插入了民歌《卖红菱》、沪剧《昨夜情》选段《苏明读信》、《罗汉钱》选段《燕燕做媒》，以及锡剧《双推磨》的经典选段。这些都是当地民众较为熟悉的文艺作品，它们的插入可以作为"饶头"增加宣卷的吸引力，同时也对宣卷艺人的表演才艺和宣卷班子的构成提出了更高的要求。

这是锦溪宣卷者为了增加其宣卷表演的艺术魅力，提高其收入所做的一种尝试。宣卷先生们做了些许尝试，比如发展多方面的才艺。锦溪宣卷业现在只做宣卷的班社已经不多了，在做会演出过程中加入锡剧、越剧、沪剧等地方剧种的演出，乃至小调时曲的表演已经属于常态。其演出团体一般也不再称某某宣卷班了，如王丽娟的演出团体在名片背后的宣传词为：

> 汇集本地区优秀文艺人才。承办婚礼、祝寿、过生日、庙会等喜庆演出。演出曲目有：传统宝卷、全场戏曲、经典名段、优秀折子、各类曲艺等。

张连根已经将其师傅黄锦文先生创立的"社韵宣卷班"改为"社韵沪剧团"。这一现象也存在于其他地方，如苏州工业园区胜浦的宣卷艺人花俊德带领的宣卷班子全称为"胜浦镇戏曲文艺班"，他在演出宣卷的同时，也会唱沪剧、越剧等地方剧种。

宣卷间隙加入一些大家喜闻乐见的其他文艺形式,可以丰富宣卷的演出形式,调节演出的节奏,舒缓现场的气氛。这对于进一步吸引听众,扩大宣卷艺人及其班社的影响而言,无疑是有着积极的推动作用的。在前述王丽娟的宣卷中,听众即不时要求再唱一首民歌或戏曲唱段。但有时也不免喧宾夺主,削弱了宣卷在整个做会过程中的主体地位,宣卷有淹没在"文艺大会演"中的危险。

### 四、当代吴方言区宣卷发展的普遍特征

以上考察了常熟、靖江、锦溪三地的宣卷在当代的发展,可以管中窥豹,了解当代吴方言区宣卷的一些普遍性的特征:

（一）宣卷发展的阶段性

吴方言区各地的宣卷在当代的发展基本上都经历了三个时期。首先是新中国成立初期,宣卷顺应新时代的需要,创作当代题材的作品,宣扬社会风貌和时代精神;在表演形式上,也多加入歌舞元素,并借助广播和文艺会演的方式,扩大了受众层面。但这基本上是昙花一现,短暂的辉煌过后,即是长时间的沉寂。这种沉寂既是新社会"破除迷信"的需要,也是因为这些变化在很大程度上脱离了宣卷原有的发展轨迹和表演特征,在宣卷者和受众两个层面都有无所适从的迷惑。因而在二十世纪五十年代中期以后,当代吴方言区的宣卷活动即进入它的第二个阶段,即整体上的静默时期。当地宣卷的复苏始于二十世纪八十年代初,一部分宣卷老艺人零星地进行宣卷,各地政府管理部门开始还多有限制。至九十年代,社会开放,民间的宗教信仰活动多有发生,非物质文化遗产的保护也逐渐为地方政府所重视。宣卷作为非物质文化遗产的一项,获得了更大的生存空间和政府的引导、扶持,进入了保护和发展并重的时期。

（二）表演方面的创新

当代吴方言区宣卷在表演方面多有创新。首先就演出主体而言,原来的宣卷艺人主要为男性,当代则各地多有女性艺人的出现,其中多有技艺高超、著称于当地者,如昆山锦溪的王丽娟、常熟尚湖的邓雪华等,据初步统计,在二十人左右。女性在宣演上特有的委婉细腻,满足了民间对宣卷

艺术多样性的要求,为宣卷的推广起到了一定的促进作用。其次,在演出剧本上,为适应听众欣赏和当代生活的需要,新创了宝卷。除了前述靖江以外,常熟地区的宣卷艺人也创作了很多用于不同场合的新宝卷。这种创新加强了讲经的适应性,使得宣卷能更多地满足民间多样的信仰、娱乐的需要,与民间生活的各个方面产生了密切联系。再有则是在演出形式方面,灵活多变,娱乐性加强。不少地区,如上海的青浦、昆山的锦溪等地,加入很多歌舞、戏曲的成分,宣卷曲艺化乃至戏曲化的趋向突出。昆山锦溪宣卷在起角色的情况下,还有初步的化装表演。如当地著名宣卷艺人王丽娟在宣《白马驮尸宝卷》时,头盖红手巾,模拟新娘入洞房情形。当地在宣卷的间隙常常演唱歌曲、戏曲,歌曲主要是民歌小曲,戏曲则以吴方言区流行的越剧、锡剧、沪剧等为主。这些都使得宣卷更具娱乐性和观赏性,更能满足听众观赏的需要。

(三)传播形式多样化

除了传统的走乡入户以外,当代吴方言区宣卷充分利用了电子传媒来推广、传播。除了靖江以外,昆山、常熟等地,都曾在电视或电台中,播放过宣卷。很多地区都有了固定的演出场所,定期进行宣卷。靖江的讲经堂是一例,绍兴、胜浦等地定期于社区活动室做宣卷。同里、锦溪则常在旅游季节于景点做面向游客的宣卷,后者专门成立了中国锦溪宣卷艺术馆,以更好地保护和宣传宣卷。宣卷文本的整理、出版工作自二十世纪八十年代开始,逐渐展开,迄今已出版了多部作品集,如《中国·河阳宝卷集》《中国靖江宝卷》《中国常熟宝卷》等。这些客观上扩大了宣卷的影响,促进了宣卷在当代的传播和发展。

当代吴方言区的宣卷也存在着很多亟待解决的问题。其表演队伍和受众的老龄化现象较为突出,大部分地区的宣卷在艺人和受众两个层面都出现了断层;宣卷在内容和形式上与很多戏曲、曲艺形式相比,相对单一、简略,受到了挤压,相对地缺乏长期自主发展的竞争力和推动力。特别是当代电视、电影、网络等电子媒体,于宣卷是一双刃剑。前者固然可以促进宣卷的广泛传播,但其传播过程中现场听众的缺席引起的讲听双方互动的消失,以及讲经过程中的宗教、信仰性内容和临场发挥成分的削弱,于宣卷而言,显然也是一个需要思考和改良的地方。更主要的是前者的娱乐性、时代性和便利性，对一般受众的吸引力远甚于宣卷。这些因素结合在一起，对吴方言区的宣卷提出了更高的要求。

# 第五章 吴方言区民间宝卷的类型及其宣演特征

宝卷按照其出现的时间和内容特点,大致可分为佛教宝卷、民间教派宝卷和民间宝卷三类。但吴方言区民间宝卷的类型,各个地区常有自己的约定俗成的分类,其中存在着地域差异。

## 第一节 吴方言区民间宝卷的类型

针对吴方言区民间宝卷在分类上的地域差异,这里只能是择其概要来予以说明,然后再从内容特征上试作出统一的分类。

### 一、各地的传统分类

(一)靖江讲经

这里先说靖江讲经。靖江地区的宝卷自成系统,可分为圣卷(又称正卷)、草卷(又称小卷)和仪式卷三类。

圣卷,主要讲唱神佛的凡间身世及其得道成仙的故事。圣卷从内容到仪式宗教信仰色彩强烈,贯穿着因果轮回、赏善罚恶的观念。它是靖江讲经中宣讲最多、最为庄重的宝卷。已知的作品约有二十余种,如《三茅宝卷》、《大圣宝卷》、《梓潼宝卷》(又名《花灯卷》)、《真武宝卷》、《观音宝卷》、《地藏宝卷》、《血湖宝卷》(即《目连救母卷》)、《药王宝卷》、《十王宝卷》、《玉皇宝卷》、《雷祖宝卷》、《寿星宝卷》、《眼光宝卷》、《关帝宝卷》、《龙王宝卷》、

《东厨宝卷》《东岳宝卷》《地母宝卷》《财神宝卷》《城隍宝卷》《土地宝卷》(又名《血汗衫记》)《月宫宝卷》(又名《张四姐大闹东京》)《延寿宝卷》等。其中如《观音宝卷》《地藏宝卷》《血湖宝卷》等,应该属于佛教宝卷,其余则大多属于民间的俗神信仰,可以归民间宝卷。

草卷,也称"小卷",是演述历史传说、民间故事的宝卷。靖江讲经出现草卷,是清末和近现代的事。靖江讲经中的草卷宣讲的历史传说、民间故事等世俗故事,大多是由小说、唱本或民间传说改编而来,如《罗通扫北》《五虎平西》《薛刚反唐》等。从苏州弹词改编而来的最多,如《独角麒麟豹》《八美图》《九美图》《文武香球》。这些弹词唱本基本上都是清同治、光绪以后,特别是民国年间才大量流行的。草卷数量众多,因为经常更换,其确切数目难以统计。目前,已经刊布的草卷作品有《十把穿金扇》《独角麒麟豹》《牙痕记》《五女兴唐》《彩云球》《罗通扫北》《白鹤图》《回龙传》《八美图》《九美图》《薛刚反唐》《和合记》《香莲帕》《五虎平西》《狸猫换太子》《文武香球》《刘公案》《寿字帕》等共十八种草卷,都见于《中国靖江宝卷》一书中。另外,还有当代创作的草卷作品《江阴要塞起义记》一种。

仪式卷,或称科仪卷,主要用于做会仪式中,如"请佛""送佛""上茶""解结"等。这类宝卷内容大多以祈祷祝福为主,也穿插一些幽默、滑稽的小故事,所谓"插花",深受听众欢迎。主要作品有《李清宝卷》《七殿攻文》《九殿卖药》《铺堂妙典》等。

(二)常熟讲经

常熟的宝卷在讲经先生那里,通常是分为素卷、荤卷、冥卷、闲卷及科仪卷等五类。

素卷、荤卷类似于靖江讲经的圣卷,说的都是神佛修行成道故事。之所有荤素之别,是因为常熟讲经分荤坛、素坛。荤坛上讲关于食荤神佛的宝卷,所以称为荤卷,如《太姥宝卷》《猛将宝卷》《总管宝卷》《周神宝卷》;素坛上讲关于食素神佛的宝卷,所以称为素卷,如《玉皇宝卷》《香山宝卷》《雪山宝卷》《灶皇宝卷》《六神宝卷》。其中以俗神信仰为多,所以多数作品是可以归入民间宝卷的。

主要用于荐亡场合宣讲的宝卷,叫冥卷。冥卷讲的都是冥界神佛的故事,一般在夜晚宣讲,所以又被称为夜卷。如《地藏宝卷》《血湖宝卷》《接引宝卷》《孟婆宝卷》《七七宝卷》等。

闲卷主要供娱乐消遣之用,不用于佛事,也被称为白相卷。在常熟宝卷中,闲卷数量最多,其内容大多为世俗故事,如《沉香宝卷》《鹊桥宝卷》《回郎宝卷》《翠莲宝卷》《小猪救娘宝卷》《珍珠塔宝卷》等。这类作品基本上都属于民间宝卷。

科仪卷与靖江讲经相同,主要用于讲经仪式的各个阶段。如退星时用的《禳星科》,献荷花时用的《献荷花偈文》,宣讲《太姆卷》的插曲《献妆偈》,解结与散花时用的《解结散花仪》,还有请送神佛用的《请送仪》《冥卷请送仪》等。

靖江和常熟地区关于宝卷的传统分类其实都是其施用的场合,结合其功能来划分的。它是与宣卷不同的场合和目的保持一致的,这样的划分便于宣卷艺人根据实际状况宣讲相应的宝卷作品。

## 二、根据内容特点的分类

吴方言区民间宝卷依照其内容特点,大致可以分为文学故事类宝卷、非文学故事类宝卷和小卷三类。

（一）文学故事类宝卷

文学故事类宝卷在吴方言区民间宝卷中属于数量最多、流传最广的一种,也是迄今最受欢迎的一类。其中又可以根据其内容,简单分为神道故事类宝卷和世俗故事类宝卷。以下分别论述。

1. 神道故事类宝卷

世俗所信仰的神道大多与其生活相关联,以他们为主人公,叙述其出身、神通与证道故事的宝卷,自然也易引起民众的兴趣,获其欢迎。这些宝卷的宣演一定程度上都能满足世俗百姓对未来的期望,寄托其对社会、人生的种种理想与感情。宝卷正迎合了他们的心理诉求,世俗在现实中不能实现的梦想也可以借之得到宣泄。

其中有属于吴方言区民间普遍信仰的俗神,如《猛将宝卷》《金元宝卷》《五路财神宝卷》《太姆宝卷》《家堂宝卷》等。其中《猛将宝卷》已知的最早版本为康熙二年（1663）黄友梅抄本，它也是现存最早的民间宝卷，讲述的是吴方言区驱蝗神刘猛将的证道故事。刘猛将其实也是南北地区都广泛信仰的民间俗神，但吴方言区的猛将信仰及相关宝卷与北方多有不同，自有其特色，这在后文将有详细论述。《金元宝卷》则讲述吴方言区特有的财神金元总管的成道故事。《五路财神宝卷》最早的版本为清光绪七年（1881）靳福康抄本，演绎的并非以赵公明为首的五位财神，而是吴方言区特有的杜家五兄弟证道为财神的传说。《太姆宝卷》演绎的则是明清以来苏南地区民间信仰的太姆与五圣的证道故事，其祖庙正在苏州郊外的上方山，相关信仰活动至今仍旧见于苏州地区的乡村社会。也有属于地方神灵的，如《周神宝卷》《水仙宝卷》《白龙宝卷》等。《周神宝卷》《水仙宝卷》都产生并流传于苏州下属的常熟地区，所涉神灵主要为当地民间所信奉。《周神宝卷》讲述南宋时常熟大孝子周镕（本名周容）孝顺父母，因而得玉帝封神的故事。《水仙宝卷》讲述南宋时，常熟城内金童子巷的金明玉组织民间武装消灭匪盗、倭寇，保一方平安，最后玉皇敕封他为水仙明王尊神的故事。《白龙宝卷》现存最早的版本为清道光四年（1824）抄本，讲述的是横山桥白龙娘娘成仙的故事。而北方地区，如流传于甘肃张掖的《仙姑宝卷》，讲述的是产生于当地的神灵仙姑证道，并多次显示神通、护佑地方的故事。[1]

　　此类民间宝卷中较特殊的是《城隍宝卷》，因为传统民间信仰中各地的城隍神通常都各有其神，具有突出的地域特色，反映在宝卷中也是同样。如苏州常熟地区的三种《城隍宝卷》演绎的也是三个城隍神。其中的《飞来城隍宝卷》讲述的是清乾隆时期，常熟莫城阚武之子飞来孝母，护佑地方，乾隆封飞来为城隍忠佑王，立庙供奉。[2]《北庄城隍宝卷》，敷演常熟北庄当地城隍的证道故事，说的是明正德年间，玉皇御桃源圣官投胎于当地吴姓人家，取名方魁，后证道，得玉帝封为"北庄城隍"。[3]还有一本《城隍宝卷》，说的是

[1]《仙姑宝卷》，戴金寿、徐万和搜集自张掖市花寨乡，王斌银、赵广军誊抄，收入方步和编著《河西宝卷真本校注研究》，兰州大学出版社1992年版。

[2]《飞来城隍宝卷》，常熟讲经先生余鼎君抄藏本。

[3]《北庄城隍宝卷》，常熟讲经先生余宝钧1990年抄本，常熟讲经先生余鼎君收藏。

明朝嘉靖年间杨继盛弹劾严嵩,失败后被严嵩毒死,被玉皇封为城隍。[1]此本通行于常熟地区。可以说,这几种《城隍宝卷》都是为常熟地区民间的城隍信仰及相关仪式活动"量身定做"的。

　　此类宝卷中还有一些主人公是属于地方性的神灵,北方地区如甘肃武威流传的《仙姑宝卷》即是。其神灵多与地方的兴衰安危相关,属于地方的保护神,因而有宝卷专门歌颂之。此类宝卷主要产生、流传于其神灵所信仰之地。如常熟民间宝卷中的《周神宝卷》,讲述南宋时常熟大孝子周镕孝亲的故事。周镕因妻子忤逆,将之休弃,父母却为此气死。周镕深感罪业深重,因而自尽。其孝感天地,玉帝让其复生,由人成神,后投军抗敌,击败来犯的萧邦,被封忠孝王,归天后各地建造庙堂奉祀之。常熟凡在周神里社设斋宣卷,或周神庙事,必讲此卷。再如常熟当地的《祺仙宝卷》,又称《瞿仙宝卷》《奇仙宝卷》,讲述清代光绪年间,常熟归市镇花家泾村上花老伯的第二个儿子花祺死后显灵、医病救人的故事。因其灵验,被称为"祺仙人",四方民众为其造庙、塑像。其庙叫花祺庙,亦称花仙庙,至今仍在董浜北港村香火不绝。常州宝卷中的《白龙宝卷》情形也与之类似。此宝卷讲述的是上界龙宫龙兰仙女下凡投胎为常州阳湖县贾员外女,名为贾凤秀。贾凤秀吞食两只仙桃,未婚怀孕,贾父欲烧死之。贾凤秀在嫂子的帮助下逃出,投井自尽后化为白龙圣母,诞下两白龙后,母子升天而去。乡人为之建造白龙庙,供奉礼拜。

　　2. 世俗故事类宝卷

　　这类宝卷的主人公大多为世俗中人,讲述的是普通人的悲欢离合,其题材来源十分丰富。民间宝卷也有属于演绎民间传说的,吴方言区相关作品如《雷峰宝卷》(敷演《白蛇传》传说)、《梁祝宝卷》、《孟姜女宝卷》、《鹊桥宝卷》(敷演牛郎织女传说)等。北方地区类似的宝卷作品也有不少,如流传于甘肃张掖的《天仙配宝卷》、《孟姜女哭长城宝卷》、《白蛇宝卷》(敷演《白蛇传》传说)等;有取材于其他俗文学作品的,如《金锁宝卷》(源于元杂剧《窦娥冤》)、《花木兰宝卷》、《赵五娘宝卷》(源于南戏《琵琶记》)、《珍珠塔宝卷》(源于同名苏州弹词)、《碧玉簪宝卷》(源于同名苏州弹词)等。北方地区,此

---

[1]《城隍宝卷》,常熟讲经先生余宝钧 1993 年抄本,常熟讲经先生余鼎君收藏。

类宝卷作品也有不少,如流传于甘肃张掖的源于《琵琶记》的《赵五娘卖发宝卷》,源于《水浒传》的《武松杀嫂宝卷》《野猪林宝卷》等。这些作品所涉及的民间传说大多为民间熟知,经过演绎后,比较容易获得民众的接受和引起共鸣。

其中较为特殊的是演绎现时存在或发生的真实事件和人物的,如《显应桥宝卷》,此宝卷又名《显映桥宝卷》《开桥宝卷》《万民宝卷》《开河宝卷》。《中国宝卷总目》著录有 29 种抄本,现存最早的是清道光二十五年(1845)周大德抄本。《显应桥宝卷》讲述的是清嘉庆十九年(1814)无锡大旱,城里的乡绅因为迷信风水,堵塞西门显应桥,阻止当地民众导引太湖水抗旱。无锡钱家桥支塘村监生支凤带领百姓与之争斗,开通了显应桥,缓解了旱情。乡绅薛阿四诬告支凤十项罪,支凤被捕入狱。因官绅勾结,支凤多受磨难。幸得潘世恩相助,又逢道光帝登基,大赦天下,终得解脱。宝卷的创作者为了证明其所言源于真实事件,在结篇还宣称"(嘉庆)着苏州巡抚立碑在显映桥墩下水仙庙内,逢干旱即开。若有拦阻等情,照薛四、乡绅为律。奉旨钦命嵌碑立牌,今有圣迹在庙也"[1]。

《山阳县宝卷》,又名《山阳宝卷》《图产不遂宝卷》《谋财宝卷》等。《中国宝卷总目》著录有抄本 30 种,最早的是清同治八年(1869)朱明山抄本。此卷讲述清道光年间淮安府山阳县方家庄方嘉谷、周氏夫妻生有玉明、玉春两子。方玉明夫妇早亡,留下儿子金生。方家豪富,方嘉谷见孙子金生胡作非为,为叔侄平分家产。方玉春、陈氏夫妇多行善事,方金生则横行不法,娶亲后也不见收敛,气死了方嘉谷。道光二十一年(1841),山阳遭遇冰雹,方玉春拒绝张县令的逼捐。道光二十三年,方玉春得伤寒病去世。方金生骗婶娘陈氏重分家产,不得遂心,并遭陈氏、祖母等人斥骂。方金生诬告陈氏外有情夫,谋害丈夫。其妻张氏劝阻不成,为保全名节,携幼子投井自尽。方金生串通张县令、师爷曹子炳,约定三分方玉春家产,随后又买通王裕昆冒充奸夫,随后铸成陈氏之冤狱。后开棺验尸,周氏识破尸体并非方玉春,乡邻曹德正认出是自己的儿子。之后,又经淮安知府审判,基本确认事实,方金生、张县

---

[1]《显映桥宝卷》,民国二十四年(1935)徐俊发重抄本,常熟讲经先生徐招玲收藏。

令等人也被收监。周氏等人至苏州向江苏巡抚陈大人申冤,经其审理,方陈氏冤情终得洗雪平反,方金生、张县令、曹师爷、王裕昆四人被处斩,张氏得朝廷表彰。[1]

《长毛宝卷》,此卷存世只有一种,为清谢万隆抄本,与同治三年(1864)谢万隆抄本《河东狮吼宝卷》合订一册,收入鹅湖散人编《古今宝卷汇编》。此卷讲述清咸丰十年(1860)四月,苏州民间称为“长毛”的太平军围攻苏州城,两江总督何桂清“私通长毛”(卷中语,与史实有出入。何桂清是先在常州带兵防守太平军,后弃城私遁,苏南一区尽失与之大有干系),布政使王有龄则率官民抵抗。苏州城破后,当地军民又复抗击不断。至同治二年清廷终于收复苏州。宝卷讲述苏州城得失之事与历史大致吻合。卷中对苏州百姓逃难的困苦之状、太平军初入苏州城的厮杀情形,以及当地民间的“反抗”活动,多有展示。其创作在同治年间的可能性较大,此宝卷的时效性较为突出。

《潘公免灾宝卷》,又名《潘公免灾救难宝卷》《潘公宝卷》《免灾宝卷》。此卷《中国宝卷总目》著录22种,只有一种为抄本,其他都为刊本,可能主要是供阅读之用。其现存最早的本子为清咸丰五年(1855)刊本。宝卷分三卷。卷首有“咸丰乙卯年(1855)春王正月,梁溪晦斋氏拜题”字样,后为无锡余济撰写的小传,简述潘公生平。可知潘公即潘沂,字功甫,号小浮山人。潘家于清代为苏州望族,世代官宦。潘沂生于乾隆五十七年(1792),嘉庆二十一年(1816)中举,嘉庆二十五年(1820)任内阁中书,不久即辞官归家,以济世助人、劝人行善为己任,成为当时与余济齐名的善人。潘沂于咸丰二年(1852)腊月二十日去世。宝卷的卷上开篇言,咸丰三年正月初一、二月初一他先后两次托梦自号淡然生的至亲,劝世人弃恶从善,累积功德。淡然生“转述”其言,撰成此卷。显然,此宝卷的撰写时间大致在咸丰三年二月至咸丰五年正月之间,撰写者为潘沂至亲。宝卷卷下述及潘氏生平行迹,除了鬼神之说外,与潘沂自撰、潘移凤续修的《小浮山

[1] 据《山阳县宝卷》,清光绪二十年(1894)姚子琴抄本,收入清鹅湖散人编《古今宝卷汇编》。

人年谱》相校，近乎实录。此卷卷上主要为潘氏劝世之言；卷中则述太平军，宝卷称"长毛"，攻占南京、扬州、镇江，各地民众受难遭灾、颠沛流离之状，可与前举的《长毛宝卷》相参照。概言之，此宝卷所述人事，多为撰写人当时耳闻目睹。

《蒋老五宝卷》，吴门董氏编，只存一种，为民国十二年（1923）上海文益书局石印本，上、下卷。此卷据真实事件创作而成。卷中言，女主人公蒋老五的身份为妓女，原是无锡良家女子，本名张爱宝。自小父母双亡，由姐姐抚养长大。嫁与陈阿福，诞下一子。陈阿福嗜赌如命，耗尽家财，又屡遭逼债，张爱宝无奈到杭州为娼养家。后又至上海为娼，改名蒋老五，成为妓院红倌人。陈阿福到上海纠缠蒋老五，蒋老五愤而自尽，幸得商人罗炳生解救。蒋老五与罗炳生情投意合。罗炳生以买卖劣货为业，恰逢民间抵制劣货，罗炳生照旧囤积居奇，因而多方举债，包括向蒋老五借了八百多花银。之后因民间抵制有力，罗炳生不得出货而大亏，遭人讨债。告别蒋老五之后，罗炳生坐船离开上海，留信投浦自尽。蒋老五闻讯，哀伤世上再无知心人，至罗家祭奠罗炳生后，吞鸦片殉情。因蒋老五身世遭遇的凄惨曲折和对爱情的渴望痴心，多引人同情和激赏，其故事在当时的上海十分轰动，广为人传说。

北方地区也有此类宝卷，如甘肃武威地区的《救劫宝卷》，演述的是民国十六年（1927）甘肃武威大地震，古浪地区百姓受灾逃难的情形。

时至今时，演绎当代题材的民间宝卷作品日渐增多，吴方言区的民间宝卷于此尤为突出。这一变化在新中国成立初期已经存在。如苏州吴江同里镇的郑天霖（1921—　），于1950年后演唱过《九件衣》《白毛女》等新编宝卷。吴江金家坝方家村的老宣卷艺人徐筱龙（1919—　），在二十世纪六十年代曾改编演唱现代题材的《红灯记》《白毛女》等。[1]上海市商榻的宣卷艺人孙留云1983年9月参加市区曲艺创作节目巡回演出，表演《懒阿新遇仙》；1987年参加上海市区县曲艺创作节目演出，自编自演《阿塔卖茶》，这两个作品讲述的都是改革开放以来农民勤劳致富的故事。进入二十一世纪以来，随

---

[1]《中国曲艺音乐集成》苏州市编委会编印：《中国曲艺音乐集成·江苏卷·苏州分卷》，1987年。

着时代的变迁,地方政府多将宣卷作为优秀非物质遗产加以保护和发展,宣卷舞台化、剧场化的倾向明显,当代题材的宝卷也越来越丰富。2011年11月,商榻宣卷参加在昆山锦溪举行的第二届江浙沪宣卷演唱交流会,表演了鲍益良创作的节目《麦钓情》,主要讲述的是在新农村建设的背景下,发生在农村的喜人变化,其中所演绎的爱情故事也颇为动人。

（二）非文学故事类宝卷

即科仪卷。科仪类宝卷通常不讲述故事,主要施用于做会过程中的相关仪式,或为请佛,或送佛,或解结,或散花,多为礼赞神佛或祈福祷祥之词。如常熟宝卷中的《请送佛仪》,施用于做会开始时的请佛仪式,及将要结束时的送佛仪式。其文云:

坛中香烟缭绕,佛前灯烛辉煌。拜请诸佛之根源,世上之命脉。此香出世,两仪未判之前,参星未动,日月未全,天率根盘,三界内外,叶浮三千大千世界之中。由是于今日之吉日,虔诚拈香,爇在炉中。奉请上中下三界贤圣、西天东土历代祖师、南朝门下刘李周金四殿侯王、本县城隍、当方土地、家堂圣众、司命六神、一切虚空过往神祇,皆来听法。仗此清香,虔诚拜请:

斋主虔诚初上香,拈在金炉贯十方。

巍巍堂堂超三界,普天同庆尽称扬。

斋主虔诚二上香,谢天谢地谢三元。

祈求佛华天宝日,惟愿人杰地灵常。

斋主虔诚三上香,谢师答祖报爹娘。

替天行道生丞相,恭礼金容大法王。

又把真香炉内焚,一路香烟四路分。

三路香烟迎三界,一路灵山迎世尊。

再把真香炉内焚,先请天地两大神。

森罗万象传香信,诸天诸地降来临。

再把真香炉内焚,又请阿弥陀佛尊。

大势至菩萨传香信,四大金刚降来临。

再把真香炉内焚,拜请如来佛世尊。

三千诸佛传香信,五百罗汉降来临。

再把真香炉内焚,奉请延寿药师尊。

药王药上传香信,药车十二降来临。

再上好香炉内焚,奉请当来弥勒尊。

……

诸佛齐齐降佛场,佛堂里面再焚香。

焚香奉请诸贤圣,贤圣空中降吉祥。

今日佛前求忏悔,家门吉庆降祯祥。

不知虚空多少佛,望佛慈悲降坛场。[1]

这样的文字基本上无关故事,只是罗列各个神佛的名号,表达虔诚迎请之意。
再如《开卷偈》一本,收录了宝卷开讲首先要唱的诗偈。如:

天覆祥云起,地方生鹤秀。

王母蟠桃献,八仙庆寿多。

今日天覆祥云起,此间地方生鹤秀。

西池王母蟠桃献,八洞神仙庆寿多。

宝卷再开宣,香风满大千。

如来多宝藏,佛力广无边。

大乘妙仪再开宣,香风拂拂满大千。

释迦如来多宝藏,自然佛力广无边。

三宝光无边,功圆满大千。

千江流水协,无云万里天。

巍巍三宝光无边,荡荡功圆满大千。

---

[1]《请送佛仪》,原抄于民国十五年(1926),余宝钧1991年重抄本,常熟讲经先生余鼎君收藏。

　　　　叠叠千江流水协,清清无云万里天。


　　　　木鱼敲起来,鸣尺碰在台。
　　　　取出宝卷宣,大众念如来。
　　　　一记木鱼敲起来,就拿鸣尺碰在台。
　　　　今且取出宝卷宣,奏请大众念如来。[1]


以上分别是四个开卷偈。吴方言区民间宝卷在做会中的宣唱,一开始都要唱这样的偈子,或礼赞神佛,或提醒听众安静以虔诚倾听。

　　(三)小卷

　　近代以来,除了传统的科仪卷之外,吴方言区民间宝卷中大量出现了一些小卷。它们的篇幅较为短小,宣唱常在一个小时以内。其娱乐消闲的属性更为突出,可以穿插在整个宣卷过程中的小卷,其功能主要在于舒缓现场气氛,调节宣卷的节奏。有些有明显的滑稽(讽刺)意味,如《扑蚊宝卷》《烟鬼还魂宝卷》《嗡嗡宝卷》《周柏春新婚第一夜》《螳螂做亲宝卷》《小猪卷》;有些是纯韵文的,如《花名宝卷》《希奇宝卷》[2]。

　　学术界中,关德栋《宝卷漫录》一文较早谈到这一现象。他在说到民国时期苏州维新书社木刻本《螳螂做亲宝卷》时有言:

　　　　《螳螂做亲宝卷》的内容即以动物界作题材,有一定的局限性,很难敷演成长篇,所以它跟一般常见的"宝卷"不同,篇幅更短。根据这种情况,我推想:这类短篇的"宝卷"(除此卷外,有《七七宝卷》《十月怀胎宝卷》等),很可能就像"变文"里的"押座文",是宣卷前所歌唱类似大鼓"书帽"的东西。[3]

---

[1]　《开卷偈》,民国抄本,常熟博物馆藏。
[2]　仇郎:《希奇宝卷》,《世界月刊》1924年第1卷第2期,第44—46页。
[3]　关德栋:《曲艺论集》,中华书局1958年版,第21页。

《螳螂做亲宝卷》也有作《螳螂卷》的。考察《螳螂做亲宝卷》文本,所言正有契合之处。民国辛未岁(1931)仲冬月孔耀明抄订本《螳螂卷》开篇一段韵文之末明言,"此卷不作经中语,螳螂做亲解愁心";散说部分开始也言,"今日弟子日间宣了古人经卷,夜间寻寻开心解解愁闷,讲一段《螳螂做亲》,说不大众听听,勿要笑瞎子眼睛"[1]。综合起来看,小卷大多具有以下特征:

1. 类似《螳螂做亲宝卷》这样的作品,原来不是出现在宣卷的正讲之中的。它们在做会过程中是与"经卷"(吴方言区很多地方至今仍旧称"宣卷"为"讲经",相应地宝卷也被称为"经卷")区别开来的,非正统的,在整个宣卷过程中,穿插在正讲之前或之间,类似于正餐之间的点心和饶头。

2. 此类作品在当时大多以诙谐、滑稽为艺术特色,主要在正统、肃穆的做会过程间隙,给现场的听众消解乏闷,博取大众欢笑,起到调节节奏、缓和气氛的作用,因而在内容上常常是无关宗教、信仰的,多是取生活中的可笑、有趣的人事入文,以夸张、逗噱为主要表演手段。如《小猪卷》,此卷说的是浙江钱塘屠户胡蒙清,要杀猪娘(即母猪),猪娘生下来的五只小猪口吐人言,为母求情,并衔走了杀猪工具。此事引得四乡都来观看,宝卷中描写众人围观的情景多滑稽、戏谑之语。如言:

　　和尚也要看新闻,脚跟头个帽子、膝裤,踢脚绊手。一个小和尚,拾着只大脚姑娘个一只膝裤,就望头上一套,刚刚套到齐颈颈。
　　道士先生看新闻,头上挤落破方巾,身上着一件布海青,被别人扯得碎纷纷。
　　瞎子也去看新闻,勿看见,张开点,着力个一奔绷,两眼睁得像铜铃。
　　聋甏也去看新闻,又是勿听见,勿看见,把脚踮起点,着力个一伸颈颈,伸长二三寸。[2]

这样的文字既充满了生活气息,又营造出了浓烈的喜剧效果。在宣卷的正讲

[1]《螳螂卷》,民国辛未岁(1931)仲冬月孔耀明抄订本,扬州大学图书馆藏。
[2]《小猪卷》,1950年抄本,常熟讲经先生邓雪华收藏。

间隙,可以引人轻松一笑,调节宣卷的节奏。

有些小卷的文字可以在很多宝卷中通用,有时也可以单独拿出来在宣卷正讲之外演唱,有活跃气氛、聚拢人气的作用,如《花名宝卷》即是如此。常熟讲经中的《杭州景》《苏州景》两支曲子,曲调一样,歌词有区别。据讲经先生张恒兴言,凡是宣卷中说到人物前往苏州或杭州的,都可以插入,还可以换词,曲调不变,变成《无锡景》。[1]当代吴方言区民间宝卷中,如杨瑞庆创作的宣卷歌曲《锦溪的桥牵手锦溪的窑》,其情形也与此类似。

以上是对吴方言区民间宝卷的类别作简单说明,宝卷的类别其实可以从多种角度来予以区分。从艺术性的角度来看,宝卷也可分为说理性的宝卷与叙事性的宝卷,因为其内涵与非文学性的宝卷、文学性宝卷区分基本等同,这里存而不论。在清康熙年间民间宝卷开始兴起之前,绝大部分的宝卷作品是不具备文学性的,其用途主要在于宣扬宗教教义,属于宗教文献的范畴。文学性在它们那里经常是被忽略的,即使某一宝卷中有些地方出现文学性的描写,也不能改变其整部作品文学性的缺乏。像《大乘金刚宝卷》《苦功悟道卷》这样的作品是不应该作为说唱文学作品来对待的。同一时期,个别宝卷的文学性突出,譬如《目连救母出离地狱生天宝卷》,也不能改变其时宝卷整体缺乏文学性的现实。在民间宝卷兴盛之前,宝卷的宣讲其实就是一种宗教的宣传活动与布道方式,而非民间曲艺形式。

民间教派宝卷中讲述神道修行故事的少量作品,佛教宝卷中讲述神佛修行证道与世俗修佛的大部分作品,以及民间宝卷的绝大部分作品,都可以归入文学性宝卷。而宝卷到了民间宝卷兴盛时期,才真正从宗教的布道方式演变为民间说唱文艺,成为与鼓词、子弟书、道情等相提并论的民间曲艺。文学性的宝卷与非文学性宝卷相比,具有相对生动曲折的情节、个性鲜明的人物形象,以及强烈的艺术感染力。当然,这仅仅是相对而言的。客观地说,作为文本的宝卷,其文学性、艺术形式整体上远远赶不上明清两代小说和传奇这样的主流叙事文学样式。即使是一般的戏曲、曲艺等,宝卷文本的文学性也是不能与之相比的。其原因有很多:宝卷与宗教的关联造成了文学性的先天

---

[1] 根据 2013 年 5 月 11 日上午常熟讲经先生张恒兴采访录音。

不足；宝卷早期的秘密宣讲，以及后来主要流传于乡镇，近代才进入大城市，都造成了它与主流文化及文人士大夫的隔膜与距离；宝卷创作者与宣讲者文学素质的相对低下。这里必须要指出的是，宝卷首先是一种说唱作品，其感染力主要是通过现场的表演来酝酿、体现的。宗教性的宝卷主要通过庄严、肃穆的仪式来唤起听众的宗教热情；而文学性的宝卷则通过绘声绘色的讲演，将宝卷中的故事、人物与日常生活、经验进行印证、比附，来取得情感上的共鸣。因此，宝卷文本的文学性的平常与否，并不能据以否定其施用于说唱表演的艺术感染力。

# 第二节　吴方言区民间宝卷的宣演特征

吴方言区民间宝卷的宣演即为宣卷，常熟、靖江等地称为讲经，整体上来看，其宣演主要分为木鱼宣卷和丝弦宣卷两种。下面综合各地情形，举其共有的内容，分别论述之。

## 一、木鱼宣卷与丝弦宣卷的分野

木鱼宣卷主要流行于常熟、靖江与无锡等地，尤以前二者保存最为典型和丰富。吴方言区其他地区的宣卷多数属于丝弦宣卷，丝弦宣卷又以同里宣卷、锦溪宣卷较为典型。

（一）道具

木鱼宣卷的道具各地都有的为三种，即经盖、木鱼、磬铃。经盖为遮盖或垫衬宝卷之用，以示恭敬。木鱼和磬铃主要在唱诵时击打，作伴奏用。木鱼宣卷因主要的伴奏乐器为木鱼而得名。

丝弦宣卷一般在以上三者之外，增加了折扇、醒木。折扇的功能与苏州评弹中的类似，是配合主讲者起角色。醒木主要起镇场、醒众之用。丝弦宣卷最主要的变化之一，是增加了二胡、三弦、扬琴、琵琶等丝弦乐器，来进行伴奏。这也是其得名的原因。

（二）场合

木鱼宣卷、丝弦宣卷宣扬的场合主要是在私宅、庙宇和公共空间之中。

举行于私宅中的宣卷,一般是缘于东主逢红、白之事。前者如家人寿诞、小孩满月、儿女高考顺利,甚至如当代的常熟地区逢新购汽车、店铺开张,都可以延请宣卷;后者则如家人生病、"撞邪",诸事不顺,或者荐亡,也都可以宣卷。但靖江地区传统上是只做延生,不做往生的。庙宇中的宣卷,多数是于神诞日举行,以表虔诚信仰,祈祷保佑之意,一般为信众集资举行。公共空间,旧时有青楼、游艺场、电台等,现在则主要为电视台、剧场、文化馆、电台等。这类宣卷一般由相关政府部门倡导,宣卷的信仰内容和仪式成分通常被压缩,乃至剥离。丝弦宣卷在此显然更适合之。

吴方言区民间宝卷的宣扬除了政府主导的以外,一般需要提前向宣卷艺人预定。如常熟讲经,则多数是由师娘(当地称巫觋)看香头,判定讲经的先生和具体的宝卷。丝弦宣卷的宣扬,东主可以点卷,也可以由宣卷艺人自己确定。

(三)人员设置和表演形式

一般在私宅或庙会中的宣卷,无论是丝弦宣卷还是木鱼宣卷,宣卷班社的成员都要围坐于一张或者拼合的两张八仙桌旁。桌子多放置于房间或庭院的北端。

一个木鱼宣卷班一般会有两到五个人组成。由一人坐于桌子的北边,敲击木鱼,负责宣卷,称为"上手""上联"。其他人中一般由一人敲击磬铃,称为"下手""下联"。下手一般坐于主宣者对面,负者带领大家在宣卷者每小节唱词的最后,重复吟唱最后两个字,再诵唱一句"南无阿弥陀佛"或"南无观世音菩萨""南无药师佛"。是为和佛。

木鱼宣卷一般是在经桌上摊放宝卷,宣卷人坐着照本宣唱。其做会的整套仪式复杂而庄重。笔者调查的常熟讲经非遗传承人余鼎君的一次宣卷活动,于2011年11月22日白天在常熟建华村朱某某家中举行。整个做会过程经历了香赞——请佛——宣卷——退星——解结——散花——献荷花——送佛等环节,可谓繁复。木鱼宣卷一般没有起角色和相关的动作、表情表演。

丝弦宣卷一般由五六人组成,一人主宣,其他人负责伴奏与帮腔和佛。虽然也包含在做会中,但丝弦宣卷在仪式上则相对简化,更为突出的是其娱乐性。近年来很多地方的丝弦宣卷在起角色之外,增加了更多表演内容,角色扮演的色彩越来越突出。如笔者调查锦溪宣卷的非遗传承人王丽娟的一次做会宣卷,于2015年2月21日白天在昆山市张浦镇北厍村村庙前的庭院中举行。作为庙会,这次宣卷只保留了三个环节,即请佛——宣卷——送佛,且只宣演一部《白马驮尸宝卷》。丝弦宣卷较为灵活,不强求照本宣扬。演出中可以坐着宣卷,也可以站起宣唱,一般在起角色时主宣者都会站起来表演。王丽娟在上述宣卷过程中,除了角色需要坐下以外,全程都是站立宣卷。在宣卷中多有动作、表情。其进一步的发展,则是出现了宣卷表演唱,设置两个以上的主唱者,并且离开原来宣卷的桌子,直接在舞台上作类似于戏曲的表演。锦溪宣卷、商榻宣卷中一些当代题材作品的宣演,大多具有此倾向。前文已有提及,此处不赘述。

（四）曲调

在宣卷曲调上,木鱼宣卷以《宣卷调》为主,曲调相对单一,主要依靠宣卷艺人在基本调的基础上腾挪转折,形成各自在唱腔上的风格特征。丝弦宣卷则曲调丰富。它吸收了滩簧、弹词的曲调,以及民间小曲。在演出时,也常常融入当地流行的地方戏曲,如沪剧、越剧、锡剧等,使得其演唱波折起伏、缠绵动人。丝弦宣卷主要的曲调除了《老丝弦调》外,还有《万福寿》《孟姜女调》《五更调》《道情调》《银绞丝》《万福寿》等。

## 二、宣演形式的稳定与演变

宝卷的宣演形式相对稳定,在很多环节上保持着延续,但它并不是一成不变的。不同时代、不同类型的宝卷,其宣演程序是有所变化、区别的,整体上具有稳中有变的特征。这在吴方言区民间宝卷上也到了体现。

（一）稳定性

早期佛教宝卷如《大乘金刚宝卷》《目连救母出离地狱生天宝卷》,其宣演仪式多延续《销释金刚科仪》而来。关于这一点,在前面的章节当中已经多次说明,此处不再赘语。与上面两节中提到的宝卷宣演状况作比较,似乎后者多有不同。这里存在着两个原因:一是文士言及宝卷,或者未得亲见,或者从道德判断的角度出发,不可能对它的仪式的每一个环节与细节作详细的记录；而《金瓶梅词话》《型世言》作为小说，其文学属性也决定它们对宝卷宣演的记录会存在一定的失真，特别是在细节方面。这里我们对宝卷发展的第一个阶段——佛教宝卷时期的宣演仪式的说明，只能是以现存的早期佛教宝卷作品为依据，结合有关文献中的相关记述，来做一个初步的勾勒。

依据其文本，《大乘金刚宝卷》的宣讲仪式为：

散叙赞佛——奉请诸佛菩萨现坐道场——信礼常住三宝——阐述听受《大乘金刚宝卷》的妙用——奉请八金刚、四菩萨，一切神佛降临道场——代大众发愿——请经：念"金刚经启请""净口业真言""安土地真言""虚空藏菩萨普供养真言"；再奉请八金刚、四菩萨护佑道场——唱诵发愿文、"云何梵"——唱诵"开经偈"——正讲（按照《金刚经》三十二分，引录原经，散韵相间，宣讲佛理）——结经

在整个宝卷的宣演过程中，还不断有和佛的发生。现存最早的宝卷《目连救母出离地狱生天宝卷》，只存下卷，其结束时的仪式为：

念诵发愿文——唱诵回向偈——唱诵"金字经"曲子（随意回向）

两个宝卷都是说唱间行。其整个宣演过程显然带有强烈的宗教色彩，仪式性非常突出。这一点影响了后来的佛教宝卷。前面第一章中述及的叙述刘香女修佛因缘的《刘香女宝卷》，其宣演仪式为：安排香案，焚香——唱诵焚香赞、开经偈——和佛——赞颂宣卷功德——正讲（讲唱结合，间有念佛）——回向发愿。其仪式主体上还是延续了早期佛教讲经的宣讲形式，只不过将其中一些与世俗听众关联不太大的、宗教色彩过于强烈的环节简略掉了，如其中的奉请诸佛、菩萨等降临、诵念真言等部分。形式更为通俗，更易于为普通百姓所接受。

《金瓶梅词话》中的宝卷宣讲，可以看出来的，包含安排香案，焚香——赞颂佛法——正讲（讲唱结合，间有念佛）等环节。如前所述，某些环节可能

并没有反映到小说中。但这些可见的环节,也表明了此时宣卷的宗教属性。这三者可以说是大部分佛教宝卷在宣演上共同具有的环节和特征。而这一点不仅存在于佛教宝卷中,在大部分的民间宝卷和民间教派宝卷中,也是被延续、突出的。

民间教派宝卷在演出形式上沿袭了早期佛教宝卷。如成书于明万历四十五年(1617)的西大乘教宝卷《护国佑民伏魔宝卷》,其基本的宣演程序为:

奉请诸佛、诸神——开经偈——敬礼佛法僧三宝——礼请各家神灵——发愿(展开真经广无边,大众同共结良缘。大众同宣伏魔卷,增福延寿保平安。)——正讲(分二十四品,小曲＋散说＋韵文＋偈＋五言诗四句)——回向发愿。[1]

这是明代的民间教派宝卷。可以看出,其程序基本框架是沿袭了早期佛教宝卷。清代的民间教派宝卷的情形也大致相似。如清代由木人写成于顺治十六年(1659)的大乘天真圆顿教经典《销释接续莲宗宝卷》的宣演,其开篇为:

发愿——举香赞——奉请诸佛降临("大众同贺三声",即和佛。)——赞颂"无极圣祖"——开经偈——散说——诗赞[2]

下则分为三十六品,依次演说。每品分为两部分:先为"经云……"如何如何的散说,后则为韵文,诗赞与偈语相结合。宝卷的最后部分为宣唱佛号,回向发愿部分为宝卷中常见的"八保恩"。民间教派宝卷在演出程序上,与早期佛教宝卷可以说是一脉相承,表现出强烈的宗教属性和相对稳定的仪式性。这应当是与两者同属于宗教范畴,以及民间教派的秘密性相关。

---

[1]《护国佑民伏魔宝卷》,《明清民间宗教经卷文献》第5册。

[2]《销释接续莲宗宝卷》,《明清民间宗教经卷文献》第5册。

至于民间宝卷如《赵氏贤孝宝卷》开篇言：

先排香案　后举香赞

贤孝宝卷初展开,奉请诸佛降临来。

善男信女虔诚听,增福延寿免消灾。

却说《贤孝宝卷》出在大汉年间……

宝卷的正讲部分也是讲唱交替进行。到了最后,大叙团圆,善恶各得其报,结篇言：

贤孝宝卷到此全,阿弥陀佛宣团圆。

一心常把弥陀念,同往西方极乐天。

愿以此功德,普及于一切。

我等与众生,皆共成佛道。[1]

另外一个民间宝卷《兰英宝卷》,开篇一同《贤孝宝卷》,只不过将"贤孝宝卷初展开"中的"贤孝"换成了"兰英"。宝卷也是说唱交替,最后也作回向发愿。中间更有"南无阿弥陀佛(原注：众和)"[2],是即和佛。可以说,这两个宝卷的宣演,其基本程序与宗教属性显然还是对佛教宝卷的效仿。

今日吴方言区民间宝卷的宣演,也可以见到很多与之前宣卷一脉相承的地方。如其说唱结合的表演形式,开始时的上香、开卷偈,宣演过程中的和佛,传统小曲《挂金锁》《驻云飞》《耍孩儿》《桂枝香》等的运用,以及对民间小调的吸取,都与之前的宝卷宣演有着惊人的相似。而这种稳定性又是与其宗教性互为表里、相辅相成的。

（二）宗教性

宝卷宣演程序的稳定,很大程度上是建立在其宗教属性基础上的。大部

---

[1]《赵氏贤孝宝卷》,清刊本,扬州大学图书馆藏。

[2]《兰英宝卷》,清光绪十年(1884)杭州西湖玛瑙经房刊本,扬州大学图书馆藏。

分的宝卷在宣演中,都具有突出的宗教色彩,很多环节其实都可以归为宗教仪式与活动。

就佛教宝卷与民间教派宝卷而言,其演出程序上的宗教属性自不待言。需要指出的是,民间教派宝卷不仅在内容上袭用佛教的观念、术语乃至故事,在演出程序上也多仿袭佛教宝卷,因而两者在演出程序上的宗教性表现大同小异。我们在第一章中分别列举《目连救母出离地狱生天宝卷》《大乘金刚宝卷》,罗教《五部六册》之《苦功悟道卷》《正信除疑无修证自在宝卷》的宣演程序,已可见这种相似性,此处不再赘举。佛教宝卷和民间教派宝卷在宣演的开始,都有举香赞、奉请诸佛降临、赞佛偈、三皈依、发愿辞,在演出的过程中都有和佛,演出结束的时候要回向发愿,很多还需诵念《心经》。这些环节无疑都可以归入宗教仪式,在佛教的科仪和俗讲之中已经具有之。而民间教派宝卷的奉请诸佛降临一般也多为佛教中的佛名,如燃灯古佛、释迦文佛、弥勒尊佛、观世音菩萨等;三皈依一般照搬佛教宝卷中的内容,即"归命十方一切佛(法、僧),法轮常转度众生"之语;和佛则以"南无阿弥陀佛""南无观世音菩萨"为最多;最后的回向发愿辞,"愿以此功德,普及于一切。我等与众生,皆共成佛道",其实是大部分宝卷所共有的。这进一步说明了民间教派宝卷宣演的宗教性环节是源于对佛教宝卷宣演的模仿。

吴方言区民间宝卷的宣演程序也带有一定的宗教属性。大部分民间宝卷开篇都有举香赞或开经偈,后者源于佛教宝卷中的开经偈。中间有和佛,结束的时候也有回向发愿。如《花枷良愿龙图宝卷》开篇为:

> 设坛　庆寿　或用大敲,或清念随意
> 良愿宝卷初展开,诸佛菩萨降临来。
> 大众虔心来听卷,增福延寿免三灾。
> 却说大宋仁宗皇帝临殿,两班文武并无启奏……

宝卷的最后又作:

> 花枷良愿千金作,大宋流传到如今。世间如有急难事,虔许花枷大

愿心。今世还得花枷愿,下世灾难全无福寿增。今朝宣了花枷卷,处处安宁保平安。

大众念佛仪堂,回向。[1]

再如《秀女宝卷》开篇:

先净坛场　开卷兴赞
秀女宝卷初开场,诸佛菩萨降临来。
善男信女虔诚听,赠福延寿免三灾。[2]

这里宝卷的宣演乃行于坛场之中,其宣演过程中的宗教色彩显而易见。有的开篇虽然无举香赞、开经偈的名目,但其宗教色彩仍然十分明显,属于无名有实。如《延寿宝卷》开篇:

延寿宝卷初展开,诸佛菩萨降临来。两廊大众齐声贺,听宣明朝一事番。[3]

再如《孟姜仙女宝卷》开篇:

昔迷今悟亮堂堂,三宝是慈航。一炷圣香,皈依法中王。
孟姜宝卷初展开,重宣根由表古怀。
善男信女虔诚听,增福延寿得消灾。[4]

两段韵文,前者相当于举香赞,后者则相当于开经偈,其情形正如佛教宝卷。

---

[1]《花枷良愿龙图宝卷》,清光绪杭州西湖昭庆寺慧空经房刊本,扬州大学图书馆藏。

[2]《秀女宝卷》,清光绪七年(1881)杭州大街弼教坊玛瑙经房刊本,扬州大学图书馆藏。

[3]《延寿宝卷》,旧抄本,扬州大学图书馆藏。

[4] 云山风月主人编,琅琊松堂氏评订:《孟姜仙女宝卷》,民国上海文益书局石印本,上海图书馆藏。

　　清末民初时的苏州宣卷者应邀为主家宣卷。白天则穿着道士服装,为主家做法事,有通疏头、献宝、解结、送佛等名目,与道士所坐道场相似;晚上则专门宣卷[1]。

　　宝卷演出程序中的宗教属性一直延续到了现在。现在江浙一带的宝卷演出中,仍有着很多宗教性的环节存在。宣卷的宗教信仰属性在今天江苏靖江地区表现得尤为突出。如前所及,靖江的宣卷称为讲经,其主讲人也被称为佛头。靖江的讲经多与民间的宗教信仰活动——做会,如观音会、地藏会、梓潼会、三茅会等,结合在一起。做会的场所则称为经堂,需要张挂圣轴,并在菩萨台上供马纸(即纸马,菩萨像)。经堂中间摆设经台,佛头与和佛者分向而坐。佛头前面摆设绘有佛、菩萨等神像的龙牌。讲经开始之前,要点燃香烛。佛头升座,做早功课,念《大悲咒》《十小咒》等。然后是报愿请佛。之后,才开始正式的讲经。针对不同的祈求与不同的菩萨,则有不同的宝卷,这一点前文已论及。讲经有开卷偈、和佛。在讲经的过程中,多穿插破血湖、度关、安宅、解结等祈福消灾的仪式。结束时,又有上茶(将茶食敬献给神佛)、念表(由佛头念疏表)、送佛等仪式[2]。可以说,整个讲经过程中都贯穿着宗教信仰的色彩,与宗教法事糅合在一起,因而也具有突出的仪式性。

　　(三)发展性

　　宝卷的宣演形式虽然有着超稳定的特性,但并非一成不变。在保持基本框架的前提下,其宣演也是应时而变,不断向前发展的。

　　早期的宣卷形式,无论是说唱还是音乐伴奏,都较为简单。木鱼宣卷主要的伴奏乐器就是木鱼和磬,以敲击节拍为主,曲调较缺少曲折、变化。与其他说唱形式相比,在表演形式上显得比较单一、稚拙。特别是吴方言区戏曲、曲艺较为盛行,如越剧、评弹等,在民间都有着较大的吸引力和影响力,宣卷时刻面临着强烈的竞争。因而,为了拥有更好的发展空间,近代以来,吴方言区宝卷在宣演的内容和形式上不断改进,汲取其他文艺形式的长处,取长补短,以更好地合乎时代和听众的需要,增强宝卷的生命力。

---

[1]　桑毓喜:《苏州宣卷考略》,《艺术百家》1992年第3期,第122页。

[2]　参车锡伦:《江苏靖江的做会讲经》,收入车锡伦《中国宝卷研究论集》,第140页。

近代以来，就内容而言，吴方言区的民间宝卷多改编小说、戏曲、曲艺，尤其是江浙沪一带广受欢迎的评弹作品，来创作新的宝卷作品。如《秀英宝卷》《珍珠塔宝卷》《玉蜻蜓宝卷》《秦香莲宝卷》《双珠凤宝卷》《双金锭宝卷》，都是根据评弹作品改编的。这些已为吴方言区民众耳熟能详的作品，较能引起听众共鸣，引发其关注。

到了当代，吴方言区的民间宝卷也体现出强烈的现实性，适应社会形势的需要，编演了很多富有时代特征与时代气息的宝卷，表现出与时俱进、不断创新的特色。如浙江嘉善陶庄镇丁家村的宣卷艺人沈煌荣，因感于当地赌博恶习抬头而创作了《胡大自叹》；后又为配合政府的中心工作而创作了反映 1999 年嘉善县遭遇特大洪水袭击时社会各界抗灾救灾的《切记！九九·六·三〇》。昆山锦溪镇宣卷艺人编演了宣传水利的《夫妻开河》。上海青浦地区商榻乡在 1982 年成立文艺演出队，也曾先后创作排演了《懒阿新遇仙》《阿塔卖茶》等一批反映改革开放以来农民勤劳致富的宝卷剧目。

在形式上，宝卷进入民国以后，发展出了丝弦宣卷、书派宣卷与化装宣卷等新的表演形式。三者宣演的宝卷以民间宝卷为主。书派宣卷借鉴了苏州评书的表演形式，注重起角色，根据人物的不同身份、情势来拿腔捏调，通过个性化的人物语言，来展示人物性格，塑造其形象，并增加故事的生动、曲折性，给听众身临其境、如见其人之感。丝弦宣卷，则改变了原来木鱼宣卷单一的乐器伴奏，加入了二胡、扬琴等丝弦乐器，并掺入了滩簧、评弹、锡剧、越剧、申曲等曲调，使得宣卷在音乐上一改以前的单调，转为更加情韵生动、优美感人。相应的，宣卷者的唱白也与音乐的变化相一致，更加曲折优美，更富抑扬顿挫、跌宕起伏之美。这可以说是宝卷宣演在现代的一次至关重要的改进，它为宣卷在当时开创新局面奠定了坚实的基础，也是宣卷在民国时期能流行于江浙沪一带的主要原因之一。化装宣卷是宝卷改进的又一次实践，它是宝卷向戏曲学习，借助简单的化装来模拟卷中人物的言行举止。但是，它有点偏离了宝卷作为说唱艺术的本质，再加上在实际的演出中，化装表演对于原来以"说"为主的宣卷艺人来说，确实存在着很大的困难，所以它并没有得到宣卷者普遍的响应和推广，听众对之也未表现出很大的兴趣来，化装宣卷只能是昙花一现。尽管如此，化装宣卷和书派宣卷、丝弦宣卷一起，说明着宝卷的宣演者并非是墨守成规、一成不变,而是能根据时代和听众的需求,不断地对宝卷从内容到形式加以改进、提升,使之更趋于动听感人。

宝卷的宣演者,除了对宝卷的内容与形式不断作改进以外,也注意采用现代的技术手段来推广、传播宝卷。如前言苏州宣卷艺人马炜卿(1881—1936),二十世纪二十年代初曾受邀至北京新世界游艺场献艺,后又至上海、无锡、苏州等电台宣演[1]。2005 年 7 月,靖江电视台开始定时播出靖江讲经。次年 2 月,靖江电视台专设了"靖江讲经"栏目,播放有关录像。至 2006 年12 月,《靖江讲经》DVD 发行,共收《三茅宝卷》《梓潼卷》《和合记》《牙痕记》四种宝卷的影音录像,达 20 片之多。这些都说明着宝卷有着适时而变、不断改进的特征。

(四)地方性

吴方言区民间宝卷的宣演具有强烈的地方色彩,具体表现在以下几个方面:

1. 方言

吴方言区民间宝卷的宣演多采用宣卷者乡梓之地的方言,而未如其他戏曲、曲艺形式那样,具有一种固定的语言。如苏州地区的宣卷者,从大范围来讲当然都可以说用的是苏州话,但昆山的宣卷者用的方言、张家港的宣卷者用的方言、吴江市的宣卷者用的方言,其实都是不一样的,都是当地更小范围内的土语方言。譬如昆山地区的周庄、锦溪、张浦三个地方宣卷,也各自采用了当地的方言来进行。这是宣卷地方性最为直接的、显而易见的体现。这一特点的形成,应该是与宣卷活动往往局限于本土有关。宣卷艺人的活动范围大多以本乡为主,而旁及相邻的乡村。而且其面对的听众大多为文化水平相对低下的农民,因而采用当地方言来演出是一种必然的选择。相反,采用所谓"官话",或更大范围内的方言形式,并不是恰当的,反而会有画蛇添足之嫌。

2. 受当地戏曲、曲艺的影响

宝卷宣演的地方色彩还表现在它多受当地的戏曲、曲艺、民间小调影响,

---

[1]　桑毓喜:《苏州宣卷》,潘力行、邹志一主编《吴地文化一万年》,中华书局 1994 年版,第186 页。

主动吸收后者中的曲调、故事、表演形式,来改进其宣演。而吴方言区的宣卷对弹词、滩簧等,从作品题材到表演形式的汲取更为突出。这样一方面可以就此改良其内容和形式,推陈出新,融会贯通,使其在艺术上更为圆熟、成功,增强其感染力;另一方面,听众耳熟能详的一些元素的加入,无疑也可以进一步凸显其地方特色,拉近与听众的距离,进而调动起兴趣与热情,更好地完成宝卷宣演过程中表演者与听众间的互动。

3. 对当地生活、民情的反映

吴方言区民间宝卷宣演的地方性的第三个表现,是对当地生活、民情的反映。宣卷者在作品中一是采纳当地流行的民间故事传说,加以敷演;二是尽量展示当地的民情风俗,使宝卷在一定程度上成为当地不同时期社会生活、民情物态的"真实"记录。如靖江《三茅宝卷》中,说到玉帝赐元阳三兄弟每人一黄鹤为坐骑,让其下凡巡山显圣:

> 仙鹤腾云展翅,一飞飞到通州泰兴,对下一站,只地对下一陷。"啊依喂,不好! 这地方不是我们蹲的,土地太松。"
> 平:泰兴地方站一站,留下一座小茅山。
> 依还跨鹤腾云,飞到我们靖江孤山。孤山三十六丈高,对下一站,陷下去十八丈。
> 平:孤山上面蹲一蹲,留下一座三茅峰。
> 年年有个三月三,善男信女上孤山。
> 孤山地方不好登,飞过大江到秦望山。
> 秦望山上蹲一蹲,留下一个歇脚墩。[1]

这里交代了小茅山的来历和靖江孤山十八丈的原因,以及秦望山脱身台的来历,宝卷都将它们与三茅真君联系了起来。《梓潼宝卷》中对杜家村的灯市详作描述,其中有言:

---

[1]《三茅宝卷》,《中国靖江宝卷》上册,第130—131页。

棉花长嘞三尺高,开嘞田里白夭夭。

弯下腰来篮篮满,拾得一朝又一朝。

稻子生来黄爽爽,珍珠米儿壳中藏。

粮食之中它为首,杂谷类里它称皇。

粟子生来叶儿尖,成熟只要八十天。

平时烧粥煮饭吃,作起糖来蜜样甜。

荞麦生来三角仓,长在田里过霜降。

寒冬腊月没事做,咸菜熬油疙丁汤。

芦稷生来紫悠悠,长在田里乱点头。

米子磨糊做团吃,苗儿也好扎笤帚。

豇豆灯儿绿沉沉,沟头岸脚坟边上塍。

烧粥煮饭多好吃,七月半洗沙裹馄饨。

浑身长丁黄瓜灯,浑身长筋丝瓜灯。

吊着颈茄子灯,蓬里挂着瓠子灯,瓜茄瓠子总扎成灯。[1]

这里,写灯与写粮食、蔬菜结合在了一起。文中对各种农作物和蔬菜的性状、用途作了细致描述,透露出浓郁的农家气息。此类描述应该都是建立在宣卷者对当地农村生活的贴近、熟悉之上。在实际表演中,这样的内容无疑容易引起听众共鸣,具有较高的艺术感染力。

---

[1]《梓潼宝卷》,《中国靖江宝卷》上册,第270—271页。

# 第六章　吴方言区民间宝卷的文本及其流通

作为一种曾广泛流行于市井乡野的说唱形式,宝卷在文本上具有鲜明的特征,使之与其他说唱形式区别开来。下面试着分别言之。

## 第一节　宝卷的作者与题材

宝卷的发生与发展,和宗教信仰有着密切的联系,总是体现出强烈的宗教信仰属性来。宝卷的成书与传播亦复如此。但到了吴方言区民间宝卷那里,随着时间的推移,此种属性则越来越淡薄。

### 一、作者

宝卷在早期佛教宝卷与明末清初的民间教派宝卷两个阶段,其创制者主要都是宗教人士。因为其宗教性与民间性,特别是民间教派的隐秘性,这两个阶段宝卷作品的具体创作者常常是隐约模糊的。如现存最早的宝卷《目连救母出离地狱生天宝卷》,以及《大乘金刚宝卷》《佛门西游慈悲道场宝卷》等,都难以知晓其具体作者了。

民间教派宝卷中,现在已知最早的作者应该是罗教的创始人罗清(1442—1527)。罗清的经历与创制宝卷的过程,除了在《五部六册》中已略有言及外,其后世传人在清初编撰的《三祖行脚因由宝卷》中言之甚详。综合相关文献,一般认为罗祖在成化十八年(1482)悟道,而《五部六册》的最早刊行在正德四年（1509）。按《三祖行脚因由宝卷》所言，罗祖被朝廷打入狱中，获得皈依罗教的太监张永的帮助，后者召来罗祖的两位弟子福恩、福报。罗祖在狱中向两人口授，两人记录以成《五部六册》，后又在张永、魏国公、党尚书等人的资助下得以刊刻。

罗祖《五部六册》刊行以后，为其他民间教派宗奉、效仿。至明万历元年（1573），顺天保明寺第五代住持归圆撰成"大乘教五部经"，含《销释大乘宝卷》《销释圆通宝卷》《销释显性宝卷》《销释圆觉宝卷》《销释收圆行觉宝卷》，并以此为经典，创立了西大乘教。也是在万历年间，红阳教创始人韩太湖（飘高祖）也仿罗祖《五部六册》，编撰了"红阳教五部六册"，即《弘阳苦功悟道经》《弘阳叹世经》《混元弘阳悟道明心经》《混元弘阳临凡飘高经》《混元弘阳显性结果经》。

除以上三种"五部六册"外，明清两代大部分的民间教派宝卷，因为其隐秘传教的特点，以及受官方禁制、打击的政治性因素，多不著撰人。或即使有题名，也隐去真名，含糊言之。能知悉作者的教派宝卷，略举如下：

无为教：《明宗孝义达本宝卷》《心经了义宝卷》《金刚了义宝卷》，创制者皆为罗祖弟子大宁和尚。《佛说大藏显性了义宝卷》《销释童子保命宝卷》《佛说三皇初分天地叹世宝卷》《销释印空实际宝卷》，无为教第七代传人明空编。《无为正宗了义宝卷》，秦敏翁（洞山）撰。

弘阳教：《弘扬后续燃灯天华宝卷》，清虚道人撰。

黄天教：《普明如来无为了义宝卷》，教派创始人李宾撰；《普静如来钥匙宝卷》，黄天教分支教主、李宾传人普静撰。

西大乘教：《销释大乘宝卷》《销释收圆行觉宝卷》《销释显性宝卷》《销释圆觉宝卷》《销释圆通宝卷》，明归圆撰。《护国佑民伏魔宝卷》《灵应泰山娘娘宝卷》《泰山东岳十王宝卷》，明悟空编。

**以上属明代。以下为清代：**

黄天教：《太阳开天立极亿化诸佛归一宝卷》，清王某编。

老官斋教:《三祖行脚因由宝卷》,清普浩撰。

八封教:《五圣宗宝卷》,清刘佐臣撰。

大乘天真圆顿教:《古佛天真考证龙华宝卷》《销释木人开山显教明宗宝卷》《销释接续莲宗宝卷》(李祖三部经)。创始人弓长祖弟子李某,自称"木人""目人"。

真空教:《无相宝卷》《三教宝卷》,廖帝聘撰。

先天道:《道德真篇》,还虚子(杨守一)撰。

青莲教:《观音济度本愿真经》,清广野山人月魄氏(彭德源)撰。

虚皇道:《敕封平天仙姑宝卷》,清谢廛撰。

长生教:《众喜宝卷》,清陈众喜撰。

上举诸例中,明空、李宾、普静、木人等,其生平还能得其大概,但细节、具体之处,都无法推其究竟。其他诸人则多已难以知晓。

民间教派宝卷因为其宗教身份与政治原因,大多未见其作者之名,佛教宝卷中也较少有署作者之名的。其署名者寥如星辰,如天津市图书馆藏清初刊折本《销释般若心经宝卷》署为"比丘性空撰集";现存最早本子为光绪丁丑(三年,1877)许廷印抄本《普陀观音宝卷》,为清张德方撰。

民间宝卷作品,虽免除了朝廷的禁制,但其作者依然如旧,大多也未见其名。民间说唱作品,历来受文士轻视,其创作情况难著于文史。而民间宝卷在早期多系手抄本,为艺人谋生之具,被其视为珍宝,故秘而不宣其本。听众往往只闻其宣唱,而未能阅读其文本,其作者当然也无法知晓。等到后来终于雕版刊印,却因为大多数此类作品相沿已久,辗转多人,年代久远,自然信息模糊。且民间艺人配合演出的需要与各人所擅,对宣讲的作品多有润饰发挥,手头之本或与祖本相差甚远,也无法断言其作者。

一般的民间宝卷,无论是抄本或刻本,大都不知也不见其作者之名。现存最早的民间宝卷《猛将宝卷》,清康熙二年(1663)黄友梅所抄。清咸丰七年(1857)刊《潘公免灾宝卷》卷首有"咸丰丁巳秋九月古越存诚居士"所作序,文中言此宝卷为潘功甫示梦于其友淡然生,"而其友淡然生述梦中语,笔之于书"[1]。此淡然生者,究竟为何人,已是无从推究。再如清光绪二十三年(1897)刊本《木兰宝卷》,题为清江汉散人一清撰,也是不知其真实身份。个别民间宝卷署有作者的真实姓名,如现存康熙刊大字经折本的《福国镇宅灵应灶王宝卷》,为清康熙间郭祥瑞撰;首都图书馆藏旧抄本《孝逆宝卷》,为鼓悟真、鼓祥仲合撰;《升运宝卷》,为民国时薛星福撰。

近代以来,随着民间宣卷活动的盛行,江浙一带的书商开始大量编印民间宝卷,其中间有署编辑、校勘者之名的。如清光绪十一年(1885)步云合重刊本《白侍郎宝卷》,卷首载无名氏序,题"湖南长沙县柳友贤、新安黟邑汪金岩同校";民国六年(1917)上海文益书局石印《绘图百花台双恩宝卷》扉页题"校正者江西谢氏少卿"[2];民国十二年(1923)秋月上海文益书局出版的《绘图金不换宝卷》,其扉页题有"编辑者浙江居士""校正者金陵寓世子"[3];民国二十年(1931)石印本《二度梅宝卷》上册卷末题"民国二十年九月、萧山稼轩杨菊生编辑、校正吴伯平"[4];民国时期上海文益书局石印《赵氏贤孝宝卷》扉页题"校正者李节斋"[5];民国上海文益书局石印本《姊妹花宝卷》《再生花宝卷》,皆为吴江陈润身辑。此外,如民国癸丑年(二年,1913)抄本《精孝宝卷》卷末题言"桃月十一日暮,窗灯下修改录,尤轮香改编"[6],也是一例。

至当代,新创宝卷则多称作者之名。如甘肃省张掖师范专科学校中文系所藏,刘劝善编《鹦鹉搬兵宝卷》(1968年山丹抄本)、《杨满堂征西宝卷》(1988年山丹抄本);据2006年7月28日《靖江日报》载《渡江战斗故事编

[1]《潘公免灾宝卷》,清咸丰七年(1857)序刊本,"中央研究院"历史研究所俗文学丛刊编辑小组编《俗文学丛刊》第358册,(台北)新文丰出版股份有限公司2004年版,第212页。

[2]《绘图百花台双恩宝卷》,民国六年(1917)上海文益书局石印,《俗文学丛刊》第357册,第60页。

[3]《绘图金不换宝卷》,民国十二年(1923)上海文益书局石印本,《俗文学丛刊》第358册,第358页。

[4]《二度梅宝卷》,民国二十年(1931)石印本,《俗文学丛刊》第354册,第74页。

[5]《赵氏贤孝宝卷》,民国上海文益书局石印本,《俗文学丛刊》第351册,第58页。

[6]《精孝宝卷》,民国二年(1913)尤轮香改编抄录本,北京师范大学图书馆藏。

入靖江讲经》报道,江苏靖江当地79岁老人王国良在二十世纪八十年代退休以后,新编创作经书13部、40多万字,有《宅神太岁宝卷》《江阴要塞起义记》《关公宝卷》《岳飞卷》《龙王宝卷》《连环案》等。

从佛教宝卷到民间教派宝卷,再到民间宝卷,因为其特殊的身份与社会地位,宝卷作品历来少有署名,难以知晓其作者。除此以外,宝卷主要是口头宣演,讲究即兴发挥、临场创作,很多作品从口头到最后的书面定型,中间往往经历了很长时间、很多人的改编,属于集体创作,因而也很难将其作者归于一人名下。李世瑜认为,这里面应该还有"某些民间文人虽然编写宝卷但又轻视宝卷,认为是不登大雅之堂的伎俩,因而隐姓埋名"[1]的原因。这些都是说唱文学作品的常态。

## 二、题材

宝卷的题材来源至为复杂多样,宗教的、世俗的,过去的、当世的,口头的、书面的,诸多故事、传说都可以成为其源头。

早期佛教宝卷多演绎佛经中已有之故事,如《目连救母出离地狱生天宝卷》所演目连入地狱救母故事,源于西晋竺法护译《佛说盂兰盆经》;《睒子卷》当据符秦圣坚译《佛说睒子经》中的睒子孝养瞽亲之事。其他或来自民间传说,如讲述观音本生的《香山宝卷》、敷演世俗妇女修行故事的《黄氏女卷》等,其源头或在民间。

民间教派宝卷以宣扬教义、讲述祖师修行故事为主,其文学色彩相对薄弱。但为了吸引听众,有时也改编民间故事、传说,以增强其生动性。如西大乘教的《护国佑民伏魔宝卷》,演关公故事;教派不详的《先天原始土地宝卷》《销释孟姜忠烈贞节贤良宝卷》《韩湘宝传》《何仙姑宝卷》等,都属于此类。

民间宝卷多取材于民间流行的故事、传说,或当地发生的事情。如现存最早的民间宝卷《猛将宝卷》即源于民间流传的宋将抗金名刘锐死后显灵驱蝗的传说。《王祥卧冰宝卷》则取材自民间流行的"二十四孝"故事。源于民间著名传说的作品在民间宝卷中多有存在,如演述孟姜女故事的有《孟姜绣

---

[1] 李世瑜:《江浙诸省的宣卷》,《文学遗产增刊》第7辑,中华书局1959年版,第205页。

龙袍宝卷》《长城宝卷》等；演述梁祝故事的有《梁祝宝卷》《梁山伯祝英台夫妇攻书还魂团圆宝卷》等；演述白蛇传的则有《白蛇宝卷》《许状元祭塔宝卷》《义妖宝卷》等。

还有些民间宝卷是根据当代流行的故事、传说而来的。如《清太祖出家扫尘缘》所演为清代流行的关于顺治皇帝出家五台山的传说；《献映桥宝卷》所演则为清嘉庆十九年（1814），江苏无锡西北乡乡民为抗旱开坝与城中绅士相争的事件，其现存最早的本子为道光二十五年（1845）周大德抄本；流传于甘肃河西地区的《救劫宝卷》，讲的则是民国十六年（1927）武威大地震，古浪县百姓逃荒时的遭遇。这些宝卷带有强烈的地方色彩，为当地宣卷艺人创作的可能性最大。

民间宝卷中还有很多作品是改编自其他文艺作品的，这一情形在近世以来最为盛行。关于这一点，《立愿宝卷》开篇中有言：

> 却说宣卷一门，原是劝人为善的意思。无奈有不通文理之人，造出多少不可为训的说话，反要教坏世人。还有一班不明道理之人，把那小说唱本，也抄来宣唱。内中有多少男女荒唐的事情，误人不浅。你们想一想，男女私订，乃是无耻之事，对着神佛菩萨宣念，非但可笑，并且十分造孽。[1]

这里，虽然是从宝卷劝善的功用与宗教信仰的属性出发，对改编笑说、戏曲作品为宝卷的做法，持否定、批判的态度，但唯其痛切，正可见其时此风的盛行。

吴方言区民间宝卷改编自传统戏曲作品的有：《杀狗劝夫宝卷》（据南戏《杨德贤妇杀狗劝夫》）、《赵氏贤孝宝卷》（据南戏《琵琶记》）、《白兔记宝卷》（据南戏《白兔记》）、《朱买臣宝卷》（据传统戏曲《马前泼水》）、《窦娥宝卷》（据杂剧《窦娥冤》、传奇《金锁记》）。

苏州评弹流行以后，吴方言区民间宝卷多有改编弹词作品的，如《文武

---

[1]《立愿宝卷》，民国二年（1913）据上海翼化堂藏版刊本，《明清民间宗教经卷文献》第11册，第844页。

香球宝卷》《双金锭宝卷》《珍珠塔宝卷》《麒麟豹宝卷》《碧玉簪宝卷》《何文秀宝卷》等。

改编自小说的有：《唐僧宝卷》（据明小说《西游记》）、《李翠莲舍金钗大转皇宫》（据明小说《西游记》、京剧《李翠莲》《刘全进瓜》）、《卖油郎独占花魁宝卷》（据小说《醒世恒言·卖油郎独占花魁》）、《二度梅宝卷》（据清小说《二度梅全传》、鼓词《二度梅》）、《五鼠大闹东京宝卷》（明末清初小说《五鼠大闹东京》《三侠五义》）。民国时上海惜阴书局石印的《啼笑因缘宝卷》改编自张恨水同名小说。

# 第二节　吴方言区民间宝卷的书本形式与构成

吴方言区民间宝卷的书本形式在装帧与构成方面,延续传统宝卷而来。近代印刷术的发展,使其开始具有了新的特征,将它与其他作品的书本形式区别了开来。

## 一、吴方言区民间宝卷的书本形式

吴方言区民间宝卷的书本行制可分为印本和抄本两种。其形式因时而异,在不同的历史时期,具有不同的特征。

（一）装帧形式

清康熙以后,吴方言区的经房和善书局大量刊印民间宝卷,多采用传统线装形式,一般用黄纸,也有用蓝纸做封面,在封面的左上方书签上题写卷名。封面之后有扉页,扉页正中题写宝卷名称,右上方则注明出版的年月,左下方则为刊印宝卷者。

进入到近代,石印技术传入中国,首先在上海地区的印刷业得到了广泛的应用。吴方言区的民营书局以上海的文益书局、文元书局、聚元堂书局、姚文海书局等为代表,大量地印刷、销售石印宝卷,使之盛行于江浙沪一带。这些宝卷主要是满足民间阅读欣赏的需要,因此其主体为民间宝卷。石印宝卷一般采用一页双面印刷,旧刊本所特有的界栏、鱼口在石印本宝卷中不多见。石印本页面比刊本要小,多为包背装。其扉页一般题宝卷名称,或加题出版者,有的还标注发行者、定价等内容,至为繁复。如民国十二年(1923)上海文益书局出版的《绘图金不换宝卷》,版权页题"民国十二年秋月出版""每部上下两册,定价四角""版权所有""编辑者:浙江居士""校正者:金陵寓世子""总发行所:上海文益书局、杭州聚元堂书坊""分发所:绍兴聚元堂书坊"[1]。民国十三年(1924)上海文益书局出版的《绘图乌金宝卷》,版权页题"民国十三年夏月出版""版权所有""每部二册,定价四角""总发行所:上海文益书局、杭州聚元堂书局、绍兴聚元堂书局""分发行所:各省大书局"[2]。

石印本宝卷的正文部分文字采用竖排,但为了牟利与节约成本,很多卷本排版致密,文字细小,较为影响阅读体验。很多石印本宝卷在其卷首附上插图,或人物,或主要情节,以使其生动有趣,吸引阅读。这类卷本一般在原来的宝卷名称上加上"绘图"两字,如前举《绘图金不换宝卷》《绘图乌金宝卷》。

吴方言区民间宝卷手抄本的装帧相对较为简单,一页双面抄写的,与单面抄写的都有存在。后者需对折成两个半叶,与线装书相似。手抄本一般无界栏、版心、鱼口之类形式,也少有扉页。其较多采用包背装,也有采用线装的。这是因为其多为个人所制,条件有限。到了当代,笔者在做田野调查的过程中多次见到宣卷艺人将借来的宝卷抄录在账册、信纸上的。这些手抄本一般也是采用线装的形式,但装帧较为简陋。

(二)宝卷书本的正文结构

宝卷书本的正文在早期佛教宝卷和民间教派宝卷那里,一般分成"品"或"分",这显然是模仿了佛教典籍的形式。如《大乘金刚宝卷》分为"法会因由分第一""善现启请分第二""大乘正宗分第三",直至"应化非真分第三十二",共三十二分[3]。罗祖《五部六册》之《破邪显证钥匙卷》分为"破不论在家出家辟支佛品第一""破四生受苦品第二""破悟道末后一着品第三",

[1]《绘图金不换宝卷》,民国十二年(1923)上海文益书局石印本,《俗文学丛刊》第358册,第358页。

[2]《绘图乌金宝卷》,民国十三年(1924)上海文益书局石印本,《俗文学丛刊》第358册,第168页。

[3]《大乘金刚宝卷》,明刊本,《明清民间宗教经卷文献》第1册。

直至"破乾坤连环无尽品第二十四",共二十四品[1]。

吴方言区民间宝卷的书本在正文部分一般是分卷。如清光绪三十一年（1905）梁溪华彦达抄本《金达宝卷》即分为上下卷,上卷之末有言"要知夫妻来相会,下卷之中再宣明",下卷开讲言"后本再开卷。再说兰英小姐急忙来到"云云,这种提示性的语句也成为分卷的宝卷本子的常态。到了近代,宝卷在创作和表演上多受小说、戏曲、曲艺影响,其书本形式也是如此。吴方言区民间宝卷有的作品吸取了章回体小说的形式,也将其正文分出回目。如清宣统元年（1909）杭州文实斋刊本《白氏宝卷》,则分为十二回,从第一回"白龙遗津成蛇象,被获买放遇龙婆",至第十二回"逼试遇父中状元,收青祭塔赴瑶池"止[2]。到了民国四年（1915）文益书局的石印本《雷峰塔宝卷》那里,则直接将之分为上下集。当代锦溪宣卷中也有类似情形。如王秉中改编的《顾鼎臣》,分为三回,分别是第一回"顾鼎臣游春认寄女,陆素珍伶俐认寄父"、第二回"陆素贞遭受欺负,林子文忍怒受冤"、第三回"林子文屈打成招,顾鼎臣挺身相救"[3]。吴方言区民间宝卷的书本形式发展到此时更加近似于小说,其案头化的倾向越来越明显。

## 二、吴方言区民间宝卷的韵文形式

和大多数宝卷一样,吴方言区民间宝卷整体上在宣演时是说唱结合,在文本上则表现为散韵结合,这是宝卷长期发展、积淀的结果。

（一）民间宝卷之前

宝卷经历了早期佛教宝卷、民间教派宝卷的阶段。宝卷在文本上散韵结合的基本特征由早期佛教宝卷奠定。相对而言,其韵文形式较为复杂、严密。如现存最早的宝卷《目连救母出离地狱生天宝卷》中有言:

世尊曰:"汝母生前作诸不善,毁谤三宝,业障深重,未得超升。今离

[1] 〔明〕罗清:《五部六册》,清雍正七年（1729）合校本,《明清民间宗教经卷文献》第1册。
[2] 《白氏宝卷》,清宣统元年（1909）杭州文实斋刊本,扬州大学图书馆藏。
[3] 王秉中改编,王丽娟宣唱,周新民整理:《顾鼎臣》,收入李忠主编《昆山民间文化精粹·文艺卷——玉连环:锦溪宣卷》,上海人民出版社2007年版。

阿鼻地狱苦,又入黑暗诸恶地狱。"目连想母,拜辞如来,还去狱中寻母。

哀告我佛如来主,

我娘何日出沉沦?

世尊说与目连听,汝母作业不非轻。

出离长劫阿鼻狱,又入三途黑暗中。

赐与衣钵多余饭,将去幽冥救母亲。

尊者闻说心烦恼,思想亲娘大放声。

尊者听罢,烦恼伤心,托钵便腾空。黑暗地狱,去救母亲。只因业重,难出沉沦,劝诸大众,除恶戒贪嗔。

黑暗无明狱,生前各有因。

笑聋学瞎汉,骂哑哄痴人。[1]

此处的韵文以七言为主,先以两句七言或四句四言作结,又以四句以上的七言诗接续。后则为一偈子,末为四句五言或七言,然后是另一散韵结合的单元。《大乘金刚宝卷》以及更早的《销释金刚科仪》都与此类似。

到了民间教派宝卷那里,较早如明代武宗正德四年(1509)初刊的罗祖《五部六册》,其韵文的基本形式或为一整段的攒十字或为七言诗,或为一段攒十字加上一段七言诗句。如《破邪显证钥匙经》之《破三宝神通品第五》:

无为法,无一物,本无修证。

又不增,又不减,本来现成。

又不垢,又不净,难描难画。

又不生,又不灭,又无轮回。

有为神通不为强,腾空擘山有无常。

饶经活了八万劫,死后不免落空亡。

四个仙人有神通,入海山藏在虚空。

---

[1]《目连救母出离地狱生天宝卷》,郑振铎旧藏,中国国家图书馆现藏。

闹市不免有生死,无常不免见阎王。[1]

罗祖《五部六册》以外的其他民间教派宝卷作品,在韵文方面则依然沿袭早期佛教宝卷的程序,也由多种韵文形式组合成一个单元。

（二）吴方言区民间宝卷

吴方言区民间宝卷的主要功能是满足世俗民众娱情悦志的需求,在其宣演中宗教信仰的成分逐渐减少,文本形式上也相应地淡化宗教的意味。其韵文单元的构成则愈发趋于简单,更多地服从于宣唱时叙事表情的要求。如被认为是民间宝卷产生的标志、清康熙二年（1663）即已有抄本存在的《猛将宝卷》,其卷中有言:

> 昊天玉皇上帝准奏,要复查普天星宿、天罡地煞、五百罗汉。个个查到,不动凡心。查到四大天王台上,有一个插香童子,有点凡心动。赐他下凡,可以到刘家做子孙也。
>
> 玉皇上帝忙敕令,金牌去召童子身。插香童子前来到,拜见玉皇上帝尊。
>
> 玉皇上帝闻言说,你今三变动凡心。我今召你非为别,送你凡间刘家去。
>
> 童子回言我不去,下凡做人吃苦辛。我住天堂多自在,不愿下凡投变人。[2]

靖江的《梓潼宝卷》叙主人公带着童仆上街观灯情形,有云:

> 安童说:"少爷你看,这个灯与刚才的灯是一样的,也是个绝色美女。小伙子倒不丑,就是身上衣衫褴褛。女的手里拿把琵琶,边跑边哭,还将自己的头发剪下来,卖又没人要,哭得心里发躁。""安童,你晓他

---

[1]　王见川、林万传主编:《明清民间宗教经卷文献》第1册,第228—229页。

[2]　《猛将宝卷》,民国上海文元书局石印本,《俗文学丛刊》第356册,第117页。

是何人？

　　平台上，蔡伯喈，进京赴考，

　　赵五娘，背琵琶，哭上东京。

　　路途中，没盘费，剪发卖发，

　　上东京，遭磨难，哭得伤心。"[1]

上面列举的两个宝卷，散叙之后即为大段的七言，或攒十字的韵文。早期佛教宝卷、民间教派宝卷中的韵文开始时的两句或四句诗歌，以及偈子、小曲等，在这里都已经不复存在。这样的省减，可以使得宝卷和其宣演更少地受到宗教信仰的束缚，民间宝卷的创制者和宣唱者可以更为自由、充分地摹写与抒情。民间宝卷与宗教信仰的距离由此逐渐拉开，其文学属性和娱乐功能则进一步提升，增加宝卷的生动性与曲折性，以在更大程度上满足听众娱乐的需要。吴方言区民间宝卷在文本形式上的这种转变，正是由其本质属性和受众的需求所决定的。

　　民间宝卷中的韵文形式基本如上所述。但它毕竟不是凭空而来，渊源所自，早期佛教宝卷的某些韵文形式在民间宝卷中偶有遗存。如清光绪十九年（1893）苏城玛瑙经房重刻本《张氏三娘卖花宝卷》，此卷在由散入韵时，多以两句七言过渡，再唱佛引入韵文。如：

　　阿，国丈大人，这西花园花草虽多，俱不足爱。惟那边水仙草、海棠花、芭蕉树三种，甚属精雅。……将三样花草种在上面，说我与曹府均分。

　　包爷说出蹊跷话，吓坏皇亲国丈身。

　　南无阿弥陀佛

　　国丈听得如此说，魂飞魄散战兢兢。

　　心中可比天雷打，身边好似火来焚。

　　心惊肉跳坐不稳，手忙脚乱失魂灵。

---

[1]　尤红主编：《中国靖江宝卷》，江苏文艺出版社2007年版，第27页。

一阵红来一阵热,一阵寒麻冷汗淋。[1]

此处留存了早期佛教宝卷、民间教派宝卷的部分韵文结构,但这在民间宝卷中毕竟是少见。绝大多数民间宝卷的韵文以整段的七言或攒十字为主,也或有两者各自成段、交错为文的。

## 第三节　吴方言区民间宝卷的抄写

宝卷的流通分口头传播与文本传播两种。前者南方谓之宣卷,北方谓之念卷,由相关宗教人士、民间艺人作口头讲唱。后者是将宝卷作品形之于文字,撰成书籍,或抄写,或刊印,流传于世。抄写应该是宝卷最初成书与广泛流布的形式,刊刻属于后起,更利于宝卷作品的流通。但即使是刊刻宝卷盛兴之时,民间仍有大量抄写的行为发生。

### 一、宝卷抄写的历史

比起口头流传而言,宝卷文本形式的流传更具可保存性与久远性,再加上文本在携带、阅读上的方便,使得宝卷在传播过程中,文本的形式也一直流行不衰。就绝对数量而言,印刷本的宝卷自然为多;但就宝卷的版本而言,手抄本却远多于印刷本。

抄写应该是宝卷最初的成书与流布形式。在每一部宝卷作品刚刚创成后的一个时期内,它主要应当是以抄本的形式流传,之后为广其流传才有刊印。正如清光绪十年(1884)金陵一得斋刊本《灶君宝卷》,其卷末跋中述其刊刻缘由,正在于"前有《灶君宝卷》,传世皆系抄本""惜无刊本,且字句多鱼鲁讹错,篇章亦残阙模糊。余因劝孔君出资刊刻,以广其传"[2]。其刊刻原因:一感于抄本流传不广;二则缘于辗转抄写,颇多讹误。而刊印正可以弥

---

[1]《张氏三娘卖花宝卷》,清光绪十九年(1893)苏城玛瑙经房重刻本,扬州大学图书馆藏。

[2]《灶君宝卷》,清光绪十年(1884)金陵一得斋刊本,《俗文学丛刊》第359册,第99—100页。

补此两点不足。从抄本到刊本,也是宝卷流传的基本形式。雕版印刷需要一定的物力和财力,而民间教派传教的隐秘性和其视经卷为珍宝的现象,也影响着相关宝卷作品的刊印。

现存最早的宝卷《目连救母出离地狱生天宝卷》,是为北元宣光三年(明洪武六年,1373)蒙古脱脱氏抄写施舍。除此卷以外,早期佛教宝卷和明末清初的民间教派宝卷应该有不少的抄本。李世瑜指出,"早期宝卷因利用者系潜流于民间的秘密宗教,故以抄本居多"[1]。刊本因为相对数量较大,流传广泛,因而保存下来的较多。抄本第一数量不多,第二则所言为教派核心机密,获得传承的人极少,自然很少有流传下来的。康熙以后,以民间教派为主的宗教宝卷衰落,叙述世俗故事的民间宝卷开始兴盛。后者于朝廷统治并无抵触、悖逆之处,因而有着较为宽松的生存环境。在获得广泛宣演的同时,其文本也在市井乡村间流布。

民间宝卷的刊印以吴方言区为主。吴方言区的民间宝卷大概在道光年间开始获得大量的刊行,其中的主要担当者是江、浙、沪一带的书坊和善书局。特别是到了近代,随着西方石印、铅印技术的传入,吴方言区民间宝卷的刊印更为众多。虽然刊印宝卷日见增多,其间抄写宝卷的活动也一直持续着。加上去今相对不远,又无抽毁之灾,康熙以来手抄的宝卷作品存世的也有不少。

张颔《山西民间流传的"宝卷"抄本》一文中即指出,其所见山西介休地区流传的宝卷都是手抄本,总数在"百十来种","远自乾隆五十三年近至民国二十三年"[2]。这是北方的情形。吴方言区,1960年前后苏州市文化局戏曲研究室从苏州郊区和各县农村征集了约280种、近800册宝卷,基本上也都是手抄本,抄写时间从清道光年间至民国年间[3]。这些宝卷大部分都属于民间宝卷作品。

现在存世最早的吴方言区民间宝卷作品《猛将宝卷》,为清康熙二年

[1]　李世瑜:《宝卷综录》,中华书局1961年版,第11页。

[2]　张颔:《山西民间流传的"宝卷"抄本》,《火花》1957年第3期,第36页。

[3]　车锡伦:《江苏"苏州宣卷"和"同里宣卷"》,《民间文化论坛》2007年第2期,第59页。

（1663）黄友梅手抄。清雍正时期未见有宝卷抄本传世，乾隆、嘉庆年间的宝卷抄本存世的也不多。现在能看到的其时的抄本，据《中国宝卷总目》统计，主要有以下几种：

1.《慈云宝卷》。存有抄本两种。清乾隆五十三年（1788）山西介休抄本；清嘉庆八年（1803）积德堂抄本。

2.《李素真还魂宝卷》。清乾隆五十七年（1792）抄本。

3.《玉杯宝卷》。清嘉庆五年（1800）靳汉王诚意堂抄本。

4.《孟姜女寻夫宝卷》。朱熔照抄本，清嘉庆六年（1801）口子法校订。

5.《双灯宝卷》。清嘉庆七年（1802）抄本。

6.《佛说高唱游龟山蝴蝶杯宝卷》。清嘉庆八年（1803）抄本。

7.《佛说牧羊宝卷》。清嘉庆十五年（1810）抄本。

8.《佛说刘子忠宝卷》。清嘉庆二十四年（1819）抄本。[1]

以上八种宝卷，共有抄本九种，其抄写时间都在乾隆、嘉庆年间。

宝卷抄本最多的在清同治、光绪，以及民国时期。这一时期正是民间宝卷最为盛行之时，抄写的宝卷也多属于吴方言区的民间宝卷作品。特别是民国时期，江、浙、沪三地的书局（书庄）大量石印出版宝卷，但民间抄写宝卷并未因此而减弱，反而是更见高涨，有不少的手抄本宝卷流传至今。很多宝卷传世的大多为抄本，很少见到甚至未见其刊印本。如以下诸例：

1.《洛阳桥宝卷》

又名《受生宝卷》《洛阳受生宝卷》《洛阳造桥》《洛阳大桥》，是目前已知传世版本最多的一部宝卷。其58种传本中抄本有49种之多，占了大多数。其存世最早的版本即为清道光八年（1828）张玉抄本，二册，卷名《洛阳受生宝卷》，收入鹅湖散人编《古今宝卷汇编》。清代抄本凡12种，民国抄本9种，

[1] 车锡伦编著：《中国宝卷总目》，北京燕山出版社2000年版，第24、139、348、174、247、51、55页。

不能确定时代的旧抄本 27 种,最晚的抄本为 1981 年无锡陶兰芳抄本。其刊本最早的则为民国五年(1916)上海文益书局石印本,距离其最早的抄本已经将近百年了。

2.《财神宝卷》

共存 46 种,其中 45 种为抄本。道光年间二抄,同治年间二抄,光绪年间八抄,未明年号但属于清抄本的有五抄,民国七抄,其他未明年代者二十一抄。其中年代最早者为清道光四年(1824)乐善堂抄本,一册。最晚可知年代的为民国三十年(1941)黄佩村抄本,一册。题记为私人抄写的有十四部,属于善堂请人抄写的有 2 种。其唯一的存世刊本则为清光绪丁丑(三年,1877)上洋(上海)三元堂刊本。

以上两例是版本主要为抄本的。有些宝卷则存世的都为手抄本,手抄是其主要的流传形式。如以下诸例:

1.《显应桥宝卷》

又名《显英桥宝卷》《显映古迹》《救荒开桥宝卷》《忠义卷》《开献映宝卷》等。存世 28 种传本,皆为手抄本。其中清抄本 7 种,民国抄本 7 种,当代 2 种,时代不明的 12 种。其年代最早的抄本是清道光二十五年(1845)周大德抄本,最晚的则是 1986 年无锡刘备康据民国十一年(1922)邱和记抄本。

2.《山阳县宝卷》

此卷异名甚多,有《山阳宝卷》《阳县宝卷》《图产不遂宝卷》《山阳公案卷》《谋财宝卷》等 14 种之多。传世版本 30 种,都为抄本。有清抄本 8 种,民国抄本 3 种,其他则时代未明。其中最早的是清同治八年(1869)朱明山抄本,最晚的是民国十五年(1926)沈义生抄本。

3.《丝绦宝卷》

又名《大丝绦宝卷》《丝绦党宝卷》《忠义双全宝卷》等。此宝卷存世版本 41 种,都是抄本。其中清抄本 8 种,民国 6 种,其他时代未明。年代可知的抄本中,最早的是清光绪十一年(1885)蒋锦记抄本,最晚的是民国二十一年(1932)鹅湖弟子吴云清抄本。

以上三种宝卷均属吴方言区民间宝卷,至今未见刻本。这几种宝卷的抄本在时间上主要集中于清同治、光绪年间,以及民国时期。

这里依据《中国宝卷总目》统计来看,传世的宝卷抄本约 3183 种,刊印本包括石印、铅印本为 1338 种。显然,宝卷抄写的次数远多于其刊印的次数。即使是在石印宝卷盛行的民国时期,所存 1377 种宝卷版本,其中也有 766 种为抄本。至于当代,调查者通过田野调查获见的吴方言区民间宝卷也多为抄本。河西地区,如《山丹宝卷》的编者也在后记中指出其最初"收集到的宝卷均为手抄本,错讹之处比比皆是"[1]。吴方言区,如靖江、常熟、吴江等地,今天民间流传的民间宝卷也大多为抄本。概言之,按地域而言,北方民间流传的宝卷刊印极少,基本上都是手抄本。吴方言区民间流传的宝卷,手抄本也是占据了多数。在宝卷传播的大部分时期内,其抄写的进行是长盛不衰的,民间对抄卷的热衷程度是不逊于刊刻的。

## 二、抄写者

宝卷在其发展后期以民间宝卷为主流。如李世瑜《宝卷综录·序例》中指出,"后期宝卷的抄本数量亦不少,家数更复杂"[2]。民间宝卷的抄写在很多方面都呈现着纷繁复杂的形态,这里先从抄写者说起。

除去民间教派宝卷以外,民间宝卷的抄写者大致可以分为两类:一是宣卷艺人,其抄写宝卷都源自师承,是为其谋生的工具;二是一般民众,包括依附于善堂、佛堂的"奉佛弟子",他们抄写宝卷或自己保存,或送给宣卷(念卷)人讲唱。

### (一)宣卷艺人

民间宣卷艺人注重师承,各具特色。其所宣宝卷一般不愿公布于世,多为师徒传抄,秘不示人。

宣卷艺人所用本子一般都为抄本。北方的河西地区、山西介休地区的念卷者持有的宝卷多为抄本,南方吴方言区的民间宣卷艺人也是如此。不同的是北方如河西地区的念卷带有浓厚的功德意识,其抄卷也是一样,这一点放在下面的章节论述。因为河西地区的宣卷者"念卷先生"大多视念卷为劝善、

---

[1]　张旭主编:《山丹宝卷》,甘肃文化出版社 2007 年版,第 497 页。

[2]　李世瑜:《宝卷综录》,中华书局 1961 年版,第 11 页。

积聚功德之举,而较少视之为谋生之道[1]。吴方言区的宣卷者则多以之为获利、谋生之道,师承分明,有行会,有班社与流派,更具职业色彩。桑毓喜《苏州宣卷考略》一文有言:

> 苏州宣卷艺人演唱的脚本,亦称之为"宝卷"。晚清以来,除有部分刊本外,大量的均以手抄本形式在艺人中广泛流传……这类卷本,据称有一千余种,但大都已无从稽考,现能找到的大约有三百余种。[2]

车锡伦也指出,江苏张家港港口镇当地流传的宝卷都为手抄本,大多为讲经先生所抄并持有。较多的如讲经先生钱颜念有60种左右抄本[3]。1960年前后,原苏州市文化局戏剧研究室曾从苏州郊区和各县农村征集宝卷约280种,近800册。这些宝卷基本上都是宣卷艺人的传抄本,抄本的年代自清道光以下至20世纪50年代初[4]。笔者所见靖江佛头赵松群的40多种宝卷、常熟宣卷艺人余鼎君所持100多种宝卷也都是抄本。

　　与北方的念卷者相比,吴方言区的宣卷艺人清末以来自有其组成特征。首先是吴方言区宣卷艺人有的已经家族化。关于这一点,李世瑜《江浙诸省的宣卷》一文中指出有43家,并列举了其中的14家[5]。与其保持一致,吴方言区民间宝卷的抄写也呈现出家族化的特征,一个宣卷家族中乃有多人抄写宝卷。其中如延陵吴氏之吴云清、吴穗荡,抄写的宝卷存世的有39种,吴云清一人所抄最多,有《白玉燕宝卷》《盗金牌宝卷》《红脸古迹宝卷》《黄糠宝卷》《蝴蝶梦宝卷》《还金镯宝卷》《三世修行黄氏宝卷》《文武香球宝卷》《赠珠宝卷》等37种之多。吴凤鸣、吴凤翔为同一家族的可能性也很大。吴凤鸣流传下来的宝卷抄本最早的为清光绪八年(1882)所

[1]　段平:《河西宝卷的调查研究》,兰州大学出版社1992年版,第314—317页。
[2]　桑毓喜:《苏州宣卷考略》,《艺术百家》1992年第3期,第126页。
[3]　车锡伦:《中国宝卷研究》,第387页。
[4]　车锡伦:《江苏"苏州宣卷"和"同里宣卷"》,《民间文化论坛》2007年第2期,第59页。
[5]　李世瑜:《江浙诸省的宣卷》,《文学遗产增刊》第7辑,中华书局1959年版,第202—203页。

抄的《王德飘洋宝卷》,最晚的则为民国三十二年(1943)所抄的《巧姻缘宝卷》,前后时间跨度为 62 年,贯穿其一生,存世宝卷抄本也达 32 种之多。吴凤翔则有 5 种,最早为清宣统三年(1911)抄本《观音经》,其余的《龙图宝卷》《太平郎宝卷》《渔家乐宝卷》《朱买臣宝卷》等则都为民国十一年(1922)抄本。又,车锡伦、吴瑞卿在《苏州地区一个宣卷家族抄传的宝卷——傅惜华先生旧藏〈陆增魁氏藏宝卷〉》一文中,披露了已故傅惜华先生收藏有名为《陆增魁氏藏宝卷》一、二集(分别用粗麻绳捆扎)的宝卷 22 种[1]。根据此文对这批宝卷的著录,以及对相关宝卷题识的说明[2],其中《三访桑园宝卷》卷末题"中华民国年二年岁次癸酉宫十二月初三日吴郡陆增魁沐手敬篆",陆文彬抄本《朱买臣宝卷》后装封面题"江苏娄门陆增魁置",可以知晓当为苏州地区的宝卷。除陆增魁抄本《双金花宝卷》年代不详外,其他都可确定为民国时期抄本。这批宝卷中,陆文彬抄《朱买臣宝卷》系民国初年抄本。民国二年(1913)抄本《三景图宝卷》,抄写者不详;《描金凤宝卷》为民国辛酉(十年,1921)陆增魁重装本。剩余的宝卷陆增魁("魁"或作"奎")抄有《双蝴蝶宝卷》《逆妇变驴宝卷》《三访桑园宝卷》《双金花宝卷》等 19 种,时间从民国九年(1920)至民国二十二年(1933)。另有《双冤宝卷》为陆兆宗民国九年(1920)抄本。陆文彬、陆增魁、陆兆宗当属苏州的宣卷世家。《螟蛉宝卷》封面题"宣卷陆兆宗仁寿堂",仁寿堂应该是他们家族的堂号。《三景图宝卷》下部卷首页押"公益社启"印,"公益社"或是其宣卷的班社名。

其次,近代吴方言区已有专门的宣卷班子出现,如宣扬社、遐龄社、咏韵社、芝民社等。有的宝卷是以宣卷班子的名义抄写的。如民国壬申(二十一年,1932)万里社顾友萃抄本《天曹宝卷》、民国壬申(二十一年,1932)四明鹤岭社抄本《双奇冤宝卷》、四明鹤岭社旧抄本《双玉镯宝卷》。江苏吴县胜浦镇的宣卷艺人唐炳群,是民国时期当地杨若卿宣卷班的成员,调查者所见当地

---

[1] 车锡伦、吴瑞卿:《苏州地区一个宣卷家族抄传的宝卷——傅惜华先生旧藏〈陆增魁氏藏宝卷〉》,《民间文化论坛》2016 年第 4 期。

[2] 同上,第 120—122 页。

存有的 100 余部手抄宝卷,其中绝大部分为唐炳群所抄[1]。但这应该不是最多的,因为职业的需要,很多民间宣卷艺人将自己的宝卷抄本视为珍宝,不肯轻易示人。宣卷艺人所用抄本,主要属于师门传授,而宣卷艺人在抄写原有宝卷作品时又往往根据自身因素加以改编。因而同一宝卷,即使是师徒前后所抄,在情节、文字上也会有所不同。又为谋生所系,常秘不示人,更不愿意公开刊印。扬州大学图书馆藏民国壬申(二十一年,1932)四明鹤岭社抄本《双奇冤宝卷》之末便钤上朱印云“诸亲好友,卷不出借”。

民间宣卷艺人手抄传承宝卷的情形,在今日仍然没有多大的改变。现在江浙一带以及甘肃地区的宣卷者,依旧习惯于手抄相关宝卷,来照本宣扬。笔者所见江苏吴江、常熟、昆山、靖江等地的宣卷者所持宝卷大多为手抄本。如常熟地区余庆堂的余鼎君一家,上溯至其父亲、兄长,宝卷之文本传承也以抄写为主,至今日遂积蓄有 100 多种。但现在宣卷者出示于人的宝卷多有复印本,原因或因为原本珍贵,不肯轻易示人;或因为手抄费时费力,且容易损坏,而复印则花费较少,易于获得。

(二)民间个人

民间宣卷者以外的个人抄写宝卷,大都视其为功德,专供自己诵读、供奉,个别也送给宣卷人去讲唱,因而对之极为庄重和严谨,其抄写大多十分工整、清晰。直至今日,甘肃河西地区及江苏靖江、常熟等地的农村仍旧视抄写宝卷为重要的功德。

吴方言区民间宝卷的抄写者中那些署名为“某氏”“某某氏”者,十有八九是妇女。旧时女性因为生活空间和文化素养的限制,一直都是宝卷宣扬的主要听众。民间宝卷的抄写者有很多是女性,据《中国宝卷总目》统计,现存宝卷可能是女性所抄的有 39 种左右。其中如民国二十二年(1933)庞徐氏抄本《游龙宝卷》、民国甲戌(二十三年,1934)张桂氏抄本《赵贤借寿宝卷》,抄写者为女性无疑。扬州大学图书馆藏《莲花宝卷》,封面右上题“戊辰年”,右下题“瞿陈氏录”,应该也是女性抄写。但整体上现存民间宝卷抄写者以男子为主,这或许与民间男性较之于女性文化程度更高有关。

---

[1] 史琳:《苏州胜浦宣卷》,古吴轩出版社 2010 年版,第 40 页。

有一些吴方言民间宝卷的抄卷者,所抄宝卷可谓甚多。如清末民初时人尤轮香抄有《白兔记宝卷》《百花庄宝卷》《碧玉簪宝卷》《蝴蝶梦宝卷》《精孝流名宝卷》《天仙宝卷》等。同治、光绪年间人谢菊亭抄写有《百鸟图宝卷》《白玉燕宝卷》《白鹤宝卷》《长生宝卷》《兰香阁宝卷》《朱买臣宝卷》《恻隐宝卷》等。民国时延陵人吴云清抄有《白玉燕宝卷》《盗金牌宝卷》《黄糠宝卷》《蝴蝶梦宝卷》《还金镯宝卷》《文武香球宝卷》《赠珠宝卷》等三十四种宝卷。民国人陈继善抄有《翠连宝卷》《节义宝卷》等十二种宝卷[1]。这些抄写者所抄的宝卷基本上都属于吴方言区流行的民间宝卷。

笔者目前所见最小的抄写者是江苏常州的朱少铨,其所抄宝卷为《一本万利宝卷》。该卷扉页从左到右依次题云"崇礼堂朱""中华民国丙辰年(1916)谷旦""九岁幼童朱少诠书"。此次抄写可能也带有习字的目的。

有一些个人抄写的宝卷是赠予他人宣扬的。如北京师范大学图书馆藏《天仙宝卷》抄本末署"光绪壬申年(1902)尤轮香抄录送杨锦铭谨扬";当代常熟宣卷艺人赵宝元藏《大王土地宝卷》,末题"天运戊寅年菊月囗日三槐堂王振元抄送芦先生收"。

民间私人抄写宝卷与宣卷艺人不同,其所抄宝卷常常乐于借给他人阅读、转抄。因为流通宝卷与抄写宝卷一样,也是被视为一件善举,有功德。但是抄写不易,又加上对宝卷本身的恭敬,抄卷者在宝卷上有时会写上相关文字,以劝示借卷者敬惜。这一情形吴方言区与北方都是一样的。下文对此将专门论述,此不赘语。

有一些宝卷的抄本署上了堂号。据《中国宝卷总目》统计,其抄本署名某某堂的在四五十家左右,抄本总数则在一百种以上。如积善堂、劝善堂、德盛堂、积德堂、仁德堂等。其中很多是宣卷艺人的堂号,如笔者所见江苏靖江佛头赵松群所抄宝卷20多种,封面上即署"继善堂赵记"字样。当代常熟宣卷人余鼎君所藏宝卷抄本自其父兄起即署为"余庆堂"。

宝卷抄本署某某堂者,也有许多不署抄写者姓名,如清道光四年(1824)乐善堂抄本《财神宝卷》、清嘉庆八年(1803)积德堂抄本《慈云宝卷》、清仁

---

[1] 据车锡伦编著《中国宝卷总目》统计。

德堂抄本《财神宝卷》等。其中纪年最早的是清嘉庆五年（1800）靳汉王诚意堂抄本《玉杯宝卷》。

宝卷抄本绝大部分是十分工整、清晰的。其抄写不论是于艺人而言，还是民间私人，都属于艰辛之事。流传于江苏张家港地区的一种《观音试心宝卷》卷末抄写者附写的几句诗歌可见其辛劳之状：

> 七月抄书真为难，蚊虫叮得要命哉。天气热得交交关，汗水常常滴下来。电扇一动勿来三，纸头全部飞起来。一本宝卷来抄好，蚊香烟落二三盒。若要啥人勿相信，只怕苦头吃勿来。抄书天热真正难，眼睛又要好困哉。[1]

此卷末题"港口恬庄村狄建新己巳年抄本"，则此卷抄写当在 1989 年。由当代之艰难可以进一步想见旧时宝卷的抄写更为辛苦。

### 三、抄卷的功德色彩

宝卷的抄写，于民间教派人士而言，是为了传承教义，突出其宗教性；于民间艺人而言，是为其演艺谋生所需，自然重视其作品的娱乐性。此两种情况都注重宝卷传承的隐秘性，因而抄写是较为合适的传播方式。

而民间一般民众的抄卷行为则蕴含丰富，牵扯民间生活的诸多方面。除了民间教派人士和宣卷艺人的抄写以外，一般民众对抄写宝卷的热衷至少有以下几点原因：

1. 抄写花费财力较少。刊印虽然利于广泛传播，但对于底层民众而言，凭借一人或一家之力来完成它，几乎是不可能的。即使是直接去购买已经刊印好的宝卷，也还是需要一定的财力支出。而抄写需要的只是纸笔和时间，所费甚微，便于实施。

2. 明清时大部分时间内书籍之刊印其实并未如后人所揣测的那般盛

---

[1]　张家港市文学艺术界联合会编：《中国·河阳宝卷集》，上海文化出版社 2007 年版，第250 页。

行。顾炎武（1613—1682）在《钞书自序》中有言，"自先高祖为给事中，当正德之末，其时天下惟王府官司及建宁书坊乃有刻板，其流布于人间者，不过"四书、五经、《通鉴》、性理诸书"。他书即有刻者，非好古之家不蓄"[1]。可以推想，在正德（1506—1521）之前，宝卷的流布应该也主要是通过抄写来进行的。

3. 宝卷作品众多，大部分并未获得刊印。其原因复杂，或者是缘于宝卷突出的民间属性，历来为文士阶层所忽略；或者是因为其卷帙浩大；或者是因为其内容有所抵触；抑或持有人因为自珍其本不愿意付梓。因而其获得、流传，只能通过辗转抄写来进行。

4. 中土历来有重抄书之传统。就文士阶层来说，除了经济上的便利、原书未及刊印或刊本不易得等原因外，还有着学术文化上的原因。顾炎武《钞书自序》引其先祖顾绍芾言道，"著书不如钞书。凡今人之学，必不及古人也，今人所见之书之博，必不及古人也。小子勉之，惟读书而已"[2]。这和古人"述而不作"之说类似，体现着对传统典籍和文化的敬重以及作为治学者的谦逊、慎重。而另外一个原因，则主要是为了帮助记忆。张舜徽《中国文献学》一书中对此点有专门论述[3]。但民间热衷于抄写宝卷并非由于以上两个原因，而是因为民间历来有视宝卷为"经""善书"的传统，流传它被视为功德之举，可见其虔诚向善之心。就这一层面而言，抄写比之于刊印，其可操作性更强，也更便于经济薄弱的一般民众善举的实现，因而展现出强烈的功德意识。而这一点，对于民间宝卷的抄写具有莫大的推动作用。下面即对此作详细论述。

宝卷初始的发生与流传都与宗教相关联，其宣扬属于宗教活动的一种，因而自然具有神圣性与庄严性。明代王源静补注的《巍巍不动太山深根结果宝卷》卷一云："宝卷者，宝者法宝，卷乃经卷。"[4]称宝卷者，盖源于制卷之人将其作品与佛经等而视之。早期佛教宝卷的制作者认为其作品、地位、功用

---

[1] 〔清〕顾炎武撰，华忱之点校：《顾亭林诗文集》，中华书局 1983 年版，第 29 页。
[2] 同上，第 30 页。
[3] 张舜徽：《中国文献学》，上海古籍出版社 2005 年版，第 138—140 页。
[4] 王见川、林万传主编：《明清民间宗教经卷文献》第 1 册，第 773 页。

等同于佛经；民间宗教的制卷者则认为其作品阐发教义，记叙教史，于其教派而言，意义就如佛经之于佛教。故为"法宝""经卷"，合而言之即为"宝卷"。所以宝卷也有称为"某某经""某某真经"者。如明末圆顿教弓长祖（张姓）所撰圆顿教宝卷即名为《古佛天真考证龙华宝经》，其《东西取经品第十二》言"弓长领定真五老，石佛域内取真经"，下列民间教派宝卷 79 种，都以"经"标名，如"古佛经""无生经""钥匙经"等[1]。再如《九莲如意皇极宝卷真经》《弘阳密妙显性结果经》《三茅宝经》几个宝卷，情形一样。

宝卷因为其突出的宗教信仰属性，在民间历代都被视为与佛经相等，宣扬宝卷犹如宣讲佛经，传抄宝卷也如同流通佛经。而佛经的讲诵、传抄历来被视为功德。西晋无罗叉译《放光般若经》卷二十《摩诃般若波罗蜜嘱累品》中言：

> 阿难！是般若波罗蜜，若有书持、讽诵、念守、习行、解说其义、供养经卷，复教他人书持、讽诵、广为说者，当知是人常与佛俱，不离诸佛。[2]

历代也多有因此而得善报的"记述"，如宋李昉等编《太平广记》卷 102 至卷 111 多及之。由佛经推广至宝卷，其宣讲与抄刊自然也是积聚功德，获无量善报之举。

关于宝卷的传播，无论是听受、诵读，还是抄写、刊印，在民间其实也一直被视为积聚功德的。这种普遍的理念对于宝卷的流通有着强烈的推动作用。其最为集中、明确的表述，见于民国己未（八年，1919）秋月盐城仁济堂校刊的《针心宝卷》卷末所附《宝卷流通八法》中。其文有言：

> 一、乐善流通。积善之家，必有余庆。人之好善，谁不如我？此书明白晓畅，感人最深。上焉者，独立出资，刷送万部，分送远近，功德无量。

---

[1]　濮文起主编：《中国宗教历史文献集成·民间宝卷》第 3 册，黄山书社 2005 年版，第 444 页。

[2]　〔晋〕无罗叉译：《放光般若经》，《大正新修大藏经》第 8 册，（台北）新文丰出版公司 1973 年版，第 146 页。

次焉者,代为募资,或少刷数部,广为劝送,亦有功德。

二、祈福流通。太上曰:祸福无门,惟人自招。凡人之生,谁无父母?谁无子女? 有父母子女,而欲为之求福求寿者,人之情也。若广刷是书,量力施送,精诚上格,凡有所求,无不如愿。

三、忏悔流通。孔子曰:过则无惮改。苟非圣贤,谁能无过? 过而能改,其罪自消。改过之道,首在广刷是书,劝化世人。救人之恶,即所以轻己之罪,消灾延寿,冥冥中自有为之权衡主宰者矣!

四、吉庆流通。吾人遇吉庆之事,或婚姻,或生子,或寿辰,往往灯烛辉煌,肆筵设席。究其实,皆以有金钱施诸无用之地。何如节此浮费,广印是书。费既不多,功则无量,又何乐而不为哉!

五、赞赏流通。此书立意纯正,措词浅显。凡儒林学士,或缙绅先生,其地位为一方表率者,公余之暇,若取此书,逢人劝说,称扬赞美。俾闻者兴起感发,欣欣向善,则虽不求有功,自能获福。

六、劝诵流通。乡村父老,闺闼妇姑,平居闲暇,往往喜人讲说故事,演唱弹词。若将此书广为劝诵,或自己演说,或转送他人,使听者入耳警新,悔过迁善,较之各种无稽说词,自高万倍。

七、馈送流通。今人馈送,多用财帛,或果品食物,甚有以香烟、雪茄为馈敬者,不惟无益,反足害人。何如多刷此书,赠送亲友? 俾互相劝勉,同臻于仁孝忠厚之域。其所馈敬,不亦大乎!

八、传播流通。凡有志向善,贫而无力,不能刷送者,请函至盐城北大街仁济堂,索取此书,广为传播。或另纸选录,抄贴街衢。俾佳篇广布,闻者洗心;善本流传,听者改过。其功与刷送等全也![1]

此《宝卷流通八法》是对流通宝卷的意义极为详细的一次阐发。宝卷之流通,刊印、馈送、诵读、抄贴者,可以积功祈福,助人为善。而按照《宝卷流通八法》之言,几乎生活中的绝大部分事情都可以用刷送宝卷来积聚功德。为家人求福可以刷送宝卷,忏悔过错可以刷送宝卷以表其诚,吉庆贺喜可

[1] 《针心宝卷》,民国八年(1919)秋月盐城仁济堂重校石印本,北京师范大学图书馆藏。

以宝卷作礼物,礼尚往来也可以宝卷作礼品。真所谓功德无量,利人利己。这一观念笼罩了民间绝大部分宝卷的成书与传播。后文将言宝卷的刊印,也是如其所言具有浓烈的功德意识。其"传播流通"下言"凡有志向善,贫而无力,不能刷送者""或另纸选录,抄贴街衢""其功与刷送等仝也"等语,这也间接说明了在刊印宝卷盛行的同时,民间仍然有不少人在抄写宝卷,其重要原因是抄写的易操作性使得民间经济贫乏之人通过流通宝卷来积功求福的愿望成为可能。

视抄写宝卷为功德,其事自宝卷初创时期即已存在。北元宣光三年(明洪武六年,1373)脱脱氏施舍彩绘抄本《目连救母出离地狱生天宝卷》卷末言:

> 普劝后人都要学目连尊者,坚心修道,报答父母养育深恩。若人写一本,留传后世,持诵过去九祖,照依目连一子出家,九祖尽生天。[1]

传抄宝卷,从其教诲,可以成就功德,以至于超度过去九祖,其情形与佛经无异。那些劝化色彩强烈的宝卷作品,明清以来一直是被社会诸多阶层目为善书的。如民国二年(1913)刊印的《立愿宝卷》中即言"却说宣卷一门,原是劝人为善的意思"[2],清光绪十五年(1889)孟夏重镌金陵一得斋善书坊刊本《惜谷宝卷》卷首《序》中言"《惜谷宝卷》,为劝善中第一好书"[3]。

民间的抄写宝卷与宣扬宝卷一样,都贯注着执行者于宗教信仰的虔诚与热情,受到其极为庄重与认真的对待。这一特征仍体现在当今甘肃河西地区的宝卷传抄之中,当地人认为抄卷是积功德,旧时有文化的人都愿意自己抄写。抄了以后,自己珍藏。也可以将抄好的宝卷赠送给自己的亲朋好友,更为广泛地来流通宝卷。两种情形都是作为功德来积聚的。河西山丹地区《昭君出塞宝卷》开篇言"昭君宝卷才展开,诸佛菩萨降临来。天龙八部神欢喜,

---

[1]《目连救母出离地狱生天宝卷》,郑振铎旧藏,中国国家图书馆现藏。

[2]《立愿宝卷》,民国二年(1913)据上海翼化堂藏版刊本,《明清民间宗教经卷文献》第11册,第844页。

[3]《惜谷宝卷》,清光绪十五年(1889)金陵一得斋善书坊刊本,《俗文学丛刊》第357册,第284页。

抄卷先生永无灾"[1]。山西介休地区流传的《空王佛宝卷》中也有言："有人听写空王卷,寿比南山福星来。劝化大众心良善,逢凶化吉永无灾。"当地许多抄本宝卷的结尾常常题言"手抄一卷,功德无量"[2]。

因为视宝卷传抄为功德,所以旧时宣卷艺人和信众抄写宝卷时,是极为庄重和认真的,需要洗手、上香,以示庄严其事。宝卷最短的五六千字,长的可达十余万字,都要用毛笔工整地抄写。这种情形到当代仍有保持者。如甘肃省酒泉市肃州区银达镇银达村的念卷人郑殿有,"他在抄写经卷时必定怀着一份虔诚,敛神静气,双目微闭端身静坐,大人娃娃不得说话,个把钟头也仅能写上几十个字"[3]。宝卷的抄写者多有在卷末缀言"若有不是处,请人政着""写得不好,不要笑话"等语。因为抄卷者自重其事,所以针对抄写过程中可能会有的讹错,很多还有谦言或补救之语。如民国五年(1916)黄锡范抄写《丝缘宝卷》末言"卷中若有偈夺字,阿弥陀佛补团员";清抄本《游龙宝卷》末也言"卷中倘写差误字,大悲神咒补完全"[4]。抄写者慎重的态度从中可窥一斑,而最后两句更见其对抄写完成的宝卷的爱惜、珍重。

因为抄写宝卷为功德之举,且完成不易。所以很多抄卷人常常在其抄本上写下劝诫借卷之人要珍惜其本、及时归还的文字。抄卷者或者好言相劝,要人爱惜宝卷、及时归还。吴方言区民间宝卷的抄写在此表现得尤为明显。如清咸丰五年(1855)贰月抄本《蜜蜂记宝卷前集》题"借去速送真君子";江苏无锡市图书馆藏清光绪十六年(1890)蒋建章抄本《玉带宝卷》末题"宣卷者平心也,不还者欺心也";民国五年(1916)黄锡范抄本《丝缘宝卷》末题"宝卷抄成真真难,借去看看就要还。勿看之时要藏好,不可轻亵莫污秽";民国三十五年(1946)宋福生抄本《得宝伤身》末题"抄书最难,忙里偷闲。若然要借,不可弄坏";常州吕顺泉1957年抄写的《相国寺宝卷》末题"借卷之人真君子,有借不还是小人";当代常熟宣卷艺人赵宝元藏《九更天宝

[1] 张旭主编:《山丹宝卷》,第38页。
[2] 车锡伦:《中国宝卷研究》,第424、426页。
[3] 董开炜:《"河西宝卷"的孤寂守望者》,《兰州晨报》2006年1月27日。
[4] 《游龙宝卷》,清抄本,收入鹅湖散人编《古今宝卷汇编》,北京师范大学图书馆藏。

卷》抄本末题"抄本宝卷真正难,赛过搬石上高山。倘有亲友来借去,看过一遍就来还"。有的宝卷抄写者,甚至采用诅咒的口吻警告借卷者不得损坏或不还宝卷。如民国九年(1920)抄写的吴方言区民间宝卷《八仙宝卷》,尾题"三月廿一日立"与正文之间还夹抄了一行字"借卷不还,男盗女娼";民国二十一年(1932)季炜炯抄本《贞节宝卷》上卷末题"若借不还,万代讨饭"。北方地区也有类似的情形。方步和指出,河西宝卷抄本的末尾经常写上"有借有还,再借不难"之类的文字,严厉的则如"好借有还,再借不难。借了不还,就按贼算"[1]。

吴方言区民间宝卷的抄写者也有敬重其本,不肯外借,在抄本上书上相关文字,以示有言在先。如民国二十一年(1932)四明鹤岭社抄本《双奇冤宝卷》,末页红印"鹤岭社印",并有"诸亲好友,卷不出借"字样[2],以示其守持之意。吴方言区至今,无论是宣卷艺人,还是民间的抄写者,都不会将其抄写的宝卷轻易示人。各地调查者说一些宣卷艺人仅收藏宝卷十几种就是这个原因。

## 第四节　吴方言区民间宝卷的刊印

比之于手抄,刊印显然是宝卷更为有效和广泛的流通方式。对于那些需要在更大的范围内传经布道的宗教人士而言,手抄宝卷自然不能满足其需要。手抄宝卷需要花费很长的时间和人力,很难在短时间内复制出大量的宝卷,而且多次抄写,也可能导致文字上的讹误。这无论是从实际需要,还是从宝卷的神圣性而言,都存在着一定的缺陷。雕版印刷则一次可以复制几百本甚至几千本的宝卷,而且能保证这些宝卷文本在文字、样式上的一致无误。关于这一点,清光绪二十二年(1896)乐善堂刊本《龙华忏》卷首题为"大清乾隆六十年季春吉旦雨香庵僧澳竹、蟠龙庵僧香室谨识"的《序》中言:

---

[1]　方步和编著:《河西宝卷真本校注研究》,兰州大学出版社1992年版,第158页。

[2]　《双奇冤宝卷》,民国二十一年(1932)四明鹤岭社抄本,扬州大学图书馆藏。

第钞本难于流传,甲寅冬募众捐金,刊刻刷印,使得以各处流布。印本既多,唪诵更广,而此忏遂大昭明矣。[1]

寥寥数语,正道出了刊本比之于抄本,在流通上的便利之处。明代的雕版印刷事业已处于异常发达的时期,而宝卷一开始就是宗教人士布道传法的工具。宝卷在其诞生后不久,可能即已有雕印的发生。但对于吴方言区的民间宝卷而言,在其发生、发展的很长的一个阶段,印本的存在是数量上似乎远远赶不上抄本。这应该是缘于民间宝卷当时多数只在宣卷艺人间流通,一般的民众并没有阅读民间宝卷的迫切需要。另外可能就是印刷技术上的滞后,有限的印刷能力在选择刊印对象时首先要考虑那些开悟人心、宗教信仰属性突出的宝卷作品,以娱乐为主的民间宝卷自然是次要考虑的对象。

## 一、民间宝卷发生之前的宝卷刊印

现在可见的最早的宝卷刊本是明正德四年(1509)原刊折本的罗祖《五部六册》。它距离现在可见的最早的宝卷,北元宣光三年(明洪武五年,1372)脱脱氏施舍彩绘抄本《目连救母出离地狱生天宝卷》,不过一百三十七年。其间,或已有宝卷的刊刻。罗祖《五部六册》中,引用的宝卷有《大乘金刚宝卷》《心经卷》《目莲卷》《香山宝卷》《地藏科仪》等十二种之多。里面有一些可能已付梓,并为人所熟知。所以,才获得罗祖这样的民间宗教家的注意与引用。

明嘉靖七年(1528)刊《销释金刚科仪》卷末题记言:

奉佛信官尚膳监太监张俊同太监王印诚造。
《心经卷》《目连卷》《弥陀卷》《昭阳卷》《王文卷》《栴那卷》
《香山卷》《白熊卷》《黄氏卷》《十世卷》《金刚科》,共十六部。

---

[1]《龙华忏》,清光绪二十二年(1896)乐善堂刊本,《明清民间宗教经卷文献》第5册,第751页。

嘉靖七年二月吉日施。[1]

《金刚科》当指《销释金刚科仪》。其他列名的诸种都属于早期佛教宝卷。这应该是明嘉靖年间一次规模较大的宝卷刊印活动,其印制者为皇家尚膳监太监。就其印制者的身份与规模而言,这批佛教宝卷的刊印很可能有内府参与其中,属于经厂本。

明正德以来,直至易代,佛教宝卷的刊刻绝少见于文献记载,也很少有流传至今的。目前存世的主要有以下几种:

（1）《药师如来本愿功德宝卷》,明嘉靖二十二年（1543）德妃张氏、五公主捐资,北京西长安街双塔迤西李家铺刊,折本一册。附载《佛说三十五佛名经》。

（2）《无量佛功德卷》,明万历九年（1581）彬轩日新堂刊方册本,一册。镇国将军朱睦㮮等捐刊。

（3）《销释金刚科仪会要》,明万历四十四年（1616）衍法寺沙门本赞刊本,一册。

（4）《销释金刚科仪会要注解》,明万历七年（1579）刊觉连重集《销释金刚科仪会要注解》九卷九册。

（5）《姚秦三藏西天取清解论》
明万历十年（1582）重刊折本,一册。
明万历十三年（1585）刊本,一册。[2]

这一时期佛教宝卷的刊刻不应该停止,其乏于记载与传世者,或与其时为民间教派宝卷最为盛行时期之一,舆论的关注度和刊印者的兴趣主要都在于教派宝卷相关联。但这只是推测,目前还缺乏有关材料来探讨这一现象。

明代正德以后至清康熙年间,为民间教派的全盛时期,也是民间教派宝

---

[1]　《销释金刚科仪》,明嘉靖七年（1528）刊本,《明清民间宗教经卷文献》第 1 册,第 61 页。
[2]　据车锡伦编著《中国宝卷总目》统计。

卷刊印最为频繁、流行时期。就明代而言,民间教派的刊刻主要集中在嘉靖、万历年间。嘉靖年间刊印的民间教派宝卷如下:

(1)《皇极莲正信归(皈)真还乡宝卷》,明嘉靖二年(1523)重刊折本。东大乘教经卷。

(2)《销释金刚科仪》,明嘉靖七年(1528)刊本,尚膳太监张俊等印造。

(3)《天仙圣母源流泰山宝卷》,明普光撰。明嘉靖二十七年(1548)刊折本。

(4)《苦功悟道卷》,明嘉靖二十八年(1549)刊折本。罗教经卷。

(5)《清源妙道显圣真君二郎宝卷》,明嘉靖三十四年(1555)刊折本,西大乘教经卷。

有明一代,万历年间刊印的民间教派宝卷存世最多。据初步统计,有本子传世的万历年间刊印的民间教派宝卷有 58 次之多,涉及宝卷 39 种。其中很多宝卷在万历中被反复刊印,最多的自然是被奉为民间教派宝卷开山祖的罗祖《五部六册》。如《苦功悟道卷》刊印五次,《叹世无为卷》刊印三次,《破邪显证钥匙卷》刊印七次,《正信除疑无修证自在宝卷》刊印两次,《巍巍不动泰山深根结果宝卷》刊印五次。弘阳教的《弘阳苦功悟道经》《混元弘阳叹世经》,也各自被刊印过两次。[1]

清代顺治、康熙两朝,也是民间教派发展迅猛的时期,教派宝卷此时刊印甚多,其中又以康熙一朝为多。其存世刊印的本子有 27 部,涉及民间教派宝卷 21 种。其中如《护国威灵西王母宝卷》刊印两次;《破邪显证钥匙卷》刊印三次;《巍巍不动泰山深根结果宝卷》刊印三次;《天仙圣母源流泰山宝卷》刊印两次。这一时期,教派宝卷刊印的一突出现象是关于罗祖《五部六册》的注释本获得刊印。存世的为清渔阳居士王尚儒注,王宗礼重录。其刊印情况如下:

---

[1] 据车锡伦编著《中国宝卷总目》统计。

《苦功悟道卷句解》，清康熙刊本。

《叹世无为卷句解》，清康熙四十五年（1706）重刊本。

《破邪显证钥匙卷句解》，清康熙三十九年（1700）姑苏陈老二房北寺南经房重刊折本。

《正信除疑无修证自在宝卷句解》，清康熙刊本。

《巍巍不动太山深根结果宝卷句解》，清康熙刊本。

## 二、吴方言区民间宝卷刊印的兴起

清康熙年间（1662—1722）虽然民间教派宝卷盛行，但其他类型的宝卷也多有刊行，其中就包括民间宝卷的刊印。如：

《治国兴家增福财神宝卷》，清康熙癸亥（二十二年，1683）刊折本。

《佛说张世登宝卷》，清康熙刊折本。

《佛说赵孝郎还魂高氏行孝宝卷》，清康熙大盛堂刊本。

《白马宝卷》，清康熙荣盛堂刊本。

《佛说贞烈贤孝孟姜女长城宝卷》，清康熙金陵荣盛堂刊折本。

《福国镇宅灵应灶王宝卷》，清郭祥瑞撰。清康熙刊折本；

《福国镇宅灵应灶王宝卷》，清康熙直隶河间府沧州刊折本。[1]

由上面罗列的状况可知，清康熙年间民间宝卷的刊印非常兴盛、流行。

清康熙以后，直至民国时期，为吴方言区民间宝卷的兴盛时期，自然民间宝卷的刊印也占据主流。雍正、乾隆两朝，属于民间宝卷初创阶段，相关宝卷的刊印极少。嘉庆年间的民间宝卷刊本，目前存世的也只有清嘉庆四年（1799）荣盛堂重刊本《唐王游地府李翠莲还魂宝卷》。道光年间（1821—1850），大概因为时世动荡、风雨飘摇，需要大量资金支持和耗费较多人力的宝卷刊印活动没有得到较大的开展。其三十年中前后刊抄的宝卷存世可知

---

[1]　据车锡伦编著《中国宝卷总目》统计。

的有六十九批次,其中民间宝卷的刊印只有四次,列举如下:

> 《韩湘子宝卷》,清道光二十年(1840)重刊本。
>
> 《韩湘宝卷》,清道光辛卯(十一年,1831)刊本。
>
> 《真修宝卷》,清道光十二年(1832)玛瑙经房刊本;清道光二十九
> 年(1849)江西仰奎堂重刊本。[1]

其时大部分的民间宝卷其文本都是手抄而成的,涉及作品 31 种。

民国以前,吴方言区宝卷刊印最盛的时期是在同治、光绪两朝,尤以光绪朝为多。这和其时民间宝卷的发展、盛行是一致的。光绪朝宝卷的流通,个人仍以手抄为主,其所抄宝卷在数量上不如雕版,但在种类上要远远超过雕版。这一时期,从事宝卷刊印的主要是佛寺中的经房和善堂。前者以杭州的昭庆寺玛瑙经房、慧空经房为代表,另外苏州也有玛瑙经房;后者以上海翼化局、常州乐善堂等为代表。它们除了刊印佛教宝卷外,也刊行民间宝卷和个别民间教派宝卷。这一阶段,吴方言区的很多宝卷都是由此两者刊布于世的。

吴方言区民间宝卷刊印的鼎盛时期是在民国。进入民国时期,宝卷的刊印发生了较大的变化。吴方言区民间宝卷在上海、杭州、苏州等城市的大量印行和流通,大致来说应该有以下因素的作用:首先是现代印刷技术,包括石印、铅印的应用,使得宝卷的印制更为便捷、迅速,同时也摊薄了宝卷印本的单位成本,降低了它的销售价格,使得民众的购买活动相对可行,不至于造成较大的经济障碍。以上海为中心的民间石印书局的兴起,及其形成的同业间的竞争,则进一步推动了这一趋势。另外,平民教育的推广也提高了当地普通民众的文化知识水平,为民间宝卷的流通提供了更多的读者群体,使得民间宝卷印本的广泛流通成为可能。再有则是其时民间宝卷在吴方言区的广泛宣演,已经使其广为人知,并积累了一个相对众多、稳定的读者基数。

以上诸因素结合在一起,从技术、销售、接受者、经济等环节保障了吴方言区民间宝卷印本的大量制作和流通。江浙沪一带的书商正是抓住了民间

---

[1] 据车锡伦编著《中国宝卷总目》统计。

宝卷在当地已经深入乡曲市井的契机,开始采用以石印为主的新技术,大量地印制民间宝卷。其主要的印制者多集中于其时民间宝卷宣扬最为兴盛的上海一地,著名的有文益书局、文元书局、惜阴书局、广记书局等。如文益书局民国时期刊印宝卷留传下来的有八十三批次,惜阴书局则有九十四次之多[1]。而李世瑜言其曾据五百五十余种印本作统计,其中最多的是上海惜阴书局、文益书局、文元书局的石印本,"三家出版都在二百种上下"[2]。

### 三、吴方言区民间宝卷的刊印者

和手抄宝卷不一样,刊印宝卷通常需要一定的组织形式才能得以顺利完成,因而就有着捐资者和主其事者的区别。但一般的印本宝卷上都不注明主持刊印者的名姓,而只记录捐资支持刊刻者的名号。

(一)捐助者

宝卷的刊印需要花费一定的财力与人力。在宝卷等同于经卷,其流通被视为功德时,宝卷尚未可能大规模地成为商品销售,其刊印的完成主要还是依靠社会人士的各项资助来获得保障。社会人士因为各种目的,或为宝卷的刊印提供舆论支持,开方便之门;或直接提供财物上的资助;或牵头组织、管理其事。是为宝卷刊印的捐助者。

早期佛教宝卷和民间教派宝卷的刊刻,多与上层社会相关联,在权贵官员的庇护、资助下得以完成。明嘉靖七年(1528)刊《销释金刚科仪》卷末题记云:

> 奉佛信官尚膳监太监张俊同、太监王印诚造。
> 心经卷、目连卷、弥陀卷、昭阳卷、王文卷、栴那卷、香山卷、白熊卷、黄氏卷、十世卷、金刚科,共十六部。
> 嘉靖七年二月吉日施。[3]

---

[1] 据车锡伦编著《中国宝卷总目》统计。

[2] 李世瑜:《江浙诸省的宣卷》,《文学遗产增刊》第7辑,中华书局1959年版,第203页。

[3] 《销释金刚科仪》,明嘉靖七年(1528)刊本,《明清民间宗教经卷文献》第1册,第61页。

这次《销释金刚科仪》的刊印系由京城太监主持完成。而明正德四年（1509）无为教罗祖《五部六册》的首次刊印，也是在京城官员、太监的资助下完成的。据清普浩撰《三祖行脚因由宝卷》载，罗祖《五部六册》的雕印在当时得到了太监张永、魏国公、党尚书的支持，由其推荐给正德皇帝御览，并获御制龙牌三道标示卷首，以助其刊行，所谓"五部宝卷开造印板，御制龙牌助五部经文，颁行天下，不得阻挡"[1]。

早期民间教派与京城权贵，尤其是太监之间的密切关系，李世瑜《宝卷新研——兼与郑振铎先生商榷》一文中业已指出。其文言：

> 又因正德以后的秘密宗教曾经打进了朝廷，一些太监（如红阳教就曾以魏宗贤、陈矩、张忠、石亨为"护法神"）、妃子甚至太后（神宗的母亲就号称"九莲圣母"）也都信奉了起来了，因此这些经卷又得到了资助而刊印的机会，这就是第一次的秘密宗教自己的经卷——宝卷。[2]

明代统治后期，太监权势大涨，多擅有大权，干预朝政。而其整个群体的文化素质相对低下，又多受常人歧视，因而较易接受宗教的影响。其时的民间教派人士因此对他们多方交结，以奠定在京城立足的稳固的基础。而如妃子、太后者能得悉民间教派，进而支持其经卷刊印，恐怕也是由于太监居中起着桥梁的作用。

进入清代，民间教派宝卷的刊印初并未见减少，但其传世的刊本中获得上层资助的已不如明代多。这里的原因应该是很复杂的，可能是因为民间教派宝卷在上层中最热心的支持者宦官集团已不复旧日的权势，还有就是清政府对民间教派的打击日见增强，民间教派转为秘密发展、传布，自然不大可能如明末获得很多官方人员的支持。上层资助刊印的民间教派宝卷在有清一代只有零星的存在。

---

[1]〔清〕普浩：《三祖行脚因由宝卷》，清光绪元年（1875）刊本，《明清民间宗教经卷文献》第6册，第254页。

[2] 李世瑜：《宝卷新研——兼与郑振铎先生商榷》，《文学遗产增刊》第4辑，作家出版社1957年版，第171—172页。

　　与早期刊印时多谋求上层的支持一样,民间教派为了抬高其经卷的地位,扩大其影响,常常自神其卷,托古自重。这在民间教派宝卷的刊印中,可以说是比较常见,主要通过在宝卷卷首安置龙牌,或在序跋中称言获得皇帝御准刊印颁示天下,来予以实现。龙牌一事,亦与其文本的形式相关,此处暂且不表,容在下文叙说。有的民间教派宝卷,则虚构其神奇的传授过程,来抬高其身价。如始刊于清道光三十年(1850)的青莲教宝卷《观音济度本愿真经》,卷首有"大清康熙丙午岁(五年,1666)冬至后三日广野山人月魄氏沐手敬书于明心山房"的《观音济度本愿真经叙》,言其往南海普陀山礼拜观音菩萨,预得真武祖师之报,安全靠岸。后在普陀朝元洞灵通寺遇一道童,得到此经。此卷经文原系"西天梵字","余急归家译写书正,刊刻行世"[1]。此叙后接《观音古佛原叙》,叙末题"永乐丙申岁(十四年,1416)六月望日书"。此叙乃托观音口吻,言其自撰此书,"书成藏之朝元洞石室门中,以待后之见者广为流布"[2]。这样,从其撰著到传承都笼罩了一层神圣的光环,这对于此宝卷在信徒中传播当然具有重要的意义。

　　吴方言区的民间宝卷也或有采用这一做法的。如清咸丰七年(1857)刊《潘公免灾宝卷》的卷上开篇也有言,咸丰三年(1853)正月初一、二月初一潘公先后两次托梦自号淡然生的至亲,劝世人弃恶从善,累积功德。淡然子"转述"其言,撰成此卷。其情形与民间教派宝卷有相似之处,但这样的情形在吴方言区民间宝卷的刊印中十分罕见。因为以上种种说法,实际上都是视宝卷为劝善之书,刷印则是建立功德,显然这与民间宝卷的娱乐属性是相违背。

　　民间各地佛教宝卷和民间教派宝卷的刊印多由地方信众集体出资,共同刊刻、传布的,其卷上多注列捐资者的名姓与捐资数额。其作用大概有二:一是昭示捐助者的功德之大小;二是说明账目,以标明主持者的清廉。如清浙越剡北孙兴德等捐钱助刊本《大乘法宝生莲宝卷》卷末言:

---

[1]《观音济度本愿真经》,清道光三十年(1850)刊本,《明清民间宗教经卷文献》第9册,第486页。

[2] 同上,第487页。

剡北刊印信施开列于左：

孙明德、孙喻氏愿祈天下太平，圣德洪昌，印送五百部。孙明琪、孙喻氏、男显宰愿报亲恩，祈阴超阳泰，助刊印钱三十千文。……李汉锦愿人慈悲生善，惟己康泰光明，助刊印钱五千文。李汉璋、李叶氏愿祈二老身体精健，子孙和孝，助刊印钱五千文。

于兆爵印送十部，王才安印送十部，孙凝家印送十部，喻之泮、喻楼氏印送十部，张元树印送十部，剡西支门楼氏印送十部，新邑张门王氏印送十部，愿祈阴超阳泰。芝坞山隐修庵王守玉印送十部，裘子治仝妻徐氏印送十部。[1]

所谓助刊印钱者，即是出资助雕书版的人，而印送多少者，即出资订购宝卷的人。

吴方言区的民间宝卷有上述情形的并不多见，偶有可见者，都是那些劝化意味比较明显、突出的作品。这样的民间宝卷比较容易被作为善书来共同出资刊印或求请。如清同治年间绍兴许鼎元老店刊《潘公宝卷》（即《潘公免灾宝卷》）卷末题：

重刻《潘公宝卷》刊板刷印各助名姓开后

陈尚型助钱拾千文，沈世坤助钱壹千式百文。冯炳南助钱式千文，谢启堂助钱肆千文。王玉衡助钱式千文，董瑞堂助钱式千文……沈乔亭助钱式千文。

……刊板工作钱念五千零，并印送百部合讫。

天隆号印送五拾部，陈丽生印送拾式部。益泰号印送拾五部，剡西三养堂黄印送伍拾部。……冯元铃保病即痊送五十本，嵊邑孙□德、孙喻氏敬送式百本，保佑平安吉庆。……宋之乐印送十本。[2]

[1]《大乘法宝生莲宝卷》，清浙越剡北孙兴德等捐钱助刊本，《明清民间宗教经卷文献》第7册，第450页。
[2]《潘公宝卷》，清同治年间绍兴许鼎元老店刊本，扬州大学图书馆藏。

其中助钱者、印送者分别开列。助钱以个人为主,而印送者多有商号,如天隆号、益泰号者,其印送或也为奉送客户,以起到增强、联络感情之类。《潘公免灾宝卷》属于吴方言区民间宝卷中劝善化俗意味最为突出的作品之一。显然无论是助钱还是印送此类民间宝卷,在这里都是被大家视为善举,可以积累功德的。

到了民国时期,随着吴方言区民间宝卷大规模的印书出版,并作为商品在吴方言区各地销售和流通,和上述类似的情形已经绝少出现,但也没有彻底绝迹。如民国十八年(1929)刊印的民间宝卷《洛阳宝卷》(即《洛阳桥宝卷》)卷末言:

> 以后各助芳名:
>
> 朱莲行助洋五元,陆悟通助洋五元,杨圆和助洋二元,沈修忠助洋二元,袁悟得二元,施通静七元,许志缘三元,施志西一元,陈志庆一元,祁志诚半元,朱志升五角,杨德昌一元,沃志静一元五角,陈莲种二元,卢普是一元,王志嵩一元,丁严氏一元,严莲德一元,何通慧一元,陈王氏一元,周彩莲一元,霍金氏一元,施志洪一元,金方圆一元,曹志峰二元,周悟莲一元,白观根一元,黄善根一元。
>
> 中华民国十八年吉立朱明孝捐资敬刊。
>
> 板存浙杭玛瑙经房印刷流通。[1]

这里宝卷的刊印是由朱明孝作主要捐资人,其他 28 人附和。其印刷者为浙江杭州的玛瑙经房,此宝卷属于木刻本。杭州的玛瑙经房在清末民初刊印了大量的宝卷作品,下文将有论述。这一宝卷又名《受生宝卷》,说的是蔡项中状元后回乡,路遇丫环梅娥。后者已身死,嫁与马面。蔡状元因其引路,进入地狱看到父亲受罪,得知因其不信佛而致如此。蔡状元为父亲赎罪,到了阳间为还债,造桥亭沟通阴阳,方便鬼魂入冥间。此宝卷也充满了道德说教和劝善内容,这应该是众人集资刊印它的主要原因。

---

[1]《洛阳宝卷》,民国十八年(1929)杭州玛瑙经房刊本,扬州大学图书馆藏。

（二）经房

在宝卷的刊印历史中，特别是清代康熙朝以后，专门以雕印、传播宝卷为其职任之一的机构开始不断出现。以民国成立为界，前期以各地的善书局、经房为代表，其宗教信仰色彩和慈善性质突出；后期则以上海的惜阴书局、文益书局、文元书局等民营商业书局为代表，其出版宝卷的赢利目的明显，为宝卷刊印的商业化时代。

经房与文益书局之类的区别在于它专以刻经为主，也包括宝卷，因为佛教宝卷、民间教派宝卷和一些劝化意味强烈的民间宝卷，长期是被视为有类似于经卷的教化作用的。经房刊印书籍，其营利性淡弱，慈善功德意识较为突出。目前可见宝卷中最早由经房刊印的为明万历四十二年（1614）明罗清所撰的《苦功悟道卷》瓜洲倪云台经房的刊折本。

清代的经房刊印宝卷，有清乾隆三十八年（1773）古杭昭庆大字经房刊本《观世音菩萨本行经》。古杭即杭州，昭庆即昭庆寺。所谓大字经房者，无疑隶属于昭庆寺。就目前所见文献，杭州昭庆寺大字经房刊印宝卷可谓佛寺设经房刊印宝卷的开始。而此大字经房很有可能就是后来的慧空经房的前身。

清乾隆以后，刊印宝卷的经房逐渐增多，其中最有名的有三家，两家位于浙江杭州，即慧空经房与玛瑙经房；另外一家，也称玛瑙经房，但位于苏州，其刻本上自常称"苏城玛瑙经房""苏郡玛瑙经房"，以与杭州的玛瑙经房相区别。下分别论述之。

1. 慧空经房

慧空经房隶属于杭州昭庆寺，在以上三家中历史最为悠久。如前所言，其前身或是昭庆寺的大字经房。慧空经房现存最早的宝卷刊本为清道光二十四年（1844）刊《刘香女宝卷》，最晚的刊本则为民国十九年（1930）刊《刺心宝卷》，时间跨度达八十年之久。

慧空经房所刊宝卷存世的有 16 种，其中有不少是刊印两次以上的。其所刊印的宝卷大多与佛教相关，有讲述佛教之佛祖、菩萨成道故事的，如清刊本《悉达太子宝卷》《香山宝卷》；有讲世俗修佛成道故事的，如清刊本《三世修行黄氏宝卷》《刘香女宝卷》等。其刊印属于吴方言区民间宝卷

的主要有:

> 《珍珠塔宝卷》,清光绪十六年(1890)刊本。
> 《劝世宝卷》,清光绪二十五年(1899)重刊本。
> 《梅氏花烟宝卷》,清光绪三十二年(1906)刊本。
> 《龙图宝卷》,清光绪刊本。
> 《赵氏贤孝宝卷》,清刊本;清重印本。[1]

慧空经房的宝卷刊印显然还是围绕着宣佛劝善的核心展开的,那些纯粹娱乐型的民间宝卷和民间教派宝卷很少会被其刊印。这也是大部分经房、善书局刊印宝卷的基本趋向。

2. 杭城玛瑙经房

杭城的玛瑙经房原也归属杭州昭庆寺,与慧空经房同处一寺之中。清光绪十年(1884)刊《兰英宝卷》,卷末言:

> 浙越弟子陈春发、冯继宗重刻,愿祈天下太平者重刊。板存里西湖玛瑙经房印造,今移至城内大街弼教坊,坐西朝东张设便是。[2]

杭州的玛瑙经房在光绪十年前,可能因为与慧空经房刊印上多有重复,难以并存,遂转移至弼教坊。在归属上,也可能不再隶从于昭庆寺。此玛瑙经房在光绪年间乃至民国时期,刊印宝卷甚多,成为当时刊印宝卷的主要机构之一。据统计,其刊印后存世的宝卷有 38 种之多。其刊印的时间跨度上,最早的是道光十二年(1832)刊本《真修宝卷》,最晚的则是民国十八年(1929)刊本《洛阳桥宝卷》,也偶有民间宝卷的刊印。其刊刻宝卷的类别整体上与前之慧空经房大致相似,也是以佛教、劝善类为主,大量的刊刻仍是在清光绪年间。但与很多经房、善书局不同的是,杭城的玛瑙经房刊印了不少民间教派

---

[1] 据车锡伦编著《中国宝卷总目》统计。

[2] 《兰英宝卷》,清光绪十年(1884)杭州西湖玛瑙经房刊本,扬州大学图书馆藏。

宝卷。如清光绪九年(1883)刊本(许自然募刻)《明宗孝义达本宝卷》,为明释子大宁撰无为教宝卷;清光绪十八年(1892)刊本《护国佑民伏魔宝卷》,为明悟空撰之西大乘教宝卷;清光绪二十六年(1900)杭城玛瑙经房刊本《大圣弥勒化度宝卷》,属明末清初长生教经卷。杭城的玛瑙经房何以刊印如此多的民间教派宝卷,是一个值得思考的问题。

3. 苏城玛瑙经房

苏州的玛瑙经房在创立的时间上,似乎要晚于杭城的玛瑙经房。它位于旧日苏州城的护龙街上,护龙街即今日苏州主城南北向的主街人民路。苏州的玛瑙经房是否隶属于某寺,已不得而知,但它和杭城玛瑙经房一样,在清末民初之际刊印了大量的宝卷。其刊印的宝卷存世的有 30 种,在类别上亦如慧空经房。在时间上,最早的刊本是清光绪六年(1880)刊《何仙姑宝卷》,最晚的则是民国元年(1912)重刊本《香山宝卷》。苏城玛瑙经房的宝卷大多刊印于清光绪年间,其中属于民间宝卷的主要有清光绪九年(1883)刊本《潘公免灾宝卷》和清光绪十五年(1889)刊本《秀英宝卷》。《秀英宝卷》系根据苏州评弹《碧玉簪》改编而成。

除了以上三家著名的经房外,江浙各地还有不少的经房也从事着刊印宝卷之举,其中也偶见有属于民间宝卷的刊印。如杭城玛瑙寺明台经房的清光绪十年(1884)刊《张氏三娘卖花宝卷》;杭州弼教坊洽记经房的清刊本《赵氏贤孝宝卷》。

(三)善书堂

除了佛教色彩较浓的经房以外,民间还有更多称为"某某堂""某某斋"的专门刊印善书的出版机构,宝卷自然也在其刊印的范围之中。这类出版机构可称之为"善书堂(局)"。这类善书堂各地多有之,数量众多。它们个体上刊印的宝卷可能不如经房之多,但所有的善书堂集合在一起,刊印的宝卷在数量上可谓甚多,是纯营利性的书局以外,宝卷的又一大刊印者。

李世瑜《江浙诸省的宣卷》一文中曾将之与经房、书局等并称为"书肆",并对其分布地与数量作了统计[1]。但经房的印制宝卷,其功德意识突

---

[1] 李世瑜:《江浙诸省的宣卷》,《文学遗产增刊》第 7 辑,中华书局 1959 年版,第 203—204 页。

出,多半是非营利的。善书堂则应当属于半公益半营利性的出版机构。就
其印刷宝卷的名目来看,也与经房相似,多为劝人向佛修善之作;其印制也
多为雕版,相较于书局常采用的石印要严整、精美得多。现依据车锡伦《中
国宝卷总目》一书,对属于吴方言区的可考知地域的善书堂作一初步的统
计,列举如下:

上海:
宣化堂、大丰善书刊行所、宏大善书局、三元堂、翼化堂、太性堂、松
江广明桥文魁斋。
上海合计 7 家。
浙江:
杭州:壹善堂、宝善堂、临安县益善堂、汇文斋、文宝斋、文实斋、景
文斋、翁云亭善书局。
绍兴:崇善坛、尚德斋、尚真斋。
宁波:耕心堂、三余堂、三余堂、秀文斋。
湖州:最乐斋善书坊、大壮斋、大西山房、大酉山房、王文光斋。
温州(东瓯):郭文元堂。
龙游:意诚堂。
黄岩:普利堂。
浙江普善堂。
浙江省合计 24 家。
江苏:
南京:一得斋善书坊。
苏州:姑苏元(玄)妙观内得见斋、邵青云斋、李铀芳斋、祥兴斋、
九如香铺。
镇江:宝善堂、京口善化堂、沙氏育婴堂。
常州:乐善堂、培本堂善书局、普济堂、育婴堂。
无锡:锡山大有堂。
江苏省合计 14 家。

安徽：芜湖崇本堂。

以上共得 46 家善书堂。其刊印宝卷的时间范围主要在清代和民国时期。

吴方言区各地刊印宝卷的善书堂虽然众多，但最为著名的只有几家，它们是上海翼化堂、南京一得斋、苏州玄妙观内得见斋、镇江宝善堂、常州的乐善堂和培本堂善书局。

上海翼化堂位于城隍庙后花园内。存世的由翼化堂刊印的宝卷，刊于民国时期的为最多，有十三次；刊于清光绪年间的次之，有十次。最早的刊本为清咸丰壬子（二年，1852）上海邑庙后花园内翼化堂善书坊刊本《观音济度本愿真经》，最晚的则为民国二十四年（1935）的排印本《菱花宝卷》，此宝卷则属于民间宝卷。其刊刻存世的宝卷有 31 种，其中大部分或属于佛教宝卷，如《香山宝卷》《刘香女宝卷》等；其刊行的民间宝卷也有十余种，大多具有强烈的劝善化俗意味，如清光绪二十六年（1900）刊本《回郎宝卷》、清光绪二十六年（1900）刊《回郎宝卷》附刊本《花名宝卷》、民国六年（1917）刊本《黄糠宝卷》、民国十一年（1922）刊本《灶君宝卷》、民国十五年（1926）石印本《延寿宝卷》等；其中娱乐性相对较强的也有，如民国壬子（元年，1912）刊本《孟姜仙女宝卷》、民国二十四年（1935）铅印本《菱花镜宝卷》与《鹊桥图宝卷》。

金陵一得斋也是当时刊印宝卷的名家。存世的由其刊印的宝卷有 10 种，其所刊仍围绕着神佛与劝世的中心，所有的刊本都属清光绪年间，最早的为清光绪九年（1883）刊本《达摩祖师宝卷》，最晚的则为清光绪三十三年（1907）刊本《叹世宝卷》。其中属于民间宝卷的有清光绪三十三年（1907）刊本《叹世宝卷》、清光绪十五年（1889）刊本《惜谷宝卷》、清光绪甲午（二十年，1894）刊本《延寿宝卷》、清光绪十年（1884）刊本《灶君宝卷》等。显然这些民间宝卷大多劝善意味突出。

得见斋位于苏州玄妙观内，其刊印的民间宝卷存世的主要有清咸丰八年（1858）刊本《潘公免灾救难宝卷》、清咸丰八年（1858）刊本《惜谷宝卷》、清同治丙寅（五年，1866）刊本《希奇宝卷》、清光绪三年（1877）刊本《三茅真君宣化度世宝卷》等。

　　镇江宝善堂刊印宝卷存世的属于民间宝卷的主要有清光绪二年(1876)刊本《潘公免灾救难宝卷》、清光绪十八年(1892)刊本《三茅真君宣化度世宝卷》、清光绪八年(1882)刊本《宋氏女宝卷》等。

　　常州的乐善堂、培本堂都刊印了较多的宝卷。乐善堂刊有宝卷19种,其宝卷类别与慧空经房等相似。乐善堂存世的宝卷刊本主要刊于清光绪年间,其中属于民间宝卷的主要有清光绪己卯(五年,1879)刊本《杏花宝卷》、清光绪丙子(二年,1876)刊本《惜谷宝卷》、清光绪十年(1884)刊本《灶君宝卷》、清光绪十三年(1887)刊本《钱孝子宝卷》、清光绪十六年(1890)刊本《珍珠塔宝卷》、清光绪刊本《延寿宝卷》。同属常州培本堂刊印的宝卷属于民间宝卷的也有很多,如清光绪五年(1879)刊本《杏花宝卷》、清光绪二年(1876)刊本《惜谷宝卷》、清光绪十年(1884)刊本《灶君宝卷》、清光绪十三年(1887)刊本《钱孝子宝卷》、清光绪十三年(1887)刊本《忠孝节义宝卷》、清光绪十四年(1888)刊本《延寿宝卷》、清光绪二十一年(1895)石印本《三茅真君宣化度世宝卷》。两家善书堂刻印宝卷在时间和卷本方面多有一致,这反映了一城之中的两家善书堂刊印宝卷时互相合作的情况。

　　概言之,善书局刊印的宝卷主要以佛教宝卷和具劝世化俗意味的民间宝卷为主。其刊印的方式主要为雕版,这属于宝卷刊印的传统方式,也是最能体现大众虔诚心和建立功德的刊印方式。很多书版应该是传承已久的,直至民国时期还得以利用刊印。清末开始,为了加快宝卷的流通,有的善书局也开始采用石印、铅印等现代技术刊印宝卷。到了民国时期,更是多见此类宝卷。如清光绪二十一年(1895)常州培本堂石印本《三茅真君宣化度世宝卷》、民国二十四年(1935)上海翼化堂善书局铅印本《鹊桥图宝卷》。但这并非善书局刊印宝卷的常例,雕版印刷仍然是其刊印的主要形式。

　　(四)民营商业书局

　　与经房、善书局相区别,民营商业书局刊印宝卷主要为谋取利润,因而更注重对读者兴趣、品味的迎合,以及宝卷流通的便利、快捷。因而从清光绪后期开始,民营商业书局开始大量采用现代技术来刊印宝卷,以获取更大的利润。

民营商业书局刊印宝卷较早的在明嘉靖二十二年（1543），北京西长安街双塔迤西李家铺刊印《药师如来本愿功德宝卷》，但这一次刊印显然不是书肆自发的商业行为，而是由德妃张氏、五公主捐资嘱刻。清康熙甲子（二十三年，1684）北京城鼓楼东万宁寺陈老铺刊《太上老子清净科仪》，似专为牟利而为。清同治以后，随着民间宝卷的流行，书肆刊印宝卷越来越多，渐成风气。进入民国以后，更有上海的惜阴书局、文益书局、文元书局等，专门以民间宝卷为主要印刷对象之一。

这里对清同治以来至民国时期，活跃于吴方言区的民营商业书局作一简单的统计，列名于下：

浙江：

杭州：三元坊弘文印书局、聚元堂书局（书庄）。

余姚：聚文炳记。

宁波：百岁坊书局、三余堂书庄、学林堂书局、朱彬记书局（书庄）、甬江林赓记书局、美大书局。

绍兴：许鼎元老店、聚元堂书局。

天台：丽美铅石印刷社。

剡西：静心庵中印刷所。

江苏：

南京：金陵状元境口邵立升刻字店、聚珍书局。

常州：实善书庄、宝善书庄。

镇江：合成斋书庄。

盐城：西门大街藜照阁书局。

上海：

顺成书局、殷裕记书庄、文瑞楼书局、明善书局、醒民书局、仁记书局、朱锦堂书局、广记书局、椿荫书局、宏大书局、姚文海书局、聚元堂书局、泰华书局、大观书局、大志书局、广文书局、惜阴书局、文益书局、文元书局（书庄）、新华书局、普通书局、道德书局、文明书局、民益荧记印刷公司。

据以上统计,浙江先后有 13 家,江苏为 6 家,上海一地则有 24 家之多,超过前面两地的总和。民国时期,上海取代浙江、江苏,成为宝卷的刊印中心。

以上海的惜阴书局、文益书局、文元书局三家为代表,这些民营商业书局采用石印、铅印技术,印刷、发行了大量的宝卷。这些宝卷主要以民间宝卷为主,那些情节曲折生动、故事为世俗喜闻乐见的作品,成为各大书局争相印行的对象。其中改编自小说、传统戏曲,以及评弹的民间宝卷作品,为上海的民营商业书局最热衷刊印的对象之一。如根据苏州评弹《碧玉簪》而成的《秀英宝卷》,各大书局的刊印情况如下:

（1）清宣统三年（1911）上海文益书局石印本,二册。
（2）清宣统三年（1911）上海聚元堂书局石印本,二册。
（3）民国八年（1919）上海广文书局《游戏大观》第五册收排印本。
（4）民国广记书局石印本,二册。
（5）民国上海惜阴书局石印本,二册。

上海的几个大书局对这一宝卷都有刊印。同样根据评弹改编的《珍珠塔宝卷》,各个书局的刊印情况如下:

（1）清宣统元年（1909）杭州聚元堂石印本,二册。
（2）清宣统元年（1909）上海文益书局石印本,一册。
（3）民国上海文元书局石印本,二册。
（4）民国上海惜阴书局石印本,二册。

再如《杏花宝卷》的刊印:

（1）民国三年（1914）上海姚文海书局石印本。
（2）民国四年（1915）上海文益书局石印本。

（3）民国十二年（1923）上海新华书局《游戏娱乐全书》第一集收标点本。

（4）民国二十年（1931）宁波学林堂书局石印本。

（5）民国上海文元书局石印本。

再如《花名宝卷》：

（1）民国五年（1916）上海文益书局石印本。

（2）民国十一年（1922）上海宏大印书局石印本。

（3）民国上海大观书局石印本。

（4）民国上海大志书局石印本。

（5）民国上海广记书局石印本。

（6）民国杭州聚元堂石印本。

（7）《戏曲大全》第十二卷（林善清编，上海文明书局1923版）收校点本。

书局刊印宝卷的重心，通过以上例子，可以知其大概。

大致而言，民国时期，以上海一带的民营商业书局为代表，书商出版的宝卷多采用石印技术，且大多为民间宝卷，侧重其可读性和娱乐性，因而多为改编自小说、戏曲、曲艺的宝卷。而经房、善书堂以及个人，从明清直至民国时期，所刊宝卷则仍多为雕版，并多为宣佛劝俗之作。

民国时期的书局主要采用石印来印刷宝卷，而且主要为赢利，故不存在借版的现象。但有的书局为了增加宝卷的销售量，也常与其他地方的书局合作，由后者在当地代为发行、销售宝卷。这一方面做得较为成功的是上海的文益书局，其民国三年（1914）春月印行的《绘图妙英宝卷》版权页题：

版权所有

民国三年春月出版

总发行上海文益书局

分发所杭州聚元堂书局、绍兴聚元堂书局、南京聚珍书局[1]

民国六年（1917）夏月出版的《绘图百花台双恩宝卷》版权页题：

> 民国六年夏月出版
> 版权所有
> 校正者江西谢氏少卿
> 总发行上海文益书局
> 分发所杭州聚元堂书庄、绍兴聚元堂书庄
> 分售处各省大书坊[2]

上海文益书局出版的很多宝卷，在版权页上都有此类题字。可以知晓，其在发行上的主要合作者为杭州聚元堂书局、绍兴聚元堂书局、南京聚珍书局三家。其他各省书店也销售其宝卷。由此，上海文益书局构建了一个较为流畅的销售渠道。这对于它能够在众多印制宝卷的书局中脱颖而出，应该是有着重要的保障与推动作用。为了能尽快出版宝卷，有时候还采用合印的方式。如民国时期上海文益书局就曾经与杭州的聚元堂书局合作石印了《张氏卖花宝卷》。这与现在有的大型报社与各地报社合作，在异地同时印刷、发行其报纸的情形，本质上是一致的。

其实宝卷销售过程中的这一做法也不是民国时期才有的，清代即已有之。清光绪十五年（1889）孟夏金陵一得斋善书坊重镌《惜谷宝卷》的扉页左下小字"状元境口""渊海书局发行一得斋公记各种善道经书处"[3]，知此渊海书局为金陵一得斋各种善书的代销之处。

---

[1]《绘图妙英宝卷》，民国三年（1914）上海文益书局石印本，《俗文学丛刊》第354册，第488页。

[2]《绘图百花台双恩宝卷》，民国六年（1917）上海文益书局石印本，《俗文学丛刊》第357册，第60页。

[3]《惜谷宝卷》，清光绪十五年（1889）金陵一得斋善书坊刊本，《俗文学丛刊》第357册，第281页。

大略而言，经房、善书局之间在宝卷刊印上的借版合作，多为功德意识支配；而书局在宝卷流通上的合印、代售，则多为经济利益所左右。

为了促进宝卷的销售，有的书局还采用在某部宝卷中夹注广告的形式，来宣传其产品。也是民国三年（1914）春月上海文益书局出版的《绘图妙英宝卷》版权页左题：

> 本局批发各种宝卷、善书。学堂应需读本、名家法帖、各种尺牍、医卜星相，以及各种小说闲书、唱本图画、京戏，一应俱全。如蒙惠顾，价目格外克己。外埠函购，原班回件，应不致误。本局主人谨白。[1]

这样的广告，展示了书局在销印宝卷方面的激烈竞争，从而也间接说明着民国时期宝卷印刷与销售的盛行程度。

除了石印和雕版以外，清末与民国时期的宝卷印制还采用很多别的方式。有采用活字，主要是木活字印刷的，如清宣统三年（1911）木活字排印本《慈云宝卷》；民国五年（1916）活字排印本《百寿宝卷》；民国三十五年（1946）凤凰山木活字排印本《苦志修身平仙宝卷》；民国二十五年（1936）福建政和云林阁活字排印线装本《庞公宝卷》；民国十三年（1924）木活字排印本钱孝子宝。其总次数在十七次。也有采用铅印的，如民国丁巳（六年，1917）上海文益书局铅印本《育王宝卷》；民国六年（1917）宁波美大书局铅印本金牛宝卷；民国二十一年（1932）宁波朱彬记书局铅印本《刘文英宝卷》。其总次数为二十三次[2]。其印刷形式的多样，正说明着宝卷印刷的兴盛。

石印宝卷的大量流行，标志着宝卷的接受从以口头宣听为主，进入了口头宣听与案头阅读并重的时期。

---

[1]《绘图妙英宝卷》，民国三年（1914）上海文益书局石印本，《俗文学丛刊》第354册，第488页。

[2] 据车锡伦编著《中国宝卷总目》统计。

正是受刊印宝卷为积累功德这一观念的支配,吴方言区民间一直热衷于参与宝卷的刊印,即使是在有书局大量石印宝卷的情况下也是如此,并且常常将刊印宝卷与人生的愿望、福报直接联系了起来。刊印宝卷因而成为祈愿、还愿的重要方式。宝卷能在民间绵延不断地流布,在全国各地都有刊印,很大程度上正赖于此。而到了民营商业书局那里,盈利成为其印行宝卷的主要目的,所以民间宝卷自然成为其主要印行的对象。这也是与以上海为代表的吴方言区民间宝卷宣演的充分曲艺化、商业化保持一致的。

# 第七章 吴方言区民间宝卷的劝化功能

　　吴方言区民间宝卷有着丰富而复杂的精神文化内涵,它广泛而深入地反映了清初以来民间社会的方方面面。举凡民间社会的节庆风俗、衣食住行、婚丧嫁娶、百业杂艺、重大事件、宗教信仰、伦理道德等内容,都可以从宝卷中找到相关的描绘、记载。因而要对一千多种宝卷的精神文化内涵,作一全面、细致的描述,将是一件浩繁的工程。限于时间和学力,此处只能对宝卷中所反映的民间的精神世界作初步论述。

## 第一节 佛教与吴方言区民间宝卷的劝化功能

　　宝卷的诞生与发展和佛教之间有着千丝万缕的联系。旧时宣卷艺人多以奉佛弟子自居,常熟、靖江当地一直称宣卷为讲经,以及宝卷文本和宣扬过程中的诸多环节,都说明着这种联系的存在。佛教的宣教活动在很大程度上启示了宝卷的诞生,之后宝卷又多在佛教的名义下得以顺利发展。

### 一、名称与宣演

　　由于其与佛教之间的天然关联,宝卷在形式上,多有模仿佛教的地方,这种模仿包括在取名、宣讲、文本等诸多方面,或多或少地体现出佛教的气息和影响。吴方言区的民间宝卷也未能例外。

（一）名称

"宝卷"一词仿照的是佛教"真经"一词。最早明王源静补注《巍巍不动太山深根结果宝卷》卷一云："宝卷者，宝者法宝，卷乃经卷。"[1]真经、宝卷，名异实同。佛教宝卷和民间教派宝卷常自称为"经""真经"。如《大乘金刚宝卷》中言："若有善男子、善女人，发心皈依三宝，严持斋戒，讽诵《大乘金刚经卷》，罪障顿消，火坑变莲池。"[2]《大乘金刚经卷》即指《大乘金刚宝卷》。吴方言区的民间宝卷虽然未见有在卷名上缀以"经"字的，但其卷文部分也有标榜自己为"经"或相类似的词语，如徐忠岚旧抄本《龙灯宝卷》卷终言"在堂大众听经文，改恶行善要修行。宝卷宣扬增福寿，斋主善众保安宁"[3]，民国上海惜阴书局石印本《绘图顾鼎臣玉玦宝卷》卷末言"玉玦宝卷宣完全，好似莲花一部经"[4]。

佛教宝卷、民间教派宝卷多模仿佛经的称名，称为"佛说某某宝卷"，甚至自称为"某某经"。如《佛说杨氏鬼绣红罗化仙哥宝卷》、《佛说黄氏女看经宝卷》、《佛说大方广圆觉修多罗了义宝卷》（明无为教宝卷）、《佛说皇极收元（圆）宝卷》（明皇天道宝卷）、《报恩真经》（即《报恩宝卷》，清真空教宝卷）、《大成经》（明闻香教宝卷）。吴方言区的民间宝卷也偶有存留者这一痕迹的，如《佛说赵孝郎还魂高氏行孝宝卷》《佛说贞烈贤孝孟姜女长城宝卷》，《二度梅宝卷》也名《佛说忠良仁义贤孝宝卷》。但整体上，吴方言区的民间宝卷绝大多数是根据其内容来命名的，一般不再冠以"佛说"之类的文字。

（二）宣演

宝卷在宣演仪式上深受佛教的影响。早期的佛教宝卷大多倡言其所建道场之名。如目前可知最早的宝卷《目连救母出离地狱生天宝卷》中载世尊与目连言，"若你母脱离狗体，拣七月五日，中元节令日，修设血盆盂兰胜会，

[1]《巍巍不动太山深根结果宝卷》，《明清民间宗教经卷文献》第1册，第773页。
[2]《大乘金刚宝卷》，明刊本，《明清民间宗教经卷文献》第1册，第123页。
[3]《龙灯宝卷》，徐忠岚旧抄本，扬州大学图书馆藏。
[4]《绘图顾鼎臣玉玦宝卷》，民国上海惜阴书局石印本，泽田瑞穗旧藏。

启建道场,汝母才得脱狗超升"[1],是为血盆盂兰道场。明刊折本《大乘金刚宝卷》中言"奉请八金刚、四菩萨、十方大阿罗汉、一切贤圣、诸佛菩萨,降临道场"[2],这是金刚道场。这与佛教面向俗众的讲经大都行于斋会、法事中的情形一致。

吴方言区民间宝卷的宣演,也多与斋会、法事联系在一起,并标榜其与佛教的密切关系,揭明其宣扬属于佛事。这在相关的宝卷文本中可以看到痕迹,如民国辛未年(1931)刊本《灶君宝卷》中也言"启建道场要至诚,拜请灵山观世音。龙天八部来赴会,诸仙菩萨齐降临"[3],则其宣讲需要创建道场;旧抄本《财源福凑苦中得乐聚宝财神宝卷》开篇言"炉内爇香赞,众等在佛堂。释迦牟尼佛,五路财神尊",其卷终则言"佛事已周全,过海搭莲船。吾等与大众,修道得成仙"[4],宣卷与佛事在这里直接等同了起来;清光绪杭州西湖昭庆寺慧空经房刊本《花栭良愿龙图宝卷》的卷首也有"设坛庆寿,开卷举赞"之语[5],标榜其宣扬于法坛之中。虞阳陈敬良旧抄本《金钗宝卷》开篇有言"今朝念佛劝世人,世上为人不说修"[6],也是将宣卷与佛事等同了起来。这是吴方言区民间宝卷开篇的情形,其卷终也多有相关的文字来予以揭示。如前举《财源福凑苦中得乐聚宝财神宝卷》的卷终则言"佛事已周全,过海搭莲船。吾等与大众,修道得成仙";徐忠岚旧抄本《金牌卷》卷末言"斋主宣只金牌卷,增福延寿保平安"[7],徐忠岚旧抄本《龙灯宝卷》卷终有言"宝卷宣扬增福寿,斋主善众保安宁"[8],既言"斋主",则有斋会,此宝卷宣演于法会之中。民国辛未岁(1931)仲冬月孔耀明抄订本《螳螂卷》开篇言"奉劝贤良大众听,诸佛菩萨在坛庭",卷终有言"斋主听宣

[1]《目连救母出离地狱生天宝卷》,郑振铎旧藏,中国国家图书馆现藏。

[2]《大乘金刚宝卷》,明刊折本,《明清民间宗教经卷文献》第1册,第66页。

[3]《灶君宝卷》,民国二十年(1931)浙绍蒿坝龙会山尚真斋刊本,扬州大学图书馆藏。

[4]《财源福凑苦中得乐聚宝财神宝卷》,旧抄本,扬州大学图书馆藏。

[5]《花栭良愿龙图宝卷》,清光绪杭州西湖昭庆寺慧空经房刊本,扬州大学图书馆藏。

[6]《金钗宝卷》,虞阳陈敬良旧抄本,扬州大学图书馆藏。

[7]《金牌卷》,徐忠岚旧抄本,扬州大学图书馆藏。

[8]《龙灯宝卷》,徐忠岚旧抄本,扬州大学图书馆藏。

螳螂卷,四时八节保平安"[1];徐忠岚旧抄本《拾富卷》卷末有言"奉佛宣扬
拾富卷,保佑斋主永团圆"[2],这里更为明确地揭示了宣卷与佛教的"直接"
联系。

　　早期的佛教宝卷,如《销释金刚科仪》《大乘金刚宝卷》等,其宣讲仪式
源于佛教讲经。其仪式、程序至为复杂、繁琐,佛教的意味非常突出。举其
大概而言,主要是开讲时为赞佛——请佛——信礼三宝——举香赞——请
经——念真言——奉请八金刚、四菩萨——唱发愿文——唱诵开经偈;正讲
时则有念诵佛号;结束时则有唱诵回向偈[3]。其仪式、程序至为复杂、繁琐,佛
教的意味非常突出。之后的各类宝卷很少有能完整沿袭的,于吴方言区的民
间宝卷而言,其宣卷仪式中那些具备明显佛教色彩的环节更接近于早期佛教
宝卷中那些讲述世俗修佛的宝卷作品,如《黄氏女宝卷》《刘香女宝卷》等。
其中尤以《刘香女宝卷》为代表,其在开讲时展现的仪式内容在后来的吴方
言区民间宝卷中多被继承、袭取。如清同治年间(1862—1874)古杭钱塘门
外昭庆寺慧空经房刊本《太华山紫金岭两世修行刘香宝卷全集》的开篇:

　　　　先排香案　后开经偈
　　　　香赞
　　　炉香乍爇,法界蒙熏,诸佛海会悉遥闻。随处结祥云。诚意方殷,诸
佛现全身。
　　　　南无香云盖菩萨摩诃萨三称
　　　宝卷初开起,香风满大千。
　　　卷如多宝藏,福利广无边。
　　　《刘香宝卷》初展开,诸佛菩萨降临来。
　　　善男信女虔诚听,增福延寿得消灾。[4](以下进入正讲部分,略而

[1]《螳螂卷》,民国辛未岁(1931)仲冬月孔耀明抄订本,扬州大学图书馆藏。
[2]《拾富卷》,徐忠岚旧抄本,扬州大学图书馆藏。
[3]　参陆永峰、车锡伦:《吴方言区宝卷研究》,社会科学文献出版社2012年版,第18—20页。
[4]《太华山紫金岭两世修行刘香宝卷全集》,清同治年间古杭钱塘门外昭庆寺慧空经房刊
本,《俗文学丛刊》第355册,第59页。

不录。)

由以上文字可以知晓,此宝卷的开讲仪式顺序如下:举香赞——称念佛号——开卷偈——请佛,之后则正式开宣宝卷正文。与早期佛教宝卷专门以宣说佛理为主的《销释金刚科仪》《大乘金刚宝卷》相比较,除了仪式环节的减省外,还有个明显的变化,就是不再一一迎请诸佛,而是笼统地以"诸佛菩萨降临来"一句来替代。当然,就当代吴方言区民间宝卷的宣演而言,一般多包含在做会中,在宣讲之前也有隆重的请佛仪式,但在某一宝卷的文本中于此环节一般都取用了《刘香女宝卷》的形式。《刘香女宝卷》的开讲仪式处处围绕着佛教进行,体现着宝卷的宣唱者对佛的虔诚信仰和热切向往,也使得其宣卷在一开始就具备了庄严肃穆、神圣安详的宗教氛围。由《刘香女宝卷》展示的早期佛教宝卷的这种开讲仪式为后来的民间宝卷所效仿。不仅是其仪式环节,还包括其具体的文字表述,在吴方言区宗教意味相对较为淡薄的民间宝卷中都得到了延续、留存。

吴方言区的民间宝卷开讲仪式上的佛教意味表现得最为集中和分明的主要是那些讲述民间神道故事的民间宝卷,其受佛教影响的痕迹就更为明显。如清光绪十年(1884)金陵一得斋刊本《土地宝卷》的开讲:

> 宣卷之家宜先将灶上收拾洁净,焚香点烛,礼拜之后,然后开宣。
> 焚香一炷叩苍穹,谢天谢地谢君王。
> 灶神宝卷来宣讲,听之心性发明光。
> 难遇龙华会,错过就无缘。
> 大众端正坐,用心听我言。
> 普劝合堂大众,须当听我宣扬,先要息心静气,不可言语慌张。今宣《灶君宝卷》,善恶各自参谋。
> 南无阿弥陀佛
> 启建道场要至诚,拜请灵山观世音。
> 龙天八部来赴会,诸佛菩萨降临来。
> 我将一部《灶君卷》,今日宣与大众听。

善恶到头终有报,丝毫不错极分明。

灶君天尊多慈悲,在三劝导甚殷勤。

有缘今日来宣讲,善信静听要用心。

从善去恶常念佛,免堕三途地狱门。

若讲闲话无心听,灾殃祸害即时生。

遵行福禄同来会,不但消劫免祸星。

各人诚心齐和佛,自有龙天作证明。[1]

则此宝卷开讲之初,首先要启建道场。之后,焚香礼拜后并举香赞,再诵佛。其宗教的意味要更突出一些。

那些讲述世俗生活人情的民间宝卷开卷部分经常也有类似于《刘香女宝卷》中"某某宝卷初展开,诸佛菩萨降临来。善男信女虔诚听,增福延寿得消灾"的四句开卷偈,其主要的区别是在宝卷名字的置换上。如民国初年抄本《仁义宝卷》开讲:

《仁义宝卷》初展开,诸佛菩萨降瑶台。善男信女虔诚听,增福延寿免消灾。[2]

民国二十年(1931)石印本《二度梅宝卷》开讲:

《二度宝卷》初展开,诸佛菩萨降临来。善男信女虔诚听,一年四季永无灾。[3]

稍微繁复的,如民国上海文益书局石印本《赵氏贤孝宝卷》之开篇:

[1]《灶君宝卷》,清光绪十年(1884)金陵一得斋刊本,《俗文学丛刊》第359册,第7—8页。

[2]《仁义宝卷》,民国初年抄本,山东大学图书馆藏。

[3]《二度梅宝卷》,民国二十年(1931)石印本,《俗文学丛刊》第354册,第45页。

先排香案　　后举香赞

《贤孝宝卷》初展开,奉请诸佛降临来。善男信女虔诚听,增福延寿免消灾。[1]

民国七年(1918)上海文益书局石印本《绘图回郎宝卷》开篇:

开卷宣扬　　信受奉行

先排香案　　后举香赞

《回郎宝卷》始开场,香烟渺渺透天扬。善男信女虔诚听,消灾延寿礼无疆。[2]

以上两本民间宝卷的开讲,都有请佛与祈愿的开卷偈。最后一例开始的"先排香案""后举香赞"两句,则说明民间宝卷的宣讲也需要安排香案,上香请佛。这与当代吴方言区有些地方如常熟、靖江的宝卷宣演实际是一致的。至为简单的如民国上海惜阴书局石印本《白鹤图宝卷》的开卷与佛教相关的只有"《白鹤宝卷》初展开,诸佛菩萨降临来"[3]两句。

吴方言区民间宝卷中讲述世俗生活人情的作品偶也有类似前举《灶君宝卷》那样的开讲仪式。如民国上海惜阴书局石印本《珍珠塔宝卷》开端有言:

先排香案　　开卷举赞

炉香乍爇,法界蒙熏,诸佛海会悉遥闻。随处结祥云。诚意方殷,诸佛现全身。

南无香云盖菩萨摩诃萨三称

一炷清香炉内焚,报答天地盖载恩。天降甘露普人地,地长万物养

[1]《赵氏贤孝宝卷》,民国上海文益书局石印本,《俗文学丛刊》第351册,第61页。

[2]《绘图回郎宝卷》,民国七年(1918)上海文益书局石印本,泽田瑞穗收藏。

[3]《白鹤图宝卷》,民国上海惜阴书局石印本,泽田瑞穗旧藏。

众生。

二炷清香炉内装,报答皇天水土恩,国家有道民安乐,天下太平万万春。

三炷清香炉内插,报答爹娘养育恩,十月怀胎娘辛苦,父母恩重海样深。(下为四十八句韵文,唱说八仙、南极仙翁、陈抟等都是凡人,因为虔心修道而得成仙。这样的文字在开卷中较为少见,略而不录。)

宝卷初展开,香风满大千。宣卷功德大,福利广无边。

今日虔心宣卷,大众须要诚心静听,不可言谈着语。听卷之人休说话,求喜福禄转家门。南无阿弥陀佛。

珠塔宝卷初展开,诸佛菩萨降临来,善男信女前来听,增福延寿得消灾。[1]

这里主要多了"三报恩"的环节,其他基本上与前举《刘香女宝卷》类似。这是讲述世俗悲欢离合故事的宝卷,其开讲仍然闪现着佛教的影响。同为民国时期上海惜阴书局石印的《绘图再生缘宝卷》《绘图蜜蜂记宝卷》开卷情形与之相似。

当代吴方言区民间宝卷在各地的宣演,只要是施行于做会之中,无论是在私宅还是在庙宇,都需要称念佛号及和佛,以表达其虔诚,营造出一种庄严、神圣的氛围。除了宣卷班社中专门的帮腔和佛之外,很多地方的听众,主要是中老年妇女,都会随着宣卷艺人一起称颂佛号。如笔者在常熟、锦溪、苏州上方山五圣庙等地调查时都曾经见过此种情形。多数吴方言区的民间宝卷在文本上并不会标注称念佛号的名目,但也有不少宝卷的文本存在着此类标识。如清刊本《花名宝卷》在开篇散叙之后将转入韵文之时,以及最后宣卷结束时,都标有"南无阿弥陀佛"一句[2],提示专门念诵佛号处。类似的情形还有如民国二十一年(1932)孔耀明抄本《禳星宝卷》,在宣扬将结束时也在一

[1]《珍珠塔宝卷》,民国上海惜阴书局石印本,泽田瑞穗收藏。
[2]《花名宝卷》,《乌窠禅师度白侍郎》附,清南海普陀山协泰印造流通刊本,扬州大学图书馆藏。

段韵文之后标注"南无大慈大悲观世音菩萨(小字原注:称三声)"[1],这里连颂佛的遍数都作了说明;民国三十二年(1943)孔耀明抄本《太姥宝卷》卷末也有"南无圣侯王菩萨摩诃萨(小字原注:称三声)";民国三十二年(1943)孔耀明抄本《太姥宝卷》[2],与前举《禳星宝卷》相似。清当代常熟讲经先生余宝钧1991年抄本《周神宝卷》共有九次在由散入韵处标有"南无忠孝王菩萨 阿弥陀佛",其第一次出现的地方有小字注"下同"[3],说明其由散入韵处都有此文字。吴方言区的民间宝卷文本中也有不标佛号,如《绘图顾鼎臣双玉玦宝卷》即是此状况,此卷只于大段韵文之前标示"和佛"两字[4]。

到了宝卷宣讲的结束部分,佛教宝卷之中有诵《心经》、念佛、回向发愿等程序。如民国十一年(1922)杭州西湖慧空经房刊本《五祖黄梅宝卷》结尾:

> 《黄梅宝卷》已全周,回向四恩并三宥。宣卷众等增福寿,愿将法水洗怨尤。[5]

讲述鱼篮观音本事的《鱼篮宝卷》末言:

> 《鱼篮宝卷》宣完成,诸佛菩萨笑盈盈。听经之人增福寿,九宗七祖尽超升。经也圆来佛也圆,观音香火永留传。宣赞良言千人会,讲经化度万人缘。
>
> 佛法与隆训,男女都恭敬。宣卷劝修行,永护家道兴。
>
> 念七佛咒,又念佛一堂回向,《心经》奉送。[6]

---

[1]《禳星宝卷》,民国二十一年(1932)孔耀明抄本,扬州大学图书馆藏。

[2]《太姥宝卷》,民国三十二年(1943)孔耀明抄本,扬州大学图书馆藏。

[3]《周神宝卷》,常熟讲经先生余宝钧1991年抄本,讲经先生余鼎君收藏。

[4]《绘图顾鼎臣双玉玦宝卷》,民国五年(1916)上海文益书局石印本,泽田瑞穗收藏。

[5]《五祖黄梅宝卷》,民国十一年(1922)杭州西湖慧空经房刊本,扬州大学图书馆藏。

[6]《鱼篮宝卷》,民国八年(1919)上海翼化堂刊本,扬州大学图书馆藏。

到了吴方言区的民间宝卷中，仍旧经常可以看到此形式的留存。民国二十年（1931）浙绍蒿坝龙会山尚真斋刊本《灶君宝卷》之结尾，言"念七帝咒三遍，又念普回向真言"，"南无大圣紧那罗王菩萨（原注：三称四拜）"[1]。是也以念经咒与回向，及宣念佛号来结束宣讲。吴方言区民间宝卷中那些讲述世俗悲欢离合的作品的宣讲结束部分要相对简单一些，大多无念经咒、诵佛等名目，而只有四句五言的回向之辞。常见的是以下四句：

> 愿以此功德，普及于一切。我等与众生，皆共成佛道。

如民国上海文益书局石印本《赵氏贤孝宝卷》[2]、清光绪十九年（1893）苏城玛瑙经房重刻《张氏三娘卖花宝卷》[3]等，散讲部分都是此四句回向辞。或者是：

> 愿以此功德，普及于一切。宣卷保长生，消灾增福寿。

如清光绪二十年（1894）陈荣廷抄本《狸猫宝卷》[4]、清光绪三十二年（1906）杭省钱塘门外慧空经房重刊本《花烟宝卷》[5]、清刊本《金锁宝卷》[6]、民国惜阴书局石印本《碧玉簪宝卷》[7]、旧抄本《回郎宝卷》[8]、民国二十一年（1932）四明鹤岭社抄本《双奇冤宝卷》[9]等，都是此种情形。而民国上海惜阴书局石印本《绘图龙图宝卷》卷末只言"大众念佛一堂回向"[10]，则说明回向的

［1］《灶君宝卷》，民国二十年（1931）浙绍蒿坝龙会山尚真斋刊本，扬州大学图书馆藏。

［2］《赵氏贤孝宝卷》，民国上海文益书局石印本，《俗文学丛刊》第351册，第109页。

［3］《张氏三娘卖花宝卷》，清光绪十九年（1893）苏城玛瑙经房重刻本，扬州大学图书馆藏。

［4］《狸猫宝卷》，清光绪二十年（1894）陈荣廷抄本，扬州大学图书馆藏。

［5］《花烟宝卷》，清光绪三十二年（1906）杭省钱塘门外慧空经房重刊本，扬州大学图书馆藏。

［6］《金锁宝卷》，清刊本，扬州大学图书馆藏。

［7］《碧玉簪宝卷》，民国惜阴书局石印本，泽田瑞穗旧藏。

［8］《回郎宝卷》，旧抄本，扬州大学图书馆藏。

［9］《双奇冤宝卷》，民国二十一年（1932）四明鹤岭社抄本，扬州大学图书馆藏。

［10］《绘图龙图宝卷》，民国上海惜阴书局石印本，泽田瑞穗旧藏。

内容已经约定俗成了。

吴方言区的民间宝卷在流通上也与佛经相似,视宣讲、抄刊、听读宝卷为功德,前文论述民间宝卷的抄写与刊印时已有言及。再如清刊本《花名宝卷》其正讲之前有一段文字:

> 此卷乃奉劝世人,非同等闲小说。言明意显,妇女咸知。宣此卷者必须虔心朗诵,使人易觉。听者务要屏气敛声,入耳动情。切不喧哗嬉笑,作闲谈浮论也。[1]

其所言,也在于从此宝卷劝世的宗旨出发,肯定其非凡意义,然后要求众人郑重、庄严对待之。宝卷于此时近似于佛经了。

旧时吴方言区的民众多有将宝卷与佛道经书相比附者,因而要求对待宝卷须庄严、虔诚,不得亵渎、污损。在民间宝卷那里也是如此。如民国二年(1913)刊本《立愿宝卷》,封面左侧题有小字"善怀民显""此奉须沐手宣诵,勿在不洁处翻阅,庶免罪过"[2],是劝人要恭敬、善待宝卷。

延伸到宝卷的宣演过程中,也要求听卷者抱持同样的虔诚态度,要心无旁骛,专心聆听,不得轻慢、喧哗。清光绪十年(1884)金陵一得斋刊本《灶君宝卷》开篇言:

> 焚香一炷叩苍穹,谢天谢地谢君王。
> 灶神宝卷来宣讲,听之心性发明光
> 难遇龙华会,错过就无缘。
> 大众端正坐,用心听我言。
> 普劝合堂大众,须当听我宣扬。先要息心静气,不可言语慌张。今

---

[1] 《花名宝卷》,《乌窠禅师度白侍郎》附,清南海普陀山协泰印造流通刊本,扬州大学图书馆藏。

[2] 《立愿宝卷》,民国二年(1913)据上海翼化堂藏版刊本,《明清民间宗教经卷文献》第 11 册,第 835 页。

宣《灶君宝卷》，善恶各自参谋。[1]

与之相类似的文字也存在于其他的吴方言区民间宝卷之中，且为数不少。如徐忠岚旧抄本《龙灯宝卷》开篇即言"宣扬宝卷劝善人，大家虔诚仔细听"[2]；民国二十一年（1932）四明鹤岭社抄本《双奇冤宝卷》开篇"双奇冤卷初展开，诸佛菩萨降临来。善男信女虔诚听，增福延寿保平安"[3]。听宣宝卷如听诵佛经一般，可以累积功德、祈福祛灾。民国十九年（1930）上海文益书局石印本《刘文英宝卷》开讲直言之，"《文英宝卷》初展开，诸佛菩萨降临来。在堂大众同声贺，能消八难免三灾"[4]。

综合上述文字可见，吴方言区民间宝卷宣讲虽然未如早期佛教宝卷那样神圣肃穆，但仍旧具备必要的庄严性。而这种庄严性主要还是源于世俗心目中宝卷的神圣地位，它与佛经一样，是被尊奉的。而吴方言区民间宝卷的宣演大部分都举行于佛教意味浓烈的做会过程之中，无论是宣卷者，还是听卷之人，都是可以由此积累功德的。

## 二、观念与情节模式

吴方言区的民间宝卷常常以佛教的因果报应说，以及主要渊源于佛教的地狱信仰来支配宝卷中人物的命运，或推动情节的转折，以此完成其劝善化俗的功能。因而其所宣说的故事在情节模式上也多有神佛救难模式，通过对神佛法力和慈悲之心的展示，来进一步劝人信佛向善。

（一）因果报应

吴方言区民间宝卷中深受佛教的因果报应观念影响，人物的命运遭遇、故事的发展演变多表现为因果报应的模式。

1. 对人物行为、命运的支配

———————

[1]《灶君宝卷》，清光绪十年（1884）金陵一得斋刊本，《俗文学丛刊》第359册，第7—8页。

[2]《龙灯宝卷》，徐忠岚旧抄本，扬州大学图书馆藏。

[3]《双奇冤宝卷》，民国二十一年（1932）四明鹤岭社抄本，扬州大学图书馆藏。

[4]《刘文英宝卷》，民国十九年（1930）上海文益书局石印本，《俗文学丛刊》第356册，第153页。

吴方言区民间宝卷中人物的行为与命运看似自主,其实多为因果报应所决定、支配。其一系列遭遇和最终的大结局,都是前因所结的后果。赏善罚恶,报应不爽,是宝卷中一以贯之的原则和标准。下面选择吴方言区近代以来广为流行的民间宝卷作品《杏花宝卷》《猛将宝卷》来分析此现象。

《杏花宝卷》中的故事发生在宋仁宗时的东京城。主角丫环杏花身世凄凉,幼年父母双亡,十岁便卖身到周太守周凤家。十三岁时在厨房开始摘谷剥米,三年后得三斗六升,让安童来兴带到杭州去粜米,请一尊观音菩萨回来供奉。其之所以这样做是由于自己认为"只为前生修不到,受苦受难被人轻",修行并供奉观音,是希望"称早少年寻门路,要修来世转男身。偷闲看经并念佛,成其真果上天庭"。而杏花遭受多重苦难,来兴用肉骨头骗她是观音像,周太守则怀疑她偷窃、私通外人,最后将她沉入荷花池。观音菩萨将杏花救度升天,来兴则被天雷打死。周氏夫妇感而修行,后杏花因其养育之恩,也度其升天。在这一宝卷中,杏花今生的种种遭遇都笼罩在因果报应的理念之下,她的困境的存在和解决都受到了因果报应律的支配。正如卷中所言,"善报善来恶报恶,天地无私各有分。善恶两头总有报,原来神佛总无欺"[1]。

吴方言区流行的民间宝卷《猛将宝卷》中也是处处体现着因果报应的观念,其中表现最为突出的是常熟讲经先生马雪峰的甲申年(2004)荔月抄订本。此卷本中所演,首先是刘忠夫妻年至三十无子女,到灵官庙烧香许愿求子,回家后多行善事。玉皇大帝知晓后,令太白金星送动了凡心的插香童子下凡,投胎为其子刘佛寿。接下来是,刘忠夫妻忘记到灵官庙还愿,获得恶报。灵官降灾刘妻包氏,使其病亡;后来刘佛寿被后母、父亲迫害,玉皇感于其孝母,又让太白金星下凡赐予宝物和神通;最后,刘佛寿驱蝗有功,玉帝封他为"天曹刘猛将扬威侯",并为其外公、外婆增寿,又将其父亲和后母、后母之子变为鱼虾,连嫌弃他的舅母也被罚为蜘蛛身[2]。这里,几乎所有人物命运的起伏都体现着旧时民间普遍抱有的善有善报、恶有恶报、果报不爽的理念,而其最终的结局也证明着果报效应的无一遗漏。

---

[1]《杏花宝卷》,民国四年(1915)上海文益书局石印本,扬州大学图书馆藏。
[2]《猛将宝卷》,甲申年(2004)荔月常熟讲经先生马雪峰抄订本。

以佛教为内核的因果报应说在吴方言区民间宝卷中的广泛存在,使得宝卷中的人物和故事在某种程度上似乎只是理论在实践中的"验证"。而听众在一次又一次的听讲为此种观念笼罩下的宝卷宣扬的过程中,一方面随着人物命运的起伏跌宕,与人物一起体验人生的悲欢离合、幸运磨难;另一方面则在心理上反复接受因果报应之说的习染和暗示,使其更进一步在日常生活中戒恶行善、向佛修道,以希望最终也获得善报福佑。

2. 地狱信仰

因果报应的观念在吴方言区的民间宝卷对地狱世界的描绘上,体现得更为细致和突出。民间信仰中的地狱可谓因果报应与轮回观念的物化象征。以它为核心的信仰及仪式活动,对古代民众的精神世界和日常生活都有着普遍而深入的影响。而在吴方言区的民间宝卷中,也随处可见关于地狱的描绘与相关信仰的表达。

（1）民间宝卷兴起之前宝卷中的地狱描绘

这一状况在宝卷发展之初的早期佛教宝卷中已多有存在。如被学者认为是现存最早的宝卷《目连救母出离地狱生天宝卷》[1]中,就用了大量的笔墨来展示目连游历诸地狱寻找其母亲的情形。在此宝卷中,目连先后经历火盆、阿鼻、黑暗地狱,宝卷借目连之眼一一叙述各个地狱针对鬼魂的刑罚的惨烈之状。如说到阿鼻地狱,里面的鬼魂"渴饮溶铜烧肝胆,饥食热铁荡心肠。千生万死从头受,何有无罪片时闲"。此宝卷中虽然没有详细罗列十殿阎王之名,但有言"十大阎君,尽皆合掌",并且指明了因果报应对地狱刑罚的决定作用,卷中有言"此阿鼻地狱,众生在世,不信三宝,造下无边大罪,死后堕在此狱"[2]。同属早期佛教宝卷的《香山宝卷》,亦称《观世音菩萨本行经》,演绎中国式的观音俗身妙庄王三公主妙善修行证道的故事。宝卷里说到妙庄王杀死了因为修佛而不愿成婚的公主妙善,后者魂赴地府,先后经历了鬼门关、十八地狱、业镜台、阿鼻地狱、破钱山、枉死城、奈河金桥。此宝卷中冥府名为酆都,有地藏菩萨、十殿阎王、判官、马面夜叉、牛头狱卒等神鬼,也有镬

---

[1]　参车锡伦:《中国最早的宝卷》,收入车锡伦《中国宝卷研究论集》。

[2]　《目连救母出离地狱生天宝卷》,郑振铎旧藏,中国国家图书馆现藏。

汤、刀山等十八层地狱[1]。虽然这些名目在卷中多数只是泛泛而言,但后世宝卷中的地狱世界的基本要素,包括鬼魂的地狱行程,在其中已经得到了基本确立。

到了在佛教宝卷基础上出现的民间教派宝卷那里,地狱的存在已成为常见的现象。以至于清黄育楩撰、道光二十一年(1841)刊《又续破邪详辩》言,"至于邪经之言地狱,卷卷皆有"[2]。邪经即民间教派以宝卷为主的经卷。道光十九年(1839)刊《续刻破邪详辩》言,"邪经言地狱,不过地藏菩萨、十殿阎王,以及刀山剑树、碓捣磨研,止为戏班常演之事"[3]。说明其地狱信仰基本反映着民间信仰实际。明悟空编,崇祯九年(1636)红字牌党三家经铺重刊本的西大乘教《泰山东岳十王宝卷》言衲子悟空游历冥间,见到地藏菩萨为冥府至尊。十王中有具体名称的是:一殿秦广王,有功德堂;二殿楚江王,掌聚魂亭、善恶簿;三殿宋帝王;四殿五官王;五殿阎罗王;九殿平等王。其余诸王未见名称。卷中言:

> 五阎王,悬业镜,当空高挂。把阳间,善和恶,照得分明。
> 平等王,架天平,真真不错。把阳间,善和恶,秤上一秤。
> 善要多,恶要少,转增禄位。罪若多,善若少,转来受穷。
> 光有恶,无有善,堕在地狱。光有善,无有恶,转上天宫。[4]

此卷为宝卷中的地狱信仰引入了善恶有报的奖惩机制,区分了现实之善行、恶行在地狱的不同报应。其实质即是因果报应观念在宝卷中的集中展示。

(2)吴方言区民间宝卷中的地狱世界

地狱信仰也在吴方言区民间宝卷的很多作品中得到了体现。吴方言区有不少民间宝卷以游冥为重要情节的,大量穿插关于地府的描绘,以地狱为

---

[1]《观世音菩萨本行经》,清刊本,扬州大学图书馆藏。

[2]〔清〕黄育楩:《又续破邪详辩》,《清史资料》第3辑,第114页。

[3]〔清〕黄育楩:《续刻破邪详辩》,《清史资料》第3辑,第88页。

[4]〔明〕悟空:《泰山东岳十王宝卷》,明崇祯九年(1636)红字牌党三家经铺重刊本,《明清民间宗教经卷文献》第7册,第22页。

话头来进行说教。如清光绪二十六年（1900）常郡孔涌兴刊本《金锁宝卷》，此卷中说到窦娥的丈夫蔡廷玉溺死后，被龙王招为女婿。蔡廷玉后思母欲归，龙王要其游冥，即明言之，"到十王殿上，使你遍游地府，观看善恶报应。待你还阳传世，劝人改恶从善"。蔡氏经枉死城，见到阎罗王。阎王遣金童玉女带蔡廷玉游观地府，先观刀山、油锅地狱，后至孽镜台，观寒冰、碓磨、阿鼻、粪池诸狱。宝卷乃言"为善的，有善报，早得人身。为恶的，在阴司，百般重刑"[1]，其道德说教意味明显。

有些吴方言区民间宝卷是以主人公的地府游历作为主干情节的。地狱的经历见闻是人物行为、心灵乃至命运发生巨大转折的关键，即主要推动力。如苏州下辖的张家港市河阳地区流传的《王大娘宝卷》，宝卷的情节主干即是王大娘虽家庭富足，但平日多造罪业，拒绝观音的度化，不肯行善。观音让阎王迫其入地府，经土地庙、恶狗村，依次过十殿，历观诸地狱，与鬼门关、望乡台、奈河桥等，最后还阳，幡然悔悟，开始向佛行善[2]。其叙述重点在地狱种种惨状，以作劝诫，特别宣扬生前为善、作恶之人在地狱中的不同的报应。如到了恶狗村，卷中有言：

> 头七来到恶狗村，狗像老虎要吃人。
> 王大娘来叫皇天，被狗咬得鲜血淋。
> 王大娘高喊吃不住，差人后头骂几声。
> 善恶因果终有报，狗知善恶二分明。
> 行善人从此逍遥过，做恶人是不放行。[3]

再到拔舌地狱中，"念佛善人来到此，法水一碗给他饮。作恶之人来到此，迷魂一碗罚他吞"；到了第六殿下城王那里，"牛头马面来动手，善恶好丑称一称。善人没有四两重，恶人重量超半斤。善人判他超升去，恶人地狱难翻

---

[1]　《金锁宝卷》，清光绪二十六年（1900）常郡孔涌兴刊本，扬州大学图书馆藏。

[2]　张家港市文学艺术界联合会编：《中国·河阳宝卷集》下册，上海文化出版社2007年版，第1025—1031页。

[3]　同上，第1028页。

身"[1]。宝卷中直言之,"在阳间万贯家财有何用? 难买生死路一条。满堂儿孙难替死,只有因果带身中"[2]。这一宝卷通过善恶之人在地府中的不同遭遇的对比,反复劝人弃恶从善,贯穿在其背后的即是"善恶因果终有报"的果报之说。

类似的情形还有张家港市河阳地区流行的《王花卷》,其故事内容与《王大娘宝卷》相似。此宝卷说的是吴江富豪王花,年已八十三,因为前世多做善事,所以今生富足。又因为今生不曾向佛修行,观音遂来点化。王花冥顽不灵,百般推诿,不愿修行。后阎王来勾命,王花先后要妻子、儿子、儿媳、女儿、孙儿替代去死,都被阎王拒绝。后又想用黄金万两贿赂阎王,也不得成功。宝卷以此来说明死亡的必然性,以及与之相应的地狱、阎王的铁面无私。夜叉押着王花游历地狱,先后经历鬼门关、寒冰地狱、刀山地狱、镬汤狱、铁床地狱、碾砣地狱、石磨地狱、锯解地狱、油锅地狱、血湖池、奈何桥、孟婆亭。其间,王花遍观各种地狱刑罚与苦状,触目惊心。如言锯解地狱:

> 王花观看心中怕,又向前边看虚真。
>
> 锯子当头来解下,一解两爿血淋淋。
>
> 王花便问狱官:"此人为何如此?"夜叉回答道:"此人在阳间搬弄是非,咒骂乡邻,到东家说西家,到西家说东家,反蛆舌头,拆散婚姻,害死人命,故而要入锯解地狱受苦。叫声王花,你看前面油锅地狱又到了!"[3]

这里不仅道出了地狱的可怕凄惨,更指明了受此报应的"业"之所在,可谓果报分明。王花至此,万分恐惧之下,心生悔意。经观音再次点化,决心向善修行,后得还阳,带领全家念佛修善。卷末有言"阴间地狱之事,果然利害。从此速急修行念佛,不入地狱之苦也""一善能消百样恶,向东回头便

---

[1] 张家港市文学艺术界联合会编:《中国·河阳宝卷集》下册,上海文化出版社2007年版,第1029页。

[2] 同上,第1028页。

[3] 《王花卷》,《中国·河阳宝卷集》下册,第820页。

是西"[1]，因果报应之说始终是宝卷中地狱世界能够架构起来的核心理念和深层基础。

靖江地区的民间宝卷宣扬冥府信仰尤为突出。如《七殿攻文》《大圣宝卷》《报祖卷》等，花费了大量笔墨来铺排、渲染地狱情状。《大圣宝卷》讲述泗州大圣俗身张长生成道故事。张长生一味打鸟为食，后观音迫其游地狱。如刀山剑林地狱，"上刀山，刀千万，犹如春笋。爬上去，剑穿心，鲜血淋淋"，阳间残杀生灵者受此罪[2]。张长生恐惧，皈依佛门。游冥是其命运转折的关键。《七殿攻文》又称《梅乐张姐》，是靖江做会讲经的"醮殿"仪式"请王"演唱《十王宝卷》中插唱的故事之一，在请、送"七殿泰山王"后演唱。讲述一个"笑人念佛"且不敬观音菩萨的张姐，最后在碓磨地狱受苦的故事。《七殿攻文》中说到张姐因为慢待观音，并非真心做会敬佛，被观音奏与玉主：

> 观音老母上天奏与玉主。玉主叫阎王把梅乐张姐用马车倒去。阎君问她，在阳日之间做底高？梅乐张姐说："我在阳间吃素修行。"阎王就吩咐小鬼把她带孽镜台一照："噢，你是个恶汉子、打僧骂道之人！"立即就把她打入碓磨地狱：
> 把她肉，下碓磕，磕成肉酱。将骨头，磨碎了，风里飘扬。
> 阎王罚她变成化生类：咀里虫。你又不是吹鼓手，为何嗓子像铜钟？
> 梅乐张姐罚你变，叫你变个刺毛虫。你又不是开绸缎店，为何身穿多锣绒？
> 梅乐张姐罚你变，罚你变个萤火虫。你又不是抬轿汉，为何天天打灯笼？[3]

人死之后，魂灵进入地狱，经过孽镜台照勘，展示其生前的善恶，按照因果报应的机制承受相应的地狱惩罚。

---

[1]《王花卷》，《中国·河阳宝卷集》下册，第820页。
[2]《七殿攻文》，靖江佛头陆爱华抄藏本。
[3]《王花卷》，《中国·河阳宝卷集》下册，第820页。

靖江宝卷中的《报祖卷》对主人公游地狱的经历描述得至为详尽[1]。《报祖卷》是靖江做会讲经"醮殿"举行"报祖"仪式时唱的宝卷,又称《李清宝卷》。《报祖卷》下言李清入地府,先是依次经历了孟婆庄、恶狗村、破钱山、剥衣亭、望乡台、枉死城,然后是游十殿地狱:

> 挂:李清游一殿,刀山地狱门。抬头看二殿,濩汤地狱煮馄饨。
> 李清游三殿,寒冰地狱门。抬头看四殿,说谎拔舌根。
> 李清游五殿,血湖漆河地狱门。抬头看六殿,懒债变中生。
> 李清游七殿,碓磨地狱门。抬头看八殿,锯解两分身。
> 李清游九殿,火坑地狱门。抬头看十殿,转轮地狱暗沉沉。

此宝卷通过李清在地府的游历,一一展示了地府各处的惨苦景象,并与地府的无情公正、赏罚分明之间形成了强烈的对照。

吴方言区民间宝卷中言及地狱情形,恐怖惨烈,惊心骇目,在旧时正可以此来警醒听众,劝导世人戒恶行善。如苏州下属张家港地区流行的《天宝宝卷》卷末之言,"阳世做了恶罪孽,阎王殿上不饶人。劝人一心行正道,皇天不负善心人"[2]。以善恶之人在地狱的不同果报为依托,吴方言区民间宝卷在一定程度上履行了宝卷诞生之初标举的劝善化俗的功能。

(3)因果报应的内核

地狱信仰广泛地体现在吴方言区的民间宝卷之中。相关的宝卷作品紧扣教化之旨,通过对惨苦、阴森的地狱场景的细致描绘,揭示人间善恶之不同果报;通过人物在游历地狱前后的巨大转折,来指出摆脱地狱刑罚的正确出路。警醒听众,诱导其改恶从善、念佛修行,可以说是宝卷敷演地狱情景的主要目的,而因果报应之说则是地狱世界能够建立并发挥作用的关键所在,是为其内核。

---

[1]《报祖卷》,靖江佛头陆爱华抄藏本。下文言及《报祖卷》者,如无特别说明,都属于此本。另外,《中国靖江宝卷》中也收有《李青宝卷》,属于异本,为王国良抄录。
[2]《中国·河阳宝卷集》下册,第1239页。

如前引《报祖卷》中童子所言，"阎王面前挂铁牌，哪问你举人和秀才""阎王注定三更死，哪肯容情到五更"，地府的公平无私是地狱能顺利运作、发挥作用的有力保障，而地狱中的一切存在最终又都受到了因果报应"公律"的支配。《观音菩萨香山因由》言，"阴司里放过谁因人自作，生时造死时受果报分明"[1]。果报是冥府信仰成立、推广的基础，众人在人间的一言一行，都逃不过阴司的监察和记录。地府中有判官、生死簿，更有不近人情的孽镜台、业秤可以保证其丝毫不差。《王大娘宝卷》七殿泰山王"孽镜台前来照出，作恶修善两分明""阴间不要宝和珍，如今要你问罪名"[2]。《七殿攻文》中有业秤称量出了张姐的善恶之轻重。

阴司根据善恶来对阴魂进行判罚。这种根据是唯一的，人间的财富权势都不能替代。因而它又是公平无私的，对上至帝王卿相，下至贩夫走卒的社会各阶层形形色色的人物，都具有一般的约束力和制裁力。清光绪二十六年（1900）上海翼化堂善书局刊《回郎宝卷》附刊《花名宝卷》言：

> 善恶到头终有报，只争来早与来迟。
> 仙桥男女善人行，地狱凄凉治恶人。
> 阳间善恶由你做，阎罗殿上不差分。
> 劝君及早回头转，免受三途地狱因。[3]

"善恶到头终有报""阎罗殿上不差分"，地狱果报依据在世时各自的善恶德行，最为无情，也最为公正。再如《王大娘宝卷》最后有言：

> 善恶到头终有报，阴司路上见分明。
> 富贵贫贱终要死，官民同样鬼归阴。
> 为人哪有钱年寿，无常一到不容情。

---

[1]《观音菩萨香山因由》，《俗文学丛刊》第 360 册，第 330 页。
[2]《中国·河阳宝卷集》下册，第 1030 页。
[3]《回郎宝卷》，清光绪二十六年（1900）上海翼化堂善书局刊本，扬州大学图书馆藏。

> 天大家财带不走,两手空空见阎君。
>
> 满堂儿女难替死,只有因果带随身。
>
> 修心人到龙华会上去做客,作恶人到地狱门里受辛苦。[1]

这一段话说明了对于世俗而言死后经历地狱的不可避免,以及地狱的公正与公平。而其背后的支撑则是源于佛教的因果报应之说。吴方言区民间宝卷中的地狱信仰对阳世恶德恶行作了否定和惩罚,指出了实现死后逍遥与来世安乐的有效途径:行善修道。其善恶之辨,依据民间流行的道德观念与行为准则。以之为代表的对地狱信仰的宣扬,一方面为民众现实的苦难找到了"宣泄口",苦难只是前世恶业的果报,而今世的善行借助果报的理论推演,又为之提供了死后安稳和来世富足的"希望"。由此可以纾解民众因现实苦难和死亡恐惧导致的内心的紧张、痛苦,获得一定的抚慰和安宁。另一方面在因果报应律支配下的地狱世界,超越了人世间财富权势的对立,德行的善恶成为其运行的唯一标准。地狱信仰为普通民众提供了一种平衡、补偿的心理机制,使得其心灵上获得了平视他人尤其是上层社会的机会。这进一步激发了其弃恶从善、念佛修行的动机与积极性。如明戚继光《练兵实纪》杂集卷四《登坛口授》言,"且如道经佛法,说天堂地狱,说轮回报应,人便听信他,天下人走进庙里的便怕他"[2]。一方面,佛教的地狱果报之说与民间宝卷相结合,一定程度上增强了宝卷的吸引力,促进了宝卷在吴方言区的流行;另一方面,它又关切民众的心灵体验,使得具有相关内容的民间宝卷的宣扬在旧时的市井乡村有效地发挥着诫恶扬善的作用。

(二)神佛救难模式

吴方言区的民间宝卷作品在情节上习见神佛救难点化模式。在相关的民间宝卷中,神佛既是确保因果报应模式成立并运行不殆的监督者,也常常是赏善罚恶的执行者。他们实际上就是因果报应的保障者和操纵者。因而,相关吴方言区民间宝卷作品中的主人公往往先是命运多蹇、历经波折、身处

---

[1]《中国·河阳宝卷集》下册,第1031页。

[2]〔明〕戚继光著,邱心田校释:《练兵实纪》,中华书局2001年版,第151页。

绝境,然后神佛常常及时出现。主人公获得神佛的指点或救助,终于摆脱险境,不再沉沦苦海,或从此一心向善修佛,超升证道;或遇难呈祥,走上人生坦途。与之相对应的是,宝卷中的为恶之人也常常遭受神佛的惩罚,各得恶报,下场凄惨。由此,在神佛的见证、保障下,宝卷中各色人物的境遇最终都得以证明善恶有殊、果报不爽。

　　吴方言区民间宝卷在情节上大量存在神佛救难模式,从宝卷的发展历史来看,是有其传统在里面的。早期的佛教宝卷中,已经出现了这一情节模式。如《目连救母出离地狱生天宝卷》中,目连的母亲青提因为生前造业,死后便堕入阿鼻地狱。目连先是获得幸得世尊赐予袈裟与锡杖才叩开阿鼻地狱,见到其母;后又是依赖佛祖法力,救青提出离阿鼻地狱;青提堕入饿鬼道后,最终是佛祖亲临目连启建的盂兰盆会说法,才超升了青提至忉利天。在目连寻母、救母整个过程中,世尊是每每起到关键作用和最终决定命运的至高存在。这种紧要关头神佛救难的情节模式经历了民间教派宝卷,一直延续到了民间宝卷之中。

　　吴方言区民间宝卷中,就其情节而言,神佛救难的模式十分常见。如前举苏州下属的张家港市河阳地区流传的《王大娘宝卷》[1]《王花卷》[2],两位主人公王大娘、王花一开始都是不愿接受观音菩萨的点化,后来游历地狱,见识了地狱的惨苦和果报的无情,惊吓惶恐、无法摆脱之时,都是观音菩萨再次降临,救度其脱离地狱,两人也由此开始真心向佛修善。《杏花宝卷》中杏花被周太守怀疑私通外人,将她沉入荷花池。也是观音菩萨将她救度升天,并将欺瞒她的来兴用天雷打死。观音菩萨在卷中的存在意义,正如卷中所言,是证明着"善报善来恶报恶,天地无私各有分。善恶两头总有报,原来神佛总无欺"[3]。

　　2004年荔月马雪峰抄订本《猛将宝卷》中刘佛寿多次遇难,都是得太白金星救助,才得以脱困。如他被自己的父亲推入河中,是太白金星下凡运用

[1]《中国·河阳宝卷集》,第1028页。
[2]　同上,第820页。
[3]《杏花宝卷》,民国四年(1915)上海文益书局石印本,扬州大学图书馆藏。

法力托举,使其不沉,然后才有外公对刘佛寿的搭救,引出下面他在外公家寄居的情节。下文说到他被舅母嫌弃赶出去在外牧鹅放牛为生,孤独哀哭之际,又是太白金星下凡赐给他黄金甲、青锋剑,刘佛寿因而获得了神通,然后才有了后面刘佛寿的揭皇榜驱蝗,有了最后的封神[1]。可以说在刘佛寿的命运发展每次处于困境之时,都有神佛的及时出现,以促成命运的巨大转折,而这种转折实际上也是情节的重大发展。

民国上海文益书局石印本《抢生死牌宝卷》[2]中,说到杭州陈子平、陈子安兄弟两人本相处和睦,陈子平受继室尤氏挑拨与弟弟分家。陈子平向山阴县知县马忠讨债,因后者抵赖,失手将其打死。陈子安不忍哥哥就死,欲替代之。知府沈清令二人抢生死牌,陈子安抢得死牌,于是被斩。宝卷安排了观音菩萨来救助。观音命仙童将仙草置于陈子安尸首口内,并摄其魂魄至仙山,以备来日还阳。陈子安妻子钱氏忧伤成疾,临死将子女廷玉、月波托付陈子平,其魂魄也被观音摄至仙山。尤氏屡次加害侄儿、侄女,幸得家仆陈方、秋桂救护。观音更送陈子安夫妇魂魄回家,暗中守护其儿女。尤氏母子被雷神打死,陈子安夫妇还阳。后陈廷玉得中状元,皇帝封赏诸人。可以看出,观音在此故事中尽管只是个配角,但她的存在至关重要。正是她在陈子安夫妇死亡后施以援手,运用自己的法力改变了相关人物的命运,使故事仍落实于赏善罚恶的模式之中。正如卷中陈子平所言,"观音大士真是救苦救难"[3]。

神佛救难的模式在靖江宝卷表现得最为集中、明显。靖江宝卷中的善人处于绝境之时,都有神佛来予以解救。如《三茅宝卷》中,金三公子金福在家攻读,玉帝恐其误了修道,令玉清真人下凡,托梦言其修成正果,当为三茅祖师、应化真君。后金福一心修道,遭到父亲的囚禁。正是玉清真人将其解救,度金福到终南山,拜虚无老祖为师修行,最终由观音同文殊、普贤菩萨一起度脱之[4]。

---

[1]《猛将宝卷》,甲申年(2004)荔月常熟讲经先生马雪峰抄订本。

[2]《抢生死牌宝卷》,民国上海文益书局石印本,《俗文学丛刊》第357册。

[3]《俗文学丛刊》第357册,第269页。

[4]《三茅宝卷》,靖江佛头赵松群抄藏本。

靖江《大圣宝卷》中,张长生一意打猎杀生,又是观音菩萨下凡,设下地狱,让长生游历地狱。张长生心生恐惧后,观音点拨其修道。等到他与水魔妖精斗法不胜时,又是观音化身为卖面的婆婆,设计将水魔妖精降服[1]。《梓潼宝卷》中,太白金星设计,令陈梓春与三位龙女成婚。后竹节山上魔王派兵将陈梓春半夜掳掠上山,关入迷魂洞中。山神土地变作穿山甲,为之透气、送饭[2]。

到了《土地宝卷》中,各路神佛可谓出入平凡,不断地护佑故事中的人物。先是张世登的后母沈氏趁其外出经商,逼迫张妻陆氏分家另过,骗其住入荒滩草屋之中。幸地藏王菩萨救护,虎狼不敢近身。第二次是张世登与弟弟世云失散,又是太白金星将张世登引到华山,兄弟相聚。此后才有了两人结伴至洛阳,救回即将被冤枉问斩的陆氏,三人一起回老家中。第三次是沈氏谋害张世登不成,反误杀亲子世云。太白金星让华盖老祖变猛虎,将世云尸体叼到华盖山,救活以后,要其在山上修道[3]。此卷中人物命运的转折多数是由神佛来掌控、扭转的。

以上三种宝卷都属于靖江宝卷中的圣卷系统。靖江宝卷中的草卷也常见类似情形。如《文武香球》中,周陆氏、龙官宝二人途中被桃花山二大王马保、三大王江正骗上山。两位大王垂涎周陆氏美貌,欲加害龙官宝。玄坛菩萨将龙官宝提到荒山,并施法使众人一月之内看不见周陆氏,不能上其楼[4]。《罗通扫北》中,梅氏与尉迟恭新婚,后有身孕。尉迟恭投军,梅氏后来诞下一子。母子两人被刘国桢抢去,幸得观音菩萨护佑,刘国桢未得近其身。唐太宗安排罗通与北番屠炉公主成婚。洞房中,罗通怒斥屠炉公主不忠不孝、不仁不义,屠炉公主愤而自尽,观音菩萨将其救上洛迦山。后来太宗惩罚罗通,将史大奈家丑女儿嫁给罗通。路上观音作法,将轿中新娘换成屠炉公主。罗通与之和好,两人终得成婚[5]。诸如此类,神佛在人物每逢危难的时刻出现,

[1]《大圣宝卷》,陆满祥演唱,吴根元、姚富培搜集整理,收入尤红主编《中国靖江宝卷》上册。

[2]《梓潼宝卷》,靖江佛头朱明春演唱,吴根元搜集整理,收入尤红主编《中国靖江宝卷》上册。

[3]《土地宝卷》,佛头张艺荣演唱,吴根元搜集整理,收入尤红主编《中国靖江宝卷》上册。

[4]《文武香球》,收入尤红主编《中国靖江宝卷》上册。

[5]《罗通扫北》,收入尤红主编《中国靖江宝卷》下册。

帮助其渡过难关,以保证因果报应之贯彻不爽。

根据苏州弹词改编的草卷《独角麒麟豹》接续苏州弹词《珍珠塔》,讲述方卿子女的故事。其中正面人物遭逢磨难时,也常由神佛搭救。宝卷中奸臣罗林迫害方卿,皇帝命方卿自尽。方家三兄妹方进、方同、方飞龙为父举丧后发愤习武学文,等待复仇。玉皇大帝命火德星君下凡,三次火烧方家,以增加方进的磨难,令之成就大道。

方进受母命,来到湖北襄阳,向岳父仇天相借银。仇天相诬陷方进,方进被判处死刑,百日后执行。仇天相之女仇天珍不满父亲作为,愤而自尽,为观音老母救上洛迦山学法。

方同前往襄阳寻兄,路经斜庄镇,为恶霸刁龙、刁虎兄弟所骗,堕入蜘蛛精的洞穴,幸得观音老母相救。

方家三兄妹在杏花岭招集十万兵马,为父复仇,兵围京都皇城。皇帝令杨景春率兵抄斩了罗林满门,西宫娘娘被迫自尽。吕宋国进兵中原,方家三兄妹出征失利。观音老母遣仇天珍下山,为众人治伤,打败了祁赛花。观音老母和骊山老母降临阵前,后者点明主将祁赛花为玉女星转世,与方同有缘,招降了祁赛花。吕宋国递降表于中原[1]。

草卷《独角麒麟豹》中神佛在救度的同时,也制造磨难以考验主角,磨炼其道心。类似的情形也见于靖江草卷《牙痕记》中,神佛对人物命运的主宰作用更为明显。玉皇大帝因为要安文亮历经磨难而成就大道,于是安排了舞鬼星下凡成为其兄弟安文秀与之处处作对。在两人分家后,玉皇大帝又派遣了火德星君下凡,先后三次火烧安文亮的家宅。后来安文亮寄宿关帝庙,关帝菩萨又奉玉皇之命,派周仓火烧关帝庙。这里,神仙已经成为凡人苦难的制造者,但他们更是世人苦难的解脱者,引领其人生由黑暗走向光明。宝卷中,安文亮历尽磨难后,心生绝望,跳河自尽。东海龙王敖广及时打发巡海夜叉来到,将安文亮尸首拖出水面,使之被徐进见到并救起。安文亮之妻顾凤英迫于无奈,将初生的儿子安禄金丢弃在马车棚里。之后,幸得土地与城隍救护,婴儿没有被牲畜伤害,并最终被王员外发现后收为

---

[1] 《独角麒麟豹》,收入尤红主编《中国靖江宝卷》下册。

儿子。安文秀之子安禄保被王赛祥、安能打死埋葬,又是王禅老祖将其救活并传授其仙法[1]。在这一宝卷中,人物命运时时处处都受到神佛的支配,其磨难和幸运背后的创造者都是神佛。这可以视为神佛救难模式在宝卷中发展到了极致。

吴方言区民间宝卷中的果报观念与神佛救难的情节模式相辅相成,推动着人物命运的展开和故事的发展。可以说,如果没有因果报应,人物的命运就失去了发展、变化的“理论基础”,整个故事就无法发展、叙述下去;而如果缺乏了神佛的存在,在相关的作品中,因果报应之说就很难得到贯彻,人物命运的发展、变化虽然有了合理的依据,却失去了得以发生的有效途径。对于世俗民众而言,这种配合虽然有时难免格套化与重复,但是却与他们接受的佛教理念保持一致,也符合他们对于人生的基本信念和美好期望。既可以由此来表达对现实世界的不满乃至愤怒,也可以通过与宝卷展示的幸福安乐的理想生活图景的共鸣来寄托自己对未来的畅想和期望,获得心灵的平静和喜悦。这正是果报观念与神佛救难的情节模式在宝卷中能够长期存在并为人乐道的一个主要原因。

## 第二节　吴方言区民间宝卷的劝化功能的主要内涵

就宝卷的发展历史而言,早期佛教宝卷的存在是配合佛教劝俗的需要,实践其化俗劝善、裨益人心的功能。无论是佛教宝卷还是民间教派宝卷无疑都是注重宝卷对人心的影响与改变,希望通过宝卷的宣扬来引导民众的心灵与精神向其期望的趋向与境地变化、发展。这一状况到了吴方言区民间宝卷中也延续、保持着。尽管随着时代的变迁,吴方言区民间宝卷的劝善化俗的功能在很多地方有越来越衰减的趋势,但在大部分时间段和大部分作品中,对劝善功能的注重和标榜,仍旧是吴方言区民间宝卷的一个重大特征。对于清以来的吴方言区民间社会而言,民间宝卷不仅是娱乐之作,也是劝善之书。当代留存下来的吴方言区民间宝卷包含了大量劝善化俗的内容,

---

[1]《牙痕记》,马国林讲录,姚富培整理,收入尤红主编《中国靖江宝卷》下册。

涉及民间日常行为、家庭生活、个人修养等方方面面。在很大程度上,这些宝卷作品是可以被视为"善书"的。

## 一、劝化的自我认同

宝卷的创作者和宣扬者对其劝化世俗功能的自我认同由来已久,在民间宝卷发生之前已经存在,也可谓宣卷界的"常识"。吴方言区民间宝卷中,处处可以见到其对宝卷自身劝善化俗功能的认识和强调。清光绪十八年(1892)6月9日的《申报》(上海版)头版刊载不著撰者的《论讲乡约之有益》一文,有言上海"本埠之宣卷":

> 夫宣卷之人,不僧不俗,木鱼铙鼓,日夜喧呶,殊令人可笑之极。而愚夫愚妇,信之甚深,且较僧道礼忏之生意为更佳。其所言者,亦自称为故事,实则穿凿附会,不堪入耳。甚至有以靡靡之音动人之听者,淫词艳曲与梵呗声错杂其间,而听者不觉焉。有识者或问之,则曰讲故事也,说报应也,所以劝人为善。

这里虽然是站在批评与否定的立场来记述、评论当地民间的宣卷活动,但也同时表明晚清上海地区的宣卷艺人标榜自己的宣卷是劝人为善。这种自我认同贯穿在吴方言区民间宝卷流通的各个环节之中。

首先最直观的是在吴方言区民间宝卷作品的刊印方面,关于这一点前文已有所论述。吴方言区民间宝卷的刊印者多将自己的作为视为积累功德的善举。前引民国八年(1919)秋月盐城仁济堂校刊《针心宝卷》卷末所附《宝卷流通八法》中,随时在表明此宝卷为大益人心的善书。如言"此书明白晓畅,感人最深","若取此书,逢人劝说,称扬赞美。俾闻者兴起感发,欣欣向善","何如多刷此书,赠送亲友?俾互相劝勉,同臻于仁孝忠厚之域","俾佳篇广布,闻者洗心;善本流传,听者改过"[1]云云,其核心都在强调宝卷劝善化俗、改良人心的作用。这也是说者认为流通此宝卷为善举可以积累功德的根

---

[1]《针心宝卷》,民国八年(1919)秋月盐城仁济堂重校石印本,北京师范大学图书馆藏。

本原因。

有些吴方言区民间宝卷的刊印者更直接将劝善之言刻印在宝卷书本的封面、扉页之上。如民国上海惜阴书局石印本《绘图合同记宝卷》扉页首行题"为善者如春园之草,为恶者如磨刀之石,可不慎哉"[1];民国十二年(1923)秋月上海文益书局石印出版《绘图金不换宝卷》扉页题"为善最乐,劝世良言"[2];民国上海惜阴书局石印本《蜜蜂记宝卷》扉页题"养儿知亲恩,天下父母心。孝亲儿孝己,现样说法身"[3];民国上海惜阴书局石印本《绘图十美图宝卷》扉页题"果报分明"[4];民国上海惜阴书局石印本《绘图双凤宝卷》扉页题"放下屠刀,立地成佛"[5],实际上都是刊印者在向读者直接宣扬其所印宝卷的劝化本质。一些吴方言区民间宝卷的刊印本在其序跋中也多有强调其劝善化俗功能的,如民国二年(1913)刊本《立愿宝卷》卷末载居易居士《跋》言道:

> 有守善子见之作而曰:"善哉!《立愿宝卷》乎!近世善书,充栋汗牛。善堂星罗棋布,博施济众,尧舜犹病。乃朝廷所不能为者,而善士能为之。刑罚所不能化者,而善书能化之。"[6]

这里将宝卷等同于善书,可以诉诸民众的心灵、情感,使之戒恶行善。清光绪十五年(1889)孟夏重镌金陵一得斋善书坊刊本《惜谷宝卷》卷首《序》中明言,"《惜谷宝卷》,为劝善中第一好书"[7]。清刊本《花名宝卷》在其正文之前

[1]《绘图合同记宝卷》,民国上海惜阴书局石印本,泽田瑞穗旧藏。

[2]《绘图金不换宝卷》,民国十二年(1923)上海文益书局石印本,《俗文学丛刊》第358册,第358页。

[3]《绘图蜜蜂记宝卷》,民国上海惜阴书局石印本,泽田瑞穗旧藏。

[4]《绘图十美图宝卷》,民国上海惜阴书局石印本,泽田瑞穗旧藏。

[5]《绘图双凤宝卷》,民国上海惜阴书局石印本,泽田瑞穗旧藏。

[6]《立愿宝卷》,民国二年(1913)据上海翼化堂藏版刊本,《明清民间宗教经卷文献》第11册,第952页。

[7]《惜谷宝卷》,清光绪十五年(1889)金陵一得斋善书坊刊本,《俗文学丛刊》第357册,第284页。

有一段小序：

> 此卷乃奉劝世人，非同等闲小说。言明意显，妇女咸知。宣此卷者
> 必须虔心朗诵，使人易觉。听者务要屏气敛声，入耳动情。切不喧哗嬉笑，
> 作闲谈浮论也。[1]

文中所言也是在强调宝卷的劝化宗旨，并由此出发，要求无论是宣卷者还是
听卷之人，都要郑重对待宝卷的宣扬，不可视为娱乐之事。清光绪十年（1884）
金陵一得斋刻字铺刊本《灶君宝卷》末《跋》中有言：

> 灶君为一家之主、司命之神，灵应卓著。他书皆详言之，兹不赘述。
> 前有《灶君宝卷》，传世皆系抄本。余于甲申夏日，偶至孔君处获见。此
> 卷上半部是劝人立愿，改过迁善；下半部是劝人念佛，返本还原。言简
> 而该，意显而微。洵消劫之宝筏，度世之金针也。惜无刊本，且字句多鱼
> 鲁讹错，篇章亦残阙模糊。余因劝孔君出资刊刻，以广其传，并为之校正
> 厘订，以付手民。自夏徂冬，越半载而告成。爰弁数言于简末，以志缘
> 起。[2]

跋中指出此宝卷的要义在于"劝人立愿，改过迁善""劝人念佛，返本还
原"，具备"言简而该，意显而微"的性质，所以意义非凡，实为"消劫之宝
筏，度世之金针"。这正是诸人校正厘订、出资刊刻的原因所在。

这种宝卷刊印本序跋中对其劝化宗旨与功用的认定，在清咸丰七年
（1857）序刊本《潘公免灾宝卷》中得到了极致的体现。此宝卷卷前刊有同年
秋九月古越存诚居士所撰之《序》，其文言：

---

[1]《花名宝卷》，《乌窠禅师度白侍郎》附，清南海普陀山协泰印造流通刊本，扬州大学图书
馆藏。

[2]《灶君宝卷》，清光绪十年（1884）金陵一得斋刊本，《俗文学丛刊》第359册，第99—
100页。

潘功甫先生夙根深厚,生长富贵,志超尘俗。平生积功累行,舆论传诵,海内知名。殁后,尤复示梦于其友,谆谆救世,具无穷悲悯之怀。而其友淡然生述梦中语,笔之于书。虽词近里言,而沉挚悱恻,剀切详明,切中今世人心之弊。能使见者闻者,怵惕警惧。晓然于浩劫之所由来,而洗心涤虑,悔过迁善,以求免于灾。较之劝善诸旧编,其感人尤易入。第板存苏省,尚未远传。近有河南善士丁君慈颖,重刊于豫省,而京师犹阙焉。爰约诸同志,捐赀重付剞劂,以广其传。伏愿读者笃信弗疑,遵而行之,省躬寡过,孳孳为善。以消灾沴,以迓麻祥。更望自勉勉人,广为传布。俾人人咸知,警惕悔过,自新弭祸患于未来,以共跻仁寿之域。是则区区愚衷之所深冀者尔。

咸丰丁巳秋九月古越存诚居士谨序。[1]

此存诚居士撰写的序中首先"揭明"了此宝卷的创制缘起。因潘功甫梦中说与其友淡然生劝世之言,淡然生醒而有感其言意义非凡,于是追记其言,撰成此宝卷。这实际上即是在点明此宝卷的本质是劝善化俗之书,具有不可忽视的价值。所以序中下言此卷"虽词近里言,而沉挚悱恻,剀切详明,切中今世人心之弊。能使见者闻者,怵惕警惧",最终"洗心涤虑,悔过迁善",是又指出其说辞浅白近俗,情真意切,劝世化俗,发人深省,在众多劝化之书中首屈一指,值得刊印,广为流传。

以上毕竟是宝卷本身之外的关联者对其劝化功能的肯定,更为明确、更具说服性的则是吴方言区民间宝卷的宣讲者对宝卷劝化功能的强烈的自我认定。历史上,多数的宝卷,无论是佛教宝卷还是民间教派宝卷,或者是民间宝卷,都会在卷中或道明其为劝化世俗而宣扬,或标榜其为善书的一种,这已经成为绝大部分吴方言区民间宝卷的常态与习惯。如《立愿宝卷》中言,"却说宣卷一门,原是劝人为善的意思"[2],宣卷之目的在于劝人为善。前举清咸

---

[1]《潘公免灾宝卷》,清咸丰七年(1857)序刊本,《俗文学丛刊》第358册,第212页。

[2]《立愿宝卷》,民国二年(1913)据上海翼化堂藏版刊本,《明清民间宗教经卷文献》第11册,第844页。

丰七年（1857）序刊本《潘公免灾宝卷》开篇有言：

> 免灾宝卷乍宣扬，满堂善气降祯祥。
> 潘公救世婆心切，西归托梦到家乡。
> 劝人快把心头摸，改过立愿细思量。
> 富者出钱行好事，穷人好话换心肠。
> 若能依了潘公话，无灾无难保安康。
> 有缘来听免灾卷，息心静气好推详。[1]

其字里行间都透露着宝卷劝善化俗的目的和本质。靖江宝卷开篇多有"某某宝卷劝善"之语，宣卷者以劝善、教化世俗为主要职责之一。如《血汗衫记》开篇中有言：

> 面对善人讲经典，劝善降福免三灾。
> 格末，是话有因，是鸟归林，是饭充饥，是茶解渴，是宝卷必是劝人行善。其中有甜有苦，有文有武，喜怒哀乐，悲欢离合，这叫事有始终，物有本末，方成一部宝卷。
> 开讲一部土地卷，字字行行劝善人。
> 宝卷初展开，拜请福德星君降临来。
> 经堂里肃静，和佛请经开。
> 说着土地宝卷一部劝善书……[2]

此宝卷末又言"写下一部某某卷，留在民间劝善人"[3]。这里反复强调宝卷是劝善书，宣扬宝卷即是劝善。同属靖江宝卷的《张四姐大闹东京》开讲有言：

---

[1]《潘公免灾宝卷》，清咸丰七年（1857）序刊本，《俗文学丛刊》第 358 册，第 213 页。
[2]《中国靖江宝卷》上册，第 299 页。
[3] 同上，第 338 页。

仙是凡人塑,人是天赐成。

人仰天赐福,仙慕凡间人。

开讲一部《月宫卷》,

表一表仙与凡人闹纷争。

世人之间有善恶,善恶之人两边分。

善人往往遭磨难,十磨九难大器成。

恶人总有恶来报,作恶没有好收成。[1]

对善恶之间的截然对立,以及其不同报应的强调,体现着靖江宝卷劝善化俗的宗旨。靖江的《三茅宝卷》中亦言“《三茅宝卷》,一部劝善书”[2]。此类情形至为常见,靖江宝卷的讲唱者时时自觉地标明其讲经活动的劝善化俗的价值与目标。

正因为如此,所以大部分的吴方言区民间宝卷除了在正讲中反复地劝人从善,到了结束的散讲之时,一般还要特意再次劝告听众要戒恶行善、累积功德,并强调此是其宣卷的主要宗旨。如民国七年(1918)上海文益书局石印本《回郎宝卷》附《七七宝卷》末言:

今劝善男并信女,吃素念佛做善良。

为善之人光明现,不落地狱返故乡。

七宝台前成正果,龙华会上结善良。

童男童女来引路,堂堂大路往西方。

阎罗天子来拱手,判官小鬼皆送往。

灵山会上点名字,轮回簿上点名忙。

有人宣得七七卷,十王殿上放毫光。

在堂大众增福寿,过去爹娘往西方。

为人要免轮回苦,早做好人好心肠。

---

[1]《中国靖江宝卷》上册,第339页。

[2] 同上,第3页。

> 佛在云头多看见,要救好人上天堂。[1]

宝卷的宣讲者在此反复强调其劝善化俗之意。类似情形在很多宝卷中存在。
民国十二年(1923)上海文益书局石印本《绘图金不换宝卷》末有言:

> 宣完宝卷天将明,一轮明月往西沉。
> 数多苦士诚心听,再表几句劝世文。
> 卷中数多金家事,皆因年老无子孙。
> 幸他夫妻多行善,常行善事救生命。
> 修子修孙从古说,上天不负善人心。[2]

宣讲者之后将卷中各人的遭遇又重新叙说了一遍,一一指出其为善与行恶所
致的果报。常熟宝卷中也多有此情形,如《寻儿宝卷》散讲有言:

> 劝人要做孝义人,不做忘恩负义人。
> 一世为善一世安,一世凶来一世完。
> 善有善报从古说,恶有恶报古来闻。
> 寻儿宝卷宣圆满,满堂诸佛尽欢喜。[3]

也是常熟地区的《赵千金宝卷》卷末则有言:

> 孙家一门上天去,劝人早早去修行。
> 修行念佛为善好,金童玉女度好人。
> 向善之人天降临,向恶之人地狱门。

---

[1]《七七宝卷》,民国七年(1918)上海文益书局石印本《回郎宝卷》附刊,《俗文学丛刊》第357 册,第 134—135 页。

[2]《绘图金不换宝卷》,民国十二年(1923)上海文益书局石印本,《俗文学丛刊》第 358 册,第 403 页。

[3]《寻儿宝卷》,常熟讲经先生马雪峰抄藏本。

大众听了烈女卷,回家向福去修行。[1]

又,《双花宝卷》卷末言:

> 奉劝世人早修身,皇天不负有心人。
> 不信但看曹亮贼,行凶到后剐自身。
> 卢昌枉法贪财物,油锅里边化灰尘。
> 编成一部双花卷,留与世间劝凡人。[2]

这是在宣卷结束之时,反复劝导听众要戒恶从善、念佛修行。如《双花宝卷》者,更明确道出本卷的宗旨是为劝善化俗。从以上例子可以看出,吴方言区民间宝卷的劝化之意可谓殷切。劝善化俗是众多吴方言区民间宝卷反复强调的内容,也是宣卷的主要宗旨。

基于宝卷属于劝化之书的认定,宝卷的传播流通很自然地被认为是善举,可以累积功德。关于抄写、刊印宝卷的功德属性,前文已有论述,这里不再赘语。于吴方言区民间宝卷而言,在其宣演过程中,无论是宣卷还是听卷,都被视为可积累功德的善举,并被反复强调。清光绪十五年(1889)金陵一得斋善书坊刊本《惜谷宝卷》卷首《序》中有言:

> 《惜谷宝卷》,为劝善中第一好书。……如能宣诵百遍,亦可免一身之灾。宣讲千遍,亦可免一家之灾。有缘人请开卷看看,细心听听为妙。[3]

从宝卷的宣讲者到听讲者,都可以凭借宝卷劝善的本质消灾祛病,获得福报。这样的认定在吴方言区民间宝卷的宣扬中时常可以见到。如民国石印本《花名宝卷》末言:

---

[1]《赵千金宝卷》,庚辰年(2000)周全才抄本,常熟讲经先生缪鸿翔收藏。

[2]《双花宝卷》,旧抄本,常熟讲经先生项坤元收藏。

[3]《惜谷宝卷》,清光绪十五年(1889)金陵一得斋善书坊刊本,《俗文学丛刊》第357册,第284页。

　　花名宝卷宣完全，古镜重磨照大千。

　　善男信女虔诚听，增福延寿免灾星。

　　宝卷虽小功不浅，均可行世作真言。

　　奉劝贤良聪明子，孝顺二字礼当先。

　　若能敬信花名卷，胜造浮屠塔七层。[1]

此处强调听宣宝卷的功用，并再次奉劝世俗敬信宝卷、孝顺行善。常熟的《双花宝卷》卷末也有言：

　　双花宝卷宣完全，人人听者百福添。

　　心存善念添吉庆，一年四季永太平。[2]

《六神宝卷》卷终乃言：

　　若将此卷常宣诵，自然福禄寿同增。

　　六神宝卷已宣圆，诸佛龙天尽欢喜。

　　斋主虔诚宣宝卷，合门天赐永团圆。

　　听宣宝卷同增福，各家集福保平安。[3]

是则宣卷和听卷都可以获得福佑。到了清光绪十八年（1892）文亮抄本《财神宝卷》中，则在卷末用大量的篇幅表明听宣卷可获得各种福报，如：

　　财神宝卷人难遇，听者人人百福生。

　　有人宣得财神卷，年年岁岁事称心。

　　官员听子财神卷，事讼公堂审得清。

[1]《花名宝卷》，民国石印本，《俗文学丛刊》第 359 册，第 148 页。

[2]《双花宝卷》，旧抄本，常熟讲经先生项坤元收藏。

[3]《六神宝卷》，癸亥年杨氏抄本，北京师范大学图书馆藏。

　　豪富听子财神卷，祖债纷纷送上门。

　　贫人听子财神卷，登时财银进大门。

　　瞎子听子财神卷，两眼分明看见人。

　　聋膨听子财神卷，句句言语听得清。

　　驼子听子财神卷，身材必（按：当作"笔"）直好郎君。

　　哑子听子财神卷，口中说话响朗朗。

　　疯子听子财神卷，便是先鲜是好人。

　　白发听子财神卷，头发根根黑滕（按：当作"漆"）乌。

　　折脚听子财神卷，不偏不侧少能行。

　　坏手听子财神卷，指豆（按：当作"头"）不屈半毫分。

　　落牙齿听子财神卷，活碌（按：当作"络"）牙齿有（按：当作"又"）生根。

　　病人听子财神卷，等（按：当作"登"）时病体脱离身。

　　农夫听子财神卷，五谷丰登仓满盈。

　　莳秧听子财神卷，落水禾苗渐长城（按：当作"成"）。

　　牵砻听子财神卷，每亩四石有余零。

　　和尚听子财神卷，重重斋事不分身。

　　道士听子财神经，朝晨打醮夜念经。

　　待诏听子财神经，日日门徒约做亲。

　　伴娘听子财神经，合家老小赚金银。

　　郎中听子财神经，不消一帖毛病轻。

　　男人听子财神经，出外长长遇好人。

　　女人听子财神经，多生贵子产麒麟。

　　年高听子财神经，老运亨通福禄星。

　　小儿听子财神经，关煞开通易长人。[1]

在先言明了宣卷艺人的福报之后，接下去铺排了二十五类人听宣卷获得的各

---

[1]　《财神宝卷》，清光绪十八年（1892）文亮抄本，扬州大学图书馆藏。

种福报,竭力夸赞宣卷的功德与价值,以及听宣卷可获得的福报,将其笼罩了社会上的各色人群。而其最深层的依据则是宝卷可谓劝善化俗之书,宣卷即是劝化。

## 二、劝化的具体内容

吴方言区民间宝卷劝化的具体内容主要指向当地民众的日常为人处世。一般是从善恶对立的角度,来宣明、弘扬正确的伦理道德标准与日常行为规范,劝人施行正确的行为。其细则总不脱离戒邪欲、去恶行、持善心、做好人的范围,遵循的还是传统的伦理道德观念,加上向佛修道的劝导。善与恶的对立在这一过程中得到大量、强烈的渲染,因为行善或行恶决定着未来的福报或恶报。而听从宝卷的劝化,是解脱地狱之苦,获取福报的可靠保障与重要途径。

吴方言区民间宝卷在化俗劝善方面,经常是不厌其烦地详尽罗列各式各样的善行善德,以及与之相对应的恶行恶事,几乎涉及民间日常行事待人的每一处细节和角落,某种程度上完全可以成为民间百姓日常道德、行为的"教科书"与"守则"。这种列举依旧大多是基于民间谙熟的因果报应的理念。这里,先言吴方言区民间宝卷作品对恶行的否定与劝止。如《三茅应化真君宝卷》中言:

> 今生富贵笑贫人,后世痴呆自受贫。
> 今生不念经和佛,来生瘖哑目双瞑。
> 今生利口将人骂,来生开口被人嗔。
> 今生谤佛骂僧道,后世盲聋木石能。
> 今生势利人哀告,来生求讨叫还(按:当作"唤")人。
> 今生富足轻粮饭,来生缺少讨来吞。
> 今世轻他尊自重,来生贫贱被他轻。
> 今生伏侍憎不足,还报来生伏侍人。[1]

---

[1]《三茅应化真君宝卷》,民国上海文益书局石印本,《俗文学丛刊》第 351 册,第 250 页。

这里以因果报应为依据,罗列了八种恶行,指出了来生它们对应的恶果,并由此出发来劝人避免以上的恶行。靖江地区的《大圣宝卷》中,言及韦林县百姓因为五谷丰登,心生懈怠,不加珍惜,随意抛洒粮食在地,由得人畜践踏。其情形终被天庭知晓,玉主认为,当地百姓不通事理,糟蹋谷物,罪孽深重,于是派遣旱德星君下凡,降下旱荒三年,因为"等他们受罪,才晓五谷当宝贝"[1]。这是从珍惜粮食的观念出发,对浪费乃至糟践粮食的行为作出了否定和斥责。同是靖江地区的民间宝卷作品的《梓潼宝卷》中情形与之类似。卷中也是有百姓观灯,随意践踏庄稼,所谓"大麦青青踩断了秆,小麦踩伤了根。孽障作得海洋深"。所以,接下来便有玉帝发怒,要派"一目五"星宿临凡,降灾人间[2]。

也有很多的吴方言区民间宝卷,是通过向民众揭示善恶对立之下的不同的因果报应,来劝告其去恶从善的。这些宝卷作品一般都将恶行与善行对举,苦口婆心地向世俗解说日常之当行与不当行。在化俗劝善的具体内容方面,不厌其烦地罗列善行善德,为世俗提供详细的与恶行恶事相对的善行善事的行为守则。如民国十二年(1923)上海文益书局石印本《绘图金不换宝卷》卷末针对十种人来劝其戒恶行善:

> 我今表尽卷中事,再劝十位世上人。
> 第一劝来做官人,为官本是治万民。
> 切勿贪财将民害,天地照(按:当作"昭")彰有报应。
> 不信但听冯人奏,只为贪财伤自身。
> 第二劝来有钱人,有钱必须济贫人。
> 善人自富从古说,抬头三尺有神明。
> 勿信但想金魁事,一生好善过光阴。
> 明去暗来多富豪,那有善事做了贫。
> 第三劝来读书人,读书君子要用心。

---

[1] 《大圣宝卷》,靖江佛头陆爱华抄藏本。

[2] 《梓潼宝卷》,《中国靖江宝卷》上册,第 263 页。

书中是有黄金屋，何愁家中无金银？

十年寒窗苦心读，那怕榜上不提（按：当作"题"）名？

不信但想杨家子，功满身达立朝廷。

第四劝来商界人，公平交易做营生。

只要兴隆生意好，那怕店中亏血本。

不信但想招商店，行了方便不亏本。

第五劝来年少人，孝顺父母敬双亲。

人有孝心谁不爱，孝子原有好收成。

不信但想陈云卿，孝顺娘亲得婚姻。

金魁爱他多行孝，愿将闺英配云卿。

第六劝来老妇人，有子必须教正经。

切勿冲（按：当作"宠"）子去游荡，教子成名好声名。

你想一位康氏女，教子成名受皇封。

勿学一个沈氏女，为了儿子自伤身。

第七劝来少妇人，三从四德记在心。

孝顺公婆敬双亲，自己也要做婆身。

丈夫不正理当劝，免得祸事来临身。

不信但想王氏女，劝夫不听夫受灾星。

第八劝来闺女们，女子要读女圣经。

在家要听父母训，学做针指在闺门。

切勿出外门前立，闺阁原是藏千金。

不信但想秀英女，闺门针指过光阴。

后来配与杨家子，状元夫人是秀英。

第九劝来贪色人，贪色之人无收成。

有朝一日钱用尽，身受毒疮苦伤心。

不信但想孙空有，采花拔根命归阴。

第十劝来出门人，求财谋利赶功名。

花柳场中少去走，免招祸事临己身。

不信但想金不换，为了嫖赌受怨情。

我今劝好世人事,消灾延寿永安宁。[1]

此处列举的十种人几乎包含了社会各色人物。此宝卷从正反两个方面指出了人生在世应当作为与不当作为的种种事项,并以"历史"上相关人物的遭遇来证明所言不诬。这里的"历史人物"大多见于民间的戏文之中,如秀英女、金不换者更是直接源于宝卷。而由此构造起来的善恶对立的内核显然还是因果报应的理念。

常熟地区流传的《芙蓉宝卷》中,也有类似情形。该卷讲述明朝卜尚书之女卜芙蓉命中注定八岁身亡,因为其一生行善,感动天庭,不断为其延寿到百岁,最终获得飞升。卷中叙述卜芙蓉发遣家里僮仆,临别劝言:

> 卜元坐堂听原因,听女吩咐众人听。
> 家人也在堂前听,个个侧耳听分明。
> 叫众人,你细听,我来吩咐。
> 各为人,行孝道,敬重双亲。
> 待爹娘,心肠好,不可违逆。
> 待乡邻,要和睦,不可口角。
> 切不可,来争论,总要和平。
> 有横事,飞来祸,尽来斟酌。
> 料理好,省钱财,息可亏邻。
> 待亲朋,迎接了,连忙敬奉。
> 有酒菜,有粥饭,殷勤亲朋。
> 切不可,怠慢人,就慢自己。
> 客人回,向家说,就断亲朋。
> 与兄弟,须和顺,万事斟酌。

---

[1]《绘图金不换宝卷》,民国十二年(1923)上海文益书局石印本,《俗文学丛刊》第 358 册,第 403—404 页。

同商议,料理好,有事化解。[1]

这里也是从"可"与"不可"两面来教导即将回父母家的仆人们,要一心向善,不做恶事。靖江地区的民间宝卷作品《血汗衫记》中,蒋氏对张员外言"积德就是修身,修身就是积德呢! 前世不修今身苦,今生不修害子孙"[2],则将行善与否的果报从自身延伸、扩展到了家人子孙身上,进一步说明了此类观念的深入人心,吴方言区民间宝卷的劝化功能正是建立在此基础之上的。

吴方言区的民间宝卷中,如《花名宝卷》《惜谷宝卷》《劝世宝卷》《潘公免灾宝卷》《仙传立愿宝卷》者,专以劝善化俗为其创作宗旨和主要内容。典型的如民国二年(1913)刊本《立愿宝卷》,其开卷即言"却说宣卷一门,原是劝人为善的意思",直接点明此宝卷乃以劝化世俗为宗旨。此宝卷下分十四愿,分别是"第一愿劝人孝顺父母""第二愿劝人和好兄弟""第三愿劝人管教儿女""第四愿劝人勿溺女婴""第五愿劝人勤俭作家""第六愿劝人吃亏忍气""第七愿劝人勿走邪路""第八愿劝人勿骗人钱财""第九愿劝人说坏话""第十愿劝人勿坏良心""第十一愿劝人常行好事""第十二愿劝人敬惜字谷""第十三愿劝人戒杀放生""第十四愿劝人勿吃牛犬"。显然,此宝卷主要是就立身处世的主要方面出发,从推崇其时认为的美德良行,诫止邪念恶行的角度来劝导教化世人积德从善的。其正面肯定、宣扬的善举如"第十二愿劝人敬惜字谷"言:

第十二愿,是要劝人敬惜字纸五谷。字纸乃圣贤遗迹,五谷乃人生活命之宝。古人说,字纸惜一张,譬如烧炷香。前人说道,若要子孙识字,必先自己惜字。惜字一千,增寿一年。字纸何等郑重! 又说道,若要惜福,必先惜谷。惜食有食吃,粒米必拾,富之基也。五谷何等郑重! 所以把字纸五谷,轻踏狼藉的,不是火灾,定是雷击。无奈世人不

---

[1]《芙蓉宝卷》,旧抄本,常熟讲经先生沙正清收藏。
[2]《中国靖江宝卷》上册,第301页。

知敬惜，往往蹧蹋。垃圾堆中，墙壁沟渠，零星抛弃，不计其数。处馆先生，不知教训梦童，家长不知教训家人，扫地时字纸不知拾起，最为误事。妇女不知敬惜，把有字的纸张，裱糊蒲包，作鞋底衬，是第一作孽事。现有南京一女人，被天雷打死，手中拿了鞋子，雷打粉碎，飞出字纸，人人看见。又有把书本账簿换去，所费不过一二十钱文。何苦打小算盘，造此大罪？过得一鼻头气，岂不可笑！……岂知粒米是天地间至宝，岂可有心狼藉！到那年荒的时候，要求一升半合，活活性命，也是极难之事。何以年岁熟了，便不以为奇么？所以吾劝世人，必须敬重字纸五谷，自有无量功德。

十二大愿劝世人，字纸五谷要留心。
字乃圣贤遗迹在，五谷原为活命根。
从来一字千金值，切弗将他看得轻。
若能敬惜有字纸，赛过烧香拜庙门。
垃圾堆中须细看，墙头招纸勿飘零。
揩台抹砚皆不可，糊窗裱夹勿该应。
书本将来鞋样夹，生疮生疖要遭瘟。
急须要换无字簿，免得孽障十分增。
家中吩咐家人辈，扫地之时要留心。
儿童弃字须警戒，后来一定见聪明。
无锡有人扒垃圾，留心习字费辛勤。
看见字纸多龌龊，河边洗净喜欣欣。
身边挂以惜字袋，随时收拾每留心。
粪坑毛厕皆收拾，丢在河中始放心。
后来运气连年好，白手成家起万金。
养个儿子多发达，自身还做老封君。
还有苏州钱氏女，劝人惜字善谈论。
看见人家花线簿，将来收买纸换焚。
顾绣劝人勿绣字，后来破碎要飘零。
生下两儿聪俊极，早年考试入黉门。

男女须能知敬惜，福也增来寿也增。

南京王姓开烟店，烟包记号遍飘零。

不料一朝天火到，家私什物化灰尘。

又有一家张姓店，字号俱翻花样新。

到处四方来买货，张家花样共传名。

不到三年财大发，子孙科甲早联登。

可见钱财天派定，记号何须字迹清！

五谷人间为至宝，一日无他饿死人。

一粒半粒皆要惜，岂可抛弃地中心？

小儿狼藉须教训，免得天雷霹雳临。

粪坑脚底有谷米，淘洗食之免灾星。

稻麦草中多谷粒，必须摘下入空瓶。

积满一瓶来籴去，买了香烛供神明。

灶君菩萨心欢喜，必然代你奏天庭。

合家安乐无灾难，田园茂盛子孙兴。

字纸五谷天最重，只要常常记在心。[1]

宝卷中在说理论道的同时，不断列举"现实"中发生过的正反两个方面的事例来证明其正确可信。以正反实例中蕴含的不同果报来耸人耳目，警诫民众信从其说，时时"敬重字纸五谷，自有无量功德"。再如清光绪二十三年（1897）古杭西湖弥勒院比丘醒彻刊本《劝世宝卷》，此宝卷借蒋大人之口来劝人行善向道，所言涉及民间日常生活的方方面面。如卷中言及邻里关系：

第一件，要忍让，和睦乡党。

近邻好，一片宝，地久天长。

些小事，何必要，兴讼告状？

---

[1]《立愿宝卷》，民国二年（1913）据上海翼化堂藏版刊本，《明清民间宗教经卷文献》第 11 册，第 926—929 页。

官虽清,难逃脱,三班六房。

签票下,叫着你,差费先讲。

或是银,或是钱,周旋想方。

富家的,怕伤脸,总是几两。

贫穷的,不当裤,便卖衣裳。

纵然是,赢官司,回头四望。

又费钱,又淘气,耽误时光。

有张公,居九世,多宽忍让。

众百姓,效学的,代代荣昌。[1]

　　宝卷也是从正反两面,引古及今,由百姓之日常境遇入手,抓住世俗好脸面、怕官府以及爱惜钱财的普遍心理,来劝导世人与乡邻相处要平心静气,谦恭忍让,和睦为上。就其言说的方式与内容而言,应该是颇具说服力的。

　　吴方言区的民间宝卷劝化世俗的具体内容,涵盖了旧时民众日常生活的诸多方面,其间的善恶对立至为分明。大致而言,这些民间宝卷中所言及的恶行主要在于:谩天欺神,不敬佛道;忤逆父母,欺凌弱小;抛散五谷,毁弃字纸;残暴刻薄,杀生食荤;欺善害人,为害地方。与之相对应的,首受之肯定并宣扬的善行则主要是:敬神助佛,斋僧敬道;孝顺父母,敬重家人;敬惜字纸,不弃粒米;救济贫弱,造桥铺路;与人友善,和睦亲邻。吴方言区民间宝卷借助其曲折的故事与生动的宣演,将这些事项揭布于民间。比之于传统的四书五经,显然底层民众更能够理解其说教,也更容易接受其劝化。

---

[1]《劝世宝卷》,清光绪二十三年(1897)古杭西湖弥勒院比丘醒彻刊本,上海图书馆藏。

# 第八章　吴方言区民间宝卷的娱乐功能

民间宝卷与佛教宝卷、民间教派宝卷区别的主要标志就在于它的娱乐属性。吴方言区民间宝卷也是如此。如果说吴方言区的民间宝卷在其发展的早期,因为与做会的密切联系,仍旧体现着强烈的宗教、信仰属性,实践着劝善化俗的功能;那么到了近代以后,特别是以宣卷在上海的盛兴和丝弦宣卷的出现、流行为标志,吴方言区民间宝卷主流上已经是以娱乐功能为主,完成了从关乎宗教、信仰的说唱形式向关乎娱乐欣赏的民间曲艺的转变。吴方言区民间宝卷的娱乐功能的实现是建立在其对民间社会生活的生动反映和丰富的艺术手段的基础之上的。

## 第一节　民间生活情景的艺术再现

在吴方言区的各个区域,民间宝卷对当地民众的吸引力,首先源于宝卷中那些人事、情景属于其熟知谙习且喜闻乐见的。对民众来说,民间宝卷对民间世界的"真实"的集录和再现,极易触发其内心的共鸣,并进而引起对宝卷故事的关注和喜好。对民间生活情景的展示,既体现了吴方言区民间宝卷的民间属性,也集中反映了各地民间宝卷的地域特征。

### 一、日常生活

日常生活的点点滴滴在吴方言区的民间宝卷中具有广泛而丰富的反映,

特别是在那些以世俗民众的人生际遇为题材的宝卷作品中,这一点表现得尤为突出。而因为宝卷对特定地域空间的依托,宝卷的创作者自觉或不自觉地都会把自己熟悉的生活场景带入到宝卷中,吴方言区民间宝卷中的日常生活情境在形态上又具有明显的地域特征。

吴方言区民间宝卷对民间日常家居生活情景的展示,可以说是所在皆是。其中有对民间饮食状况的描述。如常熟地区的《滚龙宝卷》,民国二十年(1931)抄本,邓雪华收藏,讲述明朝正德皇帝私访乡间,见识到乡野吃食:

> 正德皇帝吃夜饭,就将小菜看分明。
> 一壶热酒一碗饭,四样小菜果然青。
> 黄葱炒鸡从未吃,冬菜豆腐常未吞。
> 水铺(按:当作"潽")鸡蛋吃不惯,菠菜无油当荤腥。
> 小菜不动光吃饭,肚中饥饿实难论。[1]

这里说的是民间的吃食情形,在旧时已是不凡,但却未合皇帝的口味。同属常熟地区的民间宝卷作品《时运财神》,描写到的民间饮食则更为详尽、繁复。卷中言道:

> 尔时,老太吩咐丫环摆酒一席。时运心想:"趁此无人,让我祭饱肚皮再说。"时运看到台上一桌上等好菜,倒是十六会餐,四点心、四热炒、六大菜,要用春盆。会餐里四荤四素,四干四湿,一共十六只。
> 四只荤菜是:第一盆剥光鸡蛋;第二盆老蔡肺心;第三盆酱硬肚肠;第四盆雌雄对虾。说完则荤菜,要说四样素菜哉:麻油拌青菜;炒熟黄豆;炸耳朵(就是木耳);氽油面筋。
> 再说四样干菜:一盆冷灰里爆热栗子;第二盆砒霜蜜饯;第三盆吊长丝爪;第四盆五香萝卜干。说完干个,湿个来哉:一盆开花石榴;第

---

[1]《滚龙宝卷》,民国二十年(1931)抄本,常熟讲经先生邓雪华收藏。

二盆大壳风菱；第三盆厚皮酸桔子；第四盆里放着，一只牛嘴梨，一只马嘴梨。再说四只热炒：第一只飞来肉圆；第二只夹蚌炒螺蛳；第三只鲫鱼头；第四只野鸭脚。

再要说说六大菜：一、清蒸童子鸡；二、罐头里燜鸭；三、拍熟猪肺；四、贪贱老猪肉；五、腌臭鲞；六、拼死吃河豚。再说四点心：一、得发录（按：当作"绿"）豆糕；二、凤制大麦团；三、春卷皮子；四、出笼馒头。

再有一只总餐盆，末事多样化，细细能一看，尽是落脚货：出骨鸡；去皮猪脚爪；乌糟水；吐虫壁（按：当作"鳖"）；鲞鱼干；老茄子；猢狲干；老姜苦瓜；猪肝百叶；杂皮杂骨；统统尽有。

再有二碗饭汤，一碗依篱竹滚水豆腐汤；一碗笋干燜烂肚肠。长台上有二个锡掇，一个里饭汤淘饭，一个里集柴薄粥。半边有个约约壶，壶里有点酸白酒。此刻辰光时运肚皮饿哉，老实勿客气，拿只撞水钟，洒洒吃吃。[1]

此卷从四点心说起，再到四热炒、六大菜、总餐盆，终至饭汤、主食及酒水，一一叙来，其实是将旧时常熟地区民间举办宴席时主要的吃食品类说道了出来，由此可见当地传统饮食之一斑。

吴方言区民间宝卷中有很多对人物服饰的描述，其言辞更多地集中于青年男女之上。如常熟宝卷中的《赵千金宝卷》，卷中说到赵小姐与丫环去花园游春：

千金小姐忙打扮，要到花园去散心。
青丝挽袖盘龙髻，二耳细环耀光明。
颜似桃红眉似柳，樱桃小口赛观音。
月白衫子红菱袄，外罩披风百鸟鸣。
三寸工（按：当作"弓"）鞋红菱袜，绫步轻移下楼门。
不搽花粉天然俏，腰束湘江水浪裙。

[1]《时运财神》，余鼎元抄本，常熟讲经先生余鼎君收藏。

两个使女前引路,一群梅香随后跟。

小姐走入花园内,近前到子牡丹亭。

千金小姐来观看,百花开放草色青。

只有牡丹要枯死,未曾开放少花香。[1]

这里说的是富家小姐在丫环们簇拥之下赏花的情形,更主要的是展示了旧时
女子的服饰装扮。常熟地区流传的《西瓜宝卷》,姚少卿旧抄本卷,余鼎君收
藏,讲述观音菩萨来到江宁,为了点化富翁李员外,化身成服丧的年轻女子,
其形象为:

菩萨来到江宁府,将身化作美佳人。

上身穿件白绫袄,下身穿条白腰裙。

白罗汗巾腰里束,白绫膝裤白如银。

白绫罗帕白纱髻,白绫手帕揩眼睛。

浑身素衣都是白,扮作少年寡妇身。[2]

此本宝卷中虽然说的是观音菩萨的化身,但也可以看出旧时民间妇女服丧戴
孝时候的大致穿着。

靖江地区的民间宝卷中也有类似情形。如当地的《十把穿金扇》,卷中
说到蒋赛花与陶文彬婚礼在即,其文言:

蒋赛花将身坐上美人椅,面对青铜明镜挽乌云。

三把梳成美人髻,凤头金钗插一根。

芙蓉面上加宫粉,朱点红唇牙如银。

耳饰八宝点翡翠,柳叶眉毛画丹青。

姑娘一对秋波眼,铜铃深处含真情。

---

[1]《赵千金宝卷》,庚辰年(2000)周全才抄本,常熟讲经先生缪鸿翔收藏。
[2]《西瓜宝卷》,姚少卿旧抄本,常熟讲经先生余鼎君收藏。

> 穿一件,上盖衣,百褶浪裙。
>
> 裹脚套,用的是,绵绸绘彩。
>
> 足下蹬,水红菱,锦绣花鞋。
>
> 走一步来摆三摆,赛过观音下莲台。
>
> 这边佳人忙打扮,那边陶公子上楼来。
>
> 头戴逍遥八字巾,身穿长衫蓝海青。
>
> 腰束一根丝罗带,文质彬彬一书生。
>
> 楼上佳人忙打扮,满堂张挂琉璃灯。
>
> 笙箫细乐闹盈盈,拿公子请了上高厅。[1]

这里描述了婚礼前夕两位新人的装扮,尤其是对新娘从妆容到服饰详加叙述,新娘之娇艳与新郎之儒雅如在目前。同一地区的《三官宝卷》中,讲述陈子春元宵看灯时候的情形,有言:

> 子春作揖辞双亲,就往街坊去看灯。
>
> 身着轻裘十样锦,头戴八字逍遥巾。
>
> 脚上乌靴时新样,蓝衫装着一齐新。
>
> 一心要往城中去,观看鳌山古事灯。[2]

八字逍遥巾、蓝衫云云,与前举《十把穿金扇》中陶文彬的穿着类似。青年书生的服饰装扮,为旧时民间习见。

　　吴方言区的民间宝卷对旧时民间家宅、庙宇等各类建筑也有生动的展示。如靖江地区的《月宫宝卷》,用了大量的笔墨对旧时民间的传统建筑与家具摆设进行了细致的描绘:

> 新房落成,张四姐把婆婆从祠堂里接过来。赵氏安人抬头一望,红

---

[1]《三官宝卷》,邬林宝抄录,常熟讲经先生余鼎君收藏。

[2]《中国靖江宝卷》下册,第784页。

漆堂堂,金碧辉煌。有前厅后厅、左厅右厅;穿衣亭对脱衣亭,狮子亭对憩鹤亭;梅花阁对牡丹阁,望月楼对观雨亭。屋上盖的琉璃瓦,根根椽子雕金花。前后房子十三进,中间一座大高厅。

庭前栽棵桂花树,门上总系响铜铃。

早上开门金鸡叫,晚上关门凤凰鸣。

赵氏一见多欢乐,千中意来万称心。

张四姐说:"婆婆,您老再到厅堂上看看。"

赵氏看厅堂,画栋又雕梁。

红木香几穿藤椅,紫气腾腾放豪光。

进门先踏七星板,虎皮交椅垫丝棉。

台上铺条红缎毯,斗大的福字绣中间。

如来佛中堂朝南坐,八仙过海列两边。

四姐说:"婆婆,再看看您老安睡的地方可好?"赵氏进门一看呀——

贝壳镶明窗,雕花像牙床。

万字寿星枕,金丝银纱帐。

蟠桃丝绒被,铺呀铺满床。

婆婆说:"儿呀,你们光顾我享福,也带我去看看你们的绣房。"

四姐挽住婆婆手,笑眯眯堂堂进绣房。

进门一看,琳琅满目,目不暇接——

白玉雕花窗,朱纱鸳鸯帐。

紫金帐钩红绸被,沉香檀木踏步床。[1]

卷中从外堂至内室,从建筑到家具,不厌其烦地全方位地展示了崔家新宅的精致与华丽。这其实应该也是旧时民众心目中理想的家居场景。常熟地区的《济公宝卷》中言及了杭州灵隐寺的情形:

---

[1]《中国靖江宝卷》上册,第347—348页。

> 灵隐静寺造完成,弥勒佛坐头山门。
>
> 四大金刚分左右,韦驮菩萨朝北登。
>
> 正殿塑成三世佛,两廊罗汉十八尊。
>
> 后殿塑有观音像,善才龙女紧随身。[1]

这从山门到正殿,再到后殿,各式神像一一陈列。这应该代表着民间心目中关于佛寺建筑形制的一般印象。

除了私宅中的生活情景外,吴方言区的民间宝卷用更多的笔墨展示乡村市井的日常生活百态。有些民间宝卷用了概括性的语言铺排、罗列了旧时底层民众眼中的四季生活景象。如河阳宝卷中的《郑三郎宝卷》,卷中说到与王法师西行取经的途中见闻,有言:

> 正月里,往西方,过年请酒。走亲戚,带年礼,干饼红糖。
>
> 二月里,往西方,时逢初二。带女儿,回娘家,福寿绵长。
>
> 三月里,往西方,清明佳节。有人家,带白钱,去扫坟堂。
>
> 四月里,往西方,割麦上场。收完麦,整好地,准备栽秧。
>
> 五月里,往西方,端阳佳节。有人家,吃粽子,烧酒雄黄。
>
> 六月里,往西方,大暑天气。老农夫,干农活,暑热难当。
>
> 七月里,往西方,气转秋凉。有人家,祭祖先,办供焚香。
>
> 八月里,往西方,中秋佳节。八月半,去赏月,月光更亮。
>
> 九月里,往西方,重阳佳节。敬土地,烧田香,丰收谢恩。
>
> 十月里,往西方,霜降前后。种蚕豆,种三麦,稻谷入仓。
>
> 十一月里,往西方,大雪纷飞。晴天爽,雨天雪,寒冷难当。
>
> 十二月里,往西方,时逢春节。富过年,穷躲债,差别难量。
>
> 有钱人,蒸馒头,糕点年货。无钱人,被逼债,苦痛难当。[2]

---

[1]《济公宝卷》,2000 年常熟讲经先生朱炳南抄藏本,常熟讲经先生余鼎君收藏。

[2]《中国·河阳宝卷集》下册,第 1043 页。

宝卷用铺陈之法,将旧时苏州市井乡村一年四季间,每一个月的主要的生活场景与劳作实际都概括、展示了出来,可谓当地的四季生活图像。

常熟地区的《王花宝卷》中也有相似的描述。此卷中,观音菩萨化身和尚于一年间按月来度化,王花都设辞推脱。其说辞罗列如下:

> 正月里来真正忙,元宵锣鼓闹厅堂,
> 安童并使女,家中乱忙忙,
> 羊羔并美酒,糕团满盘装,……
> 二月里来外加忙,燕上飞来在梁上,
> 男女贺亲事,请朋四友忙,
> 玩山共看景,梳妆打扮忙,……
> 三月里来缺人忙,游山看景好风光,
> 穿罗并着绢,打扮好风光,
> 官人骑白马,夫人登轿行,……
> 四月里来真正忙,四月天气好风光,
> 秧田里要落谷,大田管理忙,
> 还要采桑叶,蚕儿上山忙,……
> 五月天气大家忙,又要莳秧砟麦忙,
> 大麦上场晒,小麦丘丘黄,
> 黄米要出伞,小米翻仓厫。……
> 六月里来真正忙,我今日日困在小凉床,
> 巧山石上多通水,凉亭里面好风光,
> 安童来泼水,使女送茶汤,……
> 七月秋凉却真忙,田中早稻要上场,
> 大船要揩油,小船起水忙,
> 知了树上叫,秋凉好风光,……
> 八月中秋实在忙,店内烤果满盘装,
> 秋梨并菱藕,月饼满盘装,
> 家家都闹热,户户月饼赏,……

九月里来却正忙,早晚稻谷一齐黄,

晚稻正秀齐,早稻牵砻忙,

念佛没工夫,收租讨账忙,……

十月天气实在忙,厅堂打扫要开仓,

日间要讨账,夜里查对忙,

米麦验好坏,算账上仓厫,……

十一月里真正忙,天气寒冰做衣裳,

上街要办理,男女做衣裳,

子孙一淘去,钞票我管账,……

十二月里更加忙,杀猪杀羊过年忙,

烧五路斋家堂,买糖蒸糕忙,

诸亲百眷来,接客送茶坊,

要我王花来念佛,再到明年下佛堂。[1]

与《郑三郎宝卷》一样,两个宝卷都是用简洁而生动的语言,概述了旧时吴方言区民间一年四季的生活场景,其中涉及节气、农事、风俗、家居、饮食等诸多环节,可谓民间生活的真实反映。

吴方言区民间宝卷对民间日常的反映,另一个比较突出的方面是对市井百态的展示。其中引人注目的首先是对市井间各色行当、店铺的描述,宝卷通常采用铺排的手法来予以展现。如常熟地区的民国二十二年(1933)抄本《当世宝卷》,卷中说到张文兆来到苏州阊门的见闻:

阊门大街景致好,两边招牌密层层。

金子行相对银匠店,皮货行相对王东文。

人参行对药材铺,客栈相对饭店门。

茶叶站相对糖吃店,绸缎店相对衣装门。

---

[1]《王花宝卷》,收入吴伟主编《中国常熟宝卷》中册,古吴轩出版社 2015 年版,第 1492、1493 页。

鲜肉庄对咸肉店，戏院相对茶馆门。

点心店对浴池室，酒店相对银行门。

碗行相对糕食店，米行相对店当门。

人来人去无其数，来来往往闹盈盈。[1]

同为常熟地区民间宝卷的《蜻蜓宝卷》，讲述苏州府首富申贵升与家仆文宣清明节出游，来到苏州的阊门：

文宣领路前头走，贵升大爷在后跟。

出得相府门两扇，主仆二人一同行。

阊门大街多热闹，两边招牌密层层。

三二面馆家常饭，四时鲜果人头兴。

五颜六色绸缎店，六陈米麦湖州人。

七星茶馆旗省参泡，八仙行里乌声音。

九行锣招牌瓷器店，十景行里兑人参。[2]

和前面的宝卷一样，此处也是一意铺排各色店面，旧时苏州阊门一带的繁华景象跃然纸上。

张家港河阳地区流传有《郑三郎宝卷》，卷中说到观音下凡化身，考验郑三郎的修道之心。其中叙写街市情形：

姐妹变化已完毕，再画村庄一座城。

庄园前面种桂树，巧巧一进十二堂。

前面堂来后楼房，走廊两边是花墙。

东边十里荷花池，西边十里老学堂。

南边有个迎宾厅，北边有个大钱庄。

---

[1]《当世宝卷》，民国二十二年（1933）抄本，常熟讲经先生严美英收藏。

[2]《蜻蜓宝卷》，1993 年陈剑忠抄本，常熟讲经先生严美英收藏。

　　左右高设万花楼,琴弦歌舞总全堂。
　　大街小巷南货店,十字街口粮食行。
　　绫罗绸缎大布店,应有尽有福地方。
　　两边起的鸳鸯楼,走近卧房粉花香。
　　东楼相对西楼起,南楼面对北楼房。
　　前面有条大马路,马车行驶连成行。
　　路边有条大运河,早晚帆船要轧档,
　　乘的来往经商客,买卖生意实在忙。
　　路旁起造南货楼,两边宝塔造成双。
　　铜匠店里叮当响,铁匠店里响叮当。
　　书厅里边把书说,茶馆店里谈家常。
　　烧饼店里甜香味,团子店内笃滚汤。
　　十字街口人轧人,弄堂里边是赌场。
　　猴儿把戏街坊做,瞎子算命坐弄堂。
　　测字先生挂招牌,戏剧院内唱滩簧。
　　前面摆的水果摊,贸易场内生意忙。
　　东街少年养画眉,西街娘子弹琴唱。[1]

这是旧时民间熟悉的城市景象。卷中对城市的布局、建筑、行当,包括娱乐业、商业等,都作了一一展示。靖江宝卷《牙痕记》中也有对各类店铺的描绘,其文言:

　　石灰店里雪雪白,乌煤行里暗通通。
　　皮匠店里忙不住,银匠店里口吹风。
　　手拿锥子口衔鬃,饭店门口摆胡葱。
　　酒店门口盅叠盅,混堂门口挂灯笼。
　　遇到一班好世兄,解开鸾带拍拍胸。

---

[1]《中国·河阳宝卷集》下册,第 1044 页。

　　你洗澡来我会东,混堂里洗澡不伤风。

　　东街敲锣唱把戏,西街打鼓唱新闻。

　　南街卖格鹦哥绿,北门卖格燕尾青。

　　街坊景子无心看,下住招商店堂门。[1]

此处,同样是用简练而形象的文字概括出了市井间各类店铺的情形。类似的描写也见于同属靖江宝卷的《十把穿金扇》[2]《三茅宝卷》[3]中。

　　吴方言区民间宝卷对市井百态更为具体、形象的展示,则是对各行各业的从业者的刻画。如靖江地区的民间宝卷《白鹤图》中描绘的场景:

　　这堂倌白毛巾对肩头上一搭,一把筷子对腰眼里倒插,脚对户槛上一踏,灯笼火对灯钩上一搭。他嘴唇边薄绡绡,说起话来轻飘飘,一张利嘴赛钢刀,巧言妙语几句。

　　格有哪里考先生,辛辛苦苦上皇城。

　　来到夜黄昏,如果歇宿我家店堂门。

　　头名状元你当身。

　　格有哪里赌钱人,辛辛苦苦上皇城。

　　来到夜黄昏,如果歇宿我家店堂门。

　　你碰不老,拖千生,掷骰总临盆,多赢铜钱转家门。

　　格有哪里烧饼馒头店的老板们,辛辛苦苦上皇城。

　　来到夜黄昏,如果歇宿我家店堂门。

　　蒸起馒头包白糖,煎起烧饼葱花香。

　　蒸的蒸,煎的煎,买客拥到炉子边。

　　人头上面接烧饼,夹肘底落接铜钱。

　　格有哪里瞎先生,辛辛苦苦上皇城,

---

[1]《中国靖江宝卷》下册,第966页。

[2] 同上,第885—886页。

[3]《中国靖江宝卷》上册,第10页。

来到夜黄昏，如果歇宿我家店堂门。

报君子一敲叮啊叮，穿街过巷来算命。

东家请你排八字，西家请你合婚姻。

修修来世好收成，眼睛睁了像晓星。

格有哪里种田人，辛辛苦苦上皇城。

来到夜黄昏，如果歇宿我家店堂门。

种田田出谷，养猪猪发禄，

回头青开花秀小麦，癞宝草根底落长萝卜，

种格黄瓜不长丁，丝瓜不长筋，

茄子结得像油瓶，种它一园扁白菜，

一棵要秤到十来斤。

三十六行生意买卖人，和尚道士共僧人。

务必不要歇宿我家斜对门，他家三间房子矮墩墩，

满间三屋是堂尘，三只脚台子拐子凳，

筷子像圈砑，碗么像照猪食盆，

竹节猫儿台上蹲，鸡屎屙了一板凳，

床上被铺像硬衬，跳蚤扁螂有半升，

咬了你一夜睡不成。[1]

卷中用生活化的口语道来，所言都是听众常见常闻的，将旅店店小二伶牙俐齿、谙习人情，又机灵狡诈、浮夸油滑的形象展现得淋漓尽致，栩栩如生，如在目前。靖江宝卷中的《文武香球》中也有对各行各业的罗列，依次有唱快板的、卖黄泥罐卖要货的、走江湖卖艺的、卖梨膏糖的、盖屋匠、木匠等[2]。类似的描写在《独角麒麟豹》[3]《十把穿金扇》[4]中也有存在。

常熟地区流传的《卖花三娘宝卷》，卷中说到张氏三娘因为家道败落，难

[1]《中国靖江宝卷》下册，第 1086—1087 页。

[2] 同上，第 1515—1517 页。

[3] 同上，第 931—933 页。

[4] 同上，第 843 页。

以维系生活,于是上街卖花以谋生计:

> 张氏女,说尽了,街坊贸易。
> 五色纸,剪纸花,百样花名。
> 剪兰花,剪菊花,如大生成。
> 还有那,茉莉花,剪得细巧。
> 牡丹花,芍药花,手段极妙。
> 海棠花,芙蓉花,看得开心。
> 乃张氏,剪纸花,样样成对。
> 一对对,一朵朵,颜色鲜明。
> 我今朝,说不尽,百花名号。
> 要讲那,张氏女,做卖花人。
> 提花篮,叫卖花,长街走遍。[1]

这里说的就是民间剪纸艺人沿街叫卖的情状。其所剪纸花的式样繁多且精致,正可见民间手工艺者的辛劳与技艺出众。

民间的戏曲演出也在吴方言区的民间宝卷中屡有言及。如常熟地区的《关圣显灵宝卷》叙述戚家花园请戏班搬演情形:

> 郎舅正在闲谈话,花园女班做戏文。
> 二府设酒园亭上,相请师爷看戏文。
> 鸣山同舅去看戏,女班舛喜(按:疑当作"唱戏")果然精。
> 花面小生女子扮,尽是女子扮男人。
> 二府点了西厢戏,张生游殿见莺莺。
> 跳墙着棋佳期会,小胆红娘有风情。
> 眉如柳绿生得俏,年轻女子美貌人。
> 戚金山美酒无心吃,魂灵落在美人身。[2]

---

[1]《卖花三娘宝卷》,清宣统元年(1909)抄本,黄仲舒旧藏,常熟市图书馆现藏。
[2]《关圣显灵宝卷》,旧抄本,常熟讲经先生邓雪华收藏。

卷中涉及的戏班演员主要为年轻女子,男女角色都由其搬演,演出的剧目则为民间喜闻乐见的《西厢记》。这正是旧时民间戏班演出的基本情形之一。常熟地区的民国二十二年(1933)抄本《当世宝卷》,卷中说到张文兆到了苏州,前去听戏:

> 啥场化,做好戏,人头混淘淘。
> 到戏场,茶馆里,香茗才泡好。
> 做生意,会凑趣,瓜子拿一包。
> 吃了茶,再吃烟,瓜子嘴里咬。
> 张文兆,身边摸,茶钱多会好。
> 只看见,戏台上,戏子着红袍。
> 跳加官,抬元宝,京班锣鼓敲。
> 第一出,九件衣,再加梆子调。
> 第二出,李陵碑,唱出二簧调。
> 第三出,野张飞,喝断霸林桥。
> 第四出,薛仁贵,枪挑安殿宝。
> 第五出,三国戏,打鼓骂曹操。
> 第六出,真本戏,要做山上吊。[1]

这里描绘了旧时苏州市井间戏场与茶馆拼台,音声盈耳,戏目繁多,众人喧闹欢乐的情形,比之于前举的《关圣显灵宝卷》,更多了一些人间烟火气。

吴方言区民间宝卷中对各行各业描绘至为繁多、详细的当推《丝绦宝卷》。卷中说到丝绦党成员为了进淮安城劫法场,解救王卿相,预先扮作各色人物,混入淮安城。依照民国五年(1916)黄锡范抄本《丝绦宝卷》来统计,卷中于此涉及的有读书人、和尚、道士、测戏法的、卖膏药的、算命的、起课的、相面的、唱春的、说因果的、卖梨膏糖的、卖画画张的、卖洋画的、乞丐(唱莲花落)、表演凤阳花鼓的、捉牙虫的、卖橄榄的、香山匠人的、说太保的等。各类

---

[1]《当世宝卷》,民国二十二年(1933)抄本,常熟讲经先生严美英收藏。

人在城门口,照例遇到守卒盘问,并有一番说辞来形容其行业特征。

说因果个进城门,卖梨膏糖到来临。公平正直当道卖,老少无欺写得清。

拿只盘一摆,喊道:"阿要买梨膏糖？千般妙药内中藏,吃了消痰顺气,顷刻精神气爽。三个钱买一包,五个钱买二包。买转去骗骗小宝宝,读书不用先生教。状元及第稳稳咾。阿要买二包？""呔！你卖什么？""将爷,我卖梨膏糖个。""吓！有什么好处？""将爷,其中好处说不尽,让我聊表说拨你听听哦。""嗳,必须要唱得好,放你进城。""唔,是哉！"

先生吃子梨膏糖,学生子个个要中状元。若然勿吃梨膏糖,拿个笔砚书想在卖光。

种田人吃子梨膏糖,亦无耘,亦无挡,三石一亩稳叮当。若然勿吃梨膏糖,耘是耘,挡是挡,到冬牵了石大郎。

生意人吃子梨膏糖,日日生意真正忙。若然勿吃梨膏糖,只好就在街坊市中瞎游荡。

……

鼓手吃子梨膏糖,做亲嫁囡真真忙。若然勿吃梨膏糖,喇叭唢呐尽当光。

癞痢吃子梨膏糖,一条大根鞭子发上装。若然勿吃梨膏糖,三二根癞毛侪脱光。

将爷吃子梨膏糖,出将入相章朝纲。若然勿吃梨膏糖,只怕碰着丝绦党。[1]

旧时卖梨膏糖人吆喝叫卖的情形诙谐生动,如在目前。中间省略的部分依次用相同的套语来言老伯伯、老太太、后生、道士、和尚等,吃与不吃梨膏糖的益处和害处。文繁不录。这一宝卷对三教九流和各行各业的人物作出了细致

[1]《丝绦宝卷》,民国五年(1916)黄锡范抄本,北京师范大学图书馆藏。

生动的展示,可谓清末民初吴地社会百业的真实记录。

吴方言区民间宝卷中对民间日常生活广泛而细致的描绘,使之成为描绘旧时民间社会的生动画卷。乡村市井特有的热闹、嘈杂、欢乐的生活气息在这些宝卷中可谓扑面而来,使人如临其境,宝卷的宣扬也因此而趣味盎然,引人入胜。

## 二、民间礼俗

礼仪风俗是民间生活的一个重要方面,它承载着传统的伦理道德观念,规范着民众的行为与心灵。在吴方言民间宝卷中于此也有丰富的展示。

先言节日风俗。吴方言区民间宝卷不乏对各色节日场景的描绘。如常熟地区流传的《黄花卷》,卷中说到黄花忙于生计劳作,屡次拒绝观音菩萨劝度修行,称自己一年十二个月都不得空闲。其文依次为:

> 正月里来喜事忙,男婚女嫁闹中堂。
> 女儿正好满月转,受盘办酒接新郎。
> 亲邻朋友都要到,迎请招待送茶汤。
> 年初五要路头接,财神菩萨请进门。
> 正月半要闹元宵,挂灯结彩闹盈盈。
> 月底还有一件事,寄儿上门斋家堂。
>
> 二月里来织布忙,日日夜夜在机床。
> 红绿花布经几个,孩子要做新衣裳。
> 二月二要吃撑腰糕,吃得一年四季腰勿伤。
> 二月廿一娘生日,大办酒席我费心。
> 月底还有一件事,外甥念书送学堂。
> 算来二月也勿空,桃花开放下佛堂。
>
> 三月里来春耕忙,半亩秧田要开荒。
> 三月初八清明日,祭祖扫墓化钱票。

还要过个清明节,买点小菜祭祖宗。
三月廿四龙船会,亲眷朋友尽要来。
月底再有一桩事,生得孙子还要烧三朝。
看来三月更勿空,蔷薇花开进佛堂。

四月里来养蚕忙,东奔西走采桑忙。
蚕要上山丝做茧,柴山龙要绞几十条。
时间不长采茧子,采得茧子卖茧忙。
四月十四纯阳会,忙里抽闲走一遭。
月底徒弟师来谢,请我师傅饮杯巡。
算来四月也勿空,石榴花开下佛堂。

五月里来夏种忙,交得黄梅小麦黄。
家家要把黄秋莳,抓住季节不能放。
出门三步黄梅路,夜里回来还要烧浴汤。
五月初五要吃端阳粽,合家吃酒洒雄黄。
五月十三磨刀日,小儿开关拜关王。
五月前后也勿空,荷花开放上佛堂。

六月要除稻草荒,糊稻竖稻搊草忙。
知了蜢蝉喳喳叫,太阳晒得黑苍苍。
六月要斋三个灶,犹如打得一坛醮。
素盘水果小事体,斋灶团子要做两三档。
月底还有忙生活,瓜翻稻田拔秧忙。
看来六月不能空,凤仙花开下佛堂。

七月里来做坯忙,开头就是打砖忙。
驳点烂泥真吃苦,烂泥驳得假山高。
起早摸黑翻泥堆,一双白脚像乌煤。

七月十四起身早，勿是麦糕定馄饨。
七月半节要祭祖，斋斋几个祖宗忙。
算来七月也勿空，八月中秋进佛堂。

八月里来秋活忙，豇赤绿豆要熟黄。
处暑萝卜白露菜，沿河抱角要垦荒。
八月半是中秋节，抱得孙子赏月华。
八月秋蚕养几园，挑得茧子进茧行。
月底乡邻造房子，叫我黄花去帮忙。
看来八月勿会空，菊花开放下佛堂。

九月里来稻头黄，大熟登场更加忙。
九月初九重阳节，轧点米粉要蒸糕。
糕粉盘得勿软也勿硬，红白糖再加赤砂糖。
寒露要砟早色稻，一交霜降尽砟光。
月底先把菜花种，菜花田上挑壮头。
算来九月也勿空，芙蓉花开进佛堂。

十月里来收种忙，垄转稻田种麦忙。
塌岸蚕豆要种好，五谷丰登稻萝幢。
月底大因要分家，几桌碗盘买回来。
镬勺铜勺铲刀买，梯隔饭箩大小缸。
蒸糕裹粽团圆做，挑得盘来暖灶房。
算来十月还勿空，十一月里进佛堂。

十一月里要冬藏，牵砻甩稻米进仓。
冬深风紧天寒冷，子孙要换棉衣裳。
床上白席换干净，薄薄稻草摊一层。
床上夹被换棉被，薄被要盖厚被头。

　　　　隔壁三婶婶要嫁人，叫我做个介绍人。

　　　　十一月里也勿空，有啥工夫下佛堂。

　　　　十二月里短天光，家家户户过年忙。

　　　　人欠欠人账要算，租租债债要还清。

　　　　南北年货要办好，东奔西跑走街坊。

　　　　廿四夜要吃糖团子，子孙吃得满堂红。

　　　　月底到来年要过，年夜饭吃得各加一岁春。

　　　　十二月里更加忙，有啥工夫下佛堂。[1]

此卷中所言，除了每个月的农事以外，涉及了一年到头以常熟为代表的苏州
地区各项重要节日风俗和人生礼俗，前者如年初五接路头请财神、元宵节、清
明祭祖、三月廿四龙船会、四月十四纯阳会、端午节、中元节、中秋节、重阳节、
祭灶、春节等，后者如新娘满月回门、正月底寄儿上门、烧三朝、小孩开关等。
宝卷于此处说尽了当地一年之中最为典型的民情风俗，实为民间生活的真切
反映。

　　除了如《黄花卷》那样铺叙四季风俗之外，吴方言区民间宝卷还有不少
专就某一特定的风俗作细致讲述的。如常熟地区流传的民间宝卷《种田财神》
中有言：

　　　　再说农历正月初五，是路头菩萨生日，家家户户都要接路头，敬财
　　　　神，祈求财源滚滚，六畜兴旺，五谷丰登，人口太平是也。

　　　　正月初五接路头，家家户户敬财神。

　　　　富户人家路头酒，全猪全羊待财神。

　　　　中等人家路头酒，大鱼大肉敬财神。

　　　　也有人家路头酒，猪头三牲敬财神。

　　　　唯有兴观无啥供，咸菜一棵献财神。

---

[1]《黄花卷》，林保旧抄，常熟讲经先生余鼎君收藏。

清茶一杯席上摆,田青橄榄敬财神。[1]

这里说的苏州地区流行的正月初五民间接路头迎财神,包括各色人家祭供的情形。常熟地区的《龙灯卷》中,则说到了元宵节灯彩的情形:

只因登州出告示,今年登州放花灯。

何府即便灯来挂,名灯一一告知闻。

荷花灯,牡丹灯,红红绿绿。一皮(按:当作"批")灯,一皮(按:当作"批")彩,共赏新春。

狮子灯,绣球滚,高挂名灯。猛虎灯,想吃人,口似血盆。

魁星灯,状元灯,步步高升。鲤鱼灯,跳龙门,池塘翻身。

走马灯,团团转,活灵活现。采茶灯,少年人,年轻姑娘。

刘海灯,洒金钱,满地金钱。和合灯,喜十分,欢天喜地。

八仙灯,来过海,祥云缭绕。寿星灯,王母灯,摆在中间。

七层塔,八盏灯,四面放光。将军柱,金龙缠,五色装成。[2]

灯彩的各种名目和其各自的形象,在此都有着精练的展示,由此可以想见民间元宵灯市的华彩与欢闹。

人生礼仪在吴方言区的民间宝卷中表现的较多的是婚姻礼俗。如常熟的《碧玉簪宝卷》中,说到李秀英与王玉林的婚礼,李尚书为女儿李秀英置办嫁妆,宝卷先是不厌其烦地铺叙各种物件:

大皮箱,小皮箱,三十六只;绫罗袄,绣罗裙,满满装成。

黄金簪,紫金钗,毫光烁亮;翠珠花,镶八宝,碧玉飞金。

龙口吞,黄金带,尽嵌珠宝;描金匣,藏首饰,尽是珠珍。

八仙台,小品桌,真真广漆;梳妆台,大衣架,件件描金。

---

[1]《田财神》,甲戌年(1994)常熟讲经先生余鼎君抄藏本。

[2]《龙灯卷》,癸未年(2003)常熟讲经先生高逸峰抄藏本。

　　着衣镜,青铜镜,分为左右;银彩盆,水晶杯,白玉油瓶。

　　凤凰被,鸳鸯枕,成双作对;哆罗呢,百练裙,花草鲜明。

　　四季衣,时新样,说之不尽;汤婆子,竹夫人,寒夏多情。

　　金帐钩,银帐钩,光明灿烂;银锡壶,红绿须,甚是鲜明。

　　大炉钎,小手照,红烛插起;大茶壶,真点铜,锡掇铜盆。

　　大脚炉,小手炉,廿七八个;白玉碗,象牙箸,耀日争光。

　　说不尽,奇珍宝,房中摆式;自鸣钟,按时辰,时不差分。

　　方圆作,无其数,五富六足;粗细物,言难尽,碗盏壶瓶。

　　木灶头,铁锅子,铲刀铜勺;银扫帚,铜畚箕,全副妆奁。

嫁妆如此一一罗列,显示李尚书对女儿的爱惜,也可见其家境之丰殷和当地
物产之丰富。不厌其烦的描述中李秀英的尊贵得到了塑造,这与之后王玉林
对她的误解与冷酷形成强烈的对比。宝卷接下去说其婚礼的进行:

　　尚书府内闹纷纷,厅堂结彩挂红灯。

　　小姐打扮如花女,拜别爹娘众亲邻。

　　三请新人来上轿,夫人哭送出墙门。

　　一路行程不得快,看看来到姓王门。

　　花花轿子当厅歇,笙箫细乐结成亲。

　　龙虎喜对分左右,中间挂起紫微星。

　　并立红单参天地,夫妻同拜老寿星。

　　送入洞房花烛夜,玉林偷看女千金。

　　花容月貌生得好,端端正正貌超群。[1]

上面所言虽简单,但基本上也交代清楚了旧时民间婚礼的主要流程。

　　同属常熟地区的《延寿宝卷》中也有对婚礼过程的描绘,卷中述及金员
外为其子金状元娶亲:

---

[1]《碧玉簪宝卷》,清宣统四年(按:当为民国元年,1912)抄本,常熟讲经先生邓雪华收藏。

且说金状元道："妻妾不在美貌,拣贤德者为妙。"父亲说："你今官居极品,丑者怎能相配?"媒婆说："大老爷,这女子貌容绝妙,行德兼全。"员外问道："要多少茶礼花银为聘也?"

媒婆当时将言说,五百花银就定亲。

先令媒婆去通达,李家闻说便应承。

选日送过年庚帖,金家算命合婚姻。

命中必定生贵子,正当造化做新人。

本中一家多欢喜,大盘小盒定为亲。

财礼白银五百两,四盘八盒娶新人。

选定良时并吉日,安排筵席结成亲。[1]

旧时之婚姻六礼诸多环节,如纳彩、纳吉、纳征、请期等,在此卷中都有涉及。而靖江地区的民间宝卷,如《东厨宝卷》《血汗衫记》《梓潼宝卷》《报祖卷》《三茅宝卷》《大圣宝卷》《十把穿金扇》等,对此则有更多的详细展示。如《东厨宝卷》说到了丁香与张九龄的婚礼,卷中按照传统婚姻的礼仪一一叙述了请媒、换帖、议婚、送定亲礼、迎亲、拜天地、入洞房等环节。其中结婚当日的情形为:

刘员外见到轿子一到,心里发躁,吩咐丫环报与小姐得知,等她早点打扮早点上轿。

丁香听见这一声,十分打扮做新人。

双手散开青丝发,对镜梳妆理乌云。

左边梳个蟠龙髻,右边梳格插花行。

前面梳个贪交虎,后面又梳耍鸳鸯。

杭州花粉搽白脸,手拿胭脂点嘴唇。

上身穿,红绫袄,销金纽扣,

下身穿,百间裙,都挂响铃。

---

[1]《延寿宝卷》,高芝旧抄本,常熟市图书馆藏。

走一步来撼一撼，赛如南海活观音。

高厅拜别双父母，丫环挽进轿子门。

轿子门口转三转，一盆清水泼轿跟。

诸亲六眷来相送，放炮三响就动身。

小杠一探，大杠一换，轿子来门口转了三转。人家说如果不转，歇不到三天新娘子要对娘家钻！轿子动身，一路行程，路上言语省一省，轿子到了张家门。

诸亲六眷多热闹，挤挤轧轧看新人。

轿子到门庭，诸亲闹盈盈。

糕团红绿米，白钱退家亲。

轿子进门来，伴娘婆把门开。

新娘娘来接宝，轿子里挽出来。

八拜天来八拜地，又拜三代共宗亲。

夫妻双双拜和合，洞房花烛配为婚。

来到三朝分大小，君是君来臣是臣。

大刚娶了丁香女，如花似玉喜逢春。[1]

新娘的装扮、离开娘家时的风俗、入男方家的仪式等，在以上文字中都做了细致而生动的展示。听众正可以之来与自己生活中的实际见闻相印证，在体验卷中营造出来的热闹、欢庆氛围的同时，也容易生发出亲切之感来。

吴方言区民间宝卷中展示的民间日常生活和风俗礼仪，对于大部分的听众而言，这是他们日常接触的真实环境，是其生活的一部分。民间宝卷以艺术的形式对它们进行了集中而生动的展示，犹如以画卷的形式将民众熟悉的日常世界铺演在其面前。这些生活化的内容所展示出来的情景，可以让听众生出强烈的亲切感，缩小其与宝卷中的故事、人物的距离。听众至此在心理上容易视人物为自己的"身边人"，感觉人物犹如乡邻，故事就发生于身边，由此更容易受到艺术感染，获得共鸣。这也可以视为吴方言民间宝卷流行的

---

[1]《中国靖江宝卷》上册，第 500 页。

一个重要原因。

# 第二节　丰富的表现艺术

在以熟悉的生活内容吸引听众,拉近彼此距离,以引起其共鸣与兴趣的同时,吴方言区民间宝卷还凭借丰富而高明的艺术手段,刻画众多的生动的人物形象,营造出逼真感人的艺术场景,来感动听众,向其提供艺术的享受。

## 一、方言俗语

宝卷存在于特定的地域空间之中,地域文化是其生存、发展的土壤。而民间宝卷又以表现民间世俗的生活实际、喜怒哀乐为主要的内容,民间社会是其生命的源泉。因而,对吴方言区民间宝卷而言,在其语言艺术上选择当地的方言为表演语言,并且大量地使用民间熟悉、流行的俗语俚辞,是其必然的选择,也是其能被当地民间社会轻松接受、理解的重要基础。而方言俗语在吴方言区民间宝卷中的使用,不仅保证了它易于被当地民众听懂、接受,同时也使之呈现出浓厚的地域特色和民间趣味,这又成为民间宝卷的一种魅力所在。

吴方言区各地民间宝卷的宣演采用当地方言说唱,作为常态已广为人知。反映在文本上,多数的宝卷作品也呈现这一特征。这种呈现在程度上是有区别的,有些吴方言区民间宝卷作品于此表现得非常突出,其地域性和民间性就其文本而言已十分明显、突出。如常熟地区流行的甲子年(1984)胡斌才抄本《分家宝卷》中有言:

> 且说二官凤春在西门外势讨了车三相公之女,也是乖巧玲珑,倒是勿肯做工,常常欢喜搬嘴弄舌。过得门来,看看阿哥常到茶馆酒店<u>白相</u>(按:玩耍义),生活勿做,自己丈夫一日到夜勿空,心里有些勿服,对丈夫说:"吾且问你,<u>能</u>(按:你义)的弟兄阿是嫡亲?"二官说:"正是嫡亲。"二娘说道:"既是嫡亲,为啥阿哥专门吃酒白相? 吾劝你勿如分开,勿要帮<u>俚</u>(按:他义)发财。"二官说:"你那里知道,自从父母亡故,<u>侪</u>(按:

全部义）是嫂嫂哥哥两人养吾，阿哥自然勿做。"二娘说："你勿分开，我要回转娘家！"二官说："吾要告你私自逃走，还要告你爷娘赖婚！"二娘说："吾勿回占娘家，出家去做尼姑！"二官说："你做尼姑，吾做和尚，仍旧住在一处。"二娘说："吾勿落发为尼，吾要上吊寻死，看你那哼（按：怎么办义）？"二官说："吾样样勿怕，独怕吊杀鬼。告我如何回答？"娘娘说："侪有吾来回答。"[1]

这段夫妻之间的对话大量充斥了苏州方言中一些常用的语词，如白相、能、俚、侪、那哼。同属常熟的民国三十六年（1947）张玉良抄本《马驴宝卷》在方言熟语的使用上展示得更为明显，如卷中有言：

> 乃个（按：于是，那么义）茅官听了娘子闹子一歇，便道："娘子听我末说子一声。闹子半日，我也晓得你蹲在娘家受用惯了个，如今你的爹娘一时落眼（按：看走眼义）畀腊（按：给了义）我，生米煮只熟饭哉，常言道'嫁鸡如鸡嫁狗如狗，嫁得酸醋罐头瓣得就走'。倘若一斗银子，坐吃末只吃二年半。"娘子道："你到东我跟到东，你到西我跟到西。"茅官道："娘子，你日长细计末，小零碎做做，帮凑帮凑阿婆末，外头人也称赞一声，我丈夫面上也有威光，应该公公婆婆也叫一声。"赵氏道："哎呦，要我叫末，看高兴唻。"茅官道："你进来子三月以外哉，总勿曾（按：未曾义）叫歇，不知道你一要几时高兴叫哉。"娘子道："三年不叫也不晓得，十年不叫也不晓得，一世不叫也论弗得。"乃个茅官听见子，气得来跑出去，眼泪汪汪。娘道："孩儿，你为啥咾眼泪汪汪，说我知道。""爹娘呀，我讨个娘子末实在不好，忤逆公婆，只个无出息，一家人家弄得来颠倒个哉。"母亲道："孩儿呀，不要说哉，倘然恁笃（按：你个义）娘子听见子要讨气（按：惹气义）个，又要被外头人耻笑个。"乃娘儿二个忒正腊朗（按：在义）讲，恰正被娘子听见，连忙跑出来就闹，开口就骂也。
>
> 晓得你得会讲张（按：说话义），我末酷张（按：准备义）坏名扬，

---

[1]《分家宝卷》，甲子年（1984）胡斌才抄本，常熟讲经先生严美英收藏。

　　　　要讨气来就讨气,不怕切头去充军,

　　　　生来个性格改不转,于今忍耐过时光,

　　　　若要嫌长并嫌短,拼条性命闹开场。[1]


以上文字中,出现了大量的苏州方言,如乃个、落眼、昇腊、勿曾、恁笃、讨气、忕、腊朗、讲张、酷张。而"嫁鸡如鸡嫁狗如狗,嫁得酸醋罐头骱得就走"更是常熟民间特有的俗语。而"说子一声""闹子半日""要我叫末""你为啥咾眼泪汪汪",也是苏州地区至今民众常有的说话口吻。这样的说话,在苏州以外的人听来不免稀里糊涂,如坠云雾,但对于当地的民众而言,却如同生活中听人闲话,一清二楚,亲切自然,生活气息浓烈。

　　靖江地区的民间宝卷作品中也多类似情形。如:


　　　　杨木扁担软绵绵,樵担松柴白相相(按:玩耍义),半途之中歇一歇,担到家中才出太阳。(《三茅宝卷》)[2]

　　　　太太呀,你务必不要朝思量来夜肉麻(按:心疼义)。(《三茅宝卷》)[3]

　　　　当家师说:"三少爷,不要信嘴里瞎嚼(按:胡说义),瞎许菩萨。"(《三茅宝卷》)[4]

　　　　这张世登从监牢里放出来是底高腔调(按:模样义)? (《血汗衫记》)[5]

　　　　(王老爷为仆人配亲)他半睁半闭。看准了,好的丑的牵搞(按:搭配义)牵搞,配得蛮好。(《三茅宝卷》)[6]

　　　　搭粥菜是扬州酱菜共瓜丁,上茶吃的是癞宝馒头(按:靖江当地指

[1]《马驴宝卷》,民国三十六年(1947)张玉良抄本,常熟讲经先生邓雪华收藏。

[2]《中国靖江宝卷》上册,第61页。

[3] 同上,第22页。

[4] 同上,第35页。

[5] 同上,第326页。

[6] 同上,第93页。

圆而扁的馒头,形同癞蛤蟆)秤半斤。(《三茅宝卷》)[1]

　　钱茅龙说:"妹妹,现在有底高(按:什么义)办法呢?"(《三茅宝卷》)[2]

　　王氏来到暖阁高楼,一见婆婆,嚅嚅突突(按:伤心状义)就哭。(《三茅宝卷》)[3]

前面四例中的"白相相""肉麻""瞎嚼""腔调"等语词,靖江以外的吴方言地区也多有使用。后面五例中的"牵搞""癞宝馒头""底高""嚅嚅突突"等语词,则为靖江方言所特有。这对于当地的听众而言,显得更为熟悉,自然也更为亲切。靖江的民间宝卷除了方言外,也大量使用民间流行的俗语,其中又以歇后语表现得较为突出。这里以《土地宝卷》为例作一说明,列举此卷中的部分俗语如下:

　　跑去一看,沈氏小姐不高不矮,不胖不瘦,真是黄棉花换布——充当得过。

　　啊呀,我家与他张员外家做亲,就怕是站在泰山脚下向上望——高攀(盼)不上。

　　我晓你脾气的,赖劲凶呢,一赖一个白迹。不过,我的章程早就定好了,不想吃你们的饭,过你们的日子,我们趁早,荞麦屑团——一戳两开。

　　众位,沈氏把媳妇驱到这种地步,还做鬼猫哭老鼠——假仁假义说……

　　张宝想:"主母都招了,我若再赖账,不是看着水塘往下踏——自讨苦吃!"[4]

这些歇后语大多来源于生活,简洁易懂,其出现使相关情景一下子变得饶有

---

[1]《中国靖江宝卷》上册,第11页。

[2] 同上,第4页。

[3] 同上,第54页。

[4] 同上,第304、307、314、315、335页。

趣味,具有形象生动又诙谐幽默的艺术效果。

方言俗语的大量存在,是宝卷作为口头文学的文本与书面文学作品相区别的重要标志。它一方面使得宝卷的宣讲通俗易懂,容易为听众接受、理解,使相互间的交流可以变得更为亲切,融洽现场的气氛;另一方面则将宝卷中的人物、故事与听众的生活实际联系了起来,听众对之易产生真实感,自然也容易被感染、触动。特别是俗语的运用,因为其大多源于生活,又经过巧妙的概括、提炼,有着浓烈的乡土气息。在表情达意方面,常常能和听众形成默契,听众可以轻易领会宣卷艺人要表达的意思,感受人物的喜怒哀乐。另外这些俗语多数生动、形象,又诙谐、有趣,对于增强整个讲经过程中的趣味性与艺术表现力而言,其使用具有出色的艺术效果。

方言俗语在吴方言区民间宝卷中的出现,一方面保证了宝卷的民间属性和地域特征,为之深深烙上了各个地域的本土文化的印迹,这是吴方言区宝卷与其他地区的宝卷区别开来的主要原因与标志之一;另一方面,它们的存在是直接迎合当地听众的欣赏习惯与需要,用他们熟悉的语言来宣讲宝卷。其语言上通俗易懂和生动有趣,既拉近了和听众的心理距离,也增强了宣卷的可欣赏性。正是因为这些原因,吴方言区民间宝卷才能在漫长的历史时期内生存、发展,并以相对稳定的表演形式与风格一直延续到今日。

## 二、起角色

吴方言区民间宝卷多有仿照评弹、戏曲的形式,给人物分角色,在表演中起角色,按照卷中人物在当下的处境,对他们说话的口吻、腔调,乃至心理、表情、动作,进行拿腔捏调、惟妙惟肖式的展示。这一特色增加了宣卷的艺术感染力,使其呈现出戏曲化的倾向。在丝弦宣卷兴起以后,这一状况表现得更为突出。民国时期的化装宣卷和当代的宣卷表演唱都是其发展的极致。

在吴方言区民间宝卷中,有很多作品在人物之前专门标明其相应的戏曲行当,且在人物说话之前不作"某某说""某某道"之类的提示,而是直接说出其话语,这实际上即是宣卷中起角色在文本中的记录、展示。在演出中,宣卷艺人会自然地依据其情景,模拟相关人物说话的口吻、语气,从而给予听众更为生动、真实的艺术感受,营造出如戏曲一样的临场效果。如清抄本《月祯宝卷》中说到丫环替小姐传递书信和男主角见面：

> 小生引："闷坐书斋心不定，心猿意马郁更多。小生李文进，前日担扫花台，正遇月祯小姐。彼此谈心，却被月英观见，恐生事端。思想起来，好不忧虑人也。"贴："奉了小姐命，前来报事因。姑爷在上，飘香叩头。"小生："起来，飘香姐。你来到书斋，莫非前日之事发作了么？"贴："姑爷且是放心，大小姐愿在夫人跟前搬弄是非，夫人全然不听，反将他辱骂一顿，要他出去。姑爷大胆无事的了。"小生："还好是还好。"贴："丫环今奉了小姐之命，有书信一封，叫姑爷照书行事，不可吐露风声，恐被老爷知道，不当稳便了。丫环去了。"小生："慢去。哈哈哈，小姐有书到来，待小生拆书观看。"[1]

这段文字未涉及人物动作、行为的描述，全然只是在各自的戏曲行当名目之下，道出其话语，宣卷艺人在演出时要模仿两个人的腔调。李文进在一开始等待的时候，因为担心与月祯私会事发，内心忐忑至为明显；初见丫环即问此事，显见其迫不及待；在听了丫环的宽慰之后，心中石头落地，却又生出新的向往，所以只敷衍"还好是还好"。而丫环善解人意，马上道出有小姐的书信，李文进接下来的话语又展示出其内心喜悦异常。宣卷艺人的拿腔捏调正可以将人物心理的微妙处生动地展现出来。

再如民国上海惜阴书局石印本《雌雄杯》宝卷中，说到周僖王的皇后苏后被梅妃陷害，将要问斩。潘丞相回到家中，妻子质问其为什么袖手旁观：

> 老旦白："哇，相爷，既然苏后有罪，你理该殿前保奏。"老生白："夫人呀，老夫哪有不思保奏之理？只因昏君听信梅妃，龙心不明。老夫殿前辛苦保奏，全然无效。故此与夫人商议，搭救国母才是。"老旦白："不知老爷如何设法搭救国母？妾身们可能效力，无不从命。"老生白："夫人呀，想我七年之前，老夫身受国法，多承苏后保奏，你我得生至今，此恩

---

[1]《月祯宝卷》，清抄本，扬州大学图书馆藏。

尚未报答。因今娘娘有难,理当舍身报答昔年之恩。待等明日午时,那位夫人可能代死法场。"老旦白:"啊唷唷! 老爷,我道如何搭救国母娘娘,原要妻妾们替死法场。此言真正笑死人了。"[1]

妻子开始是不解并埋怨丈夫未曾搭救苏后。潘丞相的回答,先是为自己抱屈,然后表明无奈。之后妻子逼问不舍,丈夫回顾往昔,为下面的计策埋下伏笔。妻子的回言,一则说明其没有想到丈夫出此计策,二则表达对丈夫的哂笑。两个人在此时的情态,借助艺人的起角色,如在眼前。

靖江地区的民间宝卷中也多有与上述类似的情形。如《张四姐大闹东京》中,说到张四姐夜间从大牢中救回了丈夫崔文瑞,第二天牢头发现状况后,将此事报告县令木不仁:

> (木不仁)正起身欲走,后面来了一个牢头禁子:"报,老爷不好,牢里犯人挨人劫走了!""劫走哪个?""重牢里的崔文瑞!""还有哪个?""老爷,还有我!""胡说,你不在此?""不,我被扎成粽子,撂在尿桶旁边,刚才王三去换班,才把我放出来。""来了多少人?""还多少人哩! 只有一个人!""什么样子?""短打束腰,手执苗刀,飞檐走壁,身有千斤之力,走起路来无声无息。"[2]

县令与牢头间的对话从头到尾并无人称提示。讲经者于此起角色,一身饰演两角,模拟两个人说话的口吻和腔调。县令听闻噩耗之后的惊慌、焦急和关切,牢头的惊魂未定、不知所措,在此都生动、形象地展现了出来。该宝卷中下文又有言木县令派遣八个中军领兵去捉拿张四姐,与后者见面问答:

> 四姐对门前一站,口中就喊:"众位中军大人,老少哥们,你们来此作甚?""我们奉木老爷之命,来捉拿你们劫监犯人,还不快快出来就

---

[1]《雌雄杯宝卷》,民国上海惜阴书局石印本,泽田瑞穗旧藏。
[2]《中国靖江宝卷》上册,第354—355页。

擒!""呸,我们一不是逃监,二不失劫犯。是你们瘟官贪赃害人,硬做盗案,逼得我无路可走,去把我丈夫救出来的。望你们速速收兵回转,不要在此与你姑奶奶纠缠!""呸,大胆贼婆,如此凶蛮!弟兄们,替我拿下!"[1]

靖江宝卷的宣演者于此处模拟对阵双方的说话,张四姐的满腔愤怒和胸有成竹,官兵的色厉内荏、仗势欺人,以及由此而形成的紧张形势,都可以获得充分的展示。

演员模仿作品中人物的口吻、语气,在说唱艺术中属于常见现象。吴方言民间宝卷的宣演艺人在演出中,根据特定的故事情景将自己代入角色,以角色的面目出现在听众之前。通过对人物语言、行为沉浸式的揣摩、模仿,生动而"真实"地展示人物在当下情境中个性化了的形象。这样的表演能惟妙惟肖地表现出人物当时的情态和心理,能令听众轻易地代入到相关的场景之中,触发其对人物的共鸣,使之随着人物的遭遇和表现,或喜或悲,或紧张或舒缓。表演者由此可以更好地调节表演的节奏,掌控全场。两者结合起来,推动宝卷的宣演取得更好的艺术效果。

### 三、滑稽诙谐

吴方言区民间宝卷立足于民间社会,追求滑稽诙谐的艺术效果是其重要的特色。这一特色迎合了民间在欣赏戏曲、曲艺时对欢闹、轻松氛围的追求。在吴方言区民间宝卷中,常常通过各种艺术手段来达成此效果。

有些吴方言区民间宝卷通过情节上的巧合来营造喜剧效果。如靖江宝卷中的靖江佛头陆爱华抄藏本《七殿攻文》,卷中说到观音菩萨去赴张姐家的斋会,有言:

> 观音老母见快吃饭,就叫善才、龙女变作六个小孩坐在西边。自己变作老太婆,就说:'斋主呀,他们几人是斋僧布施?'"嗯,你们头一代

[1]《中国靖江宝卷》上册,第355页。

吗？等我家上会个吃饱了再说。"等了一会，只见锅底朝天。到了晚上，他们六个又坐到东面来，哪晓得发饭个从西面向东排，又没弄到吃。观音老母眼睛边呀边，又见吃得锅底见天。到了第二天吃中饭，观音老母把善才、龙女派到当中。斋主叫发饭个走两头发，当中又没发到。[1]

斋会本为观音而作，观音自己屡次改变坐法，恰好阴差阳错，都碰到了与其坐法相悖的发饭方式，最终只能饿着肚子离开。这种出乎意料的巧合，将人物置身于尴尬可笑的情景之中，令人发噱。

有些吴方言区民间宝卷通过宝卷人物间的误听误解，来造成滑稽的艺术画面。如靖江地区的《梓潼宝卷》，卷中说到太白金星化成了李梓春，将陈梓春骗到龙宫，龙王化作李梓春的外公出来相见，其文言：

老龙王说："陈梓春来了。"端张穿花椅，对十重门里一坐，手里那根拐杖，坐在那里哼哼唱唱："老夫今年八十高，白发苍苍似银条。人人总说家豪富，旁人哪有我逍遥！早上好酒三斤半，腊肉火腿免心焦。哎，哈哈哈哈，哈！"

陈梓春一见就问："李世兄，他是你家哪个？"

"就是我的公公。""既是你的公公，你怎不见礼的？"

老星君弯腰一揖："外孙有礼。"老龙王装聋作哑："你是哪个？家住何方？"

陈梓春问李梓春："李世兄，这个老头子到底是你家哪一个？""我家公公。""既是你家公公，对你外孙怎不认识？""陈世兄，你听错了。你姓陈，我姓李，他不是问我是问你。"

"啊，问我？"陈梓春走上前去，彬彬有礼，一躬到底："晚生有礼，公公万福。请问公公多大年纪？"

龙王眼睛一暴，胡子一翘，拐杖一掼，甩出去几丈。"老夫喜欢吃花生，你怎问我可吃田鸡？""李世兄，你公公聋呱？""嗳，有点琴铃共——

---

[1]《七殿攻文》，靖江佛头陆爱华抄藏本。

聋格。对年纪大的要说响点！"

"公公，我请问你，今年多大尊庚？""啊，木耳煨金针？你跑错了，南货店才有，我家没得。"

"李世兄，你家公公恐怕是钉底的——聋！""不要谈钉底，他是聋子耳朵当偏斜，你与他缠，照常也就缠上去的。"

"公公，我问你高寿？""糕厚，厚糕吃三块，薄糕吃双倍。"

"不，我问你多大岁数？""你管我对数不对数！"[1]

卷中，龙王按照其老人的做派，一次又一次地装作听错了陈梓春的问话，完全是鸡同鸭讲，并以生气恼怒的姿态展现在听众面前，使得这一场景充满了滑稽可笑的意味。

有些吴方言区民间宝卷通过夸张的手法来，来完成滑稽诙谐效果的营造。这种夸张又通常与铺排的艺术手法结合在一起。如常熟地区流传的1950年抄本《小猪卷》，卷中说到小猪能说人话，阻拦屠夫杀死生养它们的母猪，引起轰动，四方各行各业之人都来看稀奇。其热闹的场面充满了滑稽意味。其文有言：

说新闻子话新闻，带领个大男小女，娘娘小姐，哭个哭，喊个喊，引动多多少少人。家中劫得人挨挤，说个说，笑个笑，希奇个，猪会话说话个，人人喜得骨头轻。四方八面尽来看，且说一种生意人：

纸马店里伙计先生也要看新闻，乡下人要买付观音灶马，一揭揭错只揭子，一帖红堂子，还有一帖末，揭只古董老寿星。

裁缝店里师父也要看新闻，别人叫他裁裤子，只想看新闻，共成末听清，裁子一件布背心。

铜匠店里人也要看新闻，别人买把铜勺，视而不见，听而不闻，大折其本，错卖落只一只铜面盆。

锡匠也要看新闻，乡下人叫他打只锡茶壶，一时不当心，手上拷得痛

[1]《中国靖江宝卷》上册，第277—278页。

杀人,恨气打只茶叶瓶。

铁匠也要看新闻,别人叫他打点锄头铁搭钉,耳朵分听清,共成打只利市钉。

药材店里先生也要看新闻,乡下人买一百钱牛漆(按:当作"膝"),拿人参错卖落二三斤。

郎中先生也要看新闻,别人请他看看毛病,开差完只药方,害别人吃只命归阴。

开肉庄人也要看新闻,一个小弟弟,买七钱送鬼肉,只想看新闻,一斩斩去十来斤。

茶馆里堂倌也要看新闻,眼睛绷来绷,开水尽不滚,要紧看新闻,出店门,带领吃茶人尽斜出只店堂门。

豆腐店里师父也要看新闻,拿风箱拼命扇,勿知滚不滚,拿豆腐浆铺得干干尽。

面馆里人也要看新闻,客人叫碗三鲜面,耳朵黬听见,嘴搭鼻头牵来牵落子一碗肉馄饨。

碗店里人也要看新闻,别人买只七寸盆,错付一只大洋盆。

京货店里人也要看新闻,来一位大小姐,买只做花针,拿错只一包大扳针。

看布先生也要看新闻,乡下娘娘卖个黄纱布,勿尽看清楚,铜钱喝只七百零。

酒店里人也要看新闻,乡下弟弟买斤老白酒,拿个四攀瓶,替他荡干尽,一拷拷子一瓶蜜林檎。

南货店里人也要看新闻,夹忙头里膀牵筋,正真生意兴,别人要买胡桃,缠只蜜枣,南北杂货错拨人。

糕店里人也要看新闻,男女无其数,方糕卖干净,铜钱未收半毫分。

厨司务也要去看新闻,恰正来得喜事人家,做只炖鸡碗,拿只酱油盆,要紧看新闻,节头子切得血淋淋。

茶担司务也要看新闻,别人叫他添酒,一时分当心,就拿滚水添只一壶瓶。

　　乡下娘娘看新闻,你一揹,我一揹,戳到东,跌到西,劫落只鞋子膝裤无处寻。

　　和尚也要看新闻,脚跟头个帽子、膝裤,踢脚绊手,一个小和尚,抬着只大脚姑娘个一只膝裤,就望头上一套,刚刚套到齐颈颈。

　　道士先生看新闻,头上劫落破方巾,身上着一件布海青,被别人扯得碎纷纷。

　　瞎子也去看新闻,勿看见,张开点,着力个一奔绷,两眼睁得像铜铃。

　　聋髶也去看新闻,又是勿听见,勿看见,把脚跮起点,着力个一伸颈颈伸长二三寸。

　　搭脚也去看新闻,拿只一根棒,一撑末一跳,更比好脚快三分。

　　瘸手劫得无挡塔,驼子劫得直挺挺。人来人去无其数,小猪开口劝世人。[1]

此卷不厌其烦地铺排了各行各业、各色人等因为争看小猪说话,而导致的或行事出错,或形容受损,或行为违常。每一种人在此处的表现都具有滑稽可笑的意味,堆砌在一起,则使得这种滑稽的艺术效果进一步被放大,更为强烈突出。

　　同属于常熟地区民间宝卷的民国二十四年(1935)徐俊发重抄本《显映桥宝卷》也有类似的情形,卷中言:

　　且说开桥约会七月廿四,恰遇惠山大老爷庙里做戏,两借凑,人烟挤了。也有个:
　　大婶婶,二小姐,三妹妹,四太太。
　　五娘娘,六姆姆,七娘姨,八姐姐。
　　九姑娘,十奶奶,大阿叔,二少爷。
　　三兄弟,四伯伯,五哥哥,六爹爹。
　　七公公,八太太,九大少,十老爷。

---

[1]《小猪卷》,1950年抄本,常熟讲经先生邓雪华收藏。

> 也有三根鬏发披到两肩髀,也有瘸手并搭脚。
> 众人挤得周身汗,小结别落高低鞋。
> 小男挤得喊爹爹,大姐挤得喊阿姆。
> 后生挤得生生吼,老人挤得喊坏坏。
> 和尚挤得光头顶,道士挤落破匾巾。
> 太太挤落破平袋,小姐挤得哭哀哀。
> 师姑挤得吱吱叫,跟子和尚转去哉。[1]

这与前述《小猪卷》如出一辙,也是铺排描绘了众人看热闹时的狼狈之状,画面热闹之下更显滑稽可笑。靖江地区的民间宝卷作品《血汗衫记》中,说到张玉童到杭州寻父,在街上唱莲花落乞讨,哭诉身世,有众人围观倾听,其文言:

> 胖子轧得浑身汗,瘦子只喊骨头疼。
> 癞子轧得浑身痒,癞屑子抓抓有半升。
> 拐子轧得跳呀跳,十颠九倒路不平。
> 驼子轧得透不出气,弯腰曲背总轧平。
> 瞎子听听莲花经,眼睛睁勒像晓星。
> 聋子听不清莲花落,扒扒耳朵问别人。
> 哑子听了莲花经,呜噜呜噜要开声。
> 道士轧掉道士巾,和尚露出光头顶。
> 瘌子子轧得火冒冒,冒失鬼只当叉高灯。[2]

这里依旧是以夸张的手法排比众人围观拥挤的可笑之状,整个场景也充满了浓厚的欢闹、滑稽的意味。

常熟地区的民间宝卷作品庚午年(1990)缪鸿翔抄藏本《彩球宝卷》中,

---

[1]《显映桥宝卷》,民国二十四年(1935)徐俊发重抄本,常熟讲经先生徐招玲收藏。
[2]《中国靖江宝卷》上册,第325页。

说到唐太宗时期,吕后生下太子,遭陷害后流落乡间,沦为乞丐,起名薛穷。后有王宰相之女玉英抛彩球招亲,正中薛穷。王玉英嫁入薛家,众告化子(按:苏州地区称乞丐)来祝贺吃喜酒,其文有言:

> 告化头送和合被,一诺送一对花烛二三斤。
> 五摇头水果糖廿来斤,六偷鸡送只大雄鸡。
> 七多手送了一对鸳鸯枕,八庶头送只毛笋十八斤。
> 九欠经送个猪头并长肚,拾勿全送了黄酒六十斤。
> 三济漕送了肉皮五斤半,塌鼻头送了青鱼五十斤。
> 瞎眼睛送了皮蛋八十个,扛肩骱送了白糖廿来斤。
> 才不怕送了白米四斗半,无耳朵送了团圆二筛令。
> 歪嘴辰(按:当作"唇")送了瓜子长生果,腊里(按:当作"癞痢")头送了甘蔗小点心。
> 瓮鼻子送了脚盆并码桶,大肚皮送了二只鲜腿并蹄髈。
> 大皮疯子送了鸡蛋六十个,手欠风送来柴草一担另。[1]

这里仍然是采用了铺排手法,营造出欢闹的场景,但其滑稽意味的获得主要是通过众乞丐那些稀奇古怪的外号来实现的。这些外号或根据乞丐的行为,或根据其身体特征而来,在民众听来形象之余又深具戏谑之味。而铺排在一起,加上戏剧性的巧合,又使得此种戏谑转化成了滑稽。这与旧时曲艺作品中通过对人物身体残疾的嘲讽来实现其追求的喜剧效果是类似的。

　　吴方言区民间宝卷采取多种艺术手段,营造出滑稽、诙谐的艺术效果,展示出了丰富的想象力和高超的语言驾驭能力。其诙谐、滑稽的艺术效果有助于调节、活跃临场气氛,调动听众的情绪和兴趣,增加了宝卷的艺术感染力和吸引力。

---

[1]《彩球宝卷》,庚午年(1990)常熟讲经先生缪鸿翔抄藏本。

# 第九章　吴方言区民间宝卷与创世说

明清以来,民间对于天地开辟、人类诞生的命题多有论说,并以宝卷为主要载体之一,形成了较为系统的民间创世说。民间教派宝卷和民间宝卷对创世的叙说联系紧密,又各有其特征,从中可见民间教派与民间社会的纠结与分野。吴方言区民间宝卷中于创世之说也有较为集中、典型的叙述。

## 第一节　民间教派宝卷中的创世说

宝卷中反映创世观念的主要有两类作品:一是民间教派宝卷,一是民间宝卷中那些宣讲神灵成道、神通的作品。前者如《五部六册》《混元弘阳临凡飘高经》《古佛当来下生弥勒出西宝卷》《皇极开玄出谷西林宝卷》《清净宝卷》《太上祖师三世因由总录》《佛说皇极金丹九莲证性归真宝卷》等,都涉及创世之说,可谓众多。而民间宝卷中的创世说对前者多有继承、延续,故此处先言民间教派宝卷中的情形。

### 一、罗祖《五部六册》中的创世说

无为教的罗祖《五部六册》初刊于明正德四年(1509),于民间教派宝卷影响深远[1]。其《巍巍不动泰山深根结果宝卷·未曾初分无极太极鸡子在先

---

[1]　车锡伦:《中国宝卷研究》,第 140 页。

品第十七》言：

> 无极是太极，太极是无极，无极是鸡子，鸡子是太极。无极是鸡子，都是假名。假名叫作太极、无极、鸡子，即是无边虚空。天地日月，森罗万象，五谷田苗，春秋四季，一切万物，三教牛马，天堂地狱，一切文字，都是虚空变化。本来面目就是真无极，本来面目相连太虚空。[1]
>
> ……未有天地之时，混沌如鸡子，溟涬如芽，鸿蒙滋萌。太极元气，函万物为一。太极是生两仪，两仪生四象，四象生八卦，八卦为乾坤世界。理即是道，道即是理，理即是善，善即是理；理即是太极，太极即是理，太极即是善，善即是太极。未有天地，先有太极。[2]

罗祖之创世说可拈出以下要素：

1. 天地万物未有之前，先有一本原。其状混沌如鸡子，其名多样，可称之为道、太极、无极、虚空等，皆为假名。

2. 本原涵育天地万物。先是创生两仪阴阳二气，两仪生四象——太阳、少阳和太阴、少阴（或言指四季），四象生八卦，八卦衍生万物。

3. 此本原（太极）即理即善，兼具物质属性与精神属性。

4. 人类的诞生在这里并没有专门举出，人类显然是包含在"一切万物"之内。

此处展示的创世说实即综合儒、道两家之创世说而来，多予人似曾相识之感，并无多大的创新之处。

罗祖在《五部六册》中构建创世学说，其创新之处则是在创世过程中安排了创世神。其《正信除疑无修证自在宝卷·执相修行落顽空品第九》道：

> 大千界，天和地，无极执掌。

---

[1]〔明〕罗清：《五部六册》，清雍正七年（1729）合校本，《明清民间宗教经卷文献》第1册，第376—377页。

[2] 同上，第377页。

　　　　五湖海，大江洋，无极变化。

　　　　天和地，森罗相，无极神力。

　　　　日月转，天河转，无极神力。

　　　　我念得，无极源，一体真身。[1]

称无极"执掌""神力""真身"，已有将其神格化的倾向。其《巍巍不动泰山深根结果宝卷·一字流出万物的母品第四》言：

　　　　哪个是诸佛母？诸佛母，藏经母，三教母，无当母。怎么为母？诸佛名号，藏经名号，人人名号，万物名号，这些名号从一字流出。认得这一字，为做母，母即是祖，祖即是母。说个小譬法，孩儿名也是本来变化名。大地人名号也是本来面目变起的名号。无当名号，诸佛名号，三教名号，菩萨名号，一切字名号，一切万物名号，都是本来名目变化名字，都是一字流出。本来名目为做母，为做祖。[2]

无极、母、祖者，为宇宙万物本原、本来面目，一切万物由其化生。罗祖在此已开始了造神，是为后来民间教派宝卷之创世神、至高神的张本。

　　罗祖的《五部六册》在民间教派中地位崇高，其创世说首次为明清民间教派构筑宗教理论奠定了基础，后来民间教派对此多有延续。如清康熙二十一年（1682）初刊老官斋教宝卷《太上祖师三世因由总录》中道：

　　　　盖闻威音以前，本无一物，谁敢安排！不分昼夜，密密绵绵。混元一气，打成一片。无上无下，无东无西，无南无北。将甚为名，混元一气，无有阴阳。鸿蒙一判，发生太极。太极生二仪，二仪生三才，三才生四象，四象生五形，五形生六曜，六曜分七政，七政分八卦。天有森罗，地有万

────────────

[1]〔明〕罗清：《五部六册》，清雍正七年（1729）合校本，《明清民间宗教经卷文献》第1册，第309页。

[2] 同上，第355页。

象。一气变化无穷,所以道人身难得。[1]

此处的创世说延续罗祖的《五部六册》,变化不大,同样不涉及创世神。

## 二、罗祖之后民间教派宝卷中的创世说

罗祖《五部六册》后的民间教派宝卷涉及创世说的,虽多延续,但其变化也是明显的,主要有二:一是宇宙本原进一步获神格化,最终演变成为各教派的创世神与最高神;二是人类诞生区别于其他万物,有了专门说明,强调其与创世神的密切联系。这较早见于罗祖以后无为教教徒明代释子大宁编的《明宗孝义达本宝卷》,其《混元初分品第一》言:

> 佛告阿难:"……本来元是太虚空,故名无极,无极化太极,太极分二仪,二仪生三才,三才生四相,四相生五形,五形分八卦。因有八卦变化万类,一切万类,尽在妙道之中,一气所化也。一气是先天,先天是一气。噫!"……
>
> 半虚空,一段光,如来出现。一点光,涌出来,上下玄空。分清气,上为天,星辰斗府。分浊气,下为地,树木园林。有了天,有了地,人无一个。将甚么,立人烟,去做众生。无极祖,显光明,光明无数。不着气,难得活,怎得成形? 散光明,遍大地,借土为壳。先天接,后天气,才得成人。[2]

此处创世说基本延续罗祖的《五部六册》,相异处正是前揭两点,这是后来民间教派宝卷的发展方向。

清初大乘天真圆顿教的《龙华宝经》《销释木人开山宝卷》《销释接续莲宗宝卷》也都涉及创世说,可作为其时民间教派宝卷在此方面的典型。圆顿教教主弓长(张姓)演述,弟子木人记录整理,清顺治九年(1652)写成,顺治

---

[1]《太上祖师三世因由总录》,清光绪元年(1875)刊本,《明清民间宗教经卷文献》第6册,第242页。

[2]〔明〕释大宁编:《明宗孝义达本宝卷》,清刊本,《明清民间宗教经卷文献》第6册,第203—204页。

十一年（1654）初刊的《龙华宝经·混沌初分品第一》言：

> 混沌初分一段光，本无前后是混元。
> 一片寒光无上下，不辨清浊圆上圆。
> 混元一气如鸡子，本来清净是先天。
> 先天一气鸡生卵，卵内生极是根元。
> 不分清浊光皎皎，一段圆明雾漫漫。
> 本无阴阳无南北，那有佛祖亦无仙
> ……
> 初分混沌无一物，一气周流现金身。
> 古佛出现安天地，无生老母立先天。[1]

未有宇宙之前为混元一气，混沌初分后最先出现古佛和无生老母。二者搬运神通，安天立地，创生万物。《龙华宝经·古佛乾坤品第二》描述了人类诞生：

> 无生为母，所产阴阳，本无名相，起名叫作女娲、伏羲，乃是人能之祖。
>
> 有无极天真古佛在太皇天都斗宫中坐定，请无生老母同来商议。命女娲、伏羲，叫伏羲命男女成婚。无人作保，令金公、黄婆会他作媒。黄婆曰："无影山下，有一块鸿蒙混元石。"用先天剑一把，劈破鸿蒙，取出阴阳二卵，从须弥山上，滚将下来，滚在鹅眉涧中。咯当响亮一声，搭桥对窍，阴阳配合，这便是男女成婚。怀养圣胎，乾道成男，坤道成女，产生下九十六亿皇胎儿女。[2]

下言无生老母因世界空虚，遣皇胎儿女下凡，因后者贪恋红尘，迷失本性，乃

---

[1]《龙华宝经》，清初刊折本，《明清民间宗教经卷文献》第 5 册，第 649 页。
[2] 同上，第 650—651 页。

立龙华三会来收度之[1]。此处古佛与无生老母作为最高神创生了世间万物，并特意化育了人类。这种特意应该是创说者自我意识的显现。

民间教派宝卷向后发展，其创世说中古佛逐渐淡出，无生老母成为唯一的创世神，也是唯一的最高神。此过程明末已开始。有学者考证撰于明天启元年（1621）[2] 的《古佛当来下生弥勒出西宝卷》言：

> 无始以来，混沌乾坤，无天无地，杳杳冥冥，先天一气，结成混元石一块，三万六千顷大，有红白炁二道，常放五色毫光。石崩两半，化出无生老母，乃是先天一气合成婚姻，日月星辰，三皇五帝，掌管五盘，化生万物，才立人伦大道，遣差诸佛菩萨临凡助世。[3]

这里，开辟之初，无生老母作为最初的、唯一的神灵出现，万物都由其化育。清刊本《文昌帝君还乡宝卷》开篇言：

> 混沌初分之时，三才未判之际，有一位无极老真空。因他自天而生，名曰无生老母。坐在九十九天之上，默运阳中轻清之气，锻炼一万八百年，使之上升而成天体。复推运阴内重浊之气，又锻炼一万八百年，令其下降而成地形。此时既生天地，空空荡荡，无人住世。无生老母又逆运阴阳二气于八卦炉内。锻炼一万八百年之大候。工足结成婴姹，散在宇宙之中，而为九六灵根。故曰三才者，天地人也。[4]

无极老真空即无生老母，古佛在此已消逝无痕。无生老母成了万物的唯一创造者，其特意并费心创造了人类。其创世、育人俨然与抟土造人的女娲相等，这也使其成为众多民间教派神谱中的最高神。此变化与民间教派中无生老

---

[1]《龙华宝经》，清初刊折本，《明清民间宗教经卷文献》第 5 册，第 651 页。

[2] 参喻松青：《〈弥勒出西宝卷〉研究》，收入马西沙主编《当代中国宗教研究精选丛书·民间宗教卷》，民族出版社 2008 年版。

[3]《古佛当来下生弥勒出西宝卷》，清赵源斋刊本，《明清民间宗教经卷文献》第 7 册，第 155 页。

[4]《文昌帝君还乡宝卷》，清光绪二十五年（1899）苏城玛瑙经房重刊本，上海图书馆藏。

母信仰的流行一致。当然,也有民间教派宝卷在言及创世时,其创造者另有他人。如明万历年间弘阳教创始人韩太湖编写的《混元弘阳临凡飘高经·混沌虚空品第一》中则言创世者为混元祖[1],但在民间教派宝卷与教义中,涉及创世神与至高神的仍以无生老母居多。

因为人类与创世神的渊源非同一般,也就自然有后者对前者命运的关切,以及人类与生俱来的超越其他生灵的灵性和获得度脱的必然性。由此,民间教派在构建其教义时,也就合乎逻辑地向后引申出了皇胎儿女下凡——迷失本性——遭遇劫难——救度(收圆归乡)的核心理论。前引《龙华宝经·古佛乾坤品第二》已是一例。再如撰于清顺治十六年(1659)的《销释接续莲宗宝卷》言:

> 无生为母,所产先天,乃是先天一气而生。生天生地,生阴生阳,生日生月,照耀乾坤。能生星辰斗拱,森罗万象,尽是一气源流,乃是无极圣祖变化无穷。[2]

下则引出至高神老母宣示众神佛,要大家"都要分宗领号,定派分宗。到末后一着,都要归宗入派,各认枝杆。收源结果,万法归一,好赴龙华圣会"[3]。

民间教派宝卷关于创世的阐说大多见于其开篇。民间宗教家以世界生成、人类诞生为由头,引出常言的无生老母遭九十六亿皇胎儿女(原人)下凡,原人迷失本性,无生老母垂怜,使之经历三期末劫、龙华三会,最终获收圆归家之说。至此民间教派的教义在逻辑上获得成立,在体系上达至圆满。创世说则是其起点和基础。正如有学者指出,"清代民间宗教的创世说是其教义思想、信仰体系逻辑展开的基础,是哲学本体论、宇宙生成论的一种宗教表述"[4],民间宗教家的创世说可谓是其宗教理论的基石,属于宗

---

[1] 〔明〕韩太湖:《混元弘阳临凡飘高经》,明刊折本,《明清民间宗教经卷文献》第6册,第697页。

[2] 《销释接续莲宗宝卷》,《明清民间宗教经卷文献》第5册,第484页。

[3] 同上。

[4] 梁景之:《清代民间宗教与乡土社会》,社会科学文献出版社2004年版,第35页。

教信仰的重要部分。

# 第二节　吴方言区民间宝卷中的创世说

民间宝卷产生于民间教派宝卷之后，又以娱乐为主，不需要像后者那样在作品中宣扬教义，进而构建起系统的理论体系。但因为宝卷一贯具有的宗教信仰成分，民间宝卷又或多或少受到了民间教派宝卷的影响，因而不少民间宝卷作品中仍涉及了对创世图景的描绘。这种描绘在吴方言区民间宝卷中多有存在。

## 一、吴方言区民间宝卷创世说的主要内容

目前看来，吴方言区民间宝卷涉及创世说的作品较多地存在于靖江和常熟两地，这里主要以这两个地区的民间宝卷为依据来予以说明。

靖江地区至今仍有宣讲的《玉皇宝卷》属于言及创世较为详细的民间宝卷，其开篇言：

> 玉皇大帝出自上古时代，当时还未有三皇五帝，天下混沌，不分天地，不分五岳三川，不分阴阳日月，不分男女老少……
>
> 这时东方出了个大力神王，名叫盘古氏，身高数丈，眼如斗大，身似猿猴，力大无比。手执一把开山钺斧，自东向西，"呼啦"一转，把天地辟开。这时青气上升为天，浊气下凝为地。劈上几斧，即分五岳三川。高者为山，低者为水。天要对下塌，盘古氏先用头顶，后用手脚四肢支撑住得。

下则言盘古因疲劳而死，化生诸般事物，如"左眼化为太阳，右眼化为亮月，头发化为树木，血脉化为源泉"云云[1]。这里的创世说基本为"三段论"：天地未辟之前的混沌——盘古开天辟地——盘古劳累而死，身化万物。与民间教派

---

[1]《中国靖江宝卷》上册，第583—584页。

宝卷相比,其信仰意味单薄。其创世说可视为盘古开天辟地神话的敷演,主要变化是夸大了盘古的神通与其创世辛劳。关于人类诞生,卷中并无专门说明。下文说到有巢氏教人构木为巢,燧人氏教人钻木取火,神农氏教人尝百草与稼穑,是又涉及文明之起源。此处的创世之说显然更多地源于神话。

靖江宝卷中还有《地母宝卷》《灶君宝卷》等作品涉及创世说。《地母宝卷》中述及天地开辟,先言:

> 自从盘古分天地,混沌初开化众生。
>
> 八极之初生两仪,两仪又生四象星。
>
> 四象变化生万物,万代留传到如今。[1]

这里糅合了盘古神话与儒家之说,在宝卷中属于常见。下则先言有贤人史先儒、周氏夫妇修炼。周氏怀孕八百年,诞下十三子,号称天皇。天皇乃定立天象时辰。周氏后又怀孕八百年,诞下地皇十一。地皇乃造地立区,男女由此得生。周氏又怀孕四百年零六个月,生下九子,号称人皇,"按九区居住。水土发生变化,立君臣,留礼仪而治人"。下则以韵文叙说从巨灵氏到三皇氏等二十一氏,交代人类文明相关事物、制度起源,如言"神农氏,分五谷,救度凡人。许神氏,留禾苗,稻青之景"[2]。

此《地母宝卷》按三才顺序,拈出天皇、地皇、人皇,先后论述了世界之诞生与文明之发端。这样的论说较早见于已佚的民间教派宝卷《佛说通元收源宝卷》,相关文字为黄育楩撰、道光十九年(1839)刊印的《续破邪详辩》转录,中言"天皇治下大地乾坤。地皇时,伏羲、女娲治下大地人根。人皇时,留下万物发生。五帝才有群臣。周朝才有神鬼。汉朝才有春夏秋冬。唐朝才有风雨雷电"[3]。《地母宝卷》与《佛说通元收源宝卷》的渊源已无法考知,相关论述在其他涉及创世的宝卷中还是比较少见的。其三才顺序的叙说,应该是

---

[1]《中国靖江宝卷》上册,第727页。

[2] 同上,第728页。

[3] 中国社会科学院历史研究所清史研究室编:《清史资料》第3辑,中华书局1982年版,第79页。

源于早期人类对于自身在宇宙中存在和地位的思考和认识,与关于三皇的神话相关。而其关于文明起源的细致阐说,也可以看出后人对文明初祖的追思与推崇。就笔者目力所及,此卷中关于创世的描述,可谓是宝卷中最富有人文色彩的一种。

靖江虽地处长江北岸,但却属于吴方言区,其宝卷也属于吴方言区宝卷系统之内,当地称宣讲宝卷为"讲经"。车锡伦《江苏靖江的做会讲经》一文指出,它与明中叶以后的民间教派活动密切相关,在其宣讲仪式中仍然保留了明清以来民间教派活动的痕迹[1]。在靖江民间宝卷中也仍然或多或少保留了民间教派的影响,上引《玉皇宝卷》中已有体现。当地流传的一种《灶君宝卷》,是笔者目前所见言及创世最详细的宝卷,也更见民间教派的影响。卷中言及天地未开辟前的状态为"天与地,地与天,混元一气",之后则有创世神无极老祖出现创生天地与万物。宝卷言:

> 且说无极老祖观看没有天地世界,亦无日月星斗、山林树木,又无众生,情愿变化无穷,普度众生。
> 化东西,化南北,四维上下,
> 化春夏,化秋冬,四季安宁。
> 化五岳,名山现,五行为主,
> 化五湖,并四海,水通江心。[2]

世界在无极老祖的指点中诞生,所谓"指天成世界,指地万物生"。无极老祖最终又像盘古一样,将自身各部分化作了天地万物。如"又将两眼化为日月,八万四千毫窍,化为闪电",其四肢化作了东南西北四岳,并且还"注定一年十二个月,一月三十日,一日十二时";留下了八卦和二十四个节气,"分定昼夜,立为乾坤","血脉化为清泉,性化为草木丛林,又将五清化为五浊"[3]。自

---

[1]　车锡伦:《中国宝卷研究论集》,(台北)学海出版社1997年版,第132—135页。
[2]　《中国靖江宝卷》上册,第688页。
[3]　同上,第687—688页。

然界万事万物的发生在此几乎都得到了"说明",其根源都指向了无极老祖。无极老祖自然是源于民间教派,但其创天立地、化身万物的作为,其实是盘古开天辟地神话的再创造。只不过其神通也更为广大,只需要用手指指就可以化生万物。卷中关于创立天地万物过程的叙述则更为详细和条例化,细化了后人对天地万物的认识,并穿插了一些民间熟悉的佛教、道教的观念。如其中对十二时辰、二十四节气,以及四生六道等的讲述,使得此宝卷中关于创世的叙说可以看成是民间观念、常识的一次丰富展示。

此卷关于创世的叙说,时有不一致处。如前已言无极老祖化生人道,下文却又言陈氏老母造人:

> 谁知陈氏老母看见凡间无人居住,忙将泥土做起一男一女,放在葫芦袋里,日夜修炼,等到二人阴阳二气入其色身,就好掌立乾坤世界。[1]

这里的造人之说显然是袭自传统的女娲抟土造人神话,但放在葫芦袋里修炼、色身等说法,又可见佛、道的影子。此卷中下文又有言:

> 且说无极老祖当年留传在世,又有太极老祖生鸡子,八卦乾坤,及至威仪王开分混沌,立定世界,有三皇五帝代代相传。[2]

此说又不免与卷中前面的说法不一致。但这种不一致与前面所言此卷中穿插的佛道观念、民间知识相结合,正可见其世俗属性。民间关于天地开辟的演说常常是一种民间常识的交代,而这种常识显然受到神话、宗教、传统、儒道佛、经验等诸种因素的影响,显示出包容的状态,因而不可能像民间教派那样系统化、逻辑化,这也正是其民间身份的重要标志。

常熟地区的民间宝卷作品也较多地言及创世说。如常熟讲经先生项坤元抄藏本《土地卷》,此卷开篇有言:

---

[1]《中国靖江宝卷》上册,第 690 页。

[2] 同上,第 709 页。

自古盘古有阴阳,两气初分天地。清气者上浮,为之天;浊气者下沉,为之地。再有两气化为万物,成禽兽,有成人数。但是天上有天神管理,下面有土地,应该有当方土地管理。

自从盘古混沌后,阴阳两气化为成。

清气上浮天堂路,浊气沉填为埃尘。

天上自有天神管,地下却无土地神。

世间凡人无人管,善恶沉埋不能分。[1]

这里的创世之说应该是源于传统的盘古开天的神话。另一本 1997 年高云根抄藏本《太阳宝卷》则有所不同,此卷中有言:

天也开来地也开,太阳菩萨出身来。

盘古起世分天下,昆仑山下宝莲池。

就在池边相对坐,夫君就是月宫称。

太阳姓孙名字开,佛号子贞天上来。

且说混沌初开分天下,盘古氏劈开天地。那知天地无日月三光,又无水气光彩,一派都是黑沉沉的世界。天下有四大名山:天台山、普陀山、落迦山、昆仑山。其时,世界只留得观音大士,那是超出三界之尊如来,在西天四大名山,故此不灭。其时如来世尊,太上太君在西厢,与观音大士、文殊普贤菩萨共同商议。盘古氏已分天地,左手执凿子,右手执铁锤,劈开了天地。如来与四大名山四大菩萨计议定出三皇五帝,铸立天、地、人三才,三皇五帝,治世乾坤,夏、禹、商、汤、周为五帝。三皇分定乾坤世界,然后世尊问曰:天、地已分,世界上只有请观音大士,到孙开,又叫子贞。他住昆仑山南面,沿池边坐定。要去请来。念动真言,即便就来了。[2]

这是在传统的盘古开天辟地神话中揉入了佛教的因子。盘古承担了开天辟

---

[1]《土地卷》,2008 年常熟讲经先生项坤元抄藏本。

[2]《太阳宝卷》,1997 年常熟讲经先生高云根抄藏本。

地,而人类文明的创立则有佛教的神灵——如来与观音等四大菩萨来确定完成。这样的说法,笔者目力所限,仅见于此卷。它实际上可以说是佛教在民间广为流传、深入人心的一种表现。

吴方言区民间宝卷言及创世的还有《家堂宝卷》《灶皇宝卷》等,但其中所言比之于上举靖江和常熟的民间宝卷,则稍显简略。如清光绪三十三年(1907)张春台抄本《家堂宝卷》中言,"且说天开于子,地辟于丑,人生于寅。人禀阴阳之气,造化生成。男为阳,女为阴"[1]。

吴方言区民间宝卷虽然个别作品关于创世的描述较详,但整体上,其对创世的描述不如民间教派宝卷那样多见和深入,在系统性和理论色彩上也要远逊之。大多数涉及创世的吴方言区民间宝卷一般都不言及创世神,而其中又突出地糅合了诸家观念,表现出丰富乃至驳杂的特征来。

## 二、吴方言区民间宝卷创世说的意义

无论是民间教派宝卷还是吴方言区民间宝卷,其关于创世的构想至少有几点是一致的:

1. 未有世界前之状态,都是混沌。此混沌状态通常用"鸡子"来指称、形容。称混沌者当源于道家。《庄子·应帝王》有"中央之帝为浑沌"之语[2],后诸家称之,已成习语。关于混沌状态的具体描述,就宝卷来看,大致也源于道家所言。其源头可以追溯自《老子》。《老子》中论及道之状态有言:

> 道之为物,惟恍惟惚。惚兮恍兮,其中有象。恍兮惚兮,其中有物。窈兮冥兮,其中有精。其精甚真,其中有信。(二十一章)[3]
>
> 有物混成,先天地生。寂兮寥兮,独立而不改,周行而不殆,可以为天下母。(二十五章)[4]

---

[1] 《家堂宝卷》,清光绪三十三年(1907)张春台抄本,北京师范大学图书馆藏。

[2] 〔清〕郭庆藩撰,王孝鱼点校:《庄子集释》,中华书局1961年版,第309页。

[3] 朱谦之:《老子校释》,中华书局1984年版,第88—89页。

[4] 同上,第100页。

道作为绝对、根本的存在,无形无相,又浑然不二;寂寞独立,又周行不殆。老子的这番阐述完全可以视为宝卷所言的最初源头。

"鸡子"一语,当源于盘古开辟神话。《艺文类聚》卷一《天部上》所引三国时期吴人徐整的《三五历记》中言"天地混沌如鸡子"[1]。

关于天地开辟的过程,宝卷主要可以分为创世神开辟和自然演生两种。民间教派宝卷两者兼有之,而吴方言区民间宝卷则以创世神开辟为主。这大概是因为前者构建完整理论体系的目的更加突出,而后者则更求娱乐性,因而故事性强的创世神开辟类型较受其青睐。

2. 自然演生类型。在宝卷中,这一类型世界直接由本原"道"(或称"真空""太极""无极""混元"等)按一定的步骤自然演化而成,其中无神灵存在。其源头当在道家与儒家。《老子》第四十二章所言,"道生一,一生二,二生三,三生万物。万物负阴而抱阳,冲气以为和"。《易经·系辞下》言,"是故易有太极,是生两仪,两仪生四象,四象生八卦,八卦定吉凶"。两书所言分别代表道、儒二家,对天地万物的生成顺序作了说明,在宝卷中乃被广泛引述。

3. 创世神类型。创世神在民间教派宝卷中有古佛、无生老母、无极老祖、混元祖等,而以无生老母为最多,这与无生老母信仰的流行是一致的。吴方言区民间宝卷则以盘古为多,但受民间教派宝卷影响,也不免有后者常言的一些名物渗透在其中。但两者所言之创世神大多可见上古神话的影子,其程度则有深有浅,主要是盘古开辟神话、女娲神话与三皇神话。

4. 关于天地开辟,宝卷大多言及天地分造与阴阳判分,清浊升降,清者成天,浊者为地。这显然是源于盘古开辟神话。阴阳判分,乃生万物,道家、儒家都有此说。前引《老子》第四十二章、《易经·系辞下》所言即是。

无论是民间教派宝卷,还是吴方言区民间宝卷,其中所言的创世图景在根本上是源于儒、道两家有关宇宙生成的传统学说。这应该是与两者涵纳于共同的社会文化大背景下,而民间教派宝卷又主要流传于民间予吴方言区民间宝卷以直接影响,有着莫大的关联。

---

[1] 〔唐〕欧阳询撰,汪绍楹校:《艺文类聚》上册,上海古籍出版社1982年版,第2页。

但两者的区别也是明显的。民间教派多糅合了佛教关于"空"的观念，并沿着宗教的道路向前发展，将本原、本体神格化，造就出其信仰的创世神与最高神。并进一步以此为依托，引申、发展出"原人"（皇胎儿女）下凡、历经劫难、佛神救度、认祖归乡等在逻辑上可顺势推导的学说，从而建立起其周全、圆满的教义体系。因为后起的民间教派大多追踪罗教，各家的创世说大同小异，主要的改变是在至高神的称名上。又因为宗教的神圣与庄严，某一教派的创世说一旦形成以后，便具有相对的稳定性，变化较少。而在吴方言区民间宝卷中，反映的主要是普通民众那里流行的创世说，则更多地体现出神话的特征与影响。主要是沿着常识或文学的道路继续传播、发展，随着朝代、时间的推移，顺势而变，增加些与当代社会相契合的内容。如江苏靖江地区流传的一种《玉皇宝卷》中乃言神农氏时期为原始共产主义社会云云[1]。它是把神话同底层民众对自然、社会的普遍认识与自己的人生经验相糅合，更多的是在解释宇宙万物为什么会这样，而不是像民间教派宝卷中那样构造一些宗教色彩浓郁的宇宙图像，突出道、至高神的意义与地位。因而，可以说吴方言区民间宝卷中的创世说更是一种文学的叙写和常识的传播；而民间教派宝卷中的创世说则是一种宗教性阐述，是其理论体系的一部分。

对于民间教派宝卷与吴方言区民间宝卷中创世说的考察，可以让我们从一个侧面看出民间教派与民间社会的纠结与分野。

---

[1]《玉皇宝卷》，《中国靖江宝卷》上册，第584页。

# 第十章　吴方言区民间宝卷与太姆信仰

　　太姆,亦称太母、太妈、太郡、郡主,是为五通神之母。在明清两代的苏州,太姆曾获得民间的普遍崇信。尤其是清代以后,太姆从原来五通庙中的辅神逐渐升格为独立的主神,直至今日,苏州常熟地区的乡镇仍存在着太姆信仰,并有相关的宝卷和仪式来赞述和祭祀之。本文即探讨太姆信仰的生成、发展,及其与宝卷之关系。

## 第一节　太姆信仰的发生与发展

　　太姆信仰渊源于五通信仰。作为五通之母的太姆"母凭子贵",从最初的默默无闻,到获得广泛的崇信,这一过程与五通信仰的发展变化相关联。

### 一、太姆信仰的发生

　　五通,也称五显、五显灵官、五圣、五郎。最早述及五通的是唐开成二年(837)进士郑愚所作《潭州大沩山同庆寺大圆禅师碑铭并序》,文中言:"牛阿房,鬼五通,专觑捕,见西东。"[1]对于五通的由来,古人主要有以下几种观点:

---

[1]　〔宋〕姚铉编:《唐文粹》卷六十三,《四部丛刊》景元翻宋小字本。

1. 五通原为山林之鬼,属于山魈木客之类。[1]

2. 五显系安徽婺源的地方神。[2]

3. 五通系五行所化。[3]

4. 明太祖初定天下,梦见战死兵卒求祀,乃承诺其按军中之制,五人为伍,处处血食。后诏命江南各地立五尺小庙祭祀之,俗谓之五圣庙。[4]

　　以上四说以第一种为最早。它们也说明在五通信仰的开始阶段,并不存在太姆信仰。即或有之,目前也未见民间对太姆作信奉与供养的记载。[5]

　　就早期的记载来看,五通和五显并非一物。最早论及的是宋胡升(1179—1281)的《题五显事实后》。其文言五显(五圣)"皆五行真气也","或者以五圣为五通,非也"。下文指出,宋徽宗政和元年(1111)曾诏毁淫祠,五通在其中。宣和五年(1123)又针对五显有封侯之举。[6]显然两者并非一物。相关记载恰好说明胡升生活的时代,五通、五显已混为一谈,因而才有辨证的需要。

　　宋代五通神屡获朝廷封爵。宣和五年(1123)封通贶侯、通佑侯、通泽侯、通惠侯、通济侯,淳熙元年(1174)封显应公、显济公、显佑公、显灵公、显宁

---

[1] 〔宋〕洪迈:《夷坚支志》卷二《会稽独脚鬼》,《夷坚丁志》卷十九《江南木客》;〔明〕陆粲:《庚巳编》卷五;〔清〕冯桂芬编纂:《〔同治〕苏州府志》卷一百四十七。

[2] 明刻《三教源流搜神大全》卷二引《祖殿灵应集》,谓五显公唐光启中婺源邑民王喻城北园中,有言,"吾受天命,当食此方,福佑斯人"。邑人即宅立庙祭祀。宋祝穆《方舆胜览》卷十六(文渊阁《四库全书》本)谓,"五通庙,在婺源县,乃祖庙。兄弟凡五人,本姓萧。每岁四月八日来朝者四方云集"。

[3] 如宋胡升《题五显事实后》:"五官神,皆五行真气也。"收入明程敏政《新安文献志》(文渊阁《四库全书》本)卷二十三。

[4] 清朱象贤《闻见偶录》有言:"吴俗有五通神,相传为明太祖定鼎后,梦中求封者甚众,由是令各处乡里立小庙,每祀五人,以仿军中队伍之意,故俗称五圣。"

[5] 当代学者对于五通神之形成亦有新说,如贾二强认为它是佛教五通仙演化而成,是佛教民间化的产物。参贾二强:《唐宋民间信仰》,福建人民出版社2002年版,第346—372页。刘仲宇认为"五通的原型,乃是自古流传的山魈木客这类妖精。它们的行时,与依傍道教、攀缘佛教大有关系"。参刘仲宇:《中国精怪文化》,上海人民出版社1997年版,第135—141页。

[6] 〔明〕程敏政:《新安文献志》卷二十三,文渊阁《四库全书》本。

公。[1]五通此时是否已进入官方常祀的范围,则缺乏明确记载。《古今图书集成·神异典》卷五十四《神庙部杂录》引《宁化县志》道:

　　明太祖都金陵,即都中建十四庙。一曰五显灵官庙,以岁孟夏、季秋致祭,今天下之崇祀五通者当由此欤![2]

官祭五通在明代成为定例。

　　宋王炎(1137—1218)在《五显灵应集序》中言当时五通信仰,"达于淮甸、闽浙,无不信向"[3]。苏州地区建有五通庙,最早也当在宋代。明祝枝山《苏州五显神庙记》文中言,"吴郡行祠,未的所始。或曰始于建炎(1127—1130),即织里桥南朱勔旧苑地为之"[4]。《正德姑苏志》卷二十七谓高宗绍兴年间(1131—1162)平江府建有五通庙。[5]韩森指出北宋真宗大中祥符年间(1008—1016)苏州已有五显庙。认为徽州以外的五显庙是徽商外出贸易途中所建,苏州正是当时重要的商业城市。[6]

### 二、上方山五通神信仰的开始

　　上方山五通庙之始,难以考其究竟。《古今图书集成·职方典》卷六百七十七《苏州府部汇考九·苏州府祠庙考一》道:

　　五通庙,在吴县西南十五里楞伽山,一名上方山。宋咸淳间建。塔庙修整,祭赛无虚日,靡费金钱。[7]

[1]〔明〕汪舜民:《〔弘治〕徽州府志》卷五《灵顺庙》,明弘治刻本。
[2]〔清〕陈梦雷:《古今图书集成》,清武英殿本。
[3]〔宋〕王炎:《双溪类稿》卷二十五,文渊阁《四库全书》本。
[4]〔明〕祝允明:《怀星堂集》卷三十,文渊阁《四库全书》本。
[5]〔明〕林世远修、王鏊纂:《正德姑苏志》,明正德元年(1506)刊本。
[6]韩森著,包伟民译:《变迁之神:南宋时期的民间信仰》,浙江人民出版社1999年版,第139—142页。
[7]〔清〕陈梦雷:《古今图书集成》,清武英殿本。

依其说,则上方山五通祠的修建在南宋咸淳年间(1265—1274)。最早明确提及上方山五通信仰的是明朱逢吉作于永乐二年(1404)的《游石湖记》:

> 由山麓抵绝顶,可三里,晋支遁尝栖其上。唐因建梵宇曰楞伽,后立浮屠,岌岌撑太虚,若欲飞动;前辟小殿,列为神像者五。自前代时,城内外暨村落百余里间,男女稚耋……或登以乐神日,肩摩迹接,毕则宴游,以乐太平,逮今如之。[1]

五神像当即五通,"小殿"云云,说明五通还没有专门的庙宇。乐神日则当指五通生日。明正统六年(1441)任嘉鱼知县的吴江人莫震纂《石湖志》卷三《神宇》言上方山五显神祠,"赛者远近毕至,四时不绝,虽风雪盛寒时亦然"[2]。上方山五通庙此时已成江南五通信仰中心,其影响力于清初至极盛。汤斌《请毁淫祠疏》言及民间崇祀上方山五通神盛况,有"远近之人,奔走如骛""昼夜喧阗,男女杂沓,经年无时间歇"之语。[3]

民间心目中五通神的神通是颇为复杂的,这似乎缘于五通"混乱"的出身,其山野出身使其神格中遗留着很多原始宗教的因素。宋洪迈《夷坚丁志》卷十九《江南木客》言五通:

> 变幻妖惑,大抵与北方狐魅相似。或能使人乍富,故小人好之,致奉事以祈无妄之福。若微忤其意,则又移夺而之。人绝畏惧,至不敢斥言,祀赛惟谨。尤喜淫。[4]

五通作为神灵,能助人获得财富,治愈人的疾病。但同时又喜怒无常,信众稍有懈怠就会遭其惩罚。而其最令人诟病的则是好色善淫。清蒲松龄《聊斋志异》卷十《五通》两篇,对此刻画至极。五通这种与人福祸相叠的作为自然令

---

[1] 劳亦安:《古今游记丛钞》第4册,中华书局1936年版,第38页。
[2] 〔明〕莫震:《石湖志》,明刻本。
[3] 〔清〕汤斌:《汤潜庵集》卷上,中华书局1985年版,第5页。
[4] 〔宋〕洪迈:《夷坚丁志》卷十九《江南木客》,清《十万卷楼丛书》本。

民间对之又喜又惧,敬畏交加。很少有神灵能够让信众崇信到如此虔诚又万般忌讳的地步,五通也因此经常被很多文士目为邪神、妖,其祭祀自然也常被视为"淫祀"。

### 三、太姆信仰的发展

五通神本身存在着"妖格"和"神格"的冲突。随着民间相关信仰活动愈为频繁和热烈,其"邪恶"一面在官方和文士眼中越来越突出,必须严加指斥和禁止。前引宋人胡升的《题五显事实后》载宋徽宗政和元年(1111)曾经诏毁淫祠,五通在其中。明代,如曹凤于弘治六年至十一年(1493—1498)任苏州知府期间,曾焚毁当地五通庙。[1]但对江南地区,特别是苏州一地的五通信仰作出连续且重力的禁毁的,是在清代,其首要者是汤斌。

康熙二十三年(1684),汤斌(1627—1687)任江宁巡抚,驻苏州。二十五年,上《请毁淫祠疏》,得康熙帝谕旨,对以上方山五通庙为代表的"淫祠"进行撤毁。其疏文言:

> 苏州府城西十里,有楞伽山,俗名上方山。为五通所踞几数百年,远近之人奔走如骛。牲牢酒醴之飨,歌舞笙簧之声,昼夜喧阗,男女杂沓,经年无时间歇。岁费金钱,何止数十百万?商贾市肆之人谓称贷于神,可以致富,借直还债,神报必丰。里谚谓其山曰肉山,其下石湖曰酒海。耗民财,荡民志,此为最甚。更可恨者,凡少年妇女有殊色者,偶有寒热之症,必曰五通将娶为妇。而其妇女亦恍惚梦与神遇,往往羸瘵而死。家人不以为哀,反艳称之,每岁常至数十家。视河伯娶妇之说更甚矣!夫荡民志、耗民财,又败坏风俗如此。[2]

汤斌禁毁上方山五通庙的理由主要有:民间崇祀之举,男女混杂,歌舞喧闹,

---

[1] 〔清〕穆彰阿编纂:《[嘉庆]大清一统志》卷七十九《名宦》,《四部丛刊续编》景旧钞本。

[2] 〔清〕汤斌:《汤潜庵集》卷上,第5页。

有伤风化；耗费钱财，增人贪婪之心；贻误病情，害人性命。汤斌对上方山五通庙"收取妖像木偶，付之烈炬，土偶投之深渊"，通令下属"凡如此类，尽数查毁"，并请求康熙帝"赐特旨严禁，勒石山巅"。[1]汤斌所为被推行于各省。五通庙此次遭毁，最受打击者自然是上方山。

道光年间，苏州上方山五通信仰复兴，又迎来了官府四次禁毁，其中又以裕谦的禁毁最为用力。道光十六年（1836），时任江苏按察使的裕谦将上方山楞伽寺中，在五通庙毁后私奉五通的两位僧人，收禁治罪。十九年，以江苏布政使署理江苏巡抚的裕谦又针对上方山，"再置山僧于法，将山巅小庙全行拆毁"。[2]显然，汤斌之后，五通信仰及相关活动在民间一直潜伏暗滋着。道光年间的禁毁没有令上方山五通庙绝迹，至1929年，吴县县长王纳善又一次毁庙沉像。

民间与官府对五通庙及其信仰的态度与措置分分合合，最终产生了激烈的冲突，两者在神灵信仰方面存在着不同的接受机制。官方是神道设教，规范、引导民间信仰，以维护社会稳定，服务于化民、安民的目标。当信仰触犯了主流伦理道德观念，威胁稳定，影响官府权威时，常会招致官方果断有力的打击。而民间的神灵信仰主要缘于自己的生活实际和心理诉求，民间对待各式神灵的信奉常是感染式的群体行为，带有更大的主动性与自主性。在遭受官府打压时，民间信仰活动常具惊人的抗击力，或潜入地下，隐秘生长；或改头换面，以获得公开和发展的可能。就太姆信仰而言，朝廷对五通的强力打压，反而是其发展的契机。

太姆信仰最早见于明陆容（1436—1494）的《菽园杂记》。陆容是太仓人，成化二年（1466）进士。此书卷八中谈及广陵五子庙，言"祭五通神者，必有所谓太妈"[3]。太妈即太姆。稍后，陆粲（1494—1551）的《庚巳编》卷五《说妖》言：

---

[1]〔清〕汤斌：《汤潜庵集》卷上，第5页。

[2]〔清〕郑光祖：《一斑录·杂述三·上方山五通》，清道光《舟车所至》本。

[3]〔明〕陆容：《菽园杂记》，文渊阁《四库全书》本。

　　五魅（即五通）皆称侯王，其牝称夫人，母称太夫人，又曰太妈。民畏
之甚，家家置庙庄严，设五人冠服如王者，夫人为后妃饰。贫者绘像于板
事之，曰"圣板"。祭则杂以观音、城隍、土地之神，别祭马下，谓是其从官。

至迟在明成化前后，太姆已出现在五通信仰中，但其时苏州地区太姆已有脱
离五通信仰的倾向。明李诩（1505—1593）的《戒庵老人漫笔》卷七载：

　　余少时见苏城妇女祭所谓太妈者，献酒拜伏必祝曰："今夜献过太
妈娘娘三杯酒，愿得我家养子像陆南、王涣、文徵明。"遍城皆然，习以为
例。[1]

李诩，江阴人，其少时大致是正德年间（1506—1521）。这里太姆作为主神
被单独崇祀，因其生有五子，且成了神，民间自然视她为非凡的母亲。其神职
即在于保佑妇女生育儿子顺利成材。太姆此时的信众主要是妇女，和其神职
一样，都显得单一。
　　太姆信仰的进一步分离及其神职的丰富，是在清康熙朝禁毁五通庙之
后。五通信仰受重挫后，自我调适，一方面发展出了五路财神这一夺胎而出
的新神灵，消除了淫人妻女的"邪恶因素"，强化了福佑财货的神职，把原来
正邪相伴的神灵改造成了民间喜闻乐信的财神。[2]另一面，进一步分化、独
立出来了太姆信仰。乾隆年间，苏州人顾公燮《丹午笔记》"汤文正治吴"条
记载，汤斌撤毁上方山五通庙：

　　惟五圣之母，名曰太母，僧移像匿于塔内，漏网未毁，尚有愚民烧
香。[3]

————————————

［1］〔明〕李诩：《戒庵老人漫笔》，明万历刻本。
［2］〔清〕顾禄：《清嘉录》卷一《接路头》；范荧：《上海民间信仰研究》，上海人民出版社
2006年版，第252—254页。
［3］〔清〕顾公燮撰，甘兰经等校点：《丹午笔记　吴城日记　五石脂》，江苏古籍出版社1999年
版，第170页。

僧人偷藏太姆神像,说明五通信仰深入人心,这是保持其传续的权宜之计;也说明太姆在五通信仰体系中的依附关系,如此,她才可能在针对五通的激烈打压中幸存。但随之而来的民间祭拜太姆,客观上却使得一定时期内太姆成为上方山原来五通庙处的唯一主神。清陈和志编纂、乾隆十一年(1746)成书的《震泽县志》卷二十五《风俗一》中述及当地情形:

> 然今乡村间,犹有所谓待茶筵者。罗列神马,多至数十,而巍然中坐,祀之备礼者,则名郡主。云是五通神之母,五通神像并绘其旁。是虽不敢公然祀之,而恶习固未能尽革也。[1]

雍正四年(1726),吴江县析为吴江和震泽两县。震泽地处苏州西南,上方山地处苏州西北,两者直线距离四十公里左右。如此遥远距离,乡村间仍然崇奉太姆,折射出乾隆年间苏州乡村的太姆信仰已然流行。

随着以上情形的持续发生,民间对太姆的宗教情感不断累积、强化,原来很多为五通神具备的神通和职能逐渐转移到太姆身上。而五通被禁的一个重要原因——好色善淫,在太姆那里自然也得到了消解。太姆年老母亲的形象使之天然具备保家护宅的神性,比之于五通,身为母亲的太姆显然在神性上更为纯净,也更具备进入家宅的条件。这些最终导致太姆在神性上能够并驾甚至超越于原来的五通,使得民间对于太姆的信仰逐渐摆脱了五通信仰的控制。近代以来,民间很多地方在供奉太姆时并无五通存在。如当代常熟乡间供奉太姆的村民,很多只知太姆神通广大,而不清楚她与五通的关系。

## 第二节　常熟地区的《太姆宝卷》与太姆信仰

与太姆信仰的独立相一致的是,以它为名的《太姆宝卷》的流行与祭奉仪式的进行。《太姆宝卷》亦称《太母宝卷》《太姥宝卷》《太郡宝卷》,主要流传于苏州地区,又以苏州管辖的常熟为多,当地的太姆信仰也较为普遍。故

---

[1]《〔乾隆〕震泽县志》,清光绪重刊本。

这里选择常熟地区来对《太姆宝卷》与太姆信仰的关系作出说明。

### 一、常熟《太姆宝卷》的概况

常熟地区拥有多种《太姆宝卷》，这与当地民间太姆信仰的流行是保持一致的。

（一）历史上的《太姆宝卷》

明代并无相关记载。宝卷中最早述及太姆、五通故事的是《六神宝卷》，其最早本子是清光绪五年（1879）抄本。此宝卷讲门神、奥神、财神、灶神、宅神、井神的来历与神职。卷中以不到两百字交代了奥神，亦称家堂的太姆一家来历。乃言太始年间，华光菩萨降生婺源萧家，蟠桃园内太母娘娘思凡，降生为颜氏，与之婚配。天降五位灵童，一胎出生，敕授治世福神，后娶凤凰山玉环圣母的五位女儿，夫妻修道，全家证果。玉帝封萧公为华光菩萨、家堂圣父，颜氏为太郡圣母，五位灵童为五圣侯王，五位夫人为五院夫人。卷中言其"兼管人间寿筵喜庆之事，灵通感应，降福消愆"，"为此万姓各家彩画圣像，造室圣堂，悬以大门堂内"，"若能朝夕焚香恭敬，老者寿增南极，福祉东华；少者禄星高照，喜事重重"。这可视为《太姆宝卷》的"提要"，其主要情节在此已确定。早期五通具有的淫邪、凶暴到此已消失殆尽，太姆、五圣成为能给供奉者带来众多福祉的家神、福神。

《中国宝卷总目》著录《太姥宝卷》四种，其中有年代可考的是民国三十二年（1943）孔耀明抄本。[1]该书另著录《五圣家堂宝卷》一种，系清光绪三十四年（1908）沈荫兰抄本，系江浙吴方言区的民间抄本宝卷。[2]此宝卷故事、文字与《太姆宝卷》大同小异，异名同实。

（二）常熟地区的《太姆宝卷》传本与内容

当代苏州流传的《太姆宝卷》，主要存在于属县常熟，常熟也是苏州太姆信仰最为活跃的地区。《中国宝卷总目》未著录该地流传的《太姆宝卷》。据调查所得，常熟宣卷人（当地称讲经先生）收藏的《太姆宝卷》主要有以

[1]　车锡伦编著：《中国宝卷总目》，北京燕山出版社2000年版，第266页。
[2]　车锡伦：《中国宝卷研究》，第607—612页。

下几种：

1. 邓雪华藏本。封面题"甲子重订""星阁藏""太姥宝卷"，扉页题"云芝阁邓缄""太姆宝卷"，末题"乙丑年另时记录邓星阁乱笔"。邓星阁为邓雪华之父，也是讲经先生。1985 年抄本。

2. 徐菊珍藏本。末题"太岁壬午年七月顾振亚手抄"。2002 年抄本。

3. 项坤元藏本。封面题"时在辛巳年荷月""虞北坤元藏""太姥卷"，卷末题"时在庚辰年水仙月彭城氏涂抄"。2000 年抄本。

4. 徐招玲藏本。旧本。封面题有"太姥宝卷"，封底内面题有"太姆宝卷"。徐为女讲经先生，其祖父、父亲都是讲经先生，此宝卷传自其父，属民国抄本的可能性较大。

5. 余鼎君藏本。封面题"圣姆宝卷"，卷首言"太姆宝卷初展开"云云。系余鼎君之兄余鼎钧于 1996 年据家传本重新抄录。

6. 项坤元藏本。封面题"感应宝卷"，正文卷首题"五圣家堂宝卷"。民国三十五年（1946）抄本。

苏州张家港市港口镇流传有《太姥宝卷》五种，[1] 与常熟今日流行的《太姆宝卷》大同小异。张家港当代宣卷流行的区域港口、沙上诸乡镇 1962 年才从常熟划分出去，其宣卷也属于常熟宣卷的范围。

综合常熟流行的诸种《太姆宝卷》，简述其故事内容如下：

上界御花园金莲花上有一修成正果的蜘蛛屠圣母思凡，因见婺源境内萧员外为求子，一心行善，萧妻不信神佛，多有忤逆，于是圣母将其摄去，自身变作萧妻。后怀孕两年，生出一肉球。员外惊怪，将其抛于野外。火光炎王佛劈开肉球，将五灵公带回萧家，说明他们为华光菩萨投胎，分别为金轮藏主、银轮藏主、铜轮藏主、铁轮藏主、锡轮藏主。员外为五郎君取名仁、义、礼、智、信，七岁时送他们进学堂。五人拜白云山妙乐天尊为师，学得神通法术。

太姆贪吃童男童女，被龙树菩萨摄入酆都地狱受苦。五灵公寻母，至青城山。有王婆哀告女儿王素珍被石落大仙摄去，五灵公入山收服石落大仙，

---

[1]《中国·河阳宝卷集》，第 1485—1506 页。

救出王素珍和众多同命运的女子。王家遵五灵公嘱咐,在后园造小庙供养五灵公。

五灵公到南海,观音指点与赐法宝,入地狱救回其母。牛头马面追赶,观音说情解难。太姆回到人间,又想吃童男女。五圣受观音指点,偷得王母园中的蟠桃给太姆。太姆吃后,退回杀心,开始吃素,每日礼佛诵经。王母欲追究五圣,观音说情,五圣获谅解,但母子六人也被玉皇驱逐至扶桑国沉香树上居住。

五圣游春至凤凰山,镇守此山的玉环圣母有五个女儿,叫铁扇公主。五圣看到山前碑上有强逼路过者献宝物之语,怒而上山挑战,得黑风仙帮助,打败五位公主,娶为妻子。

后至隋炀帝时,龟山圣母即水母,作乱水淹泗州。观音施计降伏水母,但需要用沉香木作塔心,造塔镇压。太姆舍出沉香树,观音许诺带六人到苏州为神。太姆六人来到苏州,历经曲折后,来到上方山受封为神。后有金元七兄弟来祭拜,太姆封其为上方山都总管,"掌管伤司财帛人",即江南民间信仰的金元七总管。

## 二、常熟《太姆宝卷》的宣讲与意义

常熟民间的《太姆宝卷》的宣讲主要是在家宅的客厅中,当地称为客堂。常熟宣卷,俗称讲经,主要有四种形式:香山完愿、还受生经、佛会、地狱卷。香山完愿分素台、莘台。《太姆宝卷》是莘台的主卷。莘台即苏州农村主卧中床前的妆台,供梳妆之用。在此台上张设以太姆为中心的纸马,摆上祭品。当客堂中的素台宣讲《香山宝卷》到三公主还阳之后,莘台便开讲《太姆宝卷》。宣讲一般由一位讲经先生进行,边敲击木鱼,边讲唱。下手有四到六人和佛,一般是中老年女性。但有时也简化,只有两位和佛人。据常熟尚湖镇大河村讲经先生范家保介绍,早前宣讲《太姆宝卷》需要两三个小时,现在一次讲经活动一般是一个白天和一个半夜,需要宣讲的宝卷常在十种左右。讲经先生需要早上五六点钟就到主家搭佛台、写疏头画符,之后相关仪式又包括请佛、素台开卷、莘台开卷、退星、送盘、收香、解结、散花、献荷花、送佛诸多环节,所以各本宝卷的宣讲时间常要压缩。《太姆宝卷》一般要在一个小时之内宣完。宣讲过程中,除了讲经先生与和佛人外,现在已经很少有人来听宣卷了。主家一般也是忙自己的事,只在仪式需要时出现在台前[1]。常熟的宣卷都有着具体的现实的目的,一般都是为了解除家中的灾病,或者祈求某件事情能顺利。《太姆宝卷》的宣讲是香山完愿中的一部分,只是主家避祸趋吉愿望的一种表达,或者说是保障,很少存在主家虔诚听宣并从中获得宗教情感上的共鸣、提升自己信仰度的情况。

除了在家中宣讲《太姆宝卷》外,常熟民间有时也去上方山五通庙祭拜太姆,通常是还愿。因为要在傍晚之前离开,此时的宣讲以《太姆宝卷》为主,省略了荤台、素台、退星、解结、散花等环节,整个仪式在两个小时上下。对待太姆和五通,往往都作祭拜,宣卷也可以在两处举行。所谓“遇佛叩头,见庙烧香”。这和其家中宣讲《太姆宝卷》有很大不同,后者一般不供奉五通,或者顶多选供一位。

当代常熟民间家中平时有供奉太姆的很多也不会同供五通。经询问,有人回答太姆娘娘神通广大,有她保佑就够了。这应该是在《太姆宝卷》流行和太姆成为主神的情况下,五通的影响和地位相对弱化。在很少有人真正去听受《太姆宝卷》的情形下,民间不免只知有太姆,而不知五通。也有多位人家支吾,不做解释。据讲经先生余鼎君说,是因为五通比较厉害,比较凶[2]。其主要原因恐怕还是在于五通淫邪的神性在当代不易被人“宽纵”,安置在自家中心理上比较难以接受和安心,信仰太姆则可以避免这一点。按照孝道,五通需要听从太姆,尊奉太姆也一样可以取悦五通,可以获得其发财致富的佑护。

常熟地区的太姆信仰以尚湖镇的大河村为最盛。据当地讲经先生范家保介绍,该村一百多户人家中,只有两家未供奉太姆娘娘。同镇的建华村,则几乎没有人在家中供奉太姆。据讲经先生余鼎君说,是因为太姆娘娘脾气比较大,家里供奉稍微马虎了,就会遭受惩罚。有的人家怕麻烦,就不愿意供

---

[1] 根据 2013 年 7 月 11 日上午常熟讲经先生范家保采访录音。
[2] 根据 2011 年 12 月 24 日上午常熟讲经先生余鼎君采访录音。

奉[1]。在太姆身上延续了五通信仰中原来福佑信众与惩戒不敬者的神性,使得当今常熟地区民间对于太姆的信仰活动也具有强烈的畏惧的心理,需要按时进香、供奉,在太姆神坛面前不敢有丝毫亵渎不敬的言行。但太姆的慈母身份,则又使其福佑的神职得到了强调,只要保持虔诚供奉,就自然可以获得福报。太姆信仰的独立,更好地满足了民间趋利避害的需求,同时也更好地消除了原来五通信仰中的不安定的因素,保证了相关信仰及活动的正当与顺利进行。在常熟地区的民间信仰中,太姆被供奉在一家之主的卧室妆台之上,有着保佑全家平安幸福的职能,实际上已经代替了家堂,成为保家护宅的家神了。从唐以来五通信仰的发展和太姆信仰的流行来看,民间信仰的坚强常常不以官方意志为转移。即使遭受了强力的看似毁灭性的打压,也可以用另一种变通的方式,改头换面以自我重生。

《太姆宝卷》的故事来源于明万历年间问世的余象斗所作《五显灵官大帝华光天王传》,简称《南游记》。《南游记》的故事原型则来源于《三教源流搜神大全》卷五《灵官马元帅》。[2]与《南游记》不同的是,《太姆宝卷》中增加了观音菩萨这一民间宝卷中经常出现的角色,在情节发展的关键处,起到扭转、推动的作用;加入了民间流行的泗州水母的传说,增加了故事的曲折性;还将金元七总管纳入太姆麾下,加强了其佑护财富的神性。淡化了原来《南游记》中华光的神性,强化了五通的人性,突出地表现为对其孝心的展示。

五通在《太姆宝卷》中完成了一次完美、彻底的蜕变,原来的淫邪、祸福无常之性到此已完全消失,展现的只有神通广大、救人危难、锄强扶弱、消灾赐福。这一切也是民间对神灵的最基本也是最主要的心理诉求。五通在此变得可敬了,太姆作为母亲,是此蜕变的关键。五通正是在孝心的支配下,不断地施展神通,在实践孝道的过程中,也履行着锄强扶弱、救护凡人的"神道"。卷中观音面对牛头马面、王母的盛怒,先后为五圣开脱,言"五郎只为孝心重,拜了贫僧救母亲""五郎只为孝心重,盗取仙桃救母亲",孝道在这里

---

[1]　根据 2013 年 7 月 11 日上午常熟讲经先生范家保采访录音。

[2]　侯会:《华光变身火神考——明代小说〈南游记〉源流初探》,《明清小说研究》2008 年第 2 期,第 234—246 页。

既是五圣系列行为的动机，也是其逢凶化吉，最终超凡入圣、受封归位的保障。五通和太姆一起，成为维护民间家宅平安、避厄消灾、赐福延寿的善神。而同为家堂，太姆作为母亲，其地位到此自然要在五通之上。在观音请求沉香树做塔心、封赏金元七总管的时候，出面应答做决定的是太姆。卷末六人赴花筵，也是太姆嘱托"今日吃开花筵大酒，无论哪位神圣，跟了回上山林，不得延迟"。其神权凌驾于五通之上，成为上方山诸神的领袖。

这一宝卷借助母慈子孝的伦理光环，消释了原来五通身上的妖性，加深了五通的神性与人性，为五通信仰的存在与流行创造了"正当"的理由。而于太姆信仰而言，它进一步确立了太姆的主神地位，把五通信仰纳入太姆信仰的系统之下，比照历史，颇有点反客为主的味道。

# 第十一章　常熟地区《猛将宝卷》研究

　　刘猛将是吴方言区,特别是太湖流域,民间普遍信仰的一位俗神,其主要的神职是驱蝗。讲述其出身、证道故事的《猛将宝卷》,又名《刘神宝卷》《天曹宝卷》《刘猛将军》等。清代以来吴语区的宣卷活动中,《猛将宝卷》极为常见,而常熟地区尤为突出,当地至今流传有多种《猛将宝卷》。常熟地区的《猛将宝卷》在主题、情节、人物等方面明显地具有自己的特征,表现出更加丰富、复杂的文化内涵,以及强烈的民间属性和地域特征。这是其在当地流传不衰的重要原因。因此,本章主要选择常熟地区留存的《猛将宝卷》为依据,来探讨其流传及相关的猛将信仰。

## 第一节　历史传说中的刘猛将与传统《猛将宝卷》

　　《猛将宝卷》讲述的是俗神刘猛将的出身、证道故事。其故事源自历史上曾广为流布的传说,但具体到相关的情节和人物设置则又有其自身的发展与特点。

### 一、历史传说中的刘猛将

　　猛将,即刘猛将。其在历史传说中的存在,本书第二章《清代吴方言区民间宝卷的发展》之第一节《民间宝卷的发生与初展》中已有论述,兹不赘言。概言之,作为宋以来民间广泛信奉的驱蝗神,刘猛将的出身在历史上主要有四种说法,可谓众说纷纭。到了清朝,官方确立刘承忠一说为正统,此说在北方地区更为流行。而南方,尤其是太湖流域的民间则多尊奉刘锜为猛将出身,并延续至今。

## 二、传统《猛将宝卷》的故事内容

《猛将宝卷》讲述驱蝗神刘猛将出身与证道的故事。《中国宝卷总目》中著录的《猛将宝卷》有26种之多。其中有纪年的本子,从清康熙二年(1663)黄友梅抄本到民国三十六年(1947)黄佩村抄本,达16种之多。另外10种都为旧抄本,其抄写年代大致也不会晚于民国时期[1]。

《猛将宝卷》一般分为上下集,或上下卷。其基本的情节内容大致为:宋太宗年间(或为宋真宗、宋仁宗等),松江府上海县落弹墩(或为骆驼村)有富豪刘三官(或为刘三春等),娶妻包氏(或名秀英)。夫妇两人到中年,未有子嗣。两人清明时到城外扫墓,感怀此事,遂到三官殿向三官大帝发愿求子。三官大帝上奏玉帝,后者令阿难尊者(或为插香童子等)下凡,托生刘家。包氏十月怀胎,至次年正月十三诞下一子,取名佛祖(或为佛寿、佛官等)。刘佛祖七岁开蒙,九岁母亲生病去世(或称因夫妻二人忘记还愿,三官大帝降灾所致)。未及一年,经媒婆王婆介绍,刘三官娶寡妇朱氏为妻。朱氏带来前夫之子金保(或称金宝),改名刘圣。以上为上集故事。下集言,朱氏为亲子刘圣谋夺家产,百般虐待、陷害刘佛祖。刘佛祖向父亲哭诉,刘三官被朱氏瞒骗,反而将刘佛祖推入后院井中。获神灵救助,刘佛祖脱身逃往王婆家。刘三官将其领回,朱氏让刘佛祖、刘圣各自养鹅,却叫人偷走刘佛祖所养之鹅。刘三官打骂刘佛祖,并在朱氏唆使下,将刘佛祖带至望江桥头,推其落水。玉帝令神祇救佑,送其至外公家。刘佛祖在外公家放鹅为生,但遭舅母嫌弃,艰难度日,以泥塑母亲像,供养超度。太白金星下凡,赠金盔金甲、三册天书与宝剑,刘佛祖因此获得广大神通,能降妖伏魔,驱虫灭蝗。恰逢京都蝗灾,又有番国入侵。刘佛祖揭下悬赏的皇榜,至京都应命。刘佛祖向皇帝禀明自己出身,作法驱净蝗虫,随后又摆下阵图,率

---

[1] 车锡伦编著:《中国宝卷总目》,北京燕山出版社2000年版,第178—180页。

军打败番兵。皇帝封其为扬威侯，并赐封其外祖父、亲生父母，朱氏惶恐投河自沉。刘佛祖至外祖家，外祖造船请酒，忘记了请他，刘佛祖施法，令船不得下水。后外公请他喝酒，刘佛祖才放船下水，遂乘船升天。玉帝封刘佛祖为天下都元帅、直殿大将军，封外公、外婆为田公、田母，封父亲为船头土地，封包氏为夫人，后娘朱氏受罚成为河豚。

诸本《猛将宝卷》在人名、地名及故事发生的时间上或有不同，主干情节上大致如上文所言。卷中着力较多的是刘猛将命运的曲折、神奇和他的神力。

## 第二节　常熟地区的《猛将宝卷》及其信仰

常熟地区存在着众多的《猛将宝卷》，其相关的信仰活动与内涵十分丰富与复杂。从中可以看出民间信仰与民间宝卷的某些地域性特征。

### 一、常熟地区《猛将宝卷》的概况

笔者过眼的苏州常熟地区《猛将宝卷》都属于手抄本，且都在《中国宝卷总目》著录之外。这里面较为特殊的是当地流传的三种讲述刘猛将出身的宝卷。据余鼎君编《常熟宝卷目录》（未刊稿）著录和笔者田野调查所见，列举常熟地区的猛将题材的宝卷抄本，署名为"猛将宝卷"的有：

1. 民国己丑（1949）清和月余友仁抄本。余鼎君收藏。

2. 乙亥（1995）朱彩英抄本。

3. 丁丑（1997）蕾月余宝钧抄本。余鼎君收藏。

4. 丁丑（1997）高云根抄本。

5. 辛巳（2001）四月余鼎君抄本。此本系抄写者根据上列 1、3 两抄本整理。

6. 甲申（2004）荔月马雪峰抄订本。

7. 庚寅（2010）冬月杭坤元抄本。杭坤元即项坤元。

8. 徐招玲藏本。此本尾残，封面无题字，不知抄写者与时间。据内容和抄本形式判断，抄写或在民国时期。

9. 桑雪元抄藏。此本系当代抄本。用钢笔和圆珠笔抄写。

署名为"刘神宝卷"的则有：

10. 辛未（1991）年余宝钧抄本。余鼎君收藏。

11. 辛未（1991）薇月高岳兴重修抄本。

12. 辛巳（2001）杏月张浩达抄本。

13. 辛巳（2001）仲冬马雪峰抄本。

14. 谭根云抄本。余鼎君收藏。

15. 丙戌（2006）五月余鼎君抄本。此本系抄写者根据上列 10、14 两抄本整理。

16. 高云根抄本。

上述 16 种抄本虽然不可能是常熟当地《猛将宝卷》的全部，但大致上可以代表其基本面貌，从中可以获知当地猛将信仰的一斑。

常熟地区的《猛将宝卷》，虽然说的都是刘猛将出身与成道的故事，但在情节内容上多有差异，大致上可以分为两类：

第一类属于传统的《猛将宝卷》。上举第 1 至 8 号宝卷都属于此类，它们也都署名为"猛将宝卷"，本文开头所言多数《猛将宝卷》的故事情节基本上都为常熟地区的宝卷袭取，但后者在细节上则稍有变动。首先是故事发生的时间和空间。时间上多数言在武则天时期，第 2、4、7 号宝卷言为宋仁宗时，第 6 号宝卷只言宋朝。卷中猛将的家乡多数是松江上海县落坛墩，第 1 号宝卷则为松江府华亭县朝阳村落婆墩，第 4 号宝卷为松江府上海县骆驼墩，第 9 号宝卷为上海县钟鼓桥块。其次是卷中人物的身份与名字。猛将父母的身份诸本都称富户，母亲为包氏，而父亲之名多数称刘三官，第 2、6 号宝卷为刘忠，第 4 号宝卷为刘通，第 8 号宝卷为刘百万，第 7 号宝卷则称猛将父母为刘必达、包秀英。刘猛将之名，第 1、3、5、8、9 号宝卷言佛圣，第 2、6、7 号宝卷言佛寿，第 4 号宝卷则称佛祖。第 1、3、4、5、8 号宝卷称其系罗汉托生，第 2、7 号宝卷言骆驼星，第 6 号宝卷称插香童子，第 9 号宝卷则未言。至于情节上，普遍具有求子——诞生——丧母——再婚——被推入河——看牛放鹅——得宝——驱蝗——造船——归位等环节。第 2、7 号宝卷增加了贺兰国王造反、猛将平叛的情节，第 4 号宝卷则言契丹造反。其他类似的细节还有不少，属于典型的大同小异。这些宝卷的主要情节都是：刘、包夫妻向灵官许愿求子——玉帝遣神灵下凡托生为子，取名佛圣——包氏忘记还愿，被降灾病死——刘父再娶，晚娘虐待佛圣——佛圣被推入河中，得外公救养——值荒年，舅母嫌弃，佛圣被迫在外放牛看鹅——佛圣塑母亲像，挖土得宝，获得神通——佛圣揭皇榜，施法驱赶蝗虫。

第二类则属于另一种《猛将宝卷》。上举署名为"刘神宝卷"的是如此。这些宝卷中的刘神即刘猛将，因为宝卷开始的刘神出生的情节，包括地点、父母、姓名与第一类基本一致，宝卷的最后，刘神也被封为"天曹刘猛将扬威侯"或"中山永定公"，所以这类宝卷也应该被视为讲述刘猛将出身与成道故事的宝卷。但这类宝卷与第一类在情节上有很大的不同。首先，最明显的是驱蝗的情节已经不存在了，在最后封神时也有意隐去"驱蝗"两字。这相当于剥夺了刘猛将最基本的神职，也是他的成神的根本。刘猛将的名字也有变化，第11号宝卷称刘杰，第12号宝卷称刘棋，第10、13、15、16号称刘祖，第14号称刘琦，只有第13号宝卷称佛寿。这类宝卷基本上沿着两个方向演变：一是以孝母为主线，突出刘猛将成神前为人子实践孝道的至诚至善。第12、13号两本宝卷中，言猛将母亲重病，猛将仿效王祥卧冰求鱼，终得救母。另一类则是张扬忠君报国的主题，重点在讲述主人公杀敌为官之上。如第11号宝卷，言刘杰十一岁，母亲被烧死，父亲随后病死，他十六岁帮人放牛，在山洞中得到兵书宝剑。金兵攻浏河口，刘杰率众义士助总兵退敌，被封中郎将；抢修黄河，被封中山永定公；前往山东中山黄河边岸，看守黄河。第16号宝卷也云，刘祖自小父母双亡，出门学拳。外国萧邦敌人侵略中原，刘祖乃领兵平定，被敕封为中山永定公刘大神，看守黄河。第10、15号宝卷情形大致类似。而第14号宝卷则融孝母与忠君主题于一处，发挥到极致。卷中言，宋朝太宗时，湖广武昌府江宁县东门八宝村刘凤荣、林氏夫妇生子刘琦。十二岁时母亲病重，刘琦割肉疗亲，后考中状元，于牛头山率兵抗金，保驾有功，被封永定公。后其执掌钱塘，上任途中搭救吕正明，惩治为害民间的石丞相。其到任后救济灾民，终得敕封东岳中山永定公刘郡王大神。此卷中塑造出来的刘猛将形象兼孝子、忠臣、清官于一身，寄托了民间的普遍愿望，刘猛将也具有了更多的人间味道。

## 二、常熟地区《猛将宝卷》与猛将信仰的地域特征

常熟地区《猛将宝卷》的众多和其类型的丰富,可以考见当地历史上猛将信仰的兴盛。民国时人丁祖荫纂《重修常昭合志》卷十一《祠祀志》中即言,常熟"各乡猛将庙甚多,相传为刘猛将"[1]。此书中见载的民国时期常熟地区猛将庙有阜成门外湖滨、新庄、董浜、严塘庄、五渠、归家庄、老徐市、何村等8处[2]。

常熟的相关历史文献中,虽无当地宣讲《猛将宝卷》的记载,但依据当地讲经(当地称宣卷)的流行与猛将信仰的盛兴来推测,其宣讲应该也是经常性的。时至当代,常熟讲经荤台之上一般要放置刘神,即刘猛将的纸马,并常宣此卷。至于猛将庙做社,则必宣《猛将宝卷》。笔者进行田野调查时,常熟的讲经先生也多次说到《猛将宝卷》宣讲的频繁。如当地著名的讲经先生余鼎君曾言,猛将庙遍及常熟,刘神、李王、总管、周神在当地被奉为"四殿侯王",相关卷本的宣讲次数很多[3]。2013年时年83岁的讲经先生高岳兴也说到,当地讲荤卷时,"刘猛将、李王、周神、金总管"最广泛,刘、李、周、金是地方神[4]。

常熟地区的《猛将宝卷》在诸多方面有着异于他处的发展,其民间属性和地域特征至为明显。这种发展主要包括以下几个方面:

一是消除传统《猛将宝卷》在情节内容上的距离感和紧张感,使得整个故事更贴近普通人的生活实际和伦理道德。传统《猛将宝卷》中,最让听众惊诧和气愤的可能并不是晚娘对刘猛将的百般虐待,而是刘父居然能不顾骨肉之情,亲手把其子从望江桥上推落河中淹死。这种违背基本人伦的情节于听众而言固然刺激,但在情感上很难接受。常熟地区的《猛将宝卷》就有不少意图消除此种不安,如民国己丑(1949)清和月余友仁抄本《猛将

[1] 丁祖荫纂,常熟市地方志编纂委员会办公室标校:《重修常昭合志》,上海社会科学院出版社2002年版,第342页。

[2] 同上,第342、29、35、30、34、36、37、38页。

[3] 根据2011年12月22日上午常熟讲经先生余鼎君采访录音。

[4] 根据2013年5月10日下午常熟讲经先生高岳兴采访录音。

宝卷》中，将推刘佛圣入河之人改成了后娘朱氏。高云根抄本《猛将宝卷》中，则是刘父与后妻携刘佛祖同行，刘父在妻子的一路逼迫下，最终才推子入河。后妻的一路存在，无形中也减弱了刘父的罪恶程度。桑雪元抄藏《猛将宝卷》中，则干脆没有了推子入河的情节，只言刘三官被后妻逼迫赶走儿子，要其至南庄外公家。佛圣是因为在望江桥上迷路，哀伤之下，投河自尽。宝卷中还着力渲染了父子离别时的不舍与哀伤。以上的种种情节设置，消减了悖逆父子人伦的刺眼之感，使得宝卷中的情节发展更合乎一般民众的心理诉求，更容易为其接受。对于晚娘的形象，传统《猛将宝卷》中多数是将其塑造成刁钻刻薄、心狠手辣的恶女形象。虽然"典型"，但未免单薄，过于戏剧化。常熟地区的宝卷中，则对其复杂性进行了展现。朱三娘在王婆来说媒时的愤怒和犹豫，瞒着儿子改嫁的挣扎和痛苦，以及刚到刘家时对孤身一人的儿子的怀念、担忧，在多个宝卷中有不同程度的描绘。如桑雪元抄藏的《猛将宝卷》中，面对王婆提亲，朱秀金开口便言："这种念头吾不想，谢你婆婆不费心。登在旧基真舒服，叫我嫁人不在心。"后来在王婆反复说服下，才勉强答应。其主要原因在于"为了小儿金保，放心不下，顾虑重重"。晚娘的形象由此更加丰满，也更加人性化。综合起来，常熟地区的《猛将宝卷》，其情节内容更贴近民间生活，更符合日常的情理逻辑。于听众而言，宝卷故事、人物更为真实、亲切，也较易获得其共鸣。

二是强化宝卷中的孝亲主题，着力渲染猛将和包氏之间的母子情深，有的宝卷则进一步描绘了猛将与父亲间的真情。高云根抄本《刘神宝卷》中，言刘祖"是个忠孝之人"，哀悼去世的父母已过三年，他又搭草屋，泥塑父母之像，"天天焚香点烛，哭拜供养，就是报恩也"。民国己丑（1949）清和月余友仁抄本《猛将宝卷》中，花了很多的笔墨来渲染包氏临终之前对丈夫、亲邻、儿子的殷切嘱托，其言语中透露出的全是对儿子的万分不舍和对其未来命运的深切担忧，慈母形象呼之欲出。桑雪元抄本《猛将宝卷》中，刘三官被逼赶走儿子，要其至南庄外公家时，父子离别互话的场面也感人肺腑。而诸本署名为"猛将宝卷"的常熟宝卷作品中，都对刘猛将放牛时怀念亡母，塑像供奉的情节大力描写，以表现其孝亲之心。在晚娘虐待情节的衬托下，常熟宝卷中对刘猛将孝思的放大，更具有引人感动、同情的力量。

三是突出忠君爱国的主题。辛未(1991)薇月高岳兴重修的《刘神宝卷》中,给刘杰安排了十一岁时父母双亡的命运,主要的笔墨则在讲说刘杰为国建功立业之上。先是金兵攻浏河口,刘杰率众义士助总兵退敌,得封中郎将;接着抢修黄河,得封中山永定公;后又为朝廷看守黄河。刘杰在卷中主要是一个忠君爱国的臣子形象。高云根抄本《刘神宝卷》的情形也类似,卷中言刘祖二十一岁父母双亡,接下来主要的内容是在讲述刘祖带兵平定外国萧邦敌人侵略,又为国看守黄河,成神后还下凡为民驱除瘟疫。两本宝卷中,父母与刘猛将间的恩怨,已经不复存在。

在谭根云抄本《刘神宝卷》中,刘琦先是割肉救母,然后又救助遭洪水的灾民;得中状元后,又领兵抗金,保驾有功,得封"南昌护国东岳中山永定公刘郡王";执掌钱塘上任,途中救浙江新昌县吕正明,惩治石丞相;到了救济灾民,"为民造福万千秋"。这一抄本把忠孝主题发挥到了极致。辛巳(2001)杏月张浩达抄本的《刘神宝卷》中,刘棋先是在赴考途中救济灾民,考中状元后回家,为治母病,卧冰得鱼,却只取其一块肉,敷伤后放生,可谓仁孝彰著。卷中皇帝封赏刘棋,也称"你的功劳非同小可,一则救济穷人,二则卧冰求鱼,救治母亲暗病"云云。显然,对猛将赋予了人们对在上者的更多的期望:在家,孝敬父母,尊爱亲友,光大门楣,提携乡邦;于外,武可以上马厮杀、平叛定国,文可以清正廉明、救济百姓,是为文武双全、为国为民、忠孝仁义之辈。这样,常熟地区的《猛将宝卷》也从传统的赞神叹奇转变成了表孝旌忠。

四是增加情节的戏谑性,特别是对卷中反面人物夸张式的丑化,使得宝卷的宣讲更具趣味性。民国己丑(1949)清和月余友仁抄本《猛将宝卷》中说到王婆至朱娘娘处提亲,遭其打骂,其状云"王婆拷得面青肿,鼻青眼肿像灯笼。王婆打得叫娘娘,眼看亲事不能成"。朱娘娘答应提亲后,款待王婆,卷中言王婆醉酒模样:

> 开子三年陈黄酒,王婆吃得醉醺醺。
> 两眼好像撞人牛,说话咕噜话不清。
> 行步犹如脚写字,一跤跌倒地中心。

撑子起来立不直,划手划脚仰缸困。

眼睛白映真难看,酒肉嘴内呕出来。

宝卷用夸张的手法,着力刻画王婆狼狈不堪、滑稽可笑的惨状。在引听众一笑的同时,也让听众获得了一次宣泄其对王婆痛恨之心的机会。以上场景,在《猛将宝卷》的乙亥年(1995)朱彩英抄本、辛巳年(2001)仲冬马雪峰抄本、庚寅年(2010)冬月项坤元抄本中,多有生动的描绘。而诸本署名"猛将宝卷"的作品中,都说到了刘猛将放牛看鹅时,吃光牛、鹅,并欺骗外公或舅母说,牛跑进了山中,鹅飞上了天。加上外公造船,请了三百人吃酒,忘记了请外孙,猛将捉弄外公,让船不得下水的情节。桑雪元抄本《猛将宝卷》中,舅母用一段尖刻势利的俚语来表达不相信刘佛圣得做高官,有言:

倘然小鬼高高官做,黄狗出角变麒麟。

扫帚开花石臼烂,千年枯树再窜青。

太阳占向西边出,长江潮水碧波清。

老鼠躲在猫头上,太阳月亮一样明。

石人头上出白蕈,扁担开花结铜铃。

这段话尖刻之余,又极为俏皮、生动,透着民间语言的泼辣、谐趣。以上种种,也使得整个猛将故事充满了趣味性,有着调节叙事节奏和活跃临场气氛的作用。

总之,与传统的《猛将宝卷》相比,常熟地区的宝卷在情节、人物、语言等方面,多有自己的创造。这种创造,使得猛将故事更为生动有趣,更加与当地民众的生活实际和情感诉求贴近、契合。这也是当地《猛将宝卷》长期流行和相关信仰活动保持不衰的重要原因。

# 参考文献

## 一、宝卷

方步和编著:《河西宝卷真本校注研究》,兰州大学出版社 1992 年版。

段平纂集:《河西宝卷选》,(台北)新文丰出版股份有限公司 1992 年版。

王见川、林万传主编:《明清民间宗教经卷文献》,(台北)新文丰出版股份有限公司 1999 年版。

靖江市文化局编:《靖江宝卷·圣卷选本》,内部刊物,2001 年。

靖江市文化局编:《靖江宝卷·草卷选本》,内部刊物,2003 年。

"中央研究院"历史语言研究所俗文学丛刊编辑小组编:《俗文学丛刊》第四辑,第 351—361 册,(台北)新文丰出版股份有限公司 2004 年版。

濮文起主编:《中国宗教历史文献集成·民间宝卷》,黄山书社 2005 年版。

王见川、车锡伦等编:《明清民间宗教经卷文献(续编)》,(台北)新文丰出版股份有限公司 2006 年版。

张家港市文学艺术界联合会编:《中国·河阳宝卷集》,上海文化出版社 2007 年版。

李忠主编:《昆山民间文化精粹·文艺卷——玉连环:锦溪宣卷》,上海人民出版社 2007 年版。

尤红主编:《中国靖江宝卷》,江苏文艺出版社 2007 年版。

徐永成主编:《金张掖民间宝卷》,甘肃文化出版社 2007 年版。

张旭主编:《山丹宝卷》,甘肃文化出版社 2007 年版。

俞前主编:《中国·同里宣卷集》,凤凰出版社 2010 年版。

包立本、韦中权主编:《常州宝卷》(第一辑),珠海出版社 2010 年版。

余鼎君编著:《馀庆堂藏本选》,内蒙古人民出版社 2010 年版。

杨芳主编:《中国·沙上宝卷集》,上海文艺出版社 2012 年版。

王国良编著:《火龙王升天记》,江苏人民出版社 2013 年版。

刘正坤讲述整理:《玉婵女十二美》,古吴轩出版社 2014 年版。

车锡伦总主编,钱铁民分卷主编:《中国民间宝卷文献集成·江苏无锡卷》,商务印书馆 2014 年版。

吴伟主编:《中国常熟宝卷》,古吴轩出版社 2015 年版。

尚丽新编著:《宝卷丛抄》,三晋出版社 2018 年版。

张东海、张卫国讲述整理:《粉妆楼》,河海大学出版社 2019 年版。


《目连救母出离地狱生天宝卷》,郑振铎旧藏,中国国家图书馆现藏。

《销释金刚科仪》,明嘉靖七年(1528)刊本,《明清民间宗教经卷文献》第 1 册。

〔明〕普明(李宾)编:《普明如来无为了义宝卷》,明万历二十七年(1599)重刊本,《明清民间宗教经卷文献》第 6 册。

《大乘金刚宝卷》,明刊折本,《明清民间宗教经卷文献》第 1 册。

〔明〕韩太湖:《混元弘阳临凡飘高经》,明刊折本,《明清民间宗教经卷文献》第 6 册。

《龙华宝经》,清初刊折本,《明清民间宗教经卷文献》第 5 册。

〔明〕罗清:《五部六册》,清雍正七年(1729)合校本,《明清民间宗教经卷文献》第 1 册。

〔明〕古吴净业弟子金文:《念佛三昧径路修行西资宝卷》,清咸丰二年(1850)毗陵地藏庵比丘尼道贞集资重刊本。

〔明〕释大宁编:《明宗孝义达本宝卷》,清刊本,《明清民间宗教经卷文献》第 6 册。

《古佛当来下生弥勒出西宝卷》,清赵源斋刊本,《明清民间宗教经卷文献》第 7 册。

《观世音菩萨本行经》，清刊本，扬州大学图书馆藏。

《潘公免灾宝卷》，清咸丰七年（1857）序刊本，《俗文学丛刊》第358册。

《刘香女宝卷》，清同治八年（1869）钱塘华邬休庵比丘烈正校补重刊本，扬州大学图书馆藏。

《潘公宝卷》，清同治年间绍兴许鼎元老店刊本，扬州大学图书馆藏。

《潘公免灾宝卷》，清同治九年（1870）刊本，扬州大学图书馆藏。

〔清〕普浩：《三祖行脚因由宝卷》，清光绪元年（1875）刊本，《明清民间宗教经卷文献》第6册。

《太上祖师三世因由总录》，清光绪元年（1875）刊本，《明清民间宗教经卷文献》第6册。

《潘公免灾宝卷》，清光绪二年（1876）镇江宝善堂书坊刊本，扬州大学图书馆藏。

《刺心宝卷》，清光绪五年（1879）杭州弼教坊玛瑙寺经房刊本，扬州大学图书馆藏。

《秀女宝卷》，清光绪七年（1881）杭州大街弼教坊玛瑙经房刊本，扬州大学图书馆藏。

《兰英宝卷》，清光绪十年（1884）杭州西湖玛瑙经房刊本，扬州大学图书馆藏。

《灶君宝卷》，清光绪十年（1884）金陵一得斋刊本，《俗文学丛刊》第359册。

《惜谷宝卷》，清光绪十五年（1889）金陵一得斋善书坊刊本，《俗文学丛刊》第357册。

《韩祖成仙宝传》，清光绪十六年（1890）彰府学善堂重刊本，《俗文学丛刊》第354册。

《何仙姑宝卷》，清光绪十六年（1890）金陵一得斋善书坊刊本，扬州大学图书馆藏。

《财神宝卷》，清光绪十八年（1892）文亮抄本，扬州大学图书馆藏。

《张氏三娘卖花宝卷》，清光绪十九年（1893）苏城玛瑙经房重刻本，扬州大学图书馆藏。

《幽冥宝传》,清光绪十九年(1893)直隶省大名府大名县西南乡东郭村积善堂刊本,《俗文学丛刊》第352册。

《山阳县宝卷》,清光绪二十年(1894)姚子琴抄本,收入清鹅湖散人编《古今宝卷汇编》,北京师范大学图书馆藏。

《狸猫宝卷》,清光绪二十年(1894)陈荣廷抄本,扬州大学图书馆藏。

《劝世宝卷》,清光绪二十三年(1897)古杭西湖弥勒院比丘醒彻刊本,上海图书馆藏。

《文昌帝君还乡宝卷》,清光绪二十五年(1899)苏城玛瑙经房重刊本,上海图书馆藏。

《关圣帝君觉世真经》,清光绪二十六年(1900)琉璃厂英华斋刊本,《明清民间宗教经卷文献》第10册。

《回郎宝卷》,清光绪二十六年(1900)上海翼化堂善书局刊本,扬州大学图书馆藏。

《金锁宝卷》,清光绪二十六年(1900)常郡孔涌兴刊本,扬州大学图书馆藏。

《花名宝卷》,清光绪二十六年(1900)上海翼化堂善书局刊本《回郎宝卷》附刊,扬州大学图书馆藏。

《游冥宝传》,清光绪二十六年(1900)刊本,《俗文学丛刊》第358册。

《花烟宝卷》,清光绪三十二年(1906)杭省钱塘门外慧空经房重刊本,扬州大学图书馆藏。

《家堂宝卷》,清光绪三十三年(1907)张春台抄本,北京师范大学图书馆藏。

《花柳良愿龙图宝卷》,清光绪杭州西湖昭庆寺慧空经房刊本,扬州大学图书馆藏。

《白氏宝卷》,清宣统元年(1909)杭州文实斋刊本,扬州大学图书馆藏。

《延寿宝卷》,清宣统元年(1909)上海翼化堂善书局刊本,扬州大学图书馆藏。

《月祯宝卷》,清抄本,扬州大学图书馆藏。

《游龙宝卷》,清抄本,收入鹅湖散人编《古今宝卷汇编》,北京师范大学图书馆藏。

《香山宝卷》,清刊本,扬州大学图书馆藏。

《三世修行黄氏宝卷》,清杭州昭庆寺慧空经房刊本,《俗文学丛刊》第356册。

《花名宝卷》,《乌窠禅师度白侍郎》附刊,清南海普陀山协泰印造流通刊本,扬州大学图书馆藏。

《金锁宝卷》,清刊本,扬州大学图书馆藏。

《吕祖师度何仙姑因果卷》,清刊本,《俗文学丛刊》第353册。

《碧玉簪宝卷》,清宣统四年(按:当为民国元年,1912)抄本,常熟讲经先生邓雪华收藏。

《仁义宝卷》,民国初年抄本,山东大学图书馆藏。

《精孝宝卷》,民国二年(1913)尤轮香改编抄录本,北京师范大学图书馆藏。

《立愿宝卷》,民国二年(1913)据上海翼化堂藏版刊本,《明清民间宗教经卷文献》第11册。

《绘图妙英宝卷》,民国三年(1914)上海文益书局石印本,《俗文学丛刊》第354册。

《杏花宝卷》,民国四年(1915)上海文益书局石印本,扬州大学图书馆藏。

《绘图顾鼎臣双玉玦宝卷》,民国五年(1916)上海文益书局石印本,泽田瑞穗收藏。

《绘图百花台双恩宝卷》,民国六年(1917)上海文益书局石印本,《俗文学丛刊》第357册。

《绘图回郎宝卷》,民国七年(1918)上海文益书局石印本,泽田瑞穗收藏。

《七七宝卷》,民国七年(1918)上海文益书局石印本《回郎宝卷》附刊,《俗文学丛刊》第357册。

《鱼篮宝卷》,民国八年(1919)上海翼化堂刊本,扬州大学图书馆藏。

《针心宝卷》,民国八年(1919)盐城仁济堂重校石印本,北京师范大学图书馆藏。

《绘图双珠凤奇冤宝卷》,民国十年(1921)上海文益书局石印本,《俗文学丛刊》第357册。

《五祖黄梅宝卷》,民国十一年(1922)杭州西湖慧空经房刊本,扬州大学图书馆藏。

《绘图金不换宝卷》,民国十二年(1923)上海文益书局石印本,《俗文学丛刊》第358册。

仇郎:《希奇宝卷》,《世界月刊》1924年第1卷第2期。

《绘图乌金宝卷》,民国十三年(1924)上海文益书局石印本,《俗文学丛刊》第358册。

《洛阳宝卷》,民国十八年(1929)杭州玛瑙经房刊本,扬州大学图书馆藏。

《刘文英宝卷》,民国十九年(1930)上海文益书局石印本,《俗文学丛刊》第356册。

《二度梅宝卷》,民国二十年(1931)石印本,《俗文学丛刊》第354册。

《灶君宝卷》,民国二十年(1931)浙绍嵩坝龙会山尚真斋刊本,扬州大学图书馆藏。

《螳螂卷》,民国二十年(1931)仲冬月孔耀明抄订本,扬州大学图书馆藏。

《禳星宝卷》,民国二十一年(1932)孔耀明抄本,扬州大学图书馆藏。

《双奇冤宝卷》,民国二十一年(1932)四明鹤岭社抄本,扬州大学图书馆藏。

《当世宝卷》,民国二十二年(1933)抄本,常熟讲经先生严美英收藏。

《绘图太平赵素贞宝卷》,民国二十四年(1935)上海惜阴书局石印本,泽田瑞穗收藏。

《显映桥宝卷》,民国二十四年(1935)徐俊发重抄本,常熟讲经先生徐招玲收藏。

《太姥宝卷》,民国三十二年(1943)孔耀明抄本,扬州大学图书馆藏。

《马驴宝卷》,民国三十六年(1947)张玉良抄本,常熟讲经先生邓雪华收藏。

《开卷偈》,民国抄本,常熟博物馆藏。

《猛将宝卷》,民国上海文元书局石印本,《俗文学丛刊》第356册。

《三茅应化真君宝卷》,民国上海文益书局石印本,《俗文学丛刊》第351册。

《抢生死牌宝卷》,民国上海文益书局石印本,《俗文学丛刊》第357册。

《赵氏贤孝宝卷》,民国上海文益书局石印本,《俗文学丛刊》第351册。

《白鹤图宝卷》,民国上海惜阴书局石印本,泽田瑞穗旧藏,现藏早稻田大学风陵文库。

《珍珠塔宝卷》,民国上海惜阴书局石印本,泽田瑞穗旧藏,现藏早稻田大学风陵文库。

《雌雄杯宝卷》,民国上海惜阴书局石印本,泽田瑞穗旧藏,现藏早稻田大学风陵文库。

《绘图再生缘宝卷》,民国上海惜阴书局石印本,泽田瑞穗旧藏,现藏早稻田大学风陵文库。

《绘图蜜蜂记宝卷》,民国上海惜阴书局石印本,泽田瑞穗旧藏,现藏早稻田大学风陵文库。

《绘图顾鼎臣玉玦宝卷》,民国上海惜阴书局石印本,泽田瑞穗旧藏,现藏早稻田大学风陵文库。

《绘图龙图宝卷》,民国上海惜阴书局石印本,泽田瑞穗旧藏,现藏早稻田大学风陵文库。

《碧玉簪宝卷》,民国惜阴书局石印本,泽田瑞穗旧藏,现藏早稻田大学风陵文库。

《绘图十美图宝卷》,民国上海惜阴书局石印本,泽田瑞穗旧藏,现藏早稻田大学风陵文库。

《绘图合同记宝卷》,民国上海惜阴书局石印本,泽田瑞穗旧藏,现藏早稻田大学风陵文库。

《绘图双凤宝卷》,民国上海惜阴书局石印本,泽田瑞穗旧藏,现藏早稻田大学风陵文库。

《花名宝卷》，民国石印本，《俗文学丛刊》第 359 册。

《金钗宝卷》，虞阳陈敬良旧抄本，扬州大学图书馆藏。

《财源福凑苦中得乐聚宝财神宝卷》，旧抄本，扬州大学图书馆藏。

《金牌卷》，徐忠岚旧抄本，扬州大学图书馆藏。

《龙灯宝卷》，徐忠岚旧抄本，扬州大学图书馆藏。

《拾富卷》，徐忠岚旧抄本，扬州大学图书馆藏。

《回郎宝卷》，旧抄本，扬州大学图书馆藏。

《小猪卷》，1950 年抄本，常熟讲经先生邓雪华收藏。

《分家宝卷》，甲子年（1984）胡斌才抄本，常熟讲经先生严美英收藏。

《彩球宝卷》，庚午年（1990）常熟讲经先生缪鸿翔抄藏本。

《北庄城隍宝卷》，常熟讲经先生余宝钧 1990 年抄本，常熟讲经先生余鼎君收藏。

《请送佛仪》，原抄于民国十五年（1926），余宝钧 1991 年重抄本，常熟讲经先生余鼎君收藏。

《周神宝卷》，常熟讲经先生余宝钧 1991 年抄本，常熟讲经先生余鼎君收藏。

《城隍宝卷》，常熟讲经先生余宝钧 1993 年抄本，常熟讲经先生余鼎君收藏。

《太阳宝卷》，1997 年常熟讲经先生高云根抄本。

《赵千金宝卷》，2000 年周全才抄本，常熟讲经先生缪鸿翔收藏。

《猛将宝卷》，2004 年荔月常熟讲经先生马雪峰抄订本。

《土地卷》，2008 年常熟讲经先生项坤元抄藏本。

《寻儿宝卷》，常熟讲经先生马雪峰抄藏本。

《双花宝卷》，旧抄本，常熟讲经先生项坤元收藏。

《六神宝卷》，癸亥年杨氏抄本，北京师范大学图书馆藏。

《猴仙宝卷》，常熟讲经先生余鼎君抄藏本。

《血湖宝卷》，常熟讲经先生赵庆元抄藏本。

《飞来城隍宝卷》，常熟讲经先生余鼎君抄藏本。

《目连三世地狱宝卷》，常熟讲经先生余鼎君抄藏本。

《报祖卷》,靖江佛头陆爱华抄藏本。

《三茅宝卷》,靖江佛头赵松群抄藏本。

《大圣宝卷》,靖江佛头陆爱华抄藏本。

《张四姐大闹东京》,靖江佛头陆爱华抄藏本。

《东厨宝卷》,靖江佛头赵松群抄藏本。

《梓潼宝卷》,靖江佛头赵松群抄藏本。

《七殿攻文》,靖江佛头陆爱华抄藏本。

《九殿卖药》,靖江佛头赵松群抄藏本。

《地藏宝卷》,靖江佛头赵松群抄藏本。

《延寿宝卷》,靖江佛头赵松群抄藏本。

## 二、古代典籍

《南宫署牍》,明泰昌(1620)刊本,日本东京尊经阁文库藏,台北汉学研究中心影印本。

〔清〕刘统修,〔清〕刘炳等纂:《任邱县志》,清乾隆二十七年(1702)刊,中国国家图书馆藏。

〔清〕沈德潜纂修:《长洲县志》,清乾隆三十一年(1766)刊本。

〔清〕汪棣香:《劝毁淫书征信录》,清道光年间刻本。

〔清〕郑光祖:《一斑录·杂述三·上方山五通》,清道光《舟车所至》本。

〔清〕余治:《得一录》,清同治己巳年(1869)刻本。

〔清〕博润等修,姚光发等纂:《松江府续志》,清光绪九年(1883)刊本。

〔清〕陈宏谋:《培远堂偶存稿·文檄》,清光绪二十二年(1896)湖北藩署铅印本。

〔明〕徐宪忠:《吴兴掌故集》,刘承干《吴兴丛书》本,民国三年(1914)刘氏嘉业堂刊本。

王钝根编著:《百弊丛书》,上海中华图书集成公司1918年版。

〔清〕金福兴等修,韩文虎等纂:《南汇县志》,民国十六年(1927)据清光绪五年(1879)初刊本重印。

吴秀之等修,曹允源等纂:《吴县志》,苏州文新公司民国二十二年

（1933）铅印本。

〔汉〕司马迁:《史记》,中华书局 1959 年版。

〔晋〕陈寿撰,〔宋〕裴松之注:《三国志》,中华书局 1959 年版。

〔明〕谢肇淛:《五杂俎》,中华书局 1959 年版。

江苏省博物馆编:《江苏省明清以来碑刻资料选集》,生活·读书·新知三联书店 1959 年版。

〔清〕张应昌编:《清诗铎》,中华书局 1960 年版。

〔清〕郭庆藩撰,王孝鱼点校:《庄子集释》,中华书局 1961 年版。

〔汉〕班固撰,〔唐〕颜师古注:《汉书》,中华书局 1962 年版。

〔清〕严可均编:《全上古三代秦汉三国六朝文》,中华书局 1965 年版。

〔唐〕房玄龄等:《晋书》,中华书局 1974 年版。

〔唐〕李延寿:《南史》,中华书局 1975 年版。

〔元〕脱脱等:《宋史》,中华书局 1977 年版。

〔唐〕段成式撰,方南生点校:《酉阳杂俎》,中华书局 1981 年版。

〔宋〕李觏著,王国轩校点:《李觏集》,中华书局 1981 年版。

王利器辑录:《元明清三代禁毁小说戏曲史料》,上海古籍出版社 1981 年版。

〔唐〕欧阳询撰,汪绍楹校:《艺文类聚》,上海古籍出版社 1982 年版。

〔清〕黄育楩:《破邪详辩》,中国社会科学院历史研究所清史研究室编《清史资料》第 3 辑,中华书局 1982 年版。

〔清〕黄育楩:《又续破邪详辩》,中国社会科学院历史研究所清史研究室编《清史资料》第 3 辑,中华书局 1982 年版。

〔清〕顾炎武撰,华忱之点校:《顾亭林诗文集》,中华书局 1983 年版。

〔清〕不著撰人:《杭俗怡情碎锦》(稿本),《中国方志丛书》(华中地方·第五二六号),(台北)成文出版社有限公司 1983 年版。

〔宋〕叶梦得撰,侯忠义点校:《石林燕语》,中华书局 1984 年版。

〔明〕徐渭著,周中明校注:《四声猿》,上海古籍出版社 1984 年版。

徐珂编:《清稗类钞》,中华书局 1984 年版。

朱谦之:《老子校释》,中华书局 1984 年版。

〔汉〕袁康、吴平辑录,乐祖谋点校:《越绝书》,上海古籍出版社 1985 年版。

〔明〕张瀚著,盛冬铃点校:《松窗梦语》,中华书局 1985 年版。

〔清〕沈起凤:《谐铎》,人民文学出版社 1985 年版。

〔清〕毛祥麟撰,毕万忱点校:《墨余录》,上海古籍出版社 1985 年版。

〔清〕汤斌:《汤潜庵集》,中华书局 1985 年版。

〔唐〕韩愈撰,马其昶校注,马茂元整理:《韩昌黎文集校注》,上海古籍出版社 1986 年版。

〔宋〕苏轼:《苏东坡全集》,中国书店 1986 年版。

〔明〕明清水道人编次,延沛整理:《禅真逸史》,黑龙江人民出版社 1986 年版。

〔清〕顾禄撰,来新夏校点:《清嘉录》,上海古籍出版社 1986 年版。

〔明〕郑若曾:《江南经略》,文渊阁《四库全书》第 728 册,上海古籍出版社 1987 年版。

〔清〕丁耀亢著,陆合、星月校点:《金瓶梅续书三种》,齐鲁书社 1988 年版。

谢伯阳编:《全明散曲》,齐鲁书社 1988 年版。

〔清〕陈其元撰,杨璐点校:《庸闲斋笔记》,中华书局 1989 年版。

〔清〕葛元煦、黄式权、池志澂著,郑祖安、胡珠生标点:《沪游杂记·淞南梦影录·沪游梦影》,上海古籍出版社 1989 年版。

〔明〕刘沂春修,〔明〕徐守纲、潘士遴纂:《乌程县志》,《日本藏中国罕见地方志丛刊》之《〔成化〕湖州府志 〔万历〕六安州志 〔崇祯〕乌程县志》,书目文献出版社 1991 年版。

〔清〕冯桂芬等编纂:《苏州府志》,据清光绪八年江苏书局刻本影印,江苏古籍出版社 1991 年版。

〔清〕陈尚隆纂,〔清〕陈树谷续纂:《陈墓镇志》,《中国地方志集成·乡镇志专辑》第 6 册,江苏古籍出版社 1992 年版。

〔清〕黄文旸等编:《曲海总目提要》,天津古籍书店 1992 年版。

〔明〕陆人龙编撰,陈庆浩校点:《型世言》,江苏古籍出版社 1993 年版。

〔明〕兰陵笑笑生著,梅节校订,黄霖注释:《金瓶梅词话》,(香港)梦梅馆 1993 年版。

〔清〕叶滋森等修,〔清〕褚翔等纂:《靖江县志》,光绪十年(1884)刊本,(台北)成文出版社有限公司 1993 年版。

〔清〕邹弢:《海上尘天影》,百花洲文艺出版社 1993 年版。

〔清〕王韬:《海陬冶游附录》,收入虫天子编《香艳丛书》第 5 册,人民文学出版社 1994 年版。

〔清〕李宝嘉:《官场现形记》,人民文学出版社 1996 年版。

〔清〕邵远平:《戒山文存》,《四库全书存目丛书》第 240 册,齐鲁书社 1997 年版。

〔清〕陈枚辑,〔清〕陈德裕增辑:《凭山阁增辑留青新集》,四库禁毁书丛刊编纂委员会编《四库禁毁书丛刊·集部》第 55 册,北京出版社 1997 年版。

雷梦水等编:《中华竹枝词》,北京古籍出版社 1997 年版。

〔宋〕范成大撰,陆振岳校点:《吴郡志》,江苏古籍出版社 1999 年版。

〔清〕袁景澜撰,甘兰经、吴琴校点:《吴郡岁华纪丽》,江苏古籍出版社 1998 年版。

〔明〕沈德符著,黎欣点校:《万历野获编》,文化艺术出版社 1998 年版。

〔清〕王萃元:《星周纪事》,上海古籍出版社 1998 年版。

〔明〕丘浚著,林冠群、周济夫校点:《大学衍义补》,京华出版社 1999 年版。

〔宋〕吴自牧、周密撰,傅林祥注:《梦粱录 武林旧事》,山东友谊出版社 2001 年版。

〔明〕胡应麟:《少室山房笔丛》,上海书店出版社 2001 年版。

〔明〕戚继光著,邱心田校释:《练兵实纪》,中华书局 2001 年版。

〔清〕韩邦庆著,觉园、愚谷校点:《海上花列传》,上海古籍出版社 2001 年版。

〔清〕翟灏:《通俗编》,据清乾隆十六年翟氏无不宜斋刻本影印,《续修四库全书》第 194 册,上海古籍出版社 2002 年版。

丁祖荫纂,常熟市地方志编纂委员会办公室标校:《重修常昭合志》,上海社会科学院出版社 2002 年版。

〔清〕汤斌著，范志亭、范哲辑校:《汤斌集》,中州古籍出版社 2003 年版。

王稼句点校、编纂:《苏州文献丛钞初编》,古吴轩出版社 2005 年版。

许维通撰,梁运华整理:《吕氏春秋集释》,中华书局 2009 年版。

## 三、今人著作

江苏省音乐工作组编:《江苏南部民间戏曲说唱音乐集》,音乐出版社 1955 年版。

胡士莹编:《弹词宝卷书目》,古典文学出版社 1957 年版。

陈汝衡:《说书史话》,作家出版社 1958 年版。

关德栋:《曲艺论集》,中华书局 1958 年版。

中国民间文艺研究会资料室主编:《中国歌谣资料》第 1 集,作家出版社 1959 年版。

李世瑜:《宝卷综录》,商务印书馆 1961 年版。

邹依仁:《旧上海人口变迁的研究》,上海人民出版社 1980 年版。

王秋桂编:《李家瑞先生通俗文学论文集》,台湾学生书局 1982 年版。

中国大百科全书总编辑委员会《戏曲　曲艺》编辑委员会、中国大百科全书出版社编辑部编:《中国大百科全书·戏曲　曲艺》,中国大百科全书出版社 1983 年版。

郑振铎:《中国俗文学史》,上海书店 1984 年版。

顾颉刚编著:《孟姜女故事研究集》,上海古籍出版社 1984 年版。

林聪明:《敦煌俗文学研究》,(台北)东吴大学中国学术著作奖助委员会 1984 年版。

郑志明:《无生老母信仰溯源》,(台北)文史哲出版社 1985 年版。

上海市档案馆等合编:《旧中国的上海广播事业》,中国广播电视出版社 1985 年版。

《中国曲艺音乐集成》苏州市编委会编印:《中国曲艺音乐集成·江苏卷·苏州分卷》,油印本,1987 年。

孙昌武:《佛教与中国文学》,上海人民出版社 1988 年版。

杜斗城:《敦煌本〈佛说十王经〉校录研究》,甘肃教育出版社 1989 年版。

薛宝琨、鲍震培:《中国说唱艺术史论》,花山文艺出版社 1990 年版。

倪锺之:《中国曲艺史》,春风文艺出版社 1991 年版。

费成康:《中国租界史》,上海社会科学院出版社 1991 年版。

胡效琦主编:《杭州市戏曲志》,浙江文艺出版社 1991 年版。

昆山市千灯镇镇志编纂办公室编:《千灯镇志》,上海人民出版社 1991 年版。

段平:《河西宝卷的调查研究》,兰州大学出版社 1992 年版。

上海市嘉定县县志编纂委员会编:《嘉定县志》,上海人民出版社 1992 年版。

海盐县志编纂委员会编:《海盐县志》,浙江人民出版社 1992 年版。

靖江县志编纂办公室编著:《靖江县志》,江苏人民出版社 1992 年版。

马西沙、韩秉方:《中国民间宗教史》,上海人民出版社 1992 年版。

扬州曲艺志编委会编:《扬州曲艺志》,江苏文艺出版社 1993 年版。

岳俊杰等主编:《苏州文化手册》,上海人民出版社 1993 年版。

苏州市地方志编纂委员会编:《苏州市志》,江苏人民出版社 1995 年版。

乌丙安:《中国民间信仰》,上海人民出版社 1995 年版。

车锡伦:《俗文学丛考》,(台北)学海出版社 1995 年版。

中国曲艺志全国编辑委员会、《中国曲艺志·江苏卷》编辑委员会编:《中国曲艺志·江苏卷》,中国 ISBN 中心 1996 年版。

马书田:《中国民间诸神》,团结出版社 1997 年版。

车锡伦:《中国宝卷研究论集》,(台北)学海出版社 1997 年版。

徐小跃:《罗教·佛教·禅学——罗教与〈五部六册〉揭秘》,江苏人民出版社 1999 年版。

车锡伦编著:《中国宝卷总目》,北京燕山出版社 2000 年版。

张乃清:《陈行史话》,春申潮报编辑部 2000 年版。

郑振铎:《中国文学研究》,人民文学出版社 2000 年版。

陆永峰:《敦煌变文研究》,巴蜀书社 2000 年版。

江苏省地方志编纂委员会编著:《江苏省志·宗教志》,江苏古籍出版社

2001 年版。

《上海文化艺术志》编纂委员会编：《上海文化艺术志》，上海社会科学院出版社 2001 年版。

车锡伦：《信仰·教化·娱乐——中国宝卷研究及其他》，台湾学生书局 2002 年版。

曹新宇、宋军、鲍齐：《中国秘密社会》第三卷《清代教门》，福建人民出版社 2002 年版。

王尔敏：《明清时代庶民文化生活》，岳麓书社 2002 年版。

谭松林主编：《中国秘密社会》，福建人民出版社 2002 年版。

胡兰成：《今生今世》，中国社会科学出版社 2003 年版。

李伯重、周生春主编：《江南的城市工业与地方文化（960—1850）》，清华大学出版社 2004 年版。

梁景之：《清代民间宗教与乡土社会》，社会科学文献出版社 2004 年版。

张舜徽：《中国文献学》，上海古籍出版社 2005 年版。

姜昆、倪锺之主编：《中国曲艺通史》，人民文学出版社 2005 年版。

姜昆、戴宏森主编：《中国曲艺概论》，人民文学出版社 2005 年版。

费孝通：《乡土中国》，上海人民出版社 2006 年版。

张秀民著，韩琦增订：《中国印刷史》，浙江古籍出版社 2006 年版。

范荧：《上海民间信仰研究》，上海人民出版社 2006 年版。

曹本治主编：《中国民间仪式音乐研究（华东卷）》，上海音乐出版社 2007 年版。

中国曲艺志全国编辑委员会、《中国曲艺志·上海卷》编辑委员会编：《中国曲艺志·上海卷》，中国 ISBN 中心 2007 年版。

侯家驹：《中国经济史》，新星出版社 2008 年版。

陆永峰、车锡伦：《靖江宝卷研究》，社会科学文献出版社 2008 年版。

汪小洋、周欣主编：《江苏地域文化导论》，东南大学出版社 2008 年版。

车锡伦：《中国宝卷研究》，广西师范大学出版社 2009 年版。

浦薛凤：《浦薛凤回忆录》，黄山书社 2009 年版。

马觐伯：《乡村旧事：胜浦记忆》，古吴轩出版社 2009 年版。

车锡伦:《民间信仰与民间文学》,(台北)博扬文化事业有限公司 2009 年版。

史琳:《苏州胜浦宣卷》,古吴轩出版社 2010 年版。

吴江区政协文史委员会编印:《吴江文史资料》(内部资料)第 25 辑,2010 年。

王健:《利害相关:明清以来江南苏松地区民间信仰研究》,上海人民出版社 2010 年版。

汪耀华编:《上海书业名录(1906—2010)》,上海书店出版社 2011 年版。

黄靖:《宝卷笔记》,江苏人民出版社 2011 年版。

潘莉:《宁波曲艺与宁波民俗文化》,海洋出版社 2011 年版。

马学强、宋钻友:《上海史话》,社会科学文献出版社 2011 年版。

陆永峰、车锡伦:《吴方言区宝卷研究》,社会科学文献出版社 2012 年版。

王彪、冯健主编,罗小令、马志友、王雷、沈莹编著:《绍兴宣卷》,浙江摄影出版社 2012 年版。

庆振轩主编:《河西宝卷与敦煌文学研究》,人民出版社 2012 年版。

黄楚林主编:《江浙沪宣卷的保护和实践》,中国电影出版社 2013 年版。

刘永红:《青海宝卷研究》,中国社会科学出版社 2013 年版。

刘永红:《西北宝卷研究》,民族出版社 2013 年版。

黄靖:《宝卷民俗》,古吴轩出版社 2013 年版。

陈修颖:《江南文化:空间分异及区域特征》,中国社会科学出版社 2014 年版。

钟小安:《绍兴宣卷研究》,中国社会科学出版社 2014 年版。

尚丽新、车锡伦:《北方民间宝卷研究》,商务印书馆 2015 年版。

毛海莹:《江南女性民俗的文学展演研究》,中国社会科学出版社 2015 年版。

黄靖:《解读靖江宝卷》,江苏人民出版社 2016 年版。

李永平:《禳灾与记忆:宝卷的社会功能研究》,中国社会科学出版社 2016 年版。

李玫:《中国民间小戏史论》,中国社会科学出版社 2016 年版。

吴瑞卿:《傅惜华藏宝卷手抄本研究》,学苑出版社 2018 年版。

郭腊梅主编:《苏州戏曲博物馆藏宝卷提要》,国家图书馆出版社 2018 年版。

濮文起、李永平编:《宝卷研究》,商务印书馆 2019 年版。

李妍:《河西宝卷原型研究》,中国社会科学出版社 2020 年版。

黄靖:《中国活宝卷调查》,河海大学出版社 2020 年版。

李贵生、王明博:《河西宝卷研究》,中国社会科学出版社 2021 年版。


《小笠原宫崎两博士华甲纪念史学论集》,日本龙谷大学史学会 1966 年版。

〔日〕泽田瑞穗:《增补宝卷的研究》,(日本)国书刊行会 1975 年版。

〔法〕梅朋、傅立德著,倪静兰译:《上海法租界史》,上海译文出版社 1983 年版。

〔日〕山川丽著,高大伦、范勇译:《中国女性史》,三秦出版社 1987 年版。

刘俊文主编,许洋主等译:《日本学者研究中国史论著选译》第七卷《思想宗教》,中华书局 1993 年版。

〔美〕阿兰·邓迪斯编,韩戈金等译:《西方神话学论文选》,上海文艺出版社 1994 年版。

〔日〕夫马进著,伍跃、杨文信、张学锋译:《中国善会善堂史研究》,商务印书馆 2005 年版。

〔美〕韦思谛编,陈仲丹译:《中国大众宗教》,江苏人民出版社 2006 年版。

〔日〕酒井忠夫著,刘岳兵、何英莺、孙雪梅译:《中国善书研究》,江苏人民出版社 2010 年版。

〔美〕欧大年著,马睿译:《宝卷:十六至十七世纪中国宗教经卷导论》,中央编译出版社 2012 年版。


李世瑜:《江浙诸省的宣卷》,《文学遗产增刊》第 7 辑,中华书局 1959

年版。

周绍良:《记明代新兴宗教的几本宝卷》,《中国文化》(香港)1990年第3期。

段宝林、吴根元、缪柄林:《活着的宝卷》,《汉声》(台北)1991年第8期。

朱海容:《宗教观念与民间说唱艺术融合的奇葩——无锡地区"说因果"调查》,收入上海民间文艺家协会编《中国民间文化》第6集,学林出版社1992年版。

朱海容、钱舜娟:《江苏无锡拜香会活动》,收入上海民间文艺家协会编《中国民间文化》第5集,学林出版社1992年版。

陈毓罴:《新发现的两种"西游宝卷"考辨》,《中国文化》(北京)1996年第13期。

陈允吉:《〈目莲变〉故事基型的素材结构与生成时代之推考——以小名"罗卜"问题为中心》,荣新江主编《唐研究》第2卷,北京大学出版社1996年版。

方梅:《吴方言区的民间宣卷和宝卷与民间信仰》,扬州师范学院硕士学位论文1991年。

王正婷:《变文与宝卷关系之研究》,台湾中正大学硕士学位论文1998年。

# 后　序

书尽于此，循例为序。

宝卷的存在是个蕴含丰富的宝库。相关的研究牵扯很多领域，于我而言，因为才识有限，并不是件易事。幸好自郑振铎先生伊始，已有胡士莹、傅惜华、周绍良、关德栋、李世瑜、段宝林、车锡伦等众多的前辈学者涉足此领域，取得了卓越的研究成果，为学界提供着很好的借鉴和指引。诸位前辈学者的著作和经验是如我这样的后学需要仰望、追踵的对象，而他们对后来者的引领和提携也自是令人感戴莫名。

一路行来，有幸遇见了很多热心于宣扬与维护宝卷的人士。还记得炎夏烈日，与诸位同好辗转于常熟乡间访问宣卷者的情形；寒冬之际，张家库村头草场倾听宣卷者的热烈、虔诚……其间，如余鼎君先生者，一直致力于宝卷的宣扬与研究；黄靖、叶黎依两位先生，都是当地宝卷的热心维护者。前者的多部著作与后者的田野调查日记，都给了我不少的启迪。孙晓苏女士提供了我与海外学者交流宝卷研究的机会。众多的宣卷艺人，如锦溪的王丽娟女士、堵建荣先生，都热情接受我们的田野调查。如此种种，难以胜举，有很多的人值得感怀与敬重。

感谢金晶女士玉成了本书在具有优秀历史文化传统的广陵书社的出版，孙语婧女士为本书做出了辛勤的工作，葛玉峰先生提供了专业的装帧设计。禹良琴女士多次提点本书的结项与出版。董国炎先生作为前辈也在很多方面多有赐教。一本书从草创到摆上案头，有着众多人士的维护与付出。

此时的扬州，刚从一场阵痛中醒来不久。游走在小区外河边草地之上，欣喜间带着一点陌生的亲切之感。面对刚刚改定的书稿,也有着类似的心情。感谢一路相伴的妻子艾萍女士,此书的撰写拉拉杂杂,经历了很长的阶段,书稿的完成离不开她的默默支持。从立项时的喜悦,调查之际的奔劳,再到撰写之际的忐忑,以及外事的纷纭,种种事象,到此时已是白云苍狗,如人饮水。

因为个人的原因,书中存在着很多待完善的地方,在此且俟贤者哂正。

陆永峰

2021 年桂月识于邢城